# 古典文學研究輯刊

二三編

曾永義 主編

第 29 冊

## 石麟文集（第十卷）：
## 古代小說理論切磋

石 麟 著

國家圖書館出版品預行編目資料

石麟文集（第十卷）：古代小說理論切磋／石麟 著 -- 初版 --
新北市：花木蘭文化事業有限公司，2021〔民110〕
目 2+290 面；19×26 公分
（古典文學研究輯刊 二三編；第 29 冊）
ISBN 978-986-518-368-4（精裝）
1. 中國小說 2. 中國文學 3. 文學理論
820.8                                                      110000440

ISBN-978-986-518-368-4

9 789865 183684

古典文學研究輯刊
二三編　第二九冊                    ISBN：978-986-518-368-4

## 石麟文集（第十卷）：古代小說理論切磋

作　　者　石麟
主　　編　曾永義
總 編 輯　杜潔祥
副總編輯　楊嘉樂
編　　輯　許郁翎、張雅淋　美術編輯　陳逸婷
出　　版　花木蘭文化事業有限公司
發 行 人　高小娟
聯絡地址　235 新北市中和區中安街七二號十三樓
　　　　　電話：02-2923-1455／傳真：02-2923-1452
網　　址　http://www.huamulan.tw 信箱 service@huamulans.com
印　　刷　普羅文化出版廣告事業
初　　版　2021 年 3 月
全書字數　227861 字
定　　價　二三編 31 冊（精裝）台幣 82,000 元

# 石麟文集（第十卷）：
# 古代小說理論切磋

石麟 著

## 作者簡介

石麟，1953 年出生於湖北省黃石市。曾任湖北師範大學文學院教授，中南民族大學文學院教授，現為湖北大學客座教授。同時擔任中國《水滸》學會會長，中國《三國演義》學會副會長，中國散曲學會理事，湖北省屬高校跨世紀學科帶頭人，湖北省有突出貢獻中青年專家。先後出版專著《章回小說通論》《話本小說通論》《中國傳統文化概說》《中國古代小說批評概說》《說部門談》《稼稗兼收》《李攀龍與後七子》《野乘瑣言》《傳奇小說通論》《通俗文娛體育論》《中華文化概論》《從「三國」到「紅樓」》《閒書謎趣》《中國古代小說評點派研究》《稗史迷蹤》《石麟論文自選集‧戲曲詩文卷》《中國古代小說文本史》《從唐傳奇到紅樓夢》《古代小說與民歌時調解析》《石麟文集類編》（五卷本）《中國古代小說批評史的多角度觀照》《施耐庵與〈水滸傳〉》《俗話潛流》二十三部，與人合著《明詩選注》《金元詩三百首》二書，主編教材三套，參編參撰書籍十種，撰寫《中華活頁文選》六期，並在《文學遺產》《明清小說研究》《戲劇》《古代文學理論研究》《藝術百家》《文史知識》《中國文學研究》《中華文化論壇》等刊物上發表學術論文二百二十多篇。

## 提　　要

　　古代小說理論其實是伴隨著古代小說的產生而產生的。從「小說」概念的爭執到小說作品的評價，從零零星星的感悟到系統的文章，小說理論走過了它一千多年的漫長歷程。然而，就其重點而言，古代小說理論的高潮期卻在晚明到清代前期，因為這一時期產生了評點派，並漸次出現了金聖歎、毛宗崗、張竹坡、「脂硯齋」等著名評點家。至晚清，小說理論又由「評點」上升為長篇大作的「論文」，從而開闢了一個小說理論研究的新天地。本冊所選的二十多篇論文，除了金聖歎、毛宗崗的論述歸入相應的文集之外，其他的小說理論方面的內容都集中在這裡，其中，重點是對於小說評點派的研究，既有縱向的「批評史」的研究，又有橫向的「專題」研究。如此，就形成一個縱橫交錯、點面結合的研究網絡。

# 目次

# 古代小說評點派的
# 形成、演變和主要特點

評點，是具有中國特色的文學批評方式。小說評點始自宋代，評點派形成於明末清初。本文所要弄清楚的，乃是關於評點派的一些最基本的問題。

一

要想真正瞭解中國古代小說「評點派」，我們必須首先弄清「小說評點」，要弄清「小說評點」，還得從什麼是「評點」說起。

（一）評點

「評點」一詞，是兩層意思的組合。大致而言，「評」，就是評論；「點」，就是圈點。兩者相結合，就成為我國古代文學批評的一種非常實用的方式。

「評」在中國古代漢語中有多重含義，與「評點」相關的則至少有兩重。一是「評語」的意思，二是一種「文體。」

在中國古代，評語首先是對人而言的。《後漢書·許邵傳》：「初，邵與靖俱有高名，好共核論鄉黨人物，每月輒更其品題，故汝南俗有『月旦評』焉。」當然，評語也可以對作品而言。《南史·文學傳·鍾嶸》：「嶸品古今詩為評，言其優劣。」

「評」還可以作為一種文體名。明代徐師曾《文體明辨序說·評》：「按字書云：『評，品論也，史家褒貶之詞。』蓋古者史官各有論著，以訂一時君臣言行之是非。」清代蒲松齡等人對自己小說作品的品論，實際上正是對這種文體的沿用和發揮。

「點」，在這裡指的是品評文章時所作的記號。如杜甫《戲為六絕句》之一云：「庾信文章老更成，凌雲健筆意縱橫。今人嗤點流傳賦，不覺前賢畏後生。」再如清人錢泰吉《曝書雜記》卷二云：「尚書標點王魯齋先生凡例：朱抹者綱領大旨，朱點者要語警語也。」

將「評」與「點」相結合，用來對詩文進行品評，在唐代就已開始，宋代已頗為流行。如呂祖謙《古文關鍵》、真德秀《文章正宗》、方回《瀛奎律髓》等，均可作為例證。而劉辰翁則有《班馬異同評》、《箋注評點李長吉歌詩》等著作多種，對諸多思想家、文學家的作品進行了精彩的品評。尤其是劉辰翁對於《世說新語》的評點，更是令人矚目，它是目前所知的第一部小說評點著作。

## （二）小說評點

作為小說評點的老祖宗，劉辰翁對《世說新語》的評點大多比較簡明扼要。一般說來，都具有較強的概括力和較高的藝術鑒賞水平，體現了文人對文言小說批評的特點。同時，也體現了文學批評的對象從詩文轉向小說的早期狀態。

明代，隨著通俗小說的大量印行，小說批評明顯地體現了一種適應市場需要的商業化傾向。一些出版商或由書商網羅的下層文人對通俗小說的批評，主要是為了迎合那些世俗的讀者，從而為他們自己出售書籍打開更大的銷路。這樣的批評，基本上沒有多大的理論價值或藝術價值可言。如余象斗為余氏雙峰堂出版的《批評三國志傳》《水滸志傳評林》所做的評點，就是這方面的代表。

明代後期，由於一些文人如李贄、袁宏道、葉晝等對通俗小說的重視，更由於他們中間的某些人親自參與對通俗小說的評點，使小說評點進入了一個新的歷史階段——從作品的思想內涵、藝術成就、審美效應、社會功能等各個不同的角度對通俗小說進行了高層次而又通俗化的評判。並且，這時的批評家們還認識到評點的重要意義。如袁無涯託名李贄所撰寫的《出像評點忠義水滸全傳發凡》中說：「書尚評點，以能通作者之意，開覽者之心也。……如按曲譜而中節，針銅人而中穴，筆頭有舌有眼，使人可見可聞，斯評點所最貴者耳。」在當時，甚至造成了一個假託名人而評點小說的時代風尚，李贄、湯顯祖、鍾惺等人的名字均曾多次被別人所借用。同時，湯顯祖等文人對於文言小說、尤其是「虞初體」小說的批評也蔚然成風。有了這種風起雲

湧、如火如荼的局面，小說「評點派」也就呼之欲出了。

## （三）小說評點派

小說評點派形成於明末清初。從明末的崇禎年間到清初的順治、康熙年間，小說評點著作層出不窮。稍作統計，就有關於《型世言》《遼海丹忠錄》《歡喜冤家》《隋史遺聞》《禪真逸史》《隋煬帝豔史》《樵史通俗演義》《續西遊記》《水滸傳》《山水情》《閃電窗》《空空幻》《十二樓》《珍珠舶》《平山冷燕》《吳江雪》《三國演義》《金瓶梅》《生花夢》等通俗小說或文言小說評點的著作大量湧現。其中，如金聖歎評點《水滸傳》、毛宗崗評點《三國演義》、張竹坡評點《金瓶梅》，均可稱為中國古代小說批評的精品。這樣一大批既有數量又有質量的小說批評著作的出現，標誌著中國古代小說評點派的形成。更何況，在「評點派」形成以後的雍正、乾隆直至清代末年的漫長時間裏，小說評點的著作依然不絕如縷，且不時掀起小小的高潮。甚至還出現了眾多批評者對某一部小說作品進行持久不衰的、多視角、多層次的接力棒式的批評的狀況。如對《聊齋誌異》《儒林外史》《紅樓夢》的批評均乃如此，它們有時所跨越的時間當以「百年」為計算單位。因此，我們完全有理由說，中國古代小說評點派形成於明末清初，並且繁衍於整個清代。

## 二

中國古代小說評點派的形成絕不是偶然的，它具有文學的、文化的乃至政治的、時代的等各方面的因素。同樣，小說評點派自身的演變過程也饒有意義，興盛衰落、起伏變化，並非一兩句話說得清楚。因此，我們在這裡有必要用一定的篇幅對這些問題略作探究。

## （一）評點派形成的主要因素

評點派形成的因素很多，這裡僅擇其要者而言之。

### 1、兩部評點巨著的影響

在中國古代小說評點派的形成過程中，有兩部評點著作起到了關鍵的作用：一個是金聖歎等人對《水滸傳》的評點，另一個是湯顯祖等人對《虞初志》的評點。這兩部評點著作，一個是通俗小說評點的榜樣，一個是文言小說評點的典型，都給明末清初的評點派著作起到了導夫先路的作用。

要說明這兩部評點著作在小說評點派形成過程中所起到的巨大作用並非難事，因為在不少評點派著作中曾多次提到這兩部評點巨著或金聖歎、湯顯

祖這兩位評點派的功臣。請看如下例證：

順治年間的批評家王望如，在他的批評文字中反覆提及金聖歎。「吳門金聖歎反而正之，列以『第五才子』，為其文章妙天下也。」（《五才子水滸序》）「細閱金聖歎所評，始以『天下太平』四字，終以『天下太平』四字，始以石碣放妖，終以石碣放妖，發明作者大象之所在。」（《王望如先生評論出像水滸傳總論》）「宋江使錢不擇地，不擇人，不擇書；一味撒漫，結納天下。無論他人，即天真爛熳如黑旋風者，不免為相見時十兩銅臭來得慷慨，死亦甘心。金聖歎往往鄙薄之，若今之多財不施者，求聖歎之鄙薄，正不可得。」（《水滸傳》第三十七回評語）而毛宗岡則乾脆偽託金聖歎之名寫了一篇《三國志演義序》，在結尾寫道「時順治歲次甲申嘉平朔日，金人瑞聖歎氏題」。至於其他小說批評論著中提到金聖歎和他評點《水滸傳》的，則不勝枚舉。聊舉數例：「《水滸傳》聖歎批，大抵皆腹中小批居多。」（張竹坡《第一奇書凡例》）「猶記聖歎引一絕技，以評《水滸》之智取大名府。」（《女仙外史》第六十七回永清評語）以上言論，無論是對金聖歎的讚揚抑或是對他的批判，有一點卻是可以肯定的，那就是金聖歎及其對《水滸傳》的評論文字，對評點派的形成具有很大的影響。

在文言小說的批評方面，影響最大的則是湯顯祖等人對《虞初志》的評點。首先是《虞初志》的點校出版，引起了自明末直至有清一代的「虞初」體小說的持續編輯出版，有的還有評點。如《續虞初志》《廣虞初志》《虞初新志》《廣虞初新志》《虞初續新志》《虞初近志》《虞初廣志》《虞初支志》等等，可謂層出不窮、蔚為大觀。其次是文言小說評點家們由前到後的持續性影響。先是湯顯祖在《點校虞初志序》中說：「餘暇日續為十二卷，點校之，以供世之奇雋沈麗者。」隨後，則有張潮對湯顯祖的模仿，這位張山來先生在康熙二十二年所撰的《虞初新志自敘》中說：「此《虞初》一書，湯臨川稱為小說家之『珍珠船』，點校之以傳世，洵有取爾也。獨是原本所撰述，盡擄唐人佚事，唐以後無聞焉。臨川續之，合為十二卷，其間調笑滑稽，離奇詭異，無不引人著勝。究亦簡帙無多，搜採未廣，予是以慨然有《虞初後志》之輯。需之歲月，始可成書，先以《虞初新志》授梓問世。」再往後，則又有鄭澍若對張潮的學習，這位鄭醒愚先生在嘉慶七年撰寫的《虞初續志序》中說：「山來張先生輯《虞初新志》，幾於家有其書矣。誠以所編纂者：事非荒唐不經，文無鄙俚不類。較之湯臨川之續合《虞初》原本，光怪陸離，足以鑿方心，開靈

牖，彌覺引人入勝。雖然，天地之大何所不有。凡可喜可愕可歌可泣之事，千態萬狀。即可喜可愕可歌可泣之文，亦層出不窮也。予閒取國朝各名家文集，暨說部等書，手披目覽。似於山來先生《新志》之外，尚多美不勝收。爰擇錄其尤雅者，名曰《虞初續志》。」

### 2、多種文學藝術形式及其批評文字的影響

除了小說評點巨著自身的影響之外，評點派之所以成為評點派的另一個重要因素就是多種文學藝術形式及其評點文字的影響。

我們不妨先看看小說評點家們在各自的評點文字中是怎樣涉及甚或借用多種文學藝術形式中的語言或事例的。宋代潘興嗣撰《濂溪先生墓誌銘》稱讚周敦頤之風範「如光風霽月」，毛宗崗《讀三國志法》對關羽的讚美之辭中也說道「待人如霽月光風」。這是前人文章影響小說批評的例證。宋人王琪《春暮遊小園》詩中有「開到荼蘼花事了」的句子，張竹坡批評《金瓶梅》第四十九回有段旁批一字不誤地予以引用：「所為『開到荼蘼花事了』也。」更為有趣的是，曹雪芹在《紅樓夢》第六十三回也引用了這一詩句。這是前代詩句影響小說評點、小說評點又影響小說創作的例子。我們再看一例。宋代朱淑真〔生查子〕（年年玉鏡臺）詞的末句寫道：「人遠天涯近。」到了王實甫《西廂記》第二本第一折衷，演變成「隔花陰人遠天涯近」的唱辭。再到張竹坡批評《金瓶梅》第五十四回回前批，則成為「然瓶兒一死，亦未嘗不有『隔花人遠天涯近』意。」最後，到庚辰本《紅樓夢》第二十五回正文「（寶玉）一抬頭只見西南角上游廊底下欄杆外似有一個人在那裡倚著，卻恨面前有一株海棠花遮著看不真切」下面，又生發出一段頗具審美眼光的脂批：「餘所謂此書之妙皆從詩詞句中泛出者，皆係此等筆墨也。試問觀者，此非『隔花人遠天涯近』乎？」這又是從前代詞句到戲曲唱辭再到小說批評文字層層影響的典型例證。

諸如此類的例子還有不少，如毛宗崗評點《三國演義》第十二回批曰：「典韋飛戟，許褚飛石，俱可稱沒羽箭。」如《聊齋誌異・羅剎海市》稿本「無名氏甲評」曰：「羅剎海市最為第一，逼似唐人小說矣。」再如林鈍翁批評《姑妄言》第五卷評語：「李笠翁《奈何天》傳奇中兩句說得好：『世人莫道形難變，欲變形骸早變心。』此之謂也。」

在古代小說評點派的批評文字中，還有不少地方涉及或模仿以前的戲曲批評文字。如庚辰本《紅樓夢》第十二回有一段署名「畸笏」的眉批：「瑞奴

實當如是報之。此一節可入《西廂記》批評十大快中。」再如有正本《紅樓夢》第四十一回總批云：「劉姥姥之憨從利，妙玉尼之怪圖名，寶玉之奇，黛玉之妖，亦自斂跡，是何等畫工，能將他人之天王作我衛護之神祇，文技至此可謂至矣。」這裡，以一「妖」字評判林黛玉，卻是從王季重《批點玉茗堂牡丹亭詞敘》中「杜麗娘之妖也」的評語變化而來。

### （二）評點派的演變過程

從明末清初評點派的形成，到清代末年評點派的衰落，歷時兩百多年。在這一漫長的歷程中，評點派經歷了幾次大大小小的起落，這是一個充滿發展變化的過程。

#### 1、形成期

在明代小說批評的直接影響之下，評點派於明末清初逐步形成。其間，具有代表性的著作就是金聖歎批評《水滸傳》。同時或稍後，還有諸多《三國演義》評本、諸多《水滸傳》評本、諸多《金瓶梅》評本、鄧喬林批評《廣虞初志》、又玄子等批評《浪史》、錢江拗生批評《樵史通俗演義》、陸雲龍批評《型世言》、鐵崖熱腸批評《遼海丹忠錄》、不經先生批評《隋煬帝豔史》、袁于令批評《隋史遺文》、心心仙侶等批評《禪真逸史》、佚名批評《西遊補》、貞復居士批評《續西遊記》、天花才子批評《後西遊記》、且笑廣芙蓉闊者批評《醋葫蘆》、天花藏主人批評《平山冷燕》、佚名批評《山水情》、諧道人批評《照世杯》、諧道人批評《閃電窗》、臥雪居士批評《空空幻》、蚓天居士批評《鴛鴦針》、醉花驛使等批評《錦繡衣》、惜花癡士批評《筆梨園》、釣鼇叟等批評《女才子書》、幻庵居士批評《珍珠舶》、佚名批評《金雲翹傳》、素星道人批評《載花船》、煙水散人批評《桃花影》、劉在園等批評《女仙外史》、張潮等批評《虞初新志》、石城批評《吳江雪》、佚名批評《繡屏緣》、一嘯居士批評《鐵花仙史》、青門逸史批評《生花夢》等著作。

中國古代小說評點派的最大特點是：形成期即為高潮期。上述這些評點著作在明末清初幾十年時間裏相繼問世，造成了一個繁花似錦、雲蒸霞蔚的可喜局面。雖然這些著作並非都是優秀的，其中有的甚至還很幼稚乃至低劣，但它們中間又的的確確有不少出類拔萃的見解和獨具隻眼的評判。

#### 2、延續期

康熙以降，至道光間，是中國古代小說評點派的延續期。其間比較突出的批評著作有：諸多《西遊記》評本、蔡元放批評《東周列國志》、蔡元放批

評《水滸後傳》、董孟汾批評《雪月梅傳》、許寶善批評《娛目醒心編》、寄旅散人批評《林蘭香》、佚名批評《枕上晨鐘》、佚名批評《五色石》、林鈍翁批評《姑妄言》、張文虎等批評《儒林外史》、鄭醒愚批評《虞初續志》、黃承增等批評《廣虞初新志》、王士禎批評《聊齋誌異》、佚名批評《儒林外史》、何晴川批評《白圭志》、佚名批評《萬花樓演義》、張綱吾等批評《嶺南逸史》、許祥齡等批評《鏡花緣》、蘭岩等批評《夜譚隨錄》、佚名批評《螢窗異草》、夏虛泉等批評《小豆棚》等等。

這一期的批評著作雖然大多比上一期的批評著作稍遜一籌，但其間亦有優秀之作。一些針對通俗小說的批評著作雖在整體上不一定能超過金聖歎的小說批評，但在某些局部或某些層面上又有所突破。對文言小說的批評，則更是在整體上超過了上一個時期，取得了輝煌的成就。

**3、衰落期**

晚清數十年，是中國古代小說評點派走向衰落的時代。這種衰落，不僅表現在批評著作的減少，而且體現在批評質量的降低。這一階段的評點派著作有：諸多《紅樓夢》評本、諸多《聊齋誌異》評本、諸多《儒林外史》評本、陳得仁批評《何典》、朱鼎仲批評《虞初續新志》、方幼檮批評《夜雨秋燈錄》、鄒弢批評《青樓夢》、佚名批評《發財秘訣》、李友琴批評《新上海》等等。

## 三

下面，我們將對小說評點派的基本特點作一些說明和討論。所謂特點者，與眾不同者也。這裡，對於中國古代文學批評的一般方式和方法，我們不擬作過多的介紹，小說評點派與其他批評方式的不同之處才是本節討論的重點。

### （一）基本情況

大體說來，小說評點派的批評文字可分為兩大部分。其一，整篇的論文，如一些序跋、例言、讀法、題詞之類。這些文字能夠比較全面深入地表達批評者的文學思想和對某些作品的總體看法。其二，零散的評點，如對具體內容的回前批、回後批以及與小說原文緊密結合的夾批、旁批、眉批等等。這些文字大多比較靈活，尤其能解決具體問題，充分體現批評者們的審美感悟。

除了「評」以外，小說評點派也有的作些「點」的工作，即在小說原著上進行圈圈點點。如夏履先《禪真逸史凡例》中說：「史中圈點，豈曰餘觀？特為闡奧，其關目照應，血脈聯絡，過接印證典核要害之處，則用〿，或清新俊逸、秀雅透露、菁華奇幻、摹寫有趣之處，則用○，或明醒警拔、恰適條妥、有致動人處，則用﹅，至於品題揭旁通之妙，批評總月旦之精，乃理窟抽靈，非尋常剿襲。」再如松月道士《粧鈿鏟傳・圈點辨異》云：「凡傳中用紅連點，紅連圈者，或因意加之，或因法加之，或因詞加之，皆非漫然。凡傳中旁邊用紅點者，則係一句；中間用紅點者，或係一頓或係一讀，皆非漫然。凡傳中用黑圓圈者，皆係地名；用黑尖圈者，皆係人名，皆非漫然。凡傳中粧鈿鏟三字，用紅圈套黑圈者，以其為題也，皆非漫然。」

### （二）評點者常涉及現實發牢騷甚至憤世

小說評點派中人對小說的批評，絕不僅止於就事論事，他們所評價的對象，也絕不僅止於小說作品中的人和事，而是將他們的目光投向現實社會，把他們對黑暗現實的憤懣凝聚於筆端。正如同中國古代小說發展史上有那麼一些發憤而創作的作家一樣，在中國古代小說評點派中也有那麼一些發憤而批評的評點者。

金聖歎批評《水滸傳》在開卷第一回所說的那段名言，研究古代小說者幾乎盡人皆知：「一部大書七十回，將寫一百八人也，乃開書未寫一百八人，而先寫高俅者，蓋不寫高俅，便寫一百八人，則是亂自下生也；不寫一百八人，先寫高俅，則是亂自上作也。亂自下生，不可訓也，作者之所必避也。亂自上作，不可長也，作者之所深懼也。一部大書七十回而開書先寫高俅，有以也。」張竹坡批評《金瓶梅》第五十五回回前批中有一段話，也是借書中人物大發感慨：「此回方正寫太師之惡與趨奉之恥，為世人一哭也。寫桂姐假女之事方完，而西門假子之事乃出，遞映醜絕。吾不知作者有何深思於太師之假子，而作此以醜其人，下同娼妓之流也。」站在這樣的高度來評價一部小說作品，才能真正評出那些優秀之作的精髓；也只有站在這樣的高度來評價一部小說作品，才能體現評點者們不同流俗的眼光。這樣的作家、這樣的批評家，堪稱中國古代小說創作與批評的脊樑。

### （三）評點者自以為深得作者之用心

董孟汾在《雪月梅傳》第九回的一段夾批中，就表達了一種與作者心心

相印甚至影響到讀者的感受:「作者無端撰此等文字,批者又無端批此等批語,令讀者又無端落這些眼淚。作者、批者,同惡相濟,害死有情人不少,不知是功、是過。」託名隨園老人的批者也將《螢窗異草》的作者浩歌子視作同「情」之人。他在《螢窗異草·桃葉仙》篇後批云:「近察秋毫,遠昧輿薪,世人之短視者,固多也。惟此得遇麗人,香豔千古,不惟可以解嘲,抑更可以解醒,浩歌子直世間第一解人。」而在《螢窗異草·銷魂獄》的評語中,隨園老人又說:「遇此人,不得不銷此魂,浩歌子之言,真是情至之語,可見情之所鍾,猶在我輩。」真可謂情根一縷,心心相印,且再三致意。至於批評者鄒弢,則乾脆在評點《青樓夢》時,多次表示自己是作者與書中人物關係之知情者。在該書第四十九回,鄒氏批曰:「猶憶丙子春,予在吳中,適逢愛卿誕辰,得稱觴於其間,亦平生一快事也。」在第六十二回,鄒氏又批曰:「幼卿一人,吾曾見之,真當時名妓也,奈薄命何。」在第六十四回,鄒氏說得更為清楚:「讀者細細猜之,作者性情與挹香相同,則姓俞者何人?」

當然,在這方面也有批評者與作者素昧平生、甚至不是同時代人而自認為與作者心心相印者,張竹坡就是最典型的一個。他說:「邇來為窮愁所迫,炎涼所激,於難消遣時,恨不自撰一部世情書,以排遣悶懷。幾欲下筆,而前後拮構,甚費經營,乃擱筆曰:我且將他人炎涼之書,其所以前後經營者,細細算出,一者可以消我悶懷,二者算出古人之書,亦可算我今又經營一書。我雖未有所作,而我所以持往作書之法,不盡備於是乎!然則我自做我之《金瓶梅》,我何暇與人批《金瓶梅》也哉!」(《竹坡閒話》)這簡直是將批書與寫書看作同等重要,將批書人和寫書人視為一體了。此外,蔡元放也對能把握《水滸後傳》作者陳忱之「文心」而充滿自信。他在《水滸後傳讀法》中多有頗為淋漓酣暢的論述,文長不引。

### (四)幽默風趣以至於油滑的批評語言

中國古代小說評點者們的批評語言當然是百花齊放的,各人有各人的風格。但那些批評大家的語言卻往往是幽默風趣的,誠如庚辰本《紅樓夢》第二十二回眉批所云:「小科諢解頤。」一段幽默風趣的批語,比那種令人昏昏然的說教當然要高明得多,也更能引起讀者的閱讀興趣。如《儒林外史》第四十七回寫道:「小廝搬出三十錠大元寶來,望桌上一掀。那元寶在桌上亂滾,成老爹的眼睛就跟這元寶滾。」在這裡,齊省堂增訂本有批語云:「用筆亦如走盤之珠。」張文虎則批道:「連成老爹心肝都跟著元寶滾哩。」諸如此

類的批語，在《聊齋誌異》中也可看到。如《罵鴨》篇篇末但明倫評曰：「余遇有負己者，每笑而置之，未嘗一罵；今乃知不罵適以害之。自今以始，將日日早起而罵之。且勸人之遇惡人者，皆大發慈悲而共罵之。特恐罵之不可勝罵，使人不得常行其慈耳。」小說原文本來就充滿諷刺意味，批評者的語言亦生動活潑、相得益彰，這樣，就更加加深了讀者的印象。

然而，這種充滿幽默諷刺意味的批語如果弄過了頭，就免不了陷入油滑的泥潭。我們先來看看金聖歎對《水滸傳》第二十六回武松與孫二娘打鬥時的一些批語：當書中寫到孫二娘「脫那綠紗衫兒，解了紅絹裙子，赤膊著」時，金聖歎批道：「必須赤膊方使下文盡興。」當書中寫到「武松就勢抱住那婦人」時，金聖歎批道：「妙人，生平未經之事。」當書中寫到武松將孫二娘「當胸前摟住」時，金聖歎批道：「前者嫂嫂（指潘金蓮）日夜望之。」當書中寫到武松「壓在婦人身上」時，金聖歎批道：「寫出妙人無可不可，思之絕倒。」這就是一種風趣到油滑的批評文字，大批評家金聖歎也未能免俗。相近的例子，在其他評點派著作中也可找到。如《三國演義》第九十三回，當書中寫到諸葛亮痛罵王朗，「王朗聽罷，氣滿胸膛，大叫一聲，撞死於馬下」時，毛宗崗批道：「周瑜有三氣，王朗只是一氣。老兒氣不起，不似少年熬得。」再如《金瓶梅》第五十三回寫到陳敬濟調戲潘金蓮，潘金蓮故意失驚罵道「怪賊囚，好大膽，就這等容容易易要奈何小丈母」時，張竹坡批道：「然則如何，不容易又如何？」還有貞復居士評點《續西遊記》第三十七回回末總批中也有這樣風趣而油滑的評語：「美婦見行者變得標緻，爭來溫存摸索，究竟不過要吃他耳。今之受婦人溫存摸索者，大可畏也。」所有這些，均堪稱可愛的幽默和可惡的油滑之結合。

### （五）具有合理因素的「讀法」

在許多評點著作中，都有所謂「讀法」。大多數批評者都很重視這些讀法，除了撰寫專題文章論述「讀某某某某法」外，有的還在具體的批評文字中指出這是「某某法」，那是「某某法」。

所謂「讀法」，就是在閱讀某部小說作品時，先提出一些讀者應注意的問題，而談得最多的乃是人物性格問題和「文法」問題。對人物性格的分析，大多帶有品評意味，有些甚至是模仿「九品中正制」的做法，對書中人物進行從「上上」到「下下」的多等級評價。而所謂「文法」，其實具有兩面性：對讀者而言，它是閱讀文本和欣賞作品的提示，是「讀法」；對作者而言，它又

是創作經驗和寫作技巧的總結，是「做法」。如金聖歎就在《讀第五才子書法》中一口氣提出了十幾條「文法」：倒插法；夾敘法；草蛇灰線法；大落墨法；綿針泥刺法；背面鋪粉法；弄引法；獺尾法；正犯法；略犯法；極不省法；極省法；欲合故縱法；橫雲斷山法；鸞膠續弦法。此後，毛宗崗在《讀三國志法》中也提出：《三國》一書，有巧收幻結之妙；有以賓襯主之妙；有同樹異枝、同枝異葉、同葉異花、同花異果之妙；有星移斗轉、雨覆風翻之妙；有橫雲斷嶺、橫橋鎖溪之妙；有將雪見霰、將雨聞雷之妙；有浪後波紋、雨後霢霂之妙；有寒冰破熱、涼風掃塵之妙；有笙簫夾鼓、琴瑟間鍾之妙；有隔年下種、先時伏著之妙；有添絲補錦、移針勻繡之妙；有近山濃抹、遠樹輕描之妙；有奇峰對插、錦屏對峙之妙。張竹坡在《批評第一奇書金瓶梅讀法》中也提出：讀《金瓶》當看其白描處；當看其脫卸處；當看其避難處；當看其手閒事忙處；當看其穿插處；當看其結穴發脈、關鎖照應處。蔡元放在《水滸後傳讀法》中也說：傳中所有各種文法甚多，如相間成文法；跳身書外法；犯而不犯法；明點法；暗照法；忙裏偷閒法；借樹開花法；烘雲托月法；加一倍寫法；火裏生蓮法；水中吐焰法；欲擒故縱法；移花接木法；另外，在《紅樓夢》脂評中也屢屢涉及各種「文法」：如草蛇灰線；避難法；躲爛碎文字法；橫雲斷山；偷度金針；山斷雲連；忙中寫閒；特犯不犯；打草驚蛇；自難自法；錯綜穿插；攢三聚五；一擊兩鳴；層巒疊翠；倒捲簾法；背面傅粉法；金蟬脫殼法；烘染法；如此等等，不一而足。

上述諸評點者所提到的「文法」，其實就是小說寫作技法，大多是具體可行的，也往往能體現批評者的藝術鑑賞力。雖然其間有些提法顯得支離破碎、重複繁瑣，甚至還受到一定程度的八股選家的影響，但大體而言，對於小說的創作和欣賞是有一定幫助的。現代寫作基礎知識中的某些概念，如明寫、暗寫、詳寫、略寫、伏筆、照應、過渡、對比、烘托、反襯、倒敘、插敘等等，大多都是由這些「文法」發展演變而成的。因此，對這些文法，我們不能輕易否定。

## （六）「後評」言及「前評」

在評點派的同一部批評著作中，還有一種引人注目的現象——「後評」言及「前評」。具體而言，也就是先有某一段批評文字以後，又有另一段批評文字對前者進行評價，或贊同、或反對、或商榷、或生發，總之是一種對「批評」的再批評。

我們先看後評對前評贊同的例證：《聊齋誌異‧噴水》篇先有王阮亭批語：「玉叔襭褓失恃，此事恐屬傳聞之訛。」後面又有何守奇評曰：「漁洋評甚明。」庚辰本《紅樓夢》第三十三回有批語云：「未喪母者來細玩，既喪母者來痛哭。」隨後，有署名「綺園」的眉批云：「批得是。」《儒林外史》第四十五回臥閒草堂有回末總評云：「俗語云：『吃了自己的清水白米飯，去管別人家的閒事。』如唐三痰輩，日日在縣門口說長論短，究竟與自己穿衣吃飯有何益處？而白首為之而不厭耶！此如溷廁中蛆蟲，翻上翻下，忙忙急急，若似乎有許多事者，然究竟日日如此，何嘗翻出廁坑之外哉！」張文虎在這裡不止一次地讚歎說：「妙喻。」「痛快，的確。」

我們再來看後評對前評進行反駁的例子：《隋史遺文》的主要批評者是袁于令，但在袁于令評改以前的《隋史遺文》本子中，已有一些原評。該書第二十八回原評云：「程咬金雖做響馬，觀其臨去通名，其氣象畢竟不同。」袁于令對此評不滿，反駁道：「通名自是粗率處，非豪舉也。」相近的例子在《儒林外史》的批評文字中也可找到，在該書第十六回、第十八回的回末總評中，都有張文虎批評先有臥閒草堂本批語的例子。然而，喜歡批駁別人的張文虎也曾遭到來自後人的批駁。《儒林外史》第三十一回有張文虎的一段批語：「此等說話少卿安得而知之，而筆之於書。然則此書非少卿者所作，可知矣。」平步青於此處批駁道：「此等說話，未必出自青然。安知敏軒不能自撰自嘲？嘯山似為作者、評者所愚。」最有趣的是庚辰本《紅樓夢》第十四回中，有兩段出自不同批評者的眉批，後批對前批簡直是一種嘲諷了。前批云：「寧府如此大家，鳳姐如此身份，豈有使貼身丫頭與家裏男人答話之理呢。此作者忽略之處。」後批嘲諷道：「彩明係未冠小童，阿鳳便於出入使令者，老兄並未前後看明，是男是女，亂加批駁可笑。」相近的例子，在《紅樓夢》庚辰本《紅樓夢》第二十六回議論寶玉處、甲戌本第二十八回「寶玉所說藥方」處、庚辰本第三十九回「口裏說請老壽星安」處均可找到，文長不引。

中國古代小說評點派的特點，遠遠不止以上所言數端，然限於筆者所掌握的材料和所具有的水平，也迫於文章的篇幅，只好就此打住了。

（原載《福州大學學報》2005 年第三期）

# 小說概念與小說文本的混淆
## ——小說批評與小說史研究檢討之一

針對中國古代小說而言，其概念與文本其實是捆綁在一起的兩張皮。迄今為止的絕大多數中國古代小說史著作和批評、研究的成果，對這兩個概念其實都是混淆使用的。這種現狀對於進一步建構我們的中國古代小說史和對中國古代小說作品進行批評研究都是極端不利的，應對之予以檢討和澄清。

一

首先，說幾句大煞風景的話。

其一：中國古代很多文獻中所謂「小說」，根本就不是我們今天從文體學意義上所說的「小說」。

其二：我們今天所謂「小說」，古人並非全部叫它「小說」。

其三：從古到今的很多名為「小說×××」的文獻、著作，其研究對象有相當大一部分不是「小說」。

由此，一個尖銳的問題就凸現出來：我們過去的一些「中國古代小說史」一類的著作和許多小說批評、小說研究的文章，所研究的對象究竟是小說「概念」，還是小說「文本」？

為了檢討這個尖銳的問題，我們不妨進一步展開上面那三句話。

關於第一句話，早期的材料主要有：

「飾小說以干縣令，其於大達亦遠矣。」(《莊子·外物》)

「若其小說家，合殘叢小語，近取譬論，以作短書，治身理家，有可觀

之辭。」（桓譚《新論》）

「小說家者流，蓋出於稗官，街談巷語，道聽途說者之所造也。」（班固《漢書‧藝文志》）

以上幾段文獻記載，是很多中國小說史著作開篇必見的「語錄」，也是小說批評領域經常引用的「小說」資料。然而，這些言論中的「小說」概念與我們實際上要研究的中國古代小說文本基本上是風馬牛不相及的。

先秦的莊子所謂「小說」，是與「大達」相對的「瑣屑言論」的意思。漢代的桓譚所謂「小說」，是將那些譬喻某種「小道理」的故事、傳說、寓言等「殘叢小語」合在一起而作的「短書」。（章炳麟《文學總略》云：「古官書皆長二尺四寸，……經亦官書，故長如之，其非經律，則稱短書。」漢代凡經、律等官書用二尺四寸竹簡書寫。其他書籍，包括「子書」在內，均以短於二尺四寸竹簡書寫，稱為「短書」。）比桓譚晚幾十年的班固雖然在《漢書‧藝文志》中將「小說」與儒、道、陰陽、法、名、墨、縱橫、雜、農「九流」並列，稱之為「諸子十家」，但卻又毫不遲疑地說了這麼一句話：「諸子十家，其可觀者九家而已。」「小說」在這位歷史學家心目中，大概只能算作諸子中的等外品，是「短書」中之「短書」也。然而，班固所謂小說家所作之「小說」，與我們今天的「小說」文體仍然不是一回事。

謂予不信，且看班固《漢書‧藝文志》所開列的小說十五家的篇目：

《伊尹說》二十七篇。（其語淺薄，似依託也。）《鬻子說》十九篇。（後世所加。）《周考》七十六篇。（考周事也。）《青史子》五十七篇。（古史官記事也。）《師曠》六篇。（見《春秋》，其言淺薄本與此同，似因託之。）《務成子》十一篇。（稱堯問，非古語。）《宋子》十八篇。（孫卿道宋子，其言黃、老意。）《天乙》三篇。（天乙謂湯，其言非殷時，皆依託也。）《黃帝說》四十篇。（迂誕依託。）《封禪方說》十八篇。（武帝時。）《待詔臣饒心術》二十五篇。（武帝時。）《待詔臣安成未央術》一篇。《臣壽周紀》七篇。（項國圉人，宣帝時。）《虞初周說》九百四十三篇。（河南人，武帝時以方士侍郎號黃車使者。）《百家》百三十九卷。右小說十五家，千三百八十篇。

這十五家所著一千三百八十篇（卷）「小說」作品，今天是很少可以看得到了，但從上引括號中那些班固自注的文字中，我們卻可大致明白這中間有實

錄、有考辨、有論說、有異術，乃至有怪誕之說，相當雜蕪，而如今之所謂小說文體者卻很難找到。

為了說明問題，不妨以其中篇幅最巨、影響最大的《虞初周說》為例作一點小小的考證。所謂《虞初周說》，指的是虞初這個人所作之《周說》這本書。關於虞初其人的記載，最早見於《史記·封禪書》：「太初元年，是歲西伐大宛，蝗大起。丁夫人、洛陽虞初等以方祠詛匈奴、大宛。」隨後便是《漢書·藝文志》著錄小說十五家在《虞初周說》後面的注釋，全文如下：「河南人，武帝時以方士侍郎號黃車使者。應劭曰：其說以《周書》為本。師古曰：《史記》云虞初洛陽人。即張衡《西京賦》小說九百，本自虞初者也。」那麼，張衡《西京賦》中是怎樣說的呢？原文如下：「匪唯玩好，乃有秘書。小說九百，本自虞初。」薛綜注云：「小說，醫巫厭祝之術，凡有九百四十三篇，言九百，舉大數也。持此秘術，儲以自隨，待上所求問，皆常具也。」由上可知，虞初乃漢文帝時洛陽人氏，是一位善詛咒的方士。著有《周說》一書，以史書《周書》為本，被歸入小說者流。當時人所謂「小說」，乃「九流」之外的雜書，其中包括醫巫厭祝之類。《虞初周說》九百四十三篇，內容龐雜，是作者用來回答皇帝詢問的資料彙集。由上可見，先秦兩漢文獻中記載的「小說」只能是文獻學意義上的小說，根本就不是今天文藝學概念中的小說。

二

自《漢書·藝文志》而下，從唐初長孫無忌、魏徵等人修撰的《隋書·經籍志》直到清中葉紀昀等人編撰的《四庫全書總目》，很多歷史文獻都著錄了「小說家」的作品，但多半也不是文藝學意義上的小說。

《隋書·經籍志》將小說歸之於「經史子集」四部中的「子」部，並列出了二十五部小說的目錄：

> 《燕丹子》一卷。（丹，燕王喜太子。梁有《青史子》一卷；又《宋玉子》一卷、錄一卷，楚大夫宋玉撰；《群英論》一卷，郭頒撰；《語林》十卷，東晉處士裴啟撰。亡。）《雜語》五卷。《郭子》三卷。（東晉中郎郭澄之撰。）《雜對語》三卷。《要用語對》四卷。《文對》三卷。《瑣語》一卷。（梁金紫光祿大夫顧協撰。）《笑林》三卷。（後漢給事中邯鄲淳撰。）《笑苑》四卷。《解頤》二卷。（楊松玢撰。）

《世說》八卷。（宋臨川王劉義慶撰。）《世說》十卷。（劉孝標注。梁有《俗說》一卷，亡。）《小說》十卷（梁武帝敕安右長史殷芸撰。梁目，三十卷。）《小說》五卷。《逦說》一卷。（梁南臺治書伏挺撰。）《辯林》二十卷。（蕭賁撰。）《辯林》二十卷。（席希秀撰。）《瓊林》七卷。（周歠門學士陰顥撰。）《古今藝術》二十卷。《雜書鈔》十三卷。《座右方》八卷。（庾元威撰。）《座右法》一卷。《魯史欹器圖》一卷。（儀同劉微注。）《器準圖》三卷。（後魏丞相士曹行參軍信都芳撰。）《水飾》一卷。右二十五部，合一百五十五卷。

這個目錄中的有些書籍，我們今天是可以看得到的，但這二十五部作品，除了諸如《笑林》《世說》等軼事作品總共大約十部之外，其他更多的作品基本上也與現代之所謂小說毫無關係。

同樣是唐代，劉知幾在其《史通・雜誌》中對文言小說作了十類劃分：一曰偏記，二曰小錄，三曰逸事，四曰瑣言，五曰郡書，六曰家史，七曰別傳，八曰雜記，九曰地理書，十曰都邑薄。

以上十類中，除了「瑣言」中的劉義慶《世說新語》等作品、「雜記」中的干寶《搜神記》等作品、「逸事」中的葛洪《西京雜記》等部分作品之外，其他多為歷史或地理著作，是不能算作小說的。可見，在劉知幾的心目中，小說觀念仍然不很明晰，且往往與正史之外的記事文相混淆。

不要說唐代的歷史學家長孫無忌、劉知幾等人，甚至一直到清代的大學者紀曉嵐輩，他們的小說觀念照樣與今天有著十萬八千里的距離。

《四庫全書總目》卷一百四十《子部・小說家類一》謂：「張衡《西京賦》曰：『小說九百，本自虞初。』《漢書・藝文志》載《虞初周說》九百四十三篇，注稱武帝時方士，則小說興於武帝時矣。故《伊尹說》以下九家，班固多注依託也。然屈原《天問》雜陳神怪，多莫知所出，意即小說家言。而《漢志》所載《青史子》五十七篇，賈誼《新書・保傅》篇中先引之，則其來已久，特盛於《虞初》耳。跡其流別，凡有三派：其一敘述雜事，其一記錄異聞，其一綴緝瑣語也。」

紀曉嵐們認為，中國古代的文言小說，可分為三大派：雜事、異聞、瑣語。那麼，這三大類中，又有哪些作品與今之所謂小說吻合呢？

我們首先來看《四庫全書總目》從卷一百四十《子部・小說家類一》到卷一百四十二《子部・小說家類三》中開列的小說書目：

《西京雜記》六卷，《世說新語》三卷，《朝野僉載》六卷，《唐國史補》三卷，《大唐新語》十三卷，《次柳氏舊聞》一卷，《劉賓客嘉話錄》一卷，《明皇雜錄》二卷《別錄》一卷，《因話錄》六卷，《大唐傳載》一卷，《教坊記》一卷，《幽閒鼓吹》一卷，《松窗雜錄》一卷，《雲溪友議》三卷，《玉泉子》一卷，《雲仙雜記》十卷，《唐摭言》十五卷，《中朝故事》二卷，《金華子》二卷，《開元天寶遺事》四卷，《鑒戒錄》十卷，《南唐近事》一卷，《北夢瑣言》二十卷，《賈氏談錄》一卷，《洛陽縉紳舊聞記》五卷，《南部新書》十卷，《王文正筆錄》一卷，《儒林公議》二卷，《涑水記聞》十六卷，《澠水燕談錄》十卷，《歸田錄》二卷，《嘉祐雜誌》二卷，《東齋記事》六卷，《青箱雜記》十卷，《錢氏私志》一卷，《龍川略志》十卷《別志》八卷，《後山談叢》四卷，《孫公談圃》三卷，《孔氏談苑》四卷，《畫墁錄》一卷，《甲申雜記》一卷，《聞見近錄》一卷，《隨手雜錄》一卷，《湘山野錄》三卷《續錄》一卷，《玉壺野史》十卷，《東軒筆錄》十五卷，《侯鯖錄》八卷，《泊宅編》三卷，《珍席放談》二卷，《鐵圍山叢談》六卷，《國老談苑》二卷，《道山清話》一卷，《墨客揮犀》十卷，《唐語林》八卷，《楓窗小牘》二卷，《南窗記談》一卷，《過庭錄》一卷，《萍洲可談》三卷，《高齋漫錄》一卷，《默記》三卷，《揮塵前錄》四卷《後錄》十一卷《第三錄》三卷《餘話》二卷，《玉照新志》六卷，《投轄錄》一卷，《張氏可書》一卷，《聞見前錄》二十卷，《清波雜志》十二卷《別志》三卷，《雞肋編》三卷，《聞見後錄》三十卷，《北窗炙輠錄》一卷，《步里客談》二卷，《桯史》十五卷，《獨醒雜志》十卷，《耆舊續聞》十卷，《四朝聞見錄》五卷，《癸辛雜識前集》一卷《後集》一卷《續集》二卷《別集》二卷，《隨隱漫錄》五卷，《東南紀聞》三卷，《歸潛志》十四卷，《山房隨筆》一卷，《山居新語》四卷，《遂昌雜錄》一卷，《樂郊私語》一卷，《輟耕錄》三十卷，《水東日記》三十八卷，《菽園雜記》十五卷，《先進遺風》二卷，《觚不觚錄》一卷，《何氏語林》三十卷。右小說家類雜事之屬，八十六部五百八十一卷。

《山海經》十八卷，《山海經廣注》十八卷，《穆天子傳》六卷，《神異經》一卷，《海內十洲記》一卷，《漢武故事》一卷，《漢武帝

內傳》一卷，《漢武洞冥記》四卷，《拾遺記》十卷，《搜神記》二十卷，《搜神後記》十卷，《異苑》十卷，《續齊諧記》一卷，《還冤志》三卷，《集異記》一卷，《博異記》一卷，《前定錄》一卷《續錄》一卷，《桂苑叢談》一卷，《劇談錄》二卷，《宣室志》十卷《補遺》一卷，《唐闕史》二卷，《甘澤謠》一卷，《開天傳信記》一卷，《稽神錄》六卷，《江淮異人錄》二卷，《太平廣記》五百卷，《茅亭客話》十卷，《分門古今類事》二十卷，《陶朱新錄》一卷，《睽車志》六卷，《夷堅支志》五十卷。右小說家類異聞之屬，三十二部七百二十四卷。

《博物志》十卷，《述異記》二卷，《酉陽雜俎》二十卷《續集》十卷，《清異錄》二卷，《續博物志》十卷。右小說家類瑣語之屬，五部五十四卷。

此外，在《四庫全書總目》卷一百四十三《子部·小說家類存目一》和卷一百四十四《子部·小說家類存目二》中，四庫館臣們還給我們開列了相當大數字的小說類作品的目錄：

《燕丹子》三卷，《漢雜事秘辛》一卷，《飛燕外傳》一卷，《大業拾遺記》二卷，《海山記》一卷，《迷樓記》一卷，《開河記》一卷，《續世說》十卷，《丁晉公談錄》一卷，《殘本唐語林》二卷，《昨夢錄》一卷，《談藪》一卷，《月河所聞集》一卷，《養屙漫筆》一卷，《清夜錄》一卷，《翠屏筆談》一卷，《朝野遺記》一卷，《三朝野史》一卷，《幽居錄》三卷，《至正直記》四卷，《冀越集記》二卷，《農田餘話》二卷，《東園客談》一卷，《東園友聞》一卷，《可齋雜記》一卷，《方洲雜言》一卷，《塞齋瑣綴錄》八卷，《雙槐歲抄》十卷，《石田雜記》一卷，《雙溪雜記》無卷數，《立齋閒錄》四卷，《寓圃雜記》十卷，《復齋日記》二卷，《野記》四卷，《前聞記》一卷，《明記略》四卷，《近峰聞略》八卷，《下陴紀談》二卷，《延休堂漫錄》三十六卷，《剪勝野聞》一卷，《玉堂漫筆》三卷，《金臺紀聞》二卷，《春風堂隨筆》一卷，《知命錄》一卷，《溪山餘話》一卷，《願豐堂漫書》一卷，《見聞考隨錄》無卷數，《碧里雜存》一卷，《蘋野纂聞》一卷，《賢識錄》一卷，《病逸漫記》無卷數，《孤樹裒談》十卷，《吏隱錄》二卷，《北窗瑣語》無卷數，《蟻頭密語》一卷，《病榻遺言》

二卷,《名世類苑》四十六卷,《邇訓》二十卷,《西吳俚語》四卷,《明朝典故輯遺》二十卷,《吳社編》一卷,《筆記》一卷,《世說新語補》四卷,《樊川叢話》八卷,《西臺漫記》六卷,《見聞雜記》四卷,《林居漫錄前集》六卷《畸集》五卷,《闇然堂類纂》六卷,《西山日記》二卷,《玉堂叢語》八卷,《貽清堂日抄》無卷數,《汝南遺事》二卷,《客座贅語》十卷,《剪桐載筆》一卷,《金華雜識》四卷,《嶠南瑣記》二卷,《琅嬛史唾》十六卷,《避暑漫筆》二卷,《明世說新語》八卷,《管窺小識》四卷,《見聞錄》八卷,《太平清話》四卷,《西峰淡話》四卷,《蘭畹居清言》十卷,《癸未夏抄》四卷,《明遺事》三卷,《雲間雜記》三卷,《讀史隨筆》六卷,《玉堂薈記》一卷,《庭聞州世說》無卷數,《客途偶記》一卷,《玉劍尊聞》十卷,《明語林》十四卷,《明逸編》十卷,《聞見集》三卷,《筇竹杖》七卷,《今世說》八卷,《秋谷雜編》三卷,《隴蜀餘聞》一卷,《皇華紀聞》四卷,《硯北叢錄》無卷數,《漢世說》十四卷,《過庭紀餘》三卷。右小說家類雜事之屬一百一部四百七十五卷(內七部無卷數),皆附存目。

《山海經釋義》十八卷圖二卷,《幽怪錄》一卷,《續幽怪錄》一卷,《續元怪錄》四卷,《龍城錄》二卷,《獨異志》二卷,《陸氏集異記》四卷,《劍俠傳》二卷,《錄異記》八卷,《括異志》十卷,《青瑣高議前集》十卷《後集》十卷,《雲齋廣錄》八卷《後集》一卷,《五色線》二卷,《峽山神異記》一卷,《開窗括異志》一卷,《續夷堅志》二卷,《異聞總錄》四卷,《效顰集》三卷,《談纂》二卷,《陸氏虞初志》八卷,《志怪錄》五卷,《西樵野記》四卷,《廣夷堅志》二十卷,《見聞紀訓》一卷,《耳抄秘錄》一卷,《高坡異纂》二卷,《冶城客論》二卷,《祐山雜說》一卷,《古今奇聞類記》十卷,《二酉委談》一卷,《燃犀集》四卷,《異林》十六卷,《快雪堂漫錄》一卷,《孝經集靈》一卷,《前定錄》二卷,《仙佛奇蹤》四卷,《獪園》十六卷,《耳新》十卷,《王氏雜記》十四卷,《燕山叢錄》二十二卷,《芙蓉鏡孟浪言》四卷,《敝帚軒剩語》三卷《補遺》一卷,《耳談》十五卷,《聞見錄》一卷,《逸史搜奇》無卷數,《四明龍薈》一卷,《才鬼記》十六卷,《蚓庵瑣語》一卷,《矩齋雜記》二卷,《冥

報錄》二卷，《雷譜》一卷，《史異纂》十六卷，《有明異叢》十卷，《觚剩》八卷《續編》四卷，《曠園雜誌》二卷，《述異記》三卷，《鄗署雜抄》十四卷，《果報見聞錄》一卷，《信徵錄》一卷，《見聞錄》一卷，《簪雲樓雜說》一卷。右小說家類異聞之屬六十部三百五十二卷（內一部無卷數），皆附存目。

《笑海叢珠》一卷，《牡丹榮辱志》一卷，《東坡問答錄》一卷，《漁樵閒話》二卷，《開顏集》二卷，《談諧》一卷，《諧史》一卷，《古今諺》一卷，《滑稽小傳》二卷，《笑苑千金》一卷，《醉翁滑稽風月笑談》一卷，《文章善戲》一卷，《拊掌錄》一卷，《古杭雜記詩集》四卷，《玉堂詩話》一卷，《埤雅廣要》二十卷，《十處士傳》一卷，《蓬窗類記》五卷，《博物志補》二卷，《古今文房登庸錄》一卷，《香奩四友傳》二卷，《居學餘情》三卷，《古今諺》二卷《古今風謠》二卷，《黎洲野乘》無卷數，《六語》三十卷，《廣滑稽》三十六卷，《諧史集》四卷，《古今寓言》十二卷，《廣諧史》十卷，《清異續錄》三卷，《小窗自紀》四卷《豔紀》十四卷《清紀》五卷《別紀》四卷，《豆區八友傳》一卷，《筆史》二卷，《青泥蓮花記》十三卷，《板橋雜記》三卷。右小說家類瑣語之屬三十五部二百二十七卷（內一部無卷數），皆附存目。

以上這三百一十九部二千四百一十三卷文言「小說」作品，至少有一半與今天所謂「小說」不搭界。與之相反的一個信息就是，像我們今天認為的正宗小說——通俗小說一派，在《四庫全書》中根本見不到一鱗半爪。也就是說，直到清代，在那些學者文人的心目中，「小說」概念與「小說」文本仍然是兩張皮，根本貼不到一起。

三

關於第二句話，今天我們所謂的小說，古人叫做什麼呢？

叫法很多，除了上面已經出現過的某些概念以外，還有諸如「傳奇」「說部」「話本」「虞初」「稗傳」「稗官」「野乘」「演義」「志傳」「遺史」「野史」「詩話」「詞話」等等，這樣一些概念，或偏或全，指的正是我們今天所謂「小說」。對於這樣一些「小說」之異稱，凡治中國古代小說史或從事小說批評研究者均心知肚明，此處就不一一舉例說明了。

關於第三句話，既然有些叫做「小說」的可能不是小說，而不叫做「小說」的反而是貨真價實的小說，這樣一來，很多關於中國古代小說的論著、甚至是著名論著對其論述之對象就有了極大的偏差。

聊舉犖犖大者為例：

蔣瑞藻的《小說考證》將《荊釵記》《西廂記》等戲劇作品與《三國志演義》《水滸》混為一談，統稱小說。

魯迅的《古小說鉤沉》「鉤」的都是今之所謂「小說」嗎？愚以為至少其中的《青史子》《水飾》之類不是吧。魯迅的《中國小說史略》第三篇「漢書藝文志所載小說」也基本上不是小說。

阿英的《小說閒談》直至《小說二談》《小說三談》《小說四談》中，既有《彈詞小說論》《彈詞小說二論》《彈詞小話引》《彈詞論體》等文章，又將《珍珠塔》等大量彈詞作品作為小說來進行研究，甚至還有《雜劇三題》《清末的時調》《關於川劇〈柳蔭記〉》等文章。是將多種通俗敘事文體均看作「小說」，更顯其駁雜。

程毅中的《古小說簡目》甚至將《茶經》《煎茶水記》等飲饌之屬的作品也收入其中。

袁行霈、侯忠義的《中國文言小說書目》則除了《茶經》《煎茶水記》之外，還收了被《四庫全書總目》譏之為「是書皆雜鈔古今名物訓詁及奇文雋字，可供詞藻者之用者，隨筆所記，頗無倫次」的《書蕉》一書，甚至還收了《乾嘉詞壇點將錄》這樣的作品。

綜合以上諸大家的做法，「小說」是什麼？可真正是「妾身未分明」了。她既是一個文獻學中的類別概念，而且按照中國的傳統分法，屬於經史子集四部中的「子部」，同時，它又是一個包含了戲曲和多種講唱文學的通俗敘事作品的大雜燴。

我們這樣來認定什麼是小說，進而根據這種認識來寫小說史或進行小說批評研究，難道不是一個極大的悲劇嗎？

其實，應該有不少人早已看到這中間的問題，但是，為什麼我們的小說史和小說批評著作還要依照這樣一個模式寫下去呢？

原因有二，一是迷信權威，二是思維慣性。既然從班固到紀曉嵐再到魯迅這些權威人士都認為那些東西是「小說」，我們怎麼敢說它不是小說？既然大家名家們都這樣寫小說史或從事小說批評研究，我為什麼要別具一

格呢？

　　但是，這樣一來，可就對不起那些真正的小說作家和小說作品了，同樣，也就對不住那些想真正瞭解中國古代小說史的芸芸眾生了。

　　因此，我們要想實事求是地研究中國古代小說，首先必須明確自己的研究對象是什麼？或者說，我們是要研究小說概念史抑或是小說文本史？但更多的中國古代小說史和批評研究著作，其實是將中國古代的小說概念和小說文本這樣兩個大相徑庭的東西雜糅到了一起，弄成了非驢非馬的東西。

## 四

　　如此一來，首先必須正名：我們所研究的文藝學中的「小說」指的是什麼。

　　第一，她必須是以敘事為主的，而不是以議論、說明、抒情為主的。

　　第二，她必須是寫人的，當然，這其中也包括具有人格意味的神仙鬼怪。

　　第三，她的敘事寫人必須是一個完滿自足的整體，而不是局部零星或者殘缺不全的片斷。

　　第四，她必須具有一定程度的虛構，而不是完全照抄歷史著作甚或連細節描寫都忠實於歷史事實。

　　第五，她必須是以散文為主的，詩詞歌賦乃至講唱藝術因素則只能具有輔助作用。

　　按照以上五條標準，筆者提出以下幾個文藝學意義上的概念：純小說、準小說、次小說、泛小說。

　　完全符合上述五條標準的是「純小說」，這是研究中國古代小說文本史的重點。基本符合以上五條標準但不夠嚴格而全面者，謂之「準小說」或「次小說」。準小說與次小說在本質上是一樣的，其區別在於：準小說產生於純小說之前，而次小說則出現於純小說之後。符合上述五條標準的前四條而不符合第五條者，謂之「泛小說」，主要指的就是除戲曲之外的某些講唱文學作品。為什麼要將戲曲除外？因為在中國古代文學史上，戲曲是與小說並列的一種文體，而其他講唱文學樣式則多半是依附戲曲或小說而存在的，故而將依附於小說而存在的那些講唱文學樣式認作「泛小說」。

　　凡不符合以上五條標準而只有一個「小說」名稱者乃是文獻學中的「小

說」，如上文提到的《青史子》《水飾》《茶經》《煎茶水記》《荆釵記》《西廂記》《書蕉》《乾嘉詞壇點將錄》之類。這些，應該是中國古代小說概念研究者或文獻學研究者的任務。

（原載《湖北師範學院學報》2014 年第一期）

# 漢魏至宋元小說批評芻議

　　我國古代的小說批評，直到明清兩代才日漸成熟，但從漢魏至宋元一千多年內，許多文人學者對「小說」的認識和批評，已有不少引人注目之處。現抉其要，略作爬梳。

## 一、小說觀念的萌發和演變

　　在先秦諸子的言論中，「小說」與「小家珍說」「小道」的含義比較接近。如《論語·子張》篇載：「子夏曰：『雖小道，必有可觀者焉，致遠恐泥，是以君子不為也。』」（這段話被後代小說批評家屢屢引用，但多作孔子言論，如《漢書·藝文志》《隋書·經籍志》等）如《莊子·外物》篇云：「飾小說以干縣令，其於大達亦遠矣。」如《荀子·正名》篇謂：「故知者論道而已矣，小家珍說之所願皆衰矣。」在這裡，子夏所稱的「小道」，指的是一些具體的才藝伎能的「小道理」，而非儒家之正道、大道。莊子所謂「小說」，指的也是與「大達」相對的「小道理」，莊子意在說明萬事萬物中「大」與「小」的對應關係，所謂各盡其能、各有功效。荀子所謂「小家珍說」，亦乃指與「道」相對而言的其他學說，也是與聖賢大家所謂「正道」相對的「小道理」。上述這些概念，如「小道」、「小說」、「小家珍說」等等，均與今天所謂「小說」這種文體的概念不是一回事。因此可以說，就我們目前所掌握的材料來看，先秦時代並無關於現代意義上「小說」概念的批評文字。

　　到漢代，才有比較接近於現代對「小說」認識的言論出現。班固在《漢書·藝文志》中將諸子分為儒、道、陰陽、法、名、墨、縱橫、雜、農、小說十家之後，接著說：「諸子十家，其可觀者九家而已。」在這位歷史學家的心

目中，「小說」實乃未入流的附驥者。但我們仍然得感謝班固，因為他畢竟還是十分慎重地排列出十五家「小說」的目錄，並指出：「小說家者流，蓋出於稗官，街談巷語，道聽途說者之所造也。」這就告訴我們，小說出自稗官，而稗官其實大都不過是採集、整理者，小說的真正發源地應是「街談巷語，道聽途說」，亦即來自民間。但是，必須指出，班固這裡所謂「小說」，並不完全等同於今天「小說」的概念，而是指的「九家」之外的其他學說或記載，這又與子夏、莊子、荀子的「小說」、「小道」等概念有所聯繫。其實，在班固以前幾十年，桓譚（約公元前 23 年～公元 50 年）在其《新論》中就有一段話，正好告訴我們，先秦人們所認為的「小道理」是怎樣演變成為漢代人所認識的「小說」的。桓譚說：「若其小說家，合叢殘小語，近取譬論，以作短書，治身理家，有可觀之辭。」由此可以看出，將那些譬喻某種「小道理」的故事、傳說、寓言等「叢殘小語」合在一起，以作「短書」，便屬小說家一途。當然，桓譚與班固所認為的「小說家」仍有不同之處。桓譚所論，主要指「短書」一類的小說，而班固所開列的小說十五家的篇目，竟有一千三百八十篇（卷）之數，而且其中有實錄、有考辨、有論說、有異術，乃至有怪誕之說，相當雜蕪，並非「短書」所能涵蓋。

由漢至晉，亦有從神話的角度來探討小說之內涵者。例如漢代的劉歆在其《上山海經表》中就聲稱，《山海經》中所載神異內容「皆聖賢之遺事，古文之著明者也」，用以證明其真實性。這種觀點本身自然是錯誤的，《山海經》不過是「古之巫書也」（魯迅語），不可能是歷史的真實記錄，但其中所載的神異之事卻正是中國小說形成的源頭之一。從這個意義上講，劉歆的闡述還是有一定價值的，而且對後世產生了較大影響。例如，比劉歆稍晚的東漢郭憲《漢武洞冥記自序》就認為他自己的神異小說《漢武洞冥記》（此書或認為係六朝人託名郭憲所作）「成一家之書」。東晉郭璞則在其《注山海經敘》中希望像《山海經》這樣的作品「逸文不墜於世，奇言不絕於今」，充分肯定了《山海經》的要素之一乃在於「奇」，這正好抓住了中國古代小說產生的要害問題。東晉的另一位好事者葛洪在他的《神仙傳自序》中對「劉向所述，殊甚簡略，美事不舉」表示不滿，而認為記載神仙故事應該做到「深妙奇異」，亦堪與郭璞同調。以上諸家，可以說從某一特定角度對小說觀念的形成做出了貢獻。

在中國古代，並非先有了小說作品，然後才有小說理論；更不是先有了

小說理論，然後再從事小說創作。尤其在漢魏六朝時期，小說的創作與批評基本上是同步發展並相互影響的。在上述漢晉人的小說觀念逐步萌發的同時，漢晉的作家們也正在不自覺地撰寫著被後人認為是小說或準小說一類的作品；而對於小說觀念的認識，也隨著小說作品的日益增多而略顯端倪。六朝以降，隨著志人、志怪小說作品的大量湧現，人們對小說觀念的認識又有了進一步的發展演變。

唐初，長孫無忌等修撰《隋書・經籍志》，將小說歸之於「經史子集」四部中之「子」部，列出了二十五部小說的目錄，並宣稱：「小說者，街說巷語之說也。」而其所列的二十五條書目中，只有十部左右的諸如《笑林》等笑話作品和《世說》等志人作品與後世小說有緣，其他均乃「雜記」「雜說」之類。可見，長孫無忌們的小說觀念仍屬模糊而寬泛。

稍後，劉知幾在其《史通・雜誌》篇中對文言小說作了十類劃分：「一曰偏記，二曰小錄，三曰逸事，四曰瑣言，五曰郡書，六曰家史，七曰別傳，八曰雜記，九曰地理書，十曰都邑薄。」在十類中，除了「瑣言」中的劉義慶《世說新語》等作品、「雜記」中的干寶《搜神記》等作品、「逸事」中的葛洪《西京雜記》等部分作品之外，其他多為歷史或地理著作，是不能算作小說的。可見，在劉知幾的心目中，小說觀念仍然不很明晰，且往往與正史之外的記事文相混淆。

中國文言小說至唐代一變，「乃作意好奇」（胡應麟語），小說觀念也隨之而發生演變。韓愈在《答張籍書》中提出寫文章除了宣傳正道之外，還有「所以為戲」的一面，後來又在《重答張籍書》中進一步提出「昔者夫子猶有所戲」。而柳宗元則在《讀韓愈所著毛穎傳後題》中提出「有益於世」的觀點。唐傳奇作家沈既濟《任氏傳》則指出寫小說要「著文章之美，傳要妙之情」。他們論述的角度雖有不同，但對小說的認識，顯然比前人又進了一步。可惜的是，儘管唐代的某些文人已經創作了大量的傳奇小說，但他們仍未從理論上認識到小說是一種獨立的文體，還是將小說與嘲戲性的文章混為一談，上述韓、柳之論便是如此。

宋代的一些文人對小說的認識，較之唐人要明確得多。趙德麟在《元微之崔鶯鶯商調蝶戀花詞》中說：「夫傳奇者，唐元微之所述也。以不載於本集而出於小說，或疑其非是。」在這裡，趙氏明確指出唐代元稹的傳奇《鶯鶯傳》是不載於本集的小說，是與元稹其他作品所不同的別具一格的產物。而

洪邁在《容齋隨筆》中則說：「唐人小說，小小情事，淒惋欲絕，洵有神遇而不自知者，與詩律可稱一代之奇。」更為明確地將「小說」與「詩律」並稱。趙彥衛在《雲麓漫鈔》中提出，傳奇小說的創作須「文各眾體，可見史才、詩筆、議論」。陳振孫在《直齋書錄解題》中針對尹師魯認為范仲淹《岳陽樓記》「傳奇體爾」的議論，指出「文正（范仲淹）豈可與傳奇同日語哉？」陳氏本想為范仲淹辯護，無意中卻道出了「傳奇」小說與其他散文的區別。從上述這些言論中，可以看到宋代某些文人對「小說」這一文學體裁的重新認識。小說不僅不同於詩歌，也不同於歷史著作，甚至還不同於一般的記事文章，而被認作是一種具有獨立品格的文體。

宋元時期，說話伎藝勃興，由此也造就了一大批「宋元話本」小說，隨之而來的便是出現了對說話和話本的分類。在南宋灌園耐得翁的《都城紀勝》、宋末吳自牧的《夢粱錄》、宋元之交周密的《武林舊事》、宋末元初羅燁的《醉翁談錄》中，都有關於說話或話本分類問題的闡述。儘管以上諸家的分類法不盡相同，但這種將白話小說進行分類的做法本身即說明當時人小說觀念的明確性。無論如何，他們是不大可能將「小說」混同於其他文體了。在這裡，尤其值得一提的是羅燁。他除了給話本小說分類，並列舉了一大批各類小說的名目之外，還論述了小說的來源和講演小說的基本要求。他說：「小說者流，出於機戒之官，遂分百官記錄之司。由是有說者縱橫四海，馳騁百家。」他又說：「夫小說者，雖為末學，尤務多聞。非庸常淺識之流，有博鑒該通之理。」

綜上所述，漢魏至宋元時期人們對小說觀念的認識經歷了一千多年的漫長過程，並伴隨著小說創作的發展而發展。秦以前無小說，亦無小說觀念，諸子中某些近乎「小說」一類的概念，均非指真正意義上的小說。漢晉六朝，小說觀念開始萌發，但過於雜蕪。唐代的小說觀念，則經歷了一個由寬泛到專指、由模糊到清晰的過程。直到宋元時期，人們對文言小說和白話小說才有了較為明確的認識，從而產生了頗為接近今人所謂的小說觀念。

## 二、翼史意識與傳奇興趣

中國的小說，從它誕生之日起，就嚴重地存在著對史學的依附性。歷史著作產生於史官文化，而小說作品則產生於稗官文化，二者的區別一開始主要在於正史與野史之間。就二者的關係而言，野史是正史的羽翼和補充，野

史是依賴於正史的存在而存在的。這就造成了中國古代的小說批評理論長期以來幾乎是在闡釋著小說與歷史的關係，而且是一種依附關係。這便是小說批評中的「翼史意識」。

史學的核心是真實性，即所謂「其文質、其事核、不虛美、不隱惡」(《漢書·司馬遷傳贊》)。在漢晉六朝的一些文人看來，小說既是歷史的補充和羽翼，就必須強調其真實性，強調實錄原則。這就造成了一種有趣的矛盾現象：某些作家一方面在實踐過程中創作志怪小說，一方面卻在理論上聲稱他們所寫的神異事物的真實性。這方面，東晉的干寶是一個典型。干寶所寫的《搜神記》，被《晉書》本傳稱之為「博採異同，遂混虛實」，而他本人卻在其《搜神記序》中一再宣稱：「考先志於載籍，收遺逸於當時」，「訪行事於故老」，「明神道之不誣」。如果說，干寶還只是將他筆下的神異故事強行認為是真實記載的話，那麼，南朝梁代的蕭綺則對小說創作提出了更加嚴格地靠近歷史真實的要求。他在《拾遺記序》中說：「推詳往跡，則景徹經史；考驗真怪，則叶附圖籍。」乃至要根據歷史考證的方法來對付小說創作了。

在這一時期的小說作者和批評者們看來，所謂真實性有幾層含義：其一，強調親聞目睹，亦即相信小說中所寫的事是地地道道的真實之事。如《晉書·干寶傳》載：「寶父先有所寵侍婢，母甚妒忌。及父亡，母乃生推婢於墓中，寶兄弟年小，不之審也。後十餘年，母喪，開墓而婢伏棺如生。載還，經日乃蘇，言其父常取飲食與之，恩情如生。在家中，吉凶輒語之，考校悉驗，地中亦不覺為惡。既而嫁之，生子。又，寶兄嘗病，氣絕積日，不冷。後遂寤，云見天地間鬼神事如夢覺，不自知死。寶以此遂撰集古今神祇靈異人物變化，名為《搜神記》。」

可以肯定，《晉書》所載的這兩件事的真實性是讓人懷疑的，尤其是第一件事，可謂荒誕不經。然而，堂堂信史《晉書》卻煞有介事地記了下來，並認為是干寶寫《搜神記》的動因。可見從《晉書》作者到干寶本人都把這事當成真的，因為這符合他們「一耳一目之所親聞睹」(《搜神記序》)的原則。其實，他們不是受騙，便是說謊。殊不知，目睹之事尚有幻象產生，如海市蜃樓之類；耳聞之事，便更有幾分不可信了，所謂以訛傳訛是也。這麼一來，干寶們自認為是在強調真實性，不料卻弄假成真了。其二，強調考索史料圖籍，亦即依賴於史籍中的記載來印證小說的真實性。上引蕭綺的觀點就是這方面的典型。但他們似乎並不知道，所謂史籍記載，其中實際上已納入了不少上古

神話與傳說，有的甚至就是史官或諸子們所編的寓言一類的東西或捕風捉影想當然的產物。上引信史《晉書》中關於干寶家的兩件事就足以證明。如果將這些記載統統看成是真實可靠的，並以此去印證小說的真實性，就必然會犯以假充真、虛實不辨的錯誤。其三，約略感覺到自己寫的故事不一定真實，卻要硬性向歷史真實靠攏，不少搜集神話傳說來寫小說者大都如此。如葛洪撰《神仙傳》十卷，他在《自序》中就提到其弟子滕升有疑問：「先生云，仙化可得，不死可學，古之得仙者，豈有其人乎？」而葛洪卻扯了一大通古人成仙的故事，結果也沒有證明現實生活中確有不死之人或白日飛昇者，最後又說這些是「先師所說，耆儒所論」，強化其真實性，這就不只是弄假成真、以假充真，簡直有點自欺欺人了。

上述幾種強調小說實錄原則的看法，究其根源，終歸是想將小說向正史靠攏，是要為那些神奇的故事找到歷史根據。但小說畢竟不是正史，它是正史之遺，是羽翼正史的，同時又是富有傳奇意味的「史」，這就勢必造成當時的小說家和批評者們翼史意識與傳奇興趣的雜糅。

郭璞的《注山海經敘》，正體現了這種雜糅的思想。他針對「世之覽《山海經》者，皆以其閎誕迂誇，多奇怪俶儻之言，莫不疑焉」的狀況，一連列舉了《汲郡竹書》、《穆天子傳》、《史記》中的記載，以證實《山海經》中關於穆王與西王母神話的真實性，這便是企圖在神話與歷史真實中間劃等號，便是小說批評中翼史意識的體現。然而，在同一篇文章中，他又希望《山海經》「逸文不墜於世，奇言不絕於今」，這便是傳奇興趣的流露。諸如此類的思想雜糅，在漢晉六朝的小說作者和批評者那兒幾乎都可以找到。他們既認為由神話傳說演變而來的志怪小說所言屬實，同時又欣賞其間的神奇色彩。他們將二者統一起來的方法便是辯「虛」為「實」，將故事歸於信史。

到唐代，情況發生了微妙的變化。一部分文人明確指斥小說中的「不真實」，如劉知幾在《史通·採撰》篇中，說他「惡道聽途說之違理，街談巷議之損實」，認為《語林》等小說「其事非聖」「其言亂神」。他還在《史通·雜述》篇中說：「逸事者，皆前史所遺，後人所記，求諸異說，為益實多，及妄者為之，則敬載傳聞，而無銓擇，由是真偽不別，是非相亂，如郭子橫之《洞冥》、王子年之《拾遺》，金構虛辭，用驚愚俗，此其為弊之甚者也。」這實際上是從另一個更嚴格的角度來要求小說的「真實性」，是更為強硬的翼史意識。另一部分文人則更注重傳奇興趣，如沈既濟在其傳奇小說《任氏傳》

中，一開始便歎曰：「嗟呼，異物之情也有人焉！」接著，在一段歌頌狐女任氏的文字之後，作者又說：「眾君子聞任氏之事，共深歎駭，因請既濟傳之，以誌異云。」對於任氏故事的真實性，作者交代得含糊，而更感興趣的則在於傳奇、誌異。這種情況，在唐傳奇的一些作家中比較普遍，他們實際上都是「作意好奇」，即以「傳奇」為小說創作的首要任務。

這種情況，到了宋代的洪邁那裡又發生了變化。他在《夷堅乙志序》中說：「《夷堅初志》成，士大夫或傳之，今鏤板於閩於蜀於婺於臨安，蓋家有其書。人以予好奇尚異也，每得一說或千里寄聲，於是五年間又得卷帙多寡與前編等，乃以《乙志》名之。」這種搜集、整理、潤飾奇異故事以成小說的做法，與蒲松齡「雅愛搜神」、「喜人談鬼」、「四方同人又以郵筒相寄」而創作《聊齋誌異》的狀況何其相似乃爾！而且洪氏還直接表白其撰寫《夷堅志》是因為「好奇尚異」，真是一語中的。接下去，洪邁又進一步論述道：「夫齊諧志怪，莊周之談天，虛無幻茫，不可致詰；逮干寶之《搜神》，奇章公之《玄怪》，谷神子之《博異》，《河東之記》、《宣室之志》、《稽神之錄》，皆不能無寓言於其間。」在洪邁看來，小說其實是「不可致詰」的，是有「寓言於其間」的「虛無幻茫」之事，並非歷史的實錄，並非確鑿有據的。儘管他在下文中稱「若予是書，遠不過一甲子，耳目相接，皆表表有據依者」，似乎他也講究小說的「真實性」，但緊接著他又以戲謔的語氣說「謂予不信，其往見烏有先生而問之」，仍然承認的是小說的虛構。這種觀點，洪氏在後來寫的《夷堅支志丁序》中做了進一步闡明：「稗官小說家言不必信，固也。信以傳信，疑以傳疑，自《春秋》三傳，則有之矣，又況乎列禦寇、惠施、莊周、庚桑楚諸子汪洋寓言者哉？」假若批評家將小說按信史來考據，那其實是對小說缺乏本質性的認識，因為「稗官小說家言不必信，固也」。如果說，唐代小說家還僅僅是在創作過程中含含糊糊地以「傳奇」為首任的話，那麼，洪邁則從理論上提出了小說的根本任務就是「傳奇」而不在於「翼史」。這無疑代表著中國小說批評史上的一次大進步。

洪邁的批評，所針對的是文言小說，在宋代，對於說話伎藝和話本小說的批評，也有類似於洪邁的觀點。如吳自牧在《夢粱錄》中將說話分為四家數，在談到「小說」一類時，他說：「最畏小說人，蓋小說者，能講一朝一代故事，頃刻間捏合。」所謂「捏合」，即我們今天所說的「虛構」。而羅燁在《醉翁談錄》中，也多次用到「敷衍」一詞。所謂「敷衍」，亦即對一些故事

梗概進行藝術加工，其實也就是一種「虛構」。而「捏合」也罷，「敷衍」也罷。說到底，都是一種傳奇興趣的延伸，是為滿足廣大聽眾或讀者的好奇心服務的。

綜上可知，由漢至宋的小說批評，本是從翼史意識起步的，小說本是作為史官文化之餘緒而存在的，但逐漸發展，尤其是由唐至宋，不少批評者已認識到小說的實質乃在於「傳奇」、乃在於「虛構」，從而已逐步認識到小說這種文學樣式的獨立文化品格。

## 三、小說功能的初步認識

在以上兩節中，我們實際上已涉及某些批評家們對小說功能的初步認識，下面對這個問題再做進一步的梳理。大要而言，宋元以前人們對小說功能的認識主要體現在如下幾個方面：

### 其一、史鑒功能

對小說的史鑒功能的認識，其實與翼史意識緊密聯繫。在某些批評者看來，小說創作的終極目的乃在於為普及歷史知識服務、為後代提供歷史殷鑒服務。如干寶著《搜神記》，其意乃在「增七略而為八」（梁啟超語），將志怪小說作為一略，與劉歆所撰的《輯略》、《六藝略》、《諸子略》、《詩賦略》、《兵書略》、《術數略》、《方技略》取得同等地位，從而使得「國家不廢注記之官，學士不絕通覽之業」（《搜神記序》）。這種觀點，便是看重小說的史鑒功能。劉知幾在《史通·雜述》篇中說：「是知偏記小說，自成一家，而能與正史參行，其所由來尚矣。」提出小說與正史相參，也是看重小說的史鑒功能。柳宗元在《讀韓愈所著毛穎傳後題》中為韓愈作遊戲之文辯護，也是舉的「《太史公書》有《滑稽列傳》」的旗幟。甚至李公佐寫小說《謝小娥傳》，最終也打出了「知善不錄，非《春秋》之義」的旗號。這就無怪乎李肇《國史補》中要把司馬遷這樣的「良史才」作為小說家的楷模了。他說：「沈既濟撰《枕中記》，莊生寓言之類。韓愈撰《毛穎傳》，其文尤高，不下史遷。二篇真良史才也。」同樣，也無怪乎趙彥衛在《雲麓漫鈔》中要提出「史才、詩筆、議論」是傳奇作家必備的基本素質了。即便是羅燁在《醉翁談錄》中評價宋代的說話和話本，也要再三強調小說與歷史的關係。一會兒說小說內容「皆有所據，不敢謬言」，一會兒又說小說家「幼習《太平廣記》，長攻歷代史書」。所有這些，都是當時批評家們對小說史鑒功能的肯定。

### 其二、教化功能

與史鑒功能相聯繫的，便是一些批評家同時也認識到小說的教化功能。漢代的桓譚在其《新論》中就已指出小說家的「短書」能「治身理家，有可觀之辭」。而王嘉《拾遺記》中所載晉武帝對張華《博物志》的批評「今卿《博物志》驚所未聞，異所未見，將恐惑亂於後生」云云，則是從反面認識到小說的教化功能。至於唐傳奇作家沈既濟和李公佐，更是企圖通過筆下的形象來達到教化人的功用。如沈既濟《任氏傳》讚揚任氏「遇暴不失節，徇人以至死，雖今婦人，有不如者矣」。言外之意，就是希望那些「不如者」的「今之婦人」要好好學習狐女任氏的「異物之情」。而李公佐則乾脆在《謝小娥傳》中說：「女子之行，唯貞與節能終始全之而已。如小娥，足以儆天下逆道亂常之心，足以觀天下貞夫孝婦之節。」此外，李公佐還在《南柯太守傳》的最後說：「雖稽神怪語，事涉非經，而竊位著生，冀將為戒。後之君子，幸以南柯為偶然，無以名位驕於天壤間云。」教化之用心十分明顯。李翺在《卓異記序》中也認為小說創作要寫「正人碩賢」而使人「愛慕遵楷」，寫「姦邪之跡」而使人「睹而益明」，總之是要使讀者能「儆惕在心」。至於羅燁對說話與話本中的教化功能的認識，則更加明晰了：「言其上世之賢者可為師，排其近世之愚者可為戒。言非無根，聽之有益。」

### 其三、娛樂功能

寓教於樂，寓史鑒於娛樂之中，這也是當時批評家們對小說功能認識的一個方面。而小說要能做到娛樂讀者，當然也必然滿足廣大讀者的好奇之心，因此，小說的娛樂功能其實與其傳奇興趣有著密切的聯繫。當然，富有傳奇色彩的故事還必須借助於小說家的生花妙筆或說話人的如簧巧舌才能使人怡神嗟訝。對此，當時的批評家們也進行了一些探討。

葛洪在《神仙傳自序》中就已表示對劉向《列仙傳》「殊甚簡略，美事不舉」的不滿，而自詡其《神仙傳》之「深妙奇異」。這便是對小說娛樂功能的朦朧認識。干寶在《搜神記序》中則進一步提出小說作品應能夠「遊心寓目」。韓愈在《重答張籍書》為自己辯護時，也拿起《詩經》中「善戲謔兮」的話作為武器。沈既濟在《任氏傳》中更提出「著文章之美，傳要妙之情」的要求。李肇《唐國史補序》中認為小說的作用除了「紀事實、探物理、辨疑惑、示勸誡、采風俗」之外，還有「助談笑」一說。趙德麟《元微之崔鶯鶯商調蝶戀花詞》也稱讚元稹的《鶯鶯傳》使「至今士大夫極談幽玄，訪奇述異，

無不舉此以為美話」。曾慥《類說序》也認為小說在「資治體」、「助名教」、「廣見聞」的同時，也有「供笑談」的效用。洪邁則稱唐人小說「小小情事，淒惋欲絕」（引自《唐人說薈‧例言》），「鬼物假託，莫不宛轉有思致」（《容齋隨筆》）。陳振孫《直齋書錄解題》亦認為「稗官小說」乃「遊戲筆端，資助談柄」。當然，最能夠體現小說的娛樂功能的，還是羅燁在《醉翁談錄》中的一段話：「說國賊懷奸從佞，遣愚夫等輩生嗔；說忠臣負屈銜冤，鐵心腸也須下淚。講鬼怪令羽士心寒膽戰，論閨怨遣佳人綠慘紅愁。說人頭廝挺，令羽士快心；言兩陣對圓，使雄夫壯志。談呂相青雲得路，遣才人著意群書；演霜林白日昇天，教隱士如初學道。喧發跡話，使寒問發憤；講負心底，令奸漢包羞。講論處不儔搭，不絮煩。敷演處有規模，有收拾。冷淡處提掇得有家數，熱鬧處敷演得越久長。曰得詞，念得詩，說得話，使得砌。言無訛舛，遣高士善口讚揚；事有源流，使才人怡神嗟訝。」

　　必須指出，當時的批評家們對小說功能的認識，往往不是單一的，而是一而二、二而三地雜糅在一起的，不過，各人都有自己的側重點。

　　總之，漢魏至宋元的批評家們對小說功能的認識，是伴隨著他們的翼史意識和傳奇興趣而展開的；同時，也促進了人們小說觀念的逐漸明晰。可以這麼說，沒有人們翼史意識與傳奇興趣的彼消此長，沒有人們對小說功能的多角度的透視，從漢魏到宋元的批評者們最終便不可能形成比較接近於今人所謂的「小說」的觀念。因此，本章所涉及的三個問題，實際上是漢魏至宋元小說批評中的三個重要問題；同時，三者之間又是有著密切而深刻的內在聯繫的。（本文與人合作）

　　　　　　　　　　（原載《湖北師範學院學報》1998 年第一期）

# 明代前中期小說批評芻議

　　明代近三百年的歷史（1368～1644）大致可劃分為三個階段：從洪武元年到天順八年（1368～1464）可謂前期，從成化元年到嘉靖四十五年（1465～1566）可謂中期，從隆慶元年到崇禎十七年（1567～1644）可稱晚明。筆者作這樣的劃分，並非為了闡述其他問題，而僅僅只是為了闡述明代小說批評發展概貌的方便。明代小說批評的大體情況是：前、中期相對薄弱，晚明卻空前繁盛。這大概與小說創作的繁榮和出版業的進一步發達有著密切的關係。本文所要闡述的，正是明代前中期這一薄弱環節的小說批評概況。

　　從整體上講，明代以前的小說批評雖然經歷了由漢魏到宋元的漫長的一千多年時間，但這僅僅是一個初步的萌發階段。中國古代的小說批評，真正比較成熟的時間是在晚明，而明代前中期的小說批評，恰恰是由萌發階段向著成熟階段過渡的橋樑。或者可以說，這接近二百年的時間，恰恰是中國小說批評的真正形成階段。

　　就明代前中期的小說批評本身而論，又呈現出一種有趣的現象：前期的批評文字主要集中於對志怪傳奇小說的評價，而中期則側重於對歷史演義小說的評價。當然，這種判斷只是建立在現有掌握材料的基礎之上的。

## 一、對志怪傳奇小說的評價

　　中國的文言小說由六朝志怪到唐人傳奇而達到第一個高潮，宋金元間亦有傳奇之作，然大不逮唐時。至於對志怪傳奇小說的批評，卻在明代前期掀起一個小小的高潮，這主要是從對《剪燈新話》、《剪燈餘話》這兩部傳奇小說集的評價而引發的。

　　《剪燈新話》乃洪武時瞿祐所作，他自己寫了一篇《序》，同時人凌雲翰、吳植、桂衡亦分別寫有序言。《剪燈餘話》為永樂間李昌祺所作，除他自己寫了一篇序言外，尚有曾棨、王英、羅汝敬、劉敬、張光啟為之序。（為行文方便，凡引述以上十篇序言，只注明作者姓名）綜合他們的觀點，有以下幾點值得注意。

## 其一、處於矛盾狀態的小說觀念

　　從漢魏到宋元一千多年時間裏，批評者們就小說是史學之餘還是一種藝術虛構這一問題發表了各自不同的見解，最終，雖有如洪邁、羅燁等少數人意識到小說是一種藝術虛構，但絕大多數人仍停留在小說乃史學之餘緒的認識基點上。這種狀況到明代前期發生了微妙的變化，即某些批評者既進一步闡發著小說的藝術虛構問題，又總想讓小說與經史子書沾親帶故乃致強調其徵之有驗的真實性。如瞿祐一方面說「余既編輯古今怪奇之事以為《剪燈錄》」，一方面「又自以為涉於語怪，近於誨淫，藏之書笥，不欲傳出」，最終又以《詩》、《書》、《春秋》亦有「涉於語怪，近於誨淫」的記載而求得自我安慰，這實際上正是一種矛盾心理的體現。再如凌雲翰一方面指出唐傳奇作家「時人稱其史才」，一方面又說，「其事之有無不必論」。吳植則說得更簡明：「余觀宗吉（瞿祐）先生《剪燈新話》，其詞則傳奇之流，其意則子氏之寓言也。」劉敬亦如此，在評價《剪燈餘話》時，他一方面盛讚此書「皆湖海之奇事，今昔之異聞」，一方面又將小說與史著相提並論：「昔人謂作史有三長，曰才、學、識。」李昌祺在談到自己的創作過程時說：「以其成於羈旅，出於記憶，無書籍質證。」同時又認為：「好事者觀之，可以一笑而已，又何必泥其事之有無也哉？」在這方面最為矛盾的是羅汝敬，他一方面認為：「彼其《齊諧》之記，《幽冥》之錄，《搜神》、《夷堅》之志述，務為荒唐虛幻者，豈得一經於言議哉？」這實際上是從否定的角度點明了《幽明錄》、《搜神記》等小說的虛構性，（儘管他用的是「荒唐虛幻」這一貶義詞）但另一方面對同樣是小說而且「神異云乎哉」的《剪燈餘話》，他卻認為「若布政公（李昌祺）之所記，征諸事則有驗，揆諸理則不誣」，又強調其真實性。當然，在這些序言中，也有對小說有別於經、史、子書的認識明確者，如王英說：「經以載道，史以紀事；其他有諸子焉，託詞比事，紛紛籍籍，著為之書；又有百家之說焉，以誌載古昔遺事，與時之從談、詼語、神怪之說，並傳於世；是非得失，固有不同，然亦豈無所可取者哉？在審擇之而已。」在這裡，王英所「審擇」

的標準我們或許不必贊同，但他將從談、詼語、神怪之說與經史百家之說並
列，認為它們各有所取、各有功用、各有特點，可並傳於世的觀點，在當時無
疑是一種最為清醒的認識。

### 其二、對小說功能的探討

漢魏到宋元的批評者們對小說功能的認識主要集中在三個方面：史鑒功
能，勸誡功能，娛樂功能。到明代前期，史鑒功能在對文言小說的評價中已
相對減弱，而勸誡功能和娛樂功能這兩方面卻大大增強了。

> 今余此編，雖於世教民彝，莫之或補，而勸善懲惡，哀窮悼屈，
> 其亦庶乎言者無罪、聞者足以戒之一義云爾。

這便是瞿祐對自己小說作品的最終評價。瞿祐的祖父輩凌雲翰先生恰恰也是
這樣評價《剪燈新話》的：「是編雖稗官之流，而勸善懲罰，動存鑒戒，不可
謂無補於世。」桂衡也認為《剪燈新話》「可以感發、可以懲創」。王英同樣認
為《剪燈餘話》中的某種作品「使人讀之，有所懲勸」。羅汝敬也提出小說創
作要「有關於風化，而足為世勸」。劉敬的看法也大致相同：「可以感發人之
善心，可以懲創人之佚志；省之者足以興，聞之者足以戒。」

張光啟以晚輩後生的身份也從同一角度發表了自己對《剪燈餘話》的
看法：

> 是編之作，雖非本於經傳之旨，然其善可法，惡可戒，表節義，
> 礪風俗，敦尚人倫之事多有之，未必無補於世也。

明代前期，是理學盛行的時代，就連戲劇、小說這樣的通俗文學作品的創作
和批評，也深受影響。朱元璋在讀了元末高明的《琵琶記》之後感歎說：

> 五經四書如五穀，家家不可缺：高明《琵琶記》如珍羞百味，
> 富貴家豈可缺耶？（黃溥《簡籍遺聞》引《閩中今古錄》）

這便是看中了《琵琶記》這本「不關風化體，縱好也徒然」的戲曲作品的勸
誡功能。而丘濬在其《五倫全備記》的開場白中也說得清楚；「若於倫理無
關緊，縱是新奇不足傳。」這種時代氛圍，正是小說批評中重視勸誡功能的
土壤。

在重視小說勸誡功能的同時，明代前期的批評者們也對小說的娛樂功能
頗感興趣。瞿祐的創作體會是：「日新月盛，習氣所溺，欲罷不能。」凌雲翰
的閱讀體會是：「讀之使人喜而手舞足蹈，悲而掩卷墮淚者，蓋亦有之。」而
桂衡則明確指出瞿祐寫小說是「以自怡悅」，即所謂「自娛」。李昌祺在談創

作體會時也提到：「若余者，則負譴無聊，姑假此以自遣。」也是一種「自誤」意趣。曾棨在評價《剪燈餘話》時也說：「讀之者莫不為之喜見形眉，而欣然不厭也，又何其快哉！」王英則認為李昌祺寫小說是「特其遊戲耳」。劉敬也有相同的看法：「遊戲翰墨云爾。」這種將小說作品作為娛人或自娛的「遊戲」之說，對後世小說創作影響極大。明清擬話本小說的功能除了勸誡之外，最重要的便是娛人，而明末清初的才子佳人小說則多半帶有「自娛」意味。應該說，這種對小說娛樂功能的認識，較之明代以前對小說史鑒功能的過分重視而言，是前進了一大步。

另外，在劉敬對《剪燈餘話》的評價中，曾涉及到作者「特以泄其暫爾之憤懣」的問題。這種觀點雖是流光一閃，卻堪稱晚明到清代的小說創作「發憤」說之先導。

## 二、對歷史演義小說的評價

在古代小說的苑圍中，章回小說是元末明初出現的新品種，而對它進行批評，據現有資料，是從明中葉才開始的，並且批評的主要對象是集中在章回小說的歷史演義一類，大要而言，主要反映了下列幾個問題。

### 其一、向翼史意識的回歸

明代以前的小說批評，翼史意識十分頑強。只是在宋代和明初，這種觀念遭到了一定程度的衝越。但在明中葉，或許是由於批評對象主要是歷史演義小說的緣故吧，出現了向翼史意識回歸的局面。如庸愚子蔣大器在《三國志通俗演義序》中就認為該小說「亦庶幾乎史」，「一開卷，千百載之事豁然於心胸矣」。再如林瀚在《隨唐志傳通俗演義序》中則自稱：「以是編為正史之補，勿第以稗官野乘目之，是蓋予之至願也夫。」而修髯子張尚德則乾脆宣稱歷史演義「是可謂羽翼信史而不違者矣」。（《三國志通俗演義引》）這些言論，對明清兩代的歷史演義小說的創作和批評產生了極大的影響。

### 其二、對勸誡功能的重視

明中葉的批評家們也像他們的前輩一樣，極其重視小說的勸誡功能。庸愚子說：「若讀到古人忠處，便思自己忠與不忠；孝處，便思自己孝與不孝。至於善惡可否，皆當如此，方是有益。」

修髯子說：「欲天下之人，……知正統必當扶，竊位必當誅，忠孝節義必當師，奸貪諛佞必當去，是是非非，了然於心目之下，裨益風教，廣且大焉。」

這些，正是他們對小說勸誡功能的大力宣揚。

### 其三、於俗雅之間的徘徊

明中葉批評家們似乎有一個共同認識：歷史演義乃是一種歷史通俗讀物。因此，它一方面需有史實的嚴肅雅正；另一方面又必須具備通俗易懂的特點。庸愚子在分析了歷史著作與野史評話不同的特性後，認為《三國志通俗演義》「文不甚深，言不甚俗」，恰在二者之間。林瀚也認為《隋唐志傳通俗演義》「欲與《三國志》並傳於世，使兩朝事實愚夫愚婦一覽可概見耳」。修髯子則指出：

> 史氏所志，事詳而文古，義微而旨深，非通儒夙學，展卷間，鮮不便思困睡。故好事者以俗近語，隱括成編，欲天下之人，入耳而通其事，因事而悟其義，因義而興乎感。

高儒說得更加明白：「《三國志通俗演義》……據正史，採小說，證文辭，通好尚，非俗非虛，易觀易入，非史氏蒼古之文，去瞽傳詼諧之氣，陳敘百年，該括萬事。」（《百川書志》）

### 其四、對虛幻怪奇的肯定

在明中葉的小說批評中，最值得重視的乃是某些批評者對虛幻怪奇的肯定。在他們看來，小說所寫之事不必盡符合歷史真實，而應在虛虛實實、真真假假之間。熊大木認為「小說與本傳互有同異者」可「兩存之以備參考」，故「史書小說有不同者，無足怪矣」（《新刊大宋演義中興英烈傳序》）。這便是對小說創作中藝術虛構的一種肯定。李大年與熊大木同氣相求，他說熊氏編《唐書演義》「雖出其一臆之見，於坊間《三國志》《水滸傳》相仿，未必無可取」（《唐書演義序》）。而吳承恩則在《禹鼎志序》中回顧了自己「幼年即好奇聞」的經歷，並以十分俏皮的口吻說：「因竊自笑，斯蓋怪求余，非余求怪也。」充分肯定了藝術虛構。

※　　　　※　　　　※

綜上所述，明代前中期的小說批評既有承襲以往的一面，如作家的翼史意識、作品的勸誡或娛樂功能；同時也有向前發展的一面，如更肯定藝術虛構、更重視幻奇理論。有人企圖在歷史與小說之間尋找一條「歷史通俗讀物」式的半依史實半虛構的中間道路，也有人初步提出發憤而為小說的觀點，還有人在正視小說娛樂功能的前提下進一步萌發了「自娛」意識。所有

這些，都對此後的小說創作和批評產生了重大的影響。可以這麼說，儘管明代前中期的小說批評本身並不十分繁盛、全面、深刻，但在中國小說批評史上，它卻是不可或缺的重要的一環，是真正成熟的中國古代小說批評的艱難起步。

（原載《湖北師範學院學報》1997 年「漢語言文學專輯」）

# 晚明小說批評芻議

　　明代嘉靖以降，章回小說與擬話本小說得以大量出版，這對於小說批評既是一個前提，又是一種刺激。故而，隆慶直至明末的小說批評便掀起了一個高潮，其中尤以萬曆年間為甚。而這一時期小說批評的繁盛，又體現了中國古代小說批評已進入比較自覺成熟的階段。這種自覺與成熟，大要體現在如下幾個方面。

## 一、對小說功能的再認識

　　晚明以前，人們對小說功能的認識主要在三個方面：史鑒功能、勸誡功能、娛樂功能。明代前、中期的小說批評者們，又在娛樂功能的認識基點上，滲入了一點「自娛」的意味。所有這些，仍被晚明的某些批評者所認可。

　　笑花主人在《今古奇觀序》開篇就說：「小說者，正史之餘也。」這是一種傳統觀念，晚明亦多有之。如署名李贄的《忠義水滸傳敘》云：「故有國者不可以不讀，一讀此傳，則忠義不在水滸而皆在於君側矣。賢宰相不可以不讀，一讀此傳，則忠義不在水滸而皆在於朝廷矣。兵部掌軍國之樞，督府專閫外之寄，是又不可以不讀也，苟一日而讀此傳，則忠義不在水滸，而皆為干城心腹之選矣。」再如甄偉在《西漢通俗演義序》中說：「使劉項之強弱，楚漢之興亡，一展卷而悉在目中，此通俗演義所由作也。」還有，可觀道人也認為《新列國志》能「與《三國志》匯成一家言，稱歷代之全書，為雅俗之巨覽，即與《二十一史》並列鄴架，亦復何愧？」（《新列國志敘》）所有這些，都還是從翼史意識出發而重複著小說的史鑒功能。

　　袁無涯在《忠義水滸全書發凡》中說：「顧意主勸懲，雖誣而不為罪，

今世小說家雜出，多離經叛道，不可為訓。間有借題說法，以殺盜淫妄行警醒之意者，或釘拾而非全書，或捏飾而非習見，雖動喜新之目，實傷雅道之亡，何若此書之為正耶？昔賢比於班馬，余謂進於丘明，殆有《春秋》之遺意焉，故允宜稱傳。」這番話，可視作對小說的史鑒功能與勸誡功能的雙重認定。

至於對小說的勸誡功能的認可，似已成為晚明諸多批評者的共識。如酉陽野史在《新刻續編三國志引》中認為是書「以警後世奸雄，不過勸懲來世，戒叱凶頑爾」。再如馮夢龍則在關於「三言」的三篇序言中反覆提到小說可使「怯者勇，淫者貞，薄者敦，頑鈍者汗下」。（《古今小說序》）小說可以「說孝而孝，說忠而忠，說節義而節義」。（《警世通言敘》）而「三言」的命名則標誌著「明者，取其可以導愚也；通者，取其可以適俗也；恒則習之而不厭，傳之而可久」。（《醒世恒言序》）夏履先則說得更為明確，他認為像《禪真逸史》這樣的小說「處處咸伏勸懲，在在都寓因果，實堪砭世，非止解頤」。（《禪真逸史凡例》）欣欣子在《金瓶梅詞話序》中則從因果報應的角度闡述了小說的勸誡功能：「至於淫人妻子，妻子淫人，禍因惡積，福緣善慶，種種皆不出循環之機，故天有春夏秋冬，人有悲歡離合，莫怪其然也。合天時者，遠則子孫悠久，近則安享終身；逆天時者，身名罹喪，禍不旋踵。人之處世，雖不出乎世運代謝，然不經凶禍，不蒙恥辱者，亦幸矣。故吾曰：笑笑生作此傳者，蓋有所謂也。」以上諸家，誠可謂比較全面地論述了通俗小說普遍而持久的勸誡功能。

晚明批評家對小說的娛樂功能尤為看重，無論是娛人還是自娛，他們一再宣稱小說是「遊戲」之作。聊舉數例為證：天都外臣汪道昆謂：「小說之興，始於宋仁宗。於時天下小康，邊釁未動。人主垂衣之暇，命教坊樂部纂取野記按以歌詞，與秘戲優工相雜而奏。是後盛行，遍於朝野。蓋雖不經，亦太平樂事，含哺擊壤之遺也。」（《水滸傳敘》）胡應麟謂：「小說者流，或騷人墨客遊戲筆端，或奇士洽人搜羅宇外。」（《少室山房筆叢·九流緒論》）謝肇淛謂：「凡為小說及雜劇戲文，須是虛實相半，方為遊戲三昧之筆。」（《五雜俎》卷十五）湯顯祖謂：「然則稗官小說，奚害於經傳子史？遊戲墨花，又奚害於涵養性情耶！」（《點校虞初志序》）凌濛初在馮夢龍「三言」的影響下撰寫了「二拍」，他在《拍案驚奇序》中談到：「因取古今來雜碎事，可新聽睹、佐詼諧者，演而暢之，得若干卷。……總以言之者無罪，聞之者足以為戒，可謂云爾

而矣。」這便是小說娛樂、勸誡功能的複合統一，亦即所謂寓教於樂也。

由上可知，對小說的史鑒功能、勸誡功能、娛樂功能的認可，在晚明批評家那兒是屢見不鮮的。然而，這些還只是承以前小說批評之餘緒，不足稱道。在晚明小說批評中，真正值得大書一筆的，乃是批評家們對小說審美功能的認識和闡述。

對小說審美功能的認識，其實是以對小說的娛樂功能的認識為基礎而進入的一種高級狀態。娛樂，本身就包含審美於其間，是一種朦朧的、初級狀態的審美活動。晚明批評家的可貴之處，正在於能從小說創作娛人或自娛的遊戲筆墨之中，體味到其間的審美功能。這不能不說是中國小說批評史上的一大進步。

正如同許多事物的發展規律一樣，人們對小說審美功能的認識，一開始不可能十分系統和明晰，而只能呈現出一種迷濛的、莫可名狀的混沌狀態。或者說，晚明的批評家還只能大致上對小說產生一種審美認同，而不能條分縷析地談出美的訣竅。總之，還只是達到一種知其然而未知所以然的地步。當然，也有少數批評家對某些問題談得比較具體一些。

汪道昆謂《水滸》一書「如良史善繪，濃淡遠近，點染盡工，又如百尺之錦，玄黃經緯，一絲不紕。此可與雅士道，不可與俗士談」。（《水滸傳敘》）這便是一種整體上的審美認同。諸如此類的感受，在不少批評家筆下均可看到。如胡應麟稱《水滸傳》「述情敘事，針工密緻，亦滑稽之雄也」。「而中間抑揚映帶，迴護詠歎之工，真有超出語言之外者」。（《少室山房筆叢·莊嶽委談》）而袁宏道《聽朱生說水滸傳》一詩，表達的更是一種審美快感：「少年工諧謔，頗溺《滑稽傳》。後來讀《水滸》，文字益奇變。《六經》非至文，馬遷失組練，一雨快西風，聽君齰舌戰。」將《水滸》的藝術魅力抬高到《六經》、《史記》之上，確為石破天驚之論，然究其所以然，仍未詳細分析《水滸》美在何處，這大概與詩歌無法作長篇論證有關。在另外一篇文章中，袁宏道闡發得明確一些，他借「里中好讀書者」之口說「人言《水滸傳》奇，果奇。予每檢《十三經》或《二十一史》一展卷，即忽忽欲睡去，未有若《水滸》之明白曉暢、語語家常，使我捧玩不能釋手者也。」（《東西漢通俗演義序》）可惜中郎先生並未就《水滸》語言之「明白曉暢、語語家常」生發開去，深入探討，仍歸結於「不能釋手」的審美感受。再如湯顯祖評價《虞初志》一書，所表明的也是一種渾然的審美心得：「讀之使人心開神釋、骨飛眉舞。」（《點校

虞初志序》）至於夏履先在《禪真逸史凡例》中認為該小說「吟詠謳歌，笑譚科諢，頗頗嘲盡人情，摹窮世態，雖千頭百緒。出色爭奇，而針線密縫，血脈流貫，首尾呼吸，聯絡尖巧，無纖毫遺漏」，這種批評，顯然較之以上諸家更為細緻具體一些。

由上可知，晚明批評者們對小說審美功能的認識儘管還比較籠統，有的只能算作一種感受，但他們畢竟已經開始敏銳地接觸到小說批評的本質問題之一——審美。沿著這個方向走下去，對於小說的批評將出現一個比較高級的境界。

## 二、在「傳道」掩蓋下的新思考

所謂「傳道」實即小說的吏鑒功能與勸誡功能的結合，亦即在小說創作中按照統治階級的意識形態來訓導廣大讀者。晚明的小說批評家大都很重視這一問題，這在上一節業已闡述。這裡要說明的主要是兩點：其一，批評家們借助於「傳道」來抬高小說的社會地位；其二，批評家們以「傳道」自稱，而實際上體現的乃是他們對某些問題的新思考。

先談第一點。汪道昆在批駁有人認為《水滸》「近於誨盜」的觀點時說：「《莊子・盜跖》，憤俗之情，仲尼刪詩，偏存鄭衛。有世思者，團以正訓，亦以權教。如國醫然，但能起疾，即烏喙亦可，無須參苓也。」（《水滸傳敘》）這裡打了一個比方，只要能醫好病，並非都要用人參、伏苓一類的補藥，用烏喙這樣的有毒植物亦可。以此類推，要達到「傳道」的目的，並非只有「正訓」一種方式，「權教」也可以。《莊子》中不也有《盜跖》篇嗎？孔子整理過的《詩經》中不也有鄭衛之風嗎？這便是「權教」，或者叫做以毒攻毒，說《水滸》誨盜者，正是沒有看到這種以毒攻毒的效用。這種比喻雖然不太恰切，但江氏借「傳道」來抬高小說的社會地位的用心卻十分明顯。陳繼儒的說法比汪道昆要明確一些：「演義，以通俗為義也者。故今流俗節目不掛司馬班陳一字，然皆能道赤帝、詫銅馬、悲伏龍、憑曹瞞者，則演義之為耳。演義固喻俗書哉，義意遠矣！」（《唐書演義序》）這也是認為小說可以與《史記》、《漢書》、《三國志》等歷史著作一樣「傳道」，也是在借「傳道」來抬高小說的地位。在另一篇文章中，陳繼儒甚至認為小說在「傳道」方面的作用勝過正史：「有學士大夫不及詳者，而稗官野史述之；有銅螭木簡不及斷者，而漁歌牧唱能案之。此不可執經而遺史，信史而略傳也。」（《敘列國傳》）

相比之下，余象斗的言論則更激烈一些，他在《題列國序》中先說「若十七史之作，班班可睹矣。然其序事也，或出幻渺；其意義也，或至幽晦。何也？世無信史，則疑信之傳固其所哉」。接下去，他又說像《列國志》這樣的小說「旁搜列國之事實，載閱諸家之筆記，條之以理，演之以文，編之以序」，「是誠諸史之司南，弔古者之駿蟻也」。如果從「信史不信」的角度看問題，這種議論亦不無道理，然余氏之用心仍在於借「傳道」而抬高小說的地位。在這方面談得最為充分的還是馮夢龍，他在《古今小說序》中劈頭就說：「史統散而小說興。」接著，在列舉了一些小說之優劣後，他又大力鼓吹了小說在「傳道」中的巨大作用，並斷言，與之相比，「雖小誦《孝經》、《論語》，其感人未必如是之捷且深也。噫，不通俗而能之乎？」在《警世通言敘》中，馮夢龍又指出小說作品「不害於風化，不謬於聖賢，不戾於詩書經史，若此者其可廢乎？」在《醒世恒言序》中，馮夢龍更加乾脆地提出：「六經國史而外，凡著述皆小說也。」並進一步指出《醒世恒言》這樣的小說「雖與《康衢》《擊壤》之歌並傳不朽可矣」。最終，他還總結道：「崇儒之代，不廢二教，亦謂導愚適俗，或有藉焉。以二教為儒之輔可也。以《明言》《通言》《恒言》為六經國史之輔不亦可乎？」在這方面說得最為激烈的是署名袁宏道的《花陣綺言題詞》，文中居然說將此類小說「暇日抽一卷，佐一觴，其勝三墳五典、秦碑漢篆，何啻萬萬！」由此可見當時的批評家們抬高小說社會地位的心理激切到何種地步！

然而，僅僅只是借「傳道」來抬高小說的社會地位仍然是很不夠的，真正有見地的批評家則更加注重在「傳道」思想的掩蓋下來體現自己對某些問題的新思考。因為，如果小說只是為了「傳道」而寫作的話，那麼，它與六經國史在本質上有何區別？甚至於與代聖賢立言的八股文在內容上有何區別？要真正地認識到小說作為一種具有獨立品格的文學樣式，必須從新的角度來解釋小說，來闡釋小說家們為什麼寫小說。值得慶幸的是，晚明的批評家們在這方面已進行了一些可貴的試探。

首先值得一提的便是發憤而為小說的觀點。在我國，發憤著書之說，古已有之，而發憤為小說的提法，至遲在明初便已萌發。洪武間，瞿祐在《剪燈新話序》中已提起「哀窮悼屈」的話頭。此後，劉敬更明確地道出了寫小說者「特以泄其暫爾之憤懣」的觀點。（見《剪燈餘話序》）到了署名李贄的《忠義水滸傳敘》中，作者則對這一問題展開了頗為深入的論述：「太史公曰：『《說

難》、《孤憤》，賢聖發憤之所作也。」由此觀之，古之賢聖不憤則不作矣。不憤而作，譬如不寒而顫，不病而呻吟也，雖作何觀乎？《水滸傳》者，發憤之所作也。蓋自宋室不競，冠履倒施，大賢處下，不肖處上。馴致夷狄處上，中原處下，一時君相猶然處堂燕鵲，納幣稱臣，甘心屈膝於犬羊已矣。施、羅二公身在元，心在宋，雖生元日，實憤宋事。是故憤二帝之北狩，則稱大破遼以泄其憤；憤南渡之苟安，則稱滅方臘以泄其憤。敢問洩憤者誰乎？則前日嘯聚水滸之強人也，欲不謂之忠義不可也。是故施、羅二公傳《水滸》而復以忠義名其傳焉。」就這樣，作者以「發憤」說為媒介，將「忠義」與「造反」聯繫起來而歸於一。這是十分典型的借「傳道」而發表新見解。隨後，西陽野史也鼓枻相應，在《新刻續編三國志引》中指出：「今是書之編，無過欲洩憤一時，取快千載」，而且是「以泄萬世蒼生之大憤」。這種觀念，視野更加開闊，境界更高一籌，在當時堪稱最有意義的觀點。與此相類似的觀點，在晚明小說批評中絕非上述兩例。如徐如翰就認為有人寫小說乃是「肮髒之氣無所發抒，而益奇於文」。(《雲合奇蹤序》)再如睡鄉居士在《二刻拍案驚奇序》中也說：「即空觀主人者，其人奇，其文奇，其遇亦奇，因取其抑塞磊落之才，出緒餘以為傳奇，又降而為演義。此《拍案驚奇》之所以兩刻也。」

另一值得重視的是馮夢龍的「情教」觀。馮氏在《警世通言敘》中，就已從小說的藝術魅力能達到「說孝而孝，說忠而忠，說節義而節義」而向前推進一步：「觸性性通，導情情出」。這實際上已在暗中偷換了論題，由小說之「傳道」轉移為「導情」。在署名詹詹外史的《情史敘》中，馮夢龍又進一步明確提出：「《六經》皆以情教也。《易》尊夫婦，《詩》首《關雎》，《書》序嬪虞之文，《禮》謹聘奔之別，《春秋》於姬姜之際詳然言之，豈非以情始於男女？凡民之所必開者，聖人亦因而導之，俾勿作於涼，於是流注於君臣父子兄弟朋友之間，而汪然有餘乎！異端之學，欲人鰥曠，以求清淨，其究不至無君父，不止情之功效亦可知已。」這實際上是打著「傳道」的旗號，而以「情教」與「理學」相對抗。當然，馮夢龍之所謂「情」，其實是既包括了男女之情，又不侷限於男女之情。他在另一篇署名龍子猶的《情史序》中說：「余少負情癡，遇朋儕必傾赤相與，吉凶同患。」此處所謂「情」，便不是指的男女之情。在這篇文章的最後，馮氏還作了一篇情偈：「天地若無情，不生一切物。一切物無情，不能還相生。生生而不滅，由情不滅故。四大皆幻設，惟情不虛假。有情疏者親，無情親者疏，無情與有情，相去不可量。我欲立情

敦，教誨諸眾生，子有情於父，臣有情於君，推之種種相，俱作如是觀。萬物如散錢，一情為線索，散錢就索穿，天涯成眷屬。若有賊害等，則自傷其情。如睹春花發，齊生歡喜意。盜賊必不作，奸宄必不起。佛亦何慈悲，聖亦何仁義。倒卻情種子，天地亦混沌。無奈我情多，無奈人情少。願得有情人，一齊來演法。」這樣一篇「情偈」，如此大張旗鼓地標舉一個「情」字，簡直就是要以「情教」來取代「傳道」了。正如同中國的詩歌長期以來一直作為「言志」的工具一樣，中國的小說長期以來一直作為「傳道」的載體。然而，也正如同在「詩言志」之後有「詩緣情」的突破一樣，在以小說「傳道」之後必然會有以小說實現「情教」的提法。這裡面似乎帶有一點歷史的必然性，但無論如何，這種觀點卻是由馮夢龍響亮而明確地提出來了。對於這種獨具慧眼、震聾發聵的口號，我們為之品幾聲畫角、擂一陣戰鼓亦不為過。

晚明批評家們在「傳道」掩蓋下的新思索，絕不僅止於上述兩點。這裡，不過是就其犖犖大者而言之。

## 三、史實──虛構──生活真實

小說與歷史的關係，在晚明以前的批評理論中，是一個長期糾纏不清的問題。從漢魏到宋元，甚至到明代前中期，仍有不少批評家認為小說是羽翼正史的產物，具有很強的史鑒功能。這種認識，在晚明小說批評中亦有所延續。如陳繼儒在《唐書演義序》、《敘列國傳》等文章中，就未能將歷史演義與歷史著作從實質上進行區分，而只是在語言或某些具體事實上作一點區別。這已算很不錯的進展了。至若可觀道人則強調《新列國志》一書「本諸《左》、《史》，旁及諸書，考核甚詳，搜羅極富，雖敷演不無增添，形容不無潤色，而大要不敢盡違其實」。（《新列國志敘》）乃是將歷史演義小說看作史書的附庸或通俗化產品。夏履先在評價《禪真逸史》一書時也說：「是書雖逸史，而大異小說稗編。事有據，言有倫，主持風教，範圍人心。兩朝隆替興亡，昭如指掌，而一代輿圖土字，燦若列眉。乃史氏之董狐，允詞家之班馬。」（《禪真逸史凡例》）仍然是立足於史實來談小說。

然而，時代畢竟在前進，人們的小說觀念畢竟在發展。晚明更多的批評者比他們的前輩更注重於小說的虛構，許多言論都涉及『真」幻」「虛」「實」的問題，天都外臣在《水滸傳敘》中就已談到「此其虛實，不必深辯，要自可喜」。胡應麟也指出」唐人乃作意好奇」。（《少室山房筆叢・二酉綴遺》）王

圻則強調「文至院本、說書，其變極矣」。(《稗史彙編》)謝肇淛也認為「凡為小說及雜劇戲文，須是虛實相半，方為遊戲三昧之筆」。(《五雜俎》)酉陽野史說得更為明確：「夫小說者，乃坊間通俗之說，固非國史正綱」。「大抵觀是書者，宜作小說而覽，毋執正史而觀」。(《新刻續編三國志引》)即便是歷史演義小說的作者甄偉也表示：「若謂字字句句與史盡合，則此書又不必作矣。」(《西漢通俗演義序》)另一位小說作者袁于令在《隋史遺文序》中也說：「正史以紀事，紀事者何？傳信也，遺史以搜逸，搜逸者何？傳奇也。傳信者貴真，……傳奇者貴幻。」上述觀點，從不同的角度闡明了小說不等於史書，虛構是小說的本質特徵之一。在這方面，探討尤為深入者是馮夢龍和張无咎。

馮夢龍在《警世通言敘》中說：「野史盡真乎？曰：不必也。盡贗乎？曰：不必也。然則去其贗而存其真乎？曰；不必也。」小說就是小說，它不是歷史，因此不必「盡真」。但小說又是根據一定的史實或現實而虛構的，因此亦不必「盡贗」。進而言之，如果將小說中的「贗」全部去掉而僅存其「真」，那又與歷史記載或新聞報導有何區別？故而又不必也。馮氏這一連三個「不必」，恰好點明了小說的基本特性，它所需要的是藝術真實。

張無咎在《批評北宋三遂新平妖傳敘》中提出；「小說家以真為正，以幻為奇」。「兼真幻之長」。這就進一步指出了小說創作須同時注意「真」與「幻」兩個方面，二者不可偏廢。然而，何以謂「真」，何以謂「幻」，怎樣才算做到了兩者的有機結合？張無咎對這些問題舉例加以說明，他說：「然語有之：『畫鬼易，畫人難』。《西遊》幻極矣，鬼而不人，第可資齒牙，不可動肝肺。《三國志》人矣，描寫亦工，所不足者幻耳。然勢不得幻，非才不能幻，其季孟之間乎？」也就是說，《西遊記》乃極幻之作，《三國演義》乃極真之作，然二者均只在一個方面達到極致，而未能達到另一面，故均只能算是上中水平之間的作品。那麼，如果模仿《三國演義》或《西遊記》的某一方面而達到極端，將會產生何種結果呢？張氏在下文中又說；「《七國》、《兩漢》、《兩唐宋》如弋陽劣戲，一味鑼鼓了事，效《三國志》而卑者也。《西洋記》如王巷金家神說謊乞布施，效《西遊》而愚者也。至於《續三國志》、《封神演義》等，如病人囈語，一味胡談。《浪史》、《野史》等，如老淫土娼，見之欲嘔，又出諸雜刻之下。」這裡，除了像《浪史奇觀》、《繡榻野史》那樣的作品，專事淫穢描寫最為低劣，可置之不論而外，張氏對其他作品的評價卻是饒有意味的。《七

國》、《兩漢》、《兩唐宋》等歷史演義小說，或直抄史書，或大作無稽之談，因此，又無法與《三國演義》相比。而《三寶太監西洋記》一書，仿傚《西遊記》又手段低劣，故而愚蠢至極。至若《續三國志》、《封神演義》更是假造歷史，一味胡說。這些作品，真亦非真，幻亦非幻，或者說，既不符合歷史真實，又談不上藝術虛構，儘管它們取法乎「上中」之作，而結果只能是「中下」之制。張氏的這種評價，是基本符合上述諸小說作品的實際情況的。接下去的問題便是，在張無咎看來，什麼樣的作品方能稱之為「上上」之作呢？他自有答案：「《玉嬌梨》、《金瓶梅》另闢幽蹊，曲終奏雅，然一方之言，一家之政，可謂奇書，無當巨覽，其《水滸》之亞乎？」他是將《玉嬌梨》（疑當作《玉嬌李》）、《金瓶梅》和《水滸傳》當作上乘之作來讚揚的。何以謂之？第一，因為這幾部作品「另闢幽蹊」，即大膽地進行了藝術創新。第二，「曲終奏雅」，即這幾部小說最終能勸人為善。第三，寫「一方之育，一家之政」，即這幾部小說能表現生活真實。三條之中，除第二條具有鼓吹小說的勸誡功能的意思外，第一條和第三條均值得我們重視。第一條所言，其實就是處理好「虛」與「實」的關係問題，因為所謂另闢幽蹊，正是相對《三國演義》之「實」與《西遊記》之「虛」而言。而第三條，則更向人們指出了小說反映生活真實的重要性，這一點，正是晚明小說批評完成了一次飛躍的標誌。

在晚明批評家中，認識到小說的藝術虛構與生活真實之間的關係的，並不止張無咎一人，只不過各人認識的程度不同罷了。如天都外臣就曾經論述了《水滸傳》一書反映生活的廣泛性：「載觀此書，其地則秦、晉、燕、趙、齊、楚、吳、越，名都荒落，絕塞遐方，無所不通。其人則王侯將相，官師士農，工賈方技，吏胥廝養，駔儈輿臺，粉黛緇黃，赭衣左衽，無所不有。其事則天地時令，山川草木，鳥獸蟲魚，刑名法律，韜略甲兵，支幹風角，圖書珍玩，市語方言，無所不解。其情則上下同異，欣戚合離，捭闔縱橫，揣摩揮霍，寒喧嚬笑，謔浪排調，行役獻酬，歌舞謠怪，以至大乘之偈，《真誥》之文，少年之場，宵人之態，無所不該。」（《水滸傳敘》）再如署名懷林的《水滸傳一百回文字優劣》中也說：「世上先有《水滸傳》一部，然後施耐庵、羅貫中借筆墨拈出。若夫姓某名某，不過劈空捏造，以實其事耳。如世上先有淫婦人，然後以楊雄之妻、武松之嫂實之。世上先有馬泊六，然後以王婆實之。世上先有家奴與主母通姦，然後以盧俊義之賈氏、李固實之。若管營、若差撥、若董超，若薛霸、若富安、若陸謙，情狀逼真，笑語欲活，非世上先有

是事，即令文人面壁九年，嘔血十石，亦何能至此哉？此《水滸傳》之所以與天地相終始也。」這些言論，都十分重視小說與現實的關係。而欣欣子在《金瓶梅詞話序》中則說得更為簡明：「吾友笑笑生為此，爰罄平日所蘊者，著斯傳，凡一百回。」非常強調小說作者長時間的生活積累，正由於有了這種積累，才能逼真地反映生活。至於另一位批評家憨憨子，則在《繡榻野史序》中將正史與野史作了比較：「正史所載，或以避權貴當時，不敢刺譏」，倒不如「草莽不識忌諱，得抒實錄」。在憨憨子看來，家乘野史比正史更能反映生活的真實，更引人注目，故「嘗於家乘野史尤注意焉」。徐如翰則從另一角度提出問題：「天地間有奇人始有奇事，有奇事乃有奇文。」（《雲合奇蹤序》）這就指出了奇文是建立在奇人奇事的基礎之上的，沒有現實中的「奇人奇事」，哪來小說中的「奇文」？笑花主人同樣重視生活真實，他讚美馮夢龍的作品說：「至所纂《喻世》《警世》《醒世》三言，極摹人情世態之歧，備寫悲歡離合之致。可謂欽異拔新，洞心駭目。」（《今古奇觀序》）夏履先盛讚《禪真逸史》一書，也是因為該小說能對「世運轉移、人情翻覆」等情事「描寫精工，形容婉切」。能於「吟詠謳歌，笑譚科諢」中「嘲盡人情，摹窮世態」。（《禪真逸史凡例》）而這一切，如無對生活深入的認識和體察，如何做得到？

必須指出，晚明的不少批評者，在評論小說創作中的史實、虛構、生活真實三者之間的關係時，往往出現自我矛盾的現象。笑花主人如此，夏履先更典型。夏氏一方面讚揚《禪真逸史》一書在反映生活真實方面的成績，另一方面又肯定這部小說「事有據」，「大異小說稗編」。之所以產生這種矛盾，乃在於在某些批評家心目中，小說尚未能真正突破史傳對其蔭影的覆蓋。或許，他們又容易將生活真實與歷史真實混為一談。但無論如何，既然當時已有不少批評家程度不同地意識到藝術虛構、反映生活真實乃是小說創作的根本之所在，那麼，也就意味著在人們的心目中「小說」（尤其是通俗小說）這一新生兒業已從她「史傳文學」的母體中分娩而出、呱呱墜地了。儘管有的鑒賞者仍不時地將她與她的母親混為一談，那只是因為她帶有太明顯的母體的遺傳因子，尤其是以歷史故事為題材的小說。

## 四、典型論初探與通俗化要求

我們說，中國古代的小說批評是到了明代後期才真正成熟，這是建立在幾個大的方面有所突破的基點上的。除了上面所講到的若干問題是在晚明以

前的小說批評的基礎上更向前拓展了一步而外，更重要的一點便是晚明批評家的小說觀念更趨向於明瞭和純粹。換言之，晚明的不少批評家已開始從純文學的角度來觀照小說，尤其是通俗小說。而這一問題又最集中地體現在兩點，即關於人物典型問題的初步探討和對小說語言的通俗化要求。

在上一節我們曾引用過署名懷林者在《水滸傳一百回文字優劣》中的一段話。這段話的要點是人物形象從現實生活中來，現實中先有類似的人和事，而作者不過是劈空捏造某姓某名以實其事。這樣，以現實生活為基礎，再經過作者的藝術加工，才能創造出「情狀逼真，笑語欲活」的人物。這實際上已接近於我們現在所認識到的人物典型塑造的基本原則。這種觀點，在容與堂本《李卓吾先生批評忠義水滸傳》的回評裏面，由署名李載贄、李和尚、李卓吾、禿翁、李贄、卓老者的許多評語中說得更為深入。其中，以下幾點尤其值得注意。

首先，小說塑造人物的真假之辨。如第一回評曰：「《水滸傳》事節都是假的，說來卻似逼真，所以為妙。」第十回評曰：「《水滸傳》文字原是假的，只為他描寫得真情出。所以便可與天地相終始。即此回中李小二夫妻兩人情事咄咄如畫。」這裡所謂「假」，其實就是藝術虛構。但在藝術虛構的同時又不脫離現實生活，故而「描寫得真情出」，故而「說來卻似逼真」，虛構而能逼真，亦即我們今天所說的源於生活而高於生活，亦即在人物塑造方面的概括和集中。

其次，人物之間性格差異的描寫。如第三回評曰：「《水滸傳》文字妙絕千古，全在同而不同處有辨。如魯智深、李逵、武松、阮小七、石秀、呼延灼、劉唐等眾人，都是急性的，渠形容刻畫來各有派頭，各有光景，各有家數，各有身份，一毫不差，半些不混。讀者自有分辨，不必見其姓名，一睹事實就知某人某人也，讀者亦以為然乎？讀者即不以為然，李卓老自以為然，不易也。」第九回評曰：「摩寫魯智深處，便是個烈丈夫模樣；摩寫洪教頭處，便是忌嫉小人底身份；至差撥處，一怒一喜，倏忽轉移，咄咄逼真，令人絕倒，異哉！」第十五回評曰：「刻畫三阮處各各不同，請自著眼。」第二十四回評曰：「說淫婦便像個淫婦，說烈漢便像個烈漢，說呆子便像個呆子，說馬泊六便像個馬泊六，說小猴子便像個小猴子，但覺讀一過，分明淫婦、烈漢、呆子、馬泊六、小猴子光景在眼，淫婦、烈漢、呆子、馬泊六、小猴子聲音在耳，不知有所謂語言文字也何物」。《水滸傳》中的人物塑造之所以能成為「出

神入化」的「化工文字」，關鍵在於寫出了不同人物的不同性格，亦即我們今天所謂「性格化」問題。而且，在同類人物的共性與個性關係的處理方面，《水滸傳》亦堪稱妙絕。對此，評語中也有所涉及，即所謂「全在同而不同處有辨」。只可惜批評者並未就此問題向縱深處展開論述，因此，我們只能說這種批評只是開始接近黑格爾所說的「這一個」的理論，而並未完成這種理論，從而，將這方面的深入討論留給了後人。不過，在當時能認識到這一步，已屬難能可貴。

再次，強調描寫人物要「畫心」「傳神」。如第二十一回評曰：「摩寫宋江、閻婆惜並閻婆處，不惟能畫眼前，且畫心上；不惟能畫心上，且並畫意外。」如第三回評曰：「描畫魯智深，千古若活，真是傳神寫照妙手。」如第二十三回評曰：「人以武松打虎，到底有些怯在，不如李逵勇猛也。此村學究見識，如何讀得《水滸傳》？不知此正施、羅二公傳神處。李是為母報仇不顧性命者，武乃出於一時不得不如此耳。」這些話，概括起來，就是要深入人物的內心世界，按照生活自身發展的邏輯，通過白描的手法，為人物傳神寫照，尤其是要寫出某一人物在某種特定狀況下的言語行為，從而，使人物達到形神俱備的境界。

容與堂本《忠義水滸傳》回評中的這些觀點，尤其是最後一點，又被稍後的批評家所強調和發揮。如五湖老人《忠義水滸全傳序》云：「故真莫真於孩提，乃不轉瞬而真已變，惟終不失此孩提之性則真矣。」「試稽施、羅兩君所著，凡傳中諸人，其鬚眉跟耳鼻，寫照畢肖；不獨當年之盧面蒙魃，李笑口醜，蘇舌受慚，即以較今日之偽道學，假名士，虛節俠，妝醜抹淨，不羞莫夜泣而甘東郭厭者，萬萬迴別，而謂此輩可易及乎？」再如謝肇淛謂《金瓶梅》一書「其中朝野之政務，官私之晉接，閨闈之媟語，市裏之猥談，與夫勢交利合之態，心輸背笑之局，桑中濮上之期，尊罍枕席之語，駔儈之機械意智，粉黛之自媚爭妍，狎客之從臾逢迎，奴怡之稽唇淬語，窮極境象，駴意快心。譬之範工摶泥，妍媸老少，人鬼萬殊，不徒肖其貌，且並其神傳之，信稗官之上乘，爐錘之妙手也」。（《金瓶梅跋》）這些言論，與容本回評中的「畫心」「傳神」之論有相通之處。有的地方，如強調寫人物的孩提之真性情，則更道破了「寫照畢肖」的奧妙。

明代中後期，由於章回小說與擬話本小說的創作達到了一個前所未有的高潮，故而晚明的批評家尤其重視白話小說的通俗化問題。陳繼儒在《唐書

演義序》中明確指出：「演義，以通俗為義也者。」署名袁宏道的《東西漢通俗演義序》中則說：「《兩漢演義》之所為繼《水滸》而刻也，文不能通而俗可通，則又通俗演義之所由名也。」甄偉則以小說作者的身份謂其作品「言雖俗而不失其正，義雖淺而不乖於理」。（《西漢通俗演義序》）馮夢龍是整理、創作話本小說的巨匠，他說得更為明確：「大抵唐人選言，入於文心；宋人通俗，諧於里耳。天下之文心少而里耳多，則小說之資於選言者少而資於通俗者多。」（《古今小說序》）由此看來，無論是當時的作者還是批評者無論是從事章回小說創作還是話本小說的收集、再創造，大家都把「通俗化」作為白話小說的一個基本要求。這種要求，具有雙重意義。它既使小說讀者由文人自身轉換成廣大民眾，又使小說創作最終擺脫史書的籠罩而趨於獨立。

綜上所述，晚明的小說批評是值得我們重視的。當時的批評家們無論是在對小說功能的再認識方面，還是在史實、虛構、生活真實之間的關係方面，都發表了很好的見解，較之以前的小說批評，可謂開拓了新的天地，同時，此期的批評家們還在「傳道」精神的掩蓋下展開了積極的新思索，還在小說人物典型化方面進行了嘗試性的初步探討，還在小說通俗化方面提出了更明確的要求。除此而外，晚明小說批評家們還有不少新鮮的見解，限於篇幅，不能一一羅列。總之，晚明的小說批評，翻開了中國小說批評史新的一頁，並對清代的小說批評產生了直接而巨大的影響。

（原載《明清小說研究》1997 年第三期）

# 清代前中期小說批評芻議

　　從清初到道光二十年（1840），人們在習慣上稱之為清代前中期，這是我國各種文學樣式大總結的時代。古典小說的創作在這一階段取得了尤為輝煌的成果，《聊齋誌異》、《儒林外史》、《紅樓夢》等名作巨著相繼出現。這一階段的小說批評，也掀起了一個新的高潮。批評家們不僅對問世不久的小說名著和其他小說作品發表心得，而且對以前的小說，尤其是明代的《三國演義》、《水滸傳》、《西遊記》、《金瓶梅》等名著也進行了多方位多層次的評價。甚至形成了這樣的局面，不僅小說作者能揚名於世，而且小說批評者亦可垂範後人，當然，有的小說作者本身又是批評者。

　　就其犖犖大者而言之，當時的小說批評主要反映了以下幾方面的問題。

## 一、評點派的興起與「讀法」論的提出

　　小說評點雖在清代以前就已出現，但評點派的形成卻在清代。金聖歎之評點《水滸傳》、毛宗崗之評點《三國演義》、王士禎之評點《聊齋誌異》、張竹坡之評點《金瓶梅》、蔡元放之評點《東周列國志》和《水滸後傳》、脂硯齋之評點《紅樓夢》、無名氏（疑即閒齋老人）之評點《儒林外史》、董孟汾之評點《雪月梅傳》，如此等等，不一而足。這麼多的批評家，分別對某一部小說作品進行逐回逐篇、乃至逐字逐句的評點，可見當時評點風氣之盛，足以名之為「派」。評點，是具有中國特色的小說批評方式。它雖然在嚴密的系統性方面顯得有些不足，但更能體現批評者對小說藝術領悟的隨機性，而且相當自由靈活。批評者對小說作品中某一具體情節乃至細節描寫所發表的見解，往往具有極強的針對性，甚至能最大限度地體現批評者藝術靈感的觸發。這

種方式，對於一般讀者閱讀原著常常能起到啟發和引導作用。甚至可以說，評點家們的某些精彩言論直到今天仍被小說研究者們廣泛使用。因此，我們不能因為它似乎處於一種無序狀態而輕視之。

評點派也有系統的理論，除了一些序跋和總批而外，還有所謂「讀法」論。「讀法」論的始作俑者是金聖歎，他的《讀第五才子書法》可視為「讀法」論之濫觴。所謂「讀法」，就是在閱讀某部小說作品時，先提出一些讀者應注意的問題，而談得最多的乃是人物性格問題和「文法」問題。對人物性格的分析，大多帶有品評意味。而「文法」，其實就是小說寫作技法，從人物塑造到布局謀篇，從細節描寫到語言表達，大多是一些具體可行的方法。這雖然有點兒受八股選家的影響，但其間往往能體現批評者的藝術鑒賞力。如金聖歎就一口氣提出了以下「文法」：倒插法、夾敘法、草蛇灰線法、大落墨法、綿針泥刺法、背面鋪粉法、弄引法、獺尾法、正犯法、略犯法、極不省法、極省法、欲合故縱法、橫雲斷山法、鸞膠續弦法。此後，毛宗崗在《讀三國志法》中也提出：《三國》一書，有巧收幻結之妙，有以賓襯主之妙，有同樹異枝、同枝異葉、同葉異花、同花異果之妙，有星移斗轉、雨覆風翻之妙，有橫雲斷嶺、橫橋鎖溪之妙，有將雪見霰、將雨聞雷之妙，有浪後波紋、雨後霡霂之妙，有寒冰破熱、涼風掃塵之妙，有笙簫夾鼓、琴瑟間鍾之妙，有隔年下種、先時伏著之妙，有添絲補錦、移針勻繡之妙，有近山濃抹、遠樹輕描之妙，有奇峰對插、錦屏對峙之妙。張竹坡在《批評第一奇書金瓶梅讀法》中也提出：讀《金瓶》當看其白描處，當看其脫卸處，當看其避難處，當看其手閒事忙處，當看其穿插處，當看其結穴發脈、關鎖照應處。蔡元放在《水滸後傳讀法》中也說：傳中所有各種文法甚多，如相間成文法、跳身書外法、犯而不犯法。此外，還有：明點法、暗照法、忙裏偷閒法、借樹開花法、烘雲托月法、加一倍寫法、火裏生蓮法、水中吐焰法、欲擒故縱法、移花接木法。另外，在《紅樓夢》脂評中也屢屢涉及各種「文法」，此不贅舉。

這些「文法」，其實具有兩面性。對作者而言，它是創作經驗和寫作技巧的總結，是所謂「做法」；對讀者而言，它是閱讀文本和欣賞作品的提示，是所謂「讀法」。雖然其間有些提法顯得支離破碎、重複繁瑣，但大體而言，對於小說的創作和欣賞是有一定幫助的。現代寫作基礎知識中的某些概念，如伏筆、照應、過渡、對比、烘托、反襯、倒敘、插敘、明寫、暗寫、詳寫、略寫等等，大都由上述這些「文法」發展演變而成。

對於評點派諸大家如金聖歎、毛宗崗、張竹坡和脂評中的一些理論以及關於「文法」方面的某些問題，我們將另文介紹，此不贅言。

## 二、功能論的演進

明代小說批評者們經常提到的小說三大功能——史鑒功能、勸誡功能、娛樂功能，在清代仍有繼續提倡者。毛宗崗在偽託金人瑞的《三國志演義序》中強調：「作演義者，以文章之奇而傳其事之奇，而且無所事於穿鑿，第貫穿其事實，錯綜其始末，而已無之不奇。」他仍然認為小說創作要以「無所事於穿鑿」的歷史真實性為基礎。蔡元放在《東周列國志序》中說得更為明確：「顧人多不能讀史，而無人不能讀稗官，稗官固亦史之支流，特更演繹其詞耳。善讀稗官者，亦可進於讀史，故古人不廢。」這便是分明的小說為正史之分支的意識。而何昌森在《水石緣序》中則更進一步指出：「是小說雖小道，其旨趣義蘊原可羽翼賢卷聖經，用筆行文要當合諸腐遷盲左，何以小說目之哉？」所有這些，都可視為小說史鑒功能論的延續。

對於小說的勸誡功能，清代前中期的批評者們也多有闡述。西周生《醒世姻緣傳凡例》提出小說要「昭戒而隱惡」。陳忱《水滸後傳論略》提出要「福善禍淫，盡寓勸懲意」。天花才子《快心編凡例》提出「寓勸世深衷」。煙水散人《珍珠舶序》提出「針世砭俗之意」。靜恬主人《金石緣序》提出「以勸善也，以懲惡也」。洪棣元《鏡花緣序》提出「正人心，端風化」。由此可見小說的勸誡功能在某些批評家心目中的分量。至於小說的娛樂功能，無論是娛人或自娛之說，在清代批評家那兒都是屢見不鮮，無庸贅舉。更有意味的是，有的批評家還對小說功能作了整體論述。如佩蘅子在他的作品《吳江雪》第九回中說：「原來小說有三等。其一，賢人懷著匡君濟世之才，其所作都是驚天動地，流傳天下，傳訓千古。其次，英雄失志，狂歌當泣，嬉笑怒罵，不過借來抒寫自己這一腔魂磊不平之氣，這是中等的了。還有一等的，無非說牝說牡動人春興的。這樣小說世間極多，買者亦復不少。書賈藉以覓利，觀者藉以破愁，這是壞人心術的。」

這裡，他將小說創作的目的和功能分為三等。第一等其實是史鑒功能與勸誡功能的結合，第二等是在第一點基礎上發展而成的發憤著書說，第三等則是娛人中之下下者。這種概括自有其合理的成分，但將這三方面分出上中下三等，卻是站在維護封建綱常名教的基礎之上的。其實，清人對小說功能

的認識，除上述對明代批評理論的繼承之外，在當時又有較大的發展演進，尤其突出的是在以下兩個方面。

### （一）補史意識的新變──寫民風世情

歷代許多批評家都稱小說為「稗史」、「野史」，故而，小說乃正史之補充，似乎已成為人們的共識。這種觀念，在煙水散人的《珍珠舶序》中得到了進一步的明確：「正史者紀千古政治之得失，野史者述一時民風之盛衰。」這種理論，實際上是晚明以降大量市井家庭題材小說描寫世態人情所產生的必然結果。小說創作由歷史演義之軍國大事的描寫轉而為布帛菽粟的日常生活的描寫，是一個根本的轉變。而小說批評認為「正史記千古政治之得失，野史述一時民風之盛衰」，也是一個根本的轉變。小說創作中的這種轉變發生於明代後期，小說批評中的這種轉變則發生於清代前中期。這完全符合事物發展的規律，理論總結產生於創作實踐之後。天花才子在《快心編凡例》中也反覆強調了這一點：「是編皆從世情上寫來，件件逼真。編中點染世態人情，如澄水鑒形，絲毫無遁。」相類似的觀點在董孟汾《孝義雪月梅傳》第二回回評中亦可看到：「能透徹世情才是真文人，亦惟真文人方能透徹世情。」

諸如此類的言論，可以看作是補史意識的新變。因為在歷代民風世情中所蘊含著的，是比那些以記載軍國大事為中心的正史更為豐富多彩的人類歷史。反映各不同時代的民風世情，實在是對「歷史」的更廣泛的意義上的一種補充。清代前中期的某些小說批評者，正是在有意無意之間提高了對什麼是「歷史」的認識。同時，也將小說的史鑒功能開掘到了一個更深的層次。

### （二）對審美功能的極度重視

在晚明小說批評家那兒，小說的審美功能本已日益受到重視。這種狀況到清代前中期，又有了進一步的發展。作家創作小說或批評家評論小說，都不再僅僅以史鑒、勸誡、娛樂為滿足，而是大力張揚和提倡小說的藝術魅力、審美功能。

陳忱曾多次不無得意地從審美的角度評價自己的作品《水滸後傳》，一曰：「機局更翻，章句不襲。……繪雲漢覺勢，圖峨嵋則寒。」（《水滸後傳序》）二曰：「頭緒如亂絲，終於不紊，循環無端，五花八陣，縱橫錯見，真奇書也。」（《水滸後傳論略》）劉廷璣則盛讚《金瓶梅》曰：「文心細如牛毛繭絲，凡寫一人始終口吻酷肖到底。掩卷讀之，但道數語，便能默會為何人。結

構鋪張，針線縝密，一字不漏，又豈尋常筆墨可到者。」（《在園雜誌》）戚蓼生對《紅樓夢》的審美效果更是讚譽有加：「吾聞絳樹兩歌，一聲在喉，一聲在鼻；黃華二牘，左腕能楷，右腕能草。神乎技矣，吾未之見也。今則兩歌而不分乎喉鼻，二牘而無區乎左右，一聲也而兩歌，一手也而二牘，此萬萬所不能有之事，不可得之奇，而竟得之《石頭記》一書，嘻，異矣！」（《紅樓夢序》）諸聯對《紅樓夢》的審美效果評價亦高：「書中無一正筆，無一呆筆，無一復筆，無一閒筆，皆在旁面、反面、前面、後面渲染出來。中有點綴，有剪裁，有安放，或後回之事先為提挈，或前回之事閒中補點，筆臻靈妙，使人莫測。總須領其筆外之神情，言時之景狀。」（《紅樓評夢》）

像這樣一些對小說的審美功能的評價，在清代前中期的批評家言論中所見甚夥。如前面所提到的小說「文法」問題，實際上有許多也是一種審美評判。這種從藝術的、審美的角度來評價小說的狀況，說明批評家們對小說本質認識的進一步提高。在他們看來，小說已不僅僅是傳道、補史、勸誡、娛樂的工具，而是一種藝術品，一種具有高度審美價值的藝術品。而這種認識的提高，又意味著在無形之中提高了小說的地位和檔次，提高了小說在人們社會生活中的重要性。

## 三、對創作主體心靈文本的揭示

與以前相比，清代前中期小說批評還有一個顯著特點，那就是十分重視對創作主體心靈文本的揭示，亦即對小說作者的創作動機和創作過程的探討。對此，我們可以從以下幾方面加以認識。

### （一）創作動機的向上一路——發憤而為小說

發憤而為小說的觀點，在明代就有人提出，但僅僅略具端倪而已。真正將發憤而為小說作為小說家創作動機之向上一路而大力張揚者，卻在清代前中期，而且，還有不少是作家兼批評家的夫子自道。

陳忱在化名古宋遺民而作小說《水滸後傳》之後，又化名雁宕山樵寫了一篇《水滸後傳序》。他在文章中說：「嗟乎！我知古宋遺民之心矣。窮愁潦倒，滿眼牢騷，胸中塊磊，無酒可澆，故藉此殘局而著成之也。」陳忱還生怕讀者不明其深意，又在化名樵餘所寫的《水滸後傳論略》一文中一再提醒：「《水滸》，憤書也。」「《後傳》為洩憤之書。」表示出自己寫《水滸後傳》是繼承《水滸傳》作者發憤而為小說的初衷。

蒲松齡在《聊齋自志》中也說：「集腋為裘，妄續幽明之錄；浮白載筆，僅成孤憤之書。寄託如此，亦足悲矣！」無名氏在《臥閒草堂本儒林外史》第四十回回評中也說：「此作者之所以發憤著書，一吐其不平之鳴也。」

從作者到批評者，大都能從發憤而為小說的角度來看待小說創作，這實在是對小說創作動機的認識的一大進步。尤其是小說作者將自己的作品看作是發憤之作，更是創作主體在認識上已處於自覺狀態的重要標誌。

### （二）發憤說的變奏曲——才情與寄託

嚴格說來，「發憤」的概念仍是比較寬泛的，每一位作家所處的時代和環境不同，他所謂「憤」亦自有不同的含義。如上述幾例，陳忱之所謂「憤」，表面上是「窮愁潦倒」，而實際上卻是遺民的興亡之恨。《水滸後傳》中的民族意識是頗為濃烈的，而陳忱本人便曾經是一位抗清志士。蒲松齡之「憤」，大半為下層文人懷才不遇的憤懣。我們從《聊齋誌異》中寫了大量的美麗女性偏偏愛上窮書生這一「情結」，便可窺見其中奧秘之一二。而吳敬梓之「憤」，乃是一種不平之鳴，尤其是對社會給有志改革者的不公平待遇的一種牢騷和反抗。無名氏的批評所針對者恰為書中人物蕭雲仙以禮樂兵農的思想改革社會弊端而不果之所發，其意顯然。

清代前中期的小說作者和批評家，亦有將「發憤」的概念向更遠處引申的，於是便有了才情與寄託之說的產生。天花藏主人的《天花藏合刻七才子書序》中說：「凡紙上之可喜可驚，皆胸中之欲歌欲哭。」似乎很有些憤懣在胸。而這類才子佳人小說作者們的憤懣，多半是才情不得發揮的痛苦。天花藏主人在同一篇序言中說得明白：「故人而無才，日於衣冠醉飽中矇生瞎死則已耳。若夫兩眼浮六合之間，一心在千秋之上，落筆時驚風雨，開口秀奪山川，每當春花秋月之時，不禁淋漓感慨，此其才為何如？徒以貧而在下，無一人知己之憐，不幸憔悴以死，抱九原埋沒之痛，豈不悲哉？」因此，這些作者「不得已而借烏有先生以發洩其黃粱事業」，做著他們五彩繽紛的風流夢。此可謂之在「發憤」基礎上演變而成的發洩「才情」說。

相近似的觀點，在何昌森《水石緣序》中也可看到：「夫著書立說，所以發抒學問也；作賦吟詩，所以陶養性情也。今以陶情養性之詩詞，託諸才子佳人之吟詠，憑空結撰，興會淋漓，既足以賞雅，復可以動俗，其人奇，其事奇，其遇奇，其筆更奇，願速付之梓人以公之同好，豈僅破幽窗之岑寂而消小年之長日也哉？」

在這些批評者們看來，作家以自己的八斗之才去表現天地間的真情至性，乃是人生的一大享受，也是一種發憤而為小說的延伸。因此，這些批評家將各自所認識到的「情」提到了很高的地位，對才與情之間的相輔相成的關係極端重視。西湖釣叟在《續金瓶梅集序》中說：「田夫野老能與經史並傳者，大抵皆情之所留也。情在則文附焉，不論其藻與俚也。」剩齋氏在《英雲夢傳弁言》中也說：「晉人云：文生情，情生文。蓋惟能文者善言情，不惟多情者善為文。何則？太上忘情，愚者不及情。情之所鍾，正在我輩。」種柳主人在《玉蟾記序》中說得更具體：「通元子撰《玉蟾記》，可謂善用其情者矣。於極淺處寫出深情，於極淡處寫出濃情。於君子則以愷惻之心寫端莊之致，於小人則以詼諧之語寫佻達之形，皆發於情之所不得已。」

綜觀這些言論，可以看出當時確有一些批評家認為善用情、善言情是小說創作的高級狀態。而一位作家如果能以「情」為核心，兼之精造巧構，定能寫出佳作。許多作品之所以能流傳千古，均乃由於「情」在中間起中流砥柱的作用。一部好的作品，勢必以情為將帥、以文才為兵衛，以情為內質而以文才表現之。這種「才」「情」相結合而得以發洩的觀點，正是一大批言情小說的作家們的創作動機和創作動力。

「發憤」說向另一方面發揮的結果便是所謂「寄託」說。僅以對《聊齋誌異》的評價為例，便可大致說明這一問題。蒲松齡在《聊齋自志》中已明確提出了「寄託如此，亦足悲矣」的話頭，此後的一些批評家們便有不少沿著這一思路走下去。

何彤文在《注聊齋誌異序》中將蒲松齡與施耐庵進行了比較，得出這樣的結論：「夫耐庵生於宋，立於元，不求見用於世，故假《水滸》一傳，以抒其抱負，宣其閱歷。若著《聊齋》者，生逢盛世，以彼其才其學其識而不獲一第，無怪其嘲試官謂並盲於鼻也。」

如果說，何彤文對蒲松齡之「寄託」的理解尚比較狹隘的話，那麼，何的朋輩舒其鋏對《聊齋》中之「寄託」的認識則似乎更為深刻全面一些。舒氏在何氏《注聊齋誌異序》的跋文中說：「《聊齋誌異》大半假狐鬼以諷諭世俗。嬉笑怒罵，盡成文章，讀之可發人深醒。」

當然，在這方面說得更為深入細緻的還是曾經幫助趙起杲整理刊行《聊齋誌異》的余集。他說：「嗚呼！先生之志荒，而先生之心苦矣！昔者三閭被放，彷徨山澤，經歷陵廟，呵壁問天，神靈怪物，琦瑋僪佹，以泄憤懣，抒寫

愁思。釋氏憫眾生之顛倒，借因果為筏喻，刀山劍樹，牛鬼蛇神，罔非說法，開覺有情。然則是書之恍惚幻妄，光怪陸離，皆其微旨所存，殆以三閭侘傺之思，寓化人解脫之意歟？」（《聊齋誌異序》）將蒲氏的小說創作比之為屈氏問天、釋氏說法，是極端重視小說中「寄託」的提法，也是「發憤」而為小說之極致。

### （三）對小說作者創作過程的揭示

清代前中期的批評者們不僅積極探求小說作者的創作心態，而且還深入討論了作者們的創作過程。李漁在《閒情偶記·詞曲部》中曾涉及作家在塑造人物時的構思過程：「言者，心之聲也。欲代此一人立言，先宜代此一人立心。若非夢往神遊，何謂設身處地？無論立心端正者，我當設身處地，代生端正之想；即遇立心邪辟者，我亦當捨經從權，暫為邪辟之思。務使心曲隱微，隨口唾出，說一人肖一人，勿使雷同，弗使浮泛。若《水滸傳》之敘事，吳道子之寫生，斯稱此道中之絕技。」

這裡涉及的是人物塑造的深層次問題，即作家在塑造筆下人物形象時，要以己之心深入到人物的內心世界，要設身處地地體味到書中人物在特定的場合該說些什麼、做些什麼。只有這樣，才能寫好人物，才能「說一人肖一人」，使作品中的人物各有其聲容笑貌、行為口吻。李百川在《綠野仙蹤自序》中也表達了這種創作體會：「余書中若男若婦，已無時無刻不目有所見，不耳有所聞於飲食魂夢間矣。」

一個作家，只有如此熱愛自己筆下的人物，才能在夢繞魂牽的迷狂狀態中塑造出生鮮活潑的藝術形象。除此而外，當時的批評家們還希望讀者能盡可能地瞭解和理解作者艱辛的創作過程。只有透視作者的心靈文本，才能更好地解讀案頭文本。董孟汾在《孝義雪月梅傳》第二十九回回評中說：「看書要知作者苦心，或添一事，或添一人，俱不得不然。」

作者的才、學、識的積累，在小說創作過程中是必備條件和重要基礎，對此，當時的一些作家和批評家也有清晰的認識。李百川說：「余意著書非周流典墳、博瞻詞章者，未易輕下筆。勉強效顰，是無翼而學飛也。」（《綠野仙蹤自序》）無名氏稱許吳敬梓：「作者學太史公，讀書遍歷天下名山大川，然後具此種胸襟，能寫出此種境況也。」（《臥閒草堂本儒林外史》第三十三回回評）諸聯則盛讚曹雪芹：「作者無所不知，上自詩詞文賦、琴理畫趣，下至醫卜星相、彈棋唱曲，葉戲陸博諸雜技，言來悉中肯綮。想八斗之才，又被曹

家獨得。」(《紅樓評夢》)所有這些,均乃批評者與作者之間的知音言語。

社會大舞臺,人心小宇宙。在閱讀文學作品時,知人論世無疑是一把金鑰匙。對創作主體心靈文本的透視,是清代前中期小說批評的一大特點。同時,這也正是清代小說批評較之從前的一大發展和進步。

## 四、真實、虛構與典型化

小說創作中的虛實關係問題,是小說批評中由來已久的一個老問題。早先的批評家們多半認為小說是歷史的附庸,故須以寫歷史真實為己任。直到明代,有些批評家才較多地涉及到真實與虛構之間的關係。這一點,在清代前中期的小說批評中得到了繼承和發揚。金豐在《新鎸精忠演義說本岳王全傳序》中說:「從來創說者不宜盡出於虛,而亦不必盡由於實。苟事事皆虛則過於誕妄,而無以服考古之心;事事皆實則失於平庸,而無以動一時之聽。」

這是一種比較平衡而可行的觀點,大量的歷史演義、英雄傳奇小說基本上是沿著這一基本思路而進行創作的。當然,也有向兩極發展的不同意見。毛宗崗在偽託金人瑞的《三國志演義序》中說:「近又取《三國志》讀之,見其據實指陳,非屬臆造,堪與經史相表裏。」這便是基本尚實的理論。其實,毛氏的說法並不完全符合《三國演義》的實際情況。眾所周知,《三國演義》中的虛構成分是佔有相當比例的。對於《三國演義》中虛實結合的寫法,章學誠大為不滿。他認為寫小說要麼完全「實」,要麼完全「虛」,切忌虛實參半。他說:「凡演義之書,如《列國志》、《東西漢》、《說唐》及《南北宋》多紀實事,《西遊記》、《金瓶梅》之類全憑虛構,皆無傷也。唯《三國演義》則七分實事,三分虛構,以致觀者往往為所惑亂,如桃園等事,士大夫作故事用者矣。故衍義之屬,雖無當於著述之論,然流俗耳目漸染,實有益於勸懲,但須實則概從其實,虛則明著寓言。不可錯雜如《三國》之淆入耳。」(《丙辰劄記》)在這裡,章氏的「虛則明著寓言」的觀點是正確的,但他認為小說創作要「實則概從其實」則未免失之偏頗。這是一種對小說的本質缺乏認識的結論,也是小說羽翼正史的觀念的遺存。

與上述尚「實」理論相反的是一些高度讚揚小說應大膽虛構的言論。黃越在《第九才子書平鬼傳序》中說:「且夫傳奇之作也,騷人韻士以錦繡之心,風雷之筆,涵天地於掌中,舒造化於指下,無者造之而使有,有者化之而使

無，不惟不必有其事，亦竟不必有其人，所謂空中之樓閣，海外之三山，倏有倏無，令閱者驚風雲之變態而已耳，安所規規於或有或無而始措筆詞耶？」剩齋氏亦在《英雲夢弁言》中轉述作者松雲的言論曰：「當時未必果有是人，亦未必竟無是人，子第觀所設之境，所傳之事，可使人移情悅目否？為有為無不任觀者之自會？」這樣一些重虛構的言論，是深得小說創作三昧的經驗之談，庶幾接觸到小說的本質問題。

值得注意的是，大凡涉及歷史演義、英雄傳奇這些與歷史有關係的小說，人們往往在虛、實問題上爭論不休。而對於才子佳人、神魔怪異乃至市井家庭題材的小說，則認為虛構合理的呼聲較高。由此亦可見小說羽翼正史的觀念在古人心目中是何等根深蒂固，而這一點，又恰恰是阻礙中國古代小說的創作與批評健康發展的不利因素。

然而，不塞不流。隨著古代小說史的發展，小說創作水平不斷提高，小說批評家們的認識也不斷提高。《紅樓夢》的出現，不僅造就了小說創作的顛峰狀態，同時也促進了小說批評的高度發展。即以虛實問題而論，不少人在對《紅樓夢》的評價中發表了一些卓有見地的言論。夢覺主人說：「今夫《紅樓夢》之書，立意以賈氏為主，甄姓為賓，明矣真少而假多也。假多即幻，幻即是夢。書之奚究其真假，惟取乎事之近理，詞無妄誕；說夢豈無荒誕，乃幻中有情，情中有幻是也。……是則書之似真而又幻乎？此作者之辟舊套開生面之謂也。」（《紅樓夢序》）

小說創作的高級狀態正是在真與幻之間，虛與實之間。所真所實者，並非歷史事實，而是生活真實，不是生活表象，而是生活本質。所虛所幻者，亦並非一味胡編亂造、為所欲為，而是按照生活的邏輯所創造的藝術世界。諸聯說得好：「凡稗官小說，於人之名字，居處、年歲、履歷，無不鑿鑿記出，其究歸於子虛烏有。是書半屬含糊，以彼實者之皆虛，知此虛者之必實。若見而信以為有者，其人必拘；見而決其為無者，其人必無情。大約在可信可疑、若有若無間，斯為善讀者。」（《紅樓評夢》）王希廉也說得不錯：「《紅樓夢》一書，全部最要關鍵是『真假』二字。讀者須知，真即是假，假即是真；真中有假，假中有真；真不是真，假不是假。明此數意，則甄寶玉、賈寶玉是一是二，便心目了然，不為作者冷齒，亦知作者匠心。」（《紅樓夢總評》）

按照他們的意思，如果對小說創作必須虛構這一點都沒有弄清楚，那

麼，就辜負了作者的一片苦心。或者說，這樣的人根本不配讀小說。

與小說創作的虛實關係緊密相關的一個問題就是典型化理論。關於這一問題的認識，在晚明的小說批評中已有涉及，到清代更有長足的進步。金聖歎、毛宗崗、張竹坡以及《紅樓夢》脂評中對此各有議論，筆者將另撰文闡述。這裡，只就其他批評家的言論作些評介。

閒齋老人在《儒林外史序》中說：「篇中所載之人不可枚舉，而其人之性情心術，一一活現紙上。讀之者，無論是何人品，無不可取以自鏡。」這裡說的是典型人物的社會代表性。與之相類似的還有無名氏在《臥閒草堂本儒林外史》回評中的一些話。如第三回回評云：「余友云：慎毋讀《儒林外史》，讀竟乃覺日用酬酢之間，無往而非《儒林外史》。此如鑄鼎像物，魑魅魍魎，毛髮畢現。」再如第五回回評云：「此篇是從功名富貴四個字中，偶然拈出一個富字，以描寫鄙夫小人之情狀，看財奴之吝嗇，葷秀才之巧點，一一畫出，毛髮皆動。即令龍門執筆為之，恐亦不能遠過乎此。」第六回回評曰：「古人所謂『畫鬼怪易，畫人物難』，世間惟最平實而為萬目所共見者，為最難得其神似也。」第七回回評曰：「寫山人便活畫出山人的口聲氣息。」第十七回回評曰：「如寫女子小人、輿臺皂隸，莫不盡態極妍，至於斗方名士、七律詩翁，尤為題中之正面，豈可不細細為之寫照？」第三十一回回評曰：「慎卿、少卿俱是豪華公子，然兩人自是不同。慎卿純是一團慷爽氣，少卿卻是一個呆皮囊，一付筆墨，卻能分毫不犯如此。」第三十三回回評曰：「衡山之迂，少卿之狂，皆如玉之有瑕。美玉以無瑕為貴，而有瑕正見其為真玉。」

這些言論，涉及典型人物的個性化問題、真實性問題，乃至於缺陷美問題，但無論如何，有一點是共同的，那就是典型人物必須是依照生活的本來面目而通過藝術虛構而後塑造成功的。正如陶家鶴在《綠野仙蹤序》中所言：「皆因其事其人，斟酌身份下筆。」此可謂一語中的。

## 五、其他方面的評論

清代前中期的小說理論涉及的面很廣，有些問題，批評家們有比較系統的認識，有些問題的認識則剛剛開頭，但也給後人以一定程度的啟發。以下略舉數端。

### （一）求新求變

一位傑出的小說家，往往是不願重複前人、拾人牙慧的，而總是希望自

己的作品能以新的面貌出現在讀者面前、能對前人的寫法有所改造翻新。這種求新求變的思想，正是推動小說史向前發展的一股巨大動力。李漁曾十分自負地說：「若稗官野史則實有微長，不效美婦一顰，不拾名流一唾，當世耳目，為我一新。」（《與陳學山書》）

董孟汾在《孝義雪月梅傳》第十三回回評中也表述了近似的觀點：「戞戞乎陳言之務去，文公所以起八代之衰，可見作文最忌陳腐。篇中成語，寫來極其新穎，如未經人道者。」諸聯對《紅樓夢》的評價則更為簡明準確：「全部一百二十回書，吾以三字概之：曰真，曰新，曰文。」（《紅樓評夢》）許喬林在《鏡花緣序》中也說：「是書無一字拾他人牙慧，無一處落前人窠臼。」

對於某部具體作品而言，這些評價或許存在準確與否的問題，但作為一種要求，提出小說創作要「新」要「變」，卻代表了一種正確的方向。

### （二）通俗化

小說，尤其是白話小說，「通俗」是基本要求之一。對於小說創作的通俗化要求，晚明小說批評者已有論及，在清代前中期，這方面的呼聲亦自不弱。西周生在《醒世姻緣傳凡例》中說：「本傳敲律填詞，意專膚淺，不欲使田夫閨媛懵矣面牆，讀者無爭笑其打油之語。」天花才子在《快心編凡例》中也說：「字義庸淺，期於雅俗同喻，不敢以深文自飾，得罪大雅諸君子也。」羅浮居士在《蜃樓志序》中說得更為乾脆明確：「最淺易、最明白者，乃小說正宗也。」

這些觀點，無疑是正確的。小說，尤其是白話小說，讀者面極廣，如果語言方面不能做到通俗曉暢，就會失去讀者群、失去市場，如果這樣，實際上也就失去了小說創作的生命線。

### （三）關於續書

續書，是中國古代學者著書立說的一個普遍現象，在小說創作領域，續書者亦多，尤其是續一些小說名著者更多。然而，大多數續書者、尤其是續名著者往往吃力不討好。對其中原因，清代前中期的批評家們也進行了分析。陳忱的《水滸後傳》是續《水滸傳》之作，在古代小說領域的續書當中，算是比較成功的，但他亦深感續書之難：「《後傳》有難於《前傳》處。《前傳》鏤空畫影，增減自如；《後傳》按譜填辭，高下不得；《前傳》寫第一流人，分

外出色；《後傳》為中材以下，苦心表微。」（《水滸後傳論略》）這真是領略了個中甘苦的經驗之談。

劉廷璣則在列舉了大量的續書之後，對續書之不易做出了評判：「總之，作書命意，創始者倍極精神，後此縱佳，自有崖岸，不獨不能加於其上，即求媲美並觀，亦不可得；何況續以狗尾，自出下下耶？」（《在園雜誌》）

李漁對續書則更持否定意見，他在《閒情偶記》中說：「向有一人慾改《北西廂》，又有一人慾續《水滸傳》，同商於余。余曰『《西廂》非不可改，《水滸》非不可續。然無奈二書已傳，萬口交贊，其高踞詞壇之坐位，業如泰山之穩，磐石之固，欲遽叱之使起而讓席於余，此萬不可得之數也。無論所改之《西廂》、所續之《水滸》未必可繼後塵，即使高出前人數倍，吾知舉世之人，不約而同，皆以續貂蛇足四字為新作之定評矣。』二人唯唯而去。」

續書之難、之不討好，前人已有認識，惜後人認識往往不及前人，至今仍有改作或續作古典名著者，大多失去原汁原味，弄得不古不今、不倫不類，若李笠翁九泉有靈，定當竊笑之。

※　　　　　　※　　　　　　※

綜上所述，清代前中期的小說批評在中國小說批評史上是一個頗為重要而又特殊的階段，它具有如下特點：其一，評點派十分活躍。其二，涉及的問題比較多。其三，對小說名著的批評尤為突出。其四，代表了傳統批評模式的最高成就。總之，這是一個傳統的小說批評的大總結的階段。本文所言，只是其中的某些方面，難免掛一漏萬。晚清以後，小說批評的思路、模式等方面都發生了深刻而巨大的變化，故當另作評述。

（原載《明清小說研究》2001 年第四期）

# 毛宗岡批評《三國演義》的辯證思維
## ——傳統文化影響文學批評之一例

    中國傳統文化與古代文學批評有著千絲萬縷的聯繫，毛宗岡批評《三國演義》過程中所體現的辯證思維，就是其中一個典型的例證。

一

    在中國古代小說的評點文字中，有許多辯證思維的光閃，而這種辯證思維方式的運用，又充分顯示了中國傳統文化的一個重要側面。

    古代中國，辯證邏輯和形式邏輯的發展是極不平衡的。大體而言，在先秦時代的諸子百家那兒，辯證邏輯和形式邏輯這兩種思維方式是並行不悖的，墨辯與名家學說都討論了形式邏輯中的許多問題。但自漢代以後，形式邏輯逐漸衰微，而辯證邏輯卻得到了更大的發展。

    我國古代的辯證邏輯思維講究整體關聯，亦即將宇宙間的萬事萬物看成一個具有統一法則和變化節奏的有機整體。它是通過「天人交互作用」與「陰陽五行妙合」這兩種運思模式體現出來的。

    中國古代的學術研究追求一種整體觀念的建樹——「天人感應」、「天人合一」、「人與天地萬物為一體」、「上因天時，下盡地財，中用人力」。在這裡，人與自然、人與天地萬物完全融為一體。這種整體觀念的深刻含義在於：人與自然萬物不是敵對關係，而是共存關係，並且有著統一法則和變化規律，是一個應當和諧相處的整體。這種整體觀念在政治領域表現為個人與群體的不可分割性，在倫理領域表現為犧牲個人利益服從整體利益的價值取向，在文化領域表現為兼收並蓄的中和精神，而在哲學領域則體現為不執於一偏的

辯證思維。

再就是「陰陽五行妙合」問題。何謂陰陽？《易經》中說「一陰一陽謂之道」。陰陽是兩個既對立又統一的概念，世界上萬事萬物都有陰陽兩個方面，而宇宙間的種種變化亦均由於陰與陽的彼此消長。所謂「五行」，指金、木、水、火、土，它本身是一個整體，既相生又相剋。推而廣之，就發展成為五色、五味、五方、五氣、五聲、五臟等對應的整體觀念，各整體內部亦是一種矛盾統一，相生相剋的關係，這就是所謂整體關聯。

將上述「天人交互作用」與「陰陽五行妙合」這兩種運思模式體現出來的整體關聯再深入一步，便是矛盾和諧。《易經》云「剛柔相推而生變化」，《老子》描述了有無、難易、長短、動靜、高下、強弱、先後等種種關係的相聯相對、相反相成。《韓非子》亦將事物的辯證發展看作其內在規律，認為矛盾的雙方可以「形名參同，上下和調」。佛教的一多相攝、四諦圓融、一即是多、多即是一的命題，也是一種對立而同一的思想。即便是儒家的倫理學說中，也蘊含著這種矛盾和諧的原理。君正則臣忠，父慈則子孝，兄友則弟恭。這種辯證邏輯思維方式，雖反映了古代哲人們豐富的智慧，體現了一種圓通性，但卻缺乏對認識對象的確認、分析、演繹，從而妨礙了思維的精確性。

這種追求矛盾和諧、對立統一的思維模式直接影響了中國古代的小說評點者們，從而，使中國古代小說批評文字中充滿了辯證意味。毛宗崗對《三國演義》的評點文字，就充分體現了這種辯證思維模式。

下面，我們就從毛宗崗批評《三國演義》的文字中，找出諸如「虛」與「實」、「犯」與「避」、「幻」與「真」、「忙」與「閒」、「動」與「靜」、「剛」與「柔」、「主」與「賓」、「哀」與「樂」等充滿對立統一關係的「對子」，來看看這位批評家的辯證思維方式。

## 二

我們不妨先來看看毛宗崗涉及較多的「虛」與「實」、「犯」與「避」這兩對相反相成的對子之間的辯證關係。

### （一）「虛」與「實」

中國古代作家很早就掌握了「虛寫」與「實寫」之間的辯證關係，尤其是史傳文學作品，如《左傳》《戰國策》《史記》《漢書》等歷史著作中，更有

大量注目於虛實關係的篇章存在。小說是敘事文學中之佼佼者，虛寫與實寫之間的關係顯得尤為重要。許多著名的小說作家都非常善於運用虛實相間的敘事方法，而不少評點者也能準確而深刻地指出虛與實之間的辯證關係。

毛宗崗則十分形象地稱這種虛寫與實寫為「近山濃抹，遠樹輕描」，意謂在畫家筆下，近處的山與樹都「濃抹」之，而遠處的山與樹則「輕描」之。他說：「《三國》一書，有近山濃抹，遠樹輕描之妙。畫家之法，於山於樹之近者，則濃之重之，於山與樹之遠者，則輕之淡之。不然林麓迢遙，峰嵐層疊，豈能於尺幅之中一一而詳繪之乎？作文亦猶是已。如皇甫嵩破黃巾，只在朱雋一邊打聽得來；袁紹殺公孫瓚，只在曹操一邊打聽得來；趙雲襲南郡，關、張襲兩郡，只在周郎眼中、耳中聽來；昭烈殺楊奉、韓暹，只在昭烈口中敘來；張飛奪古城在關公耳中聽來，簡雍投袁紹在昭烈口中說來。至若曹丕三路伐吳而皆敗，一路用實寫，兩路用虛寫；武侯退曹丕五路之兵，惟遣使入吳用實寫，其四路皆虛寫。諸如此類，又指不勝屈。只一句兩句，正不知包卻幾許事情，省卻幾許筆墨。」（《讀三國志法》）

不僅如此，在對《三國演義》的評點過程中，毛氏還反覆論證了這種敘事寫人的「虛」與「實」之關係。如：「前張角妖術，只在盧植口中虛點一句；今張寶妖術，卻用實敘。都好。」（第二回夾批）「一場大事，只就探子回報帶筆寫出。一邊實敘，一邊虛敘，參差盡致。」（同上）「前文曹操破呂布卻用實寫，此處袁紹、公孫都用虛述，一詳一略，皆敘事妙品。」（第二十一回夾批）

毛宗崗在評點《三國演義》時還注意到了虛寫與實寫之間錯綜複雜的交叉關係，他說：「當周瑜戰曹仁之時，正孔明遣將取三城之時。妙在周瑜一邊實寫，孔明一邊虛寫。又妙在趙子龍一邊，在周瑜眼中實寫，雲長、翼德兩邊，在周瑜耳中虛寫。此敘事虛實之法。」（第五十一回夾批）毛氏還說：「前文之決水者二：曹操之決泗水以淹下邳，決漳河以淹冀州是也；後文之決水者一：關公之決湘江以淹七軍是也。獨此卷於涪水之決，則欲決而不能決，遂不果決。有前之二實，不可無此之一虛，有此之一虛，然後又有後之一實。文字有虛實相生之法，不意天然有此等妙事，以助成此等妙文。」（第六十三回回前總評）

詩家有所謂「不寫之寫」、「以少少許勝多多許」，這種「此處無聲勝有聲」的方法，在《三國演義》的創作過程中也常常用到，並引起評點者毛宗崗

的注目。如毛氏在《三國演義》第三十七回的回前總評中說道：「此篇極寫孔明，而篇中卻無孔明。蓋善寫妙人者，不於有處寫，正於無處寫。寫其人如閒雲野鶴之不可定，而其人始遠；寫其人如威風祥麟之不易睹，而其人始尊。且孔明雖未得一遇，而見孔明之居，則極其幽雅；見孔明之童，則極其古淡；見孔明之友，則極其高超；見孔明之弟，則極其曠逸；見孔明之丈人，則極其清韻；見孔明之題詠，則極其俊妙。不待接席言歡，而孔明之為孔明，於此領略過半矣！」

　　一篇文章也罷，一部小說也罷，他的作者不可能不注目於虛寫和實寫的問題。如果全文都用實寫，將使作品累贅不堪、平冗乏味；如果全文純用虛筆，則過分空靈，使讀者丈二金剛摸不著頭腦。只有能夠做到虛實相間的作者方是個中高手，如果在虛實相間的同時，更能注目於「虛」與「實」之間的種種辯證關係，如對峙、錯綜、包容、轉換等等，那就更是文章聖手了。評點者亦乃如是，如果僅僅只是點出小說作品中的「虛寫」「實寫」云云，當然是很不錯的批評者，但如果能進而分析這「虛實」之間的種種奧妙、種種關係，那才是目光如燭的評點方家。

　　（二）「避」與「犯」

　　在此，我們必須首先解釋一下古代小說批評者們所謂「避」與「犯」各自的含義，甚至可以說是一種特殊的含義。所謂「犯」，就是重複，就是雷同，乃文學創作、尤其是小說創作之大忌；所謂「避」，就是避免重複，避免雷同，是文學創作尤其是小說創作中常見的方法之一。然而，有時候，在無法「避」或「避」之而效果不佳的情況下，高明的作者往往有意地「犯」，通過「犯」而達到更高層次的「避」，這就是所謂「特犯不犯」。

　　毛宗岡說：「吳之有孫綝，猶魏之有曹爽也。而司馬懿以異姓去宗室，而政不復歸於曹；丁奉亦以異姓去宗室，而政猶歸於孫，則何也？孫峻之後有孫綝，猶司馬懿之後有師、昭也。毋丘儉、諸葛誕以起兵討師、昭而不勝，丁奉、張布以杯酒殺孫綝而有餘，則又何也？曰：魏之得國也以篡，吳之得國也不以篡，故魏之將滅，天必假手於其臣；而吳之將滅，天不必假手於其臣耳。獻帝謀誅權臣，而一泄於國舅董承，再泄於國丈伏完，有兩事焉。若曹芳託國丈而事泄，止如漢之一事也；孫亮則因國舅以及國丈而事泄，是一事而合漢之兩事也。且伏完為后父，而張緝亦為后父，董承受血詔，而張緝亦受血詔，則以魏之一人，兼為漢之兩人。董承不必有父，而全紀有父，伏完不必

有兒，而全尚有兒，則又以魏之兩家，並為吳之一家。讀《三國》者，讀至後幅，有與前事相犯，而讀之更無一毫相犯。愈出愈幻，豈非今古奇觀！」（《三國演義》第一百一十三回回前總評）這裡所舉的例子，有相「犯」者，亦有相「避」者，尤妙在更有犯之而又避之者。

犯之而又避之的表現技巧是沿著「避」——「犯」——更高的「避」這樣一個思路展開的。在小說創作中，人人都知道要避免重複，都知道要「避」。但在很多情況下，情節的雷同是無法迴避的，因為生活一方面是豐富多彩的，另一方面也是單調乏味的。人生在世，有許多事情是不斷重複的，不僅每個人的生活是不斷地自我重複，而且人與人之間也不斷地相互重複著別人做過的事。文學作品、尤其是小說作品要真實而本質地反映人們的社會生活，重複是不可避免的。這樣，問題就產生了。生活本身充滿了重複，而以反映人類生活為己任的小說作品卻又最忌諱重複，怎麼辦？迴避重複是不行的，那就只好去有意重複之，在「重複」（犯）的前提下去追求「不重複」（避）。

毛宗崗在《讀三國志法》對這種「特犯不犯」的方法作了形象的論證說明：「《三國》一書，有同樹異枝、同枝異葉、同葉異花、同花異果之妙。作文者以善避為能，又以善犯為能。不犯之而求避之，無所見其避也。惟犯之而後避之乃見其能避也。」在對《三國演義》逐回評點的文字中，毛氏對這一問題的闡述更為細緻深入。例如：「侯成以獻酒被責而降曹，馮禮亦以飲酒被責而降曹。降曹同也，而一降於決水之後而不死，一降於決水之前而隨死，則大異。魏續為友人抱憤而獻門，審榮亦為友人抱憤而獻門。獻門同也，而呂佈在城中而被執，袁尚在城外而未擒，則又異。就其極相類處，卻有極不相類處。若有特特犯之而又特特避之者，真是絕妙文章。」（第三十二回回前總評）「呂佈在濮陽開城賺曹操，曹仁在南郡亦開城賺周瑜，同一賺也。一則賺使入城而燒之，一則賺使入城而射之；一則使人詐降而賺之，一則以詐走而賺之，斯則其不同者矣。乃呂布使人詐降，其後乃至於真降；曹仁詐走，其後乃至於真走，是不同處又有相同處。真妙事妙文！」（第五十一回回前總評）

由此可見，「特犯不犯」的方式之一，是通過對事物本身大體相同的前提下的某些不同之處的特別描寫來實現的。毛氏這方面的評價還有很多，所舉的例子也不少。如：「一部大書，前後兩篇大文，特特相犯，而更無一筆相

犯。」（第八十四回回前總評）這說的是赤壁之戰與彝陵之戰兩篇絕妙文章的「犯」與「避」。再如：「兵家有必敗之法，非避之之難，而犯之之難；又非犯之之難，而犯之而避之之為難。」（第八十八回回前總評）這說的是彝陵之戰與諸葛亮瀘水之戰二擒孟獲的「犯」與「避」。

「特犯不犯」，看似容易實艱辛。這需要對生活深入地體驗，需要對素材認真地分析。此外，還要懂得點藝術的辯證法，需要把事物的現象當作入門的嚮導，一進了門就抓住實質，再經過深入研究，然後方能做到「惟犯之而後避之，乃見其能避也」。在這裡，小說作者們「特犯」的只是某些事物所共有的部分內容，它們是矛盾的普遍性或人物的共性之所在。世上萬事萬物，其矛盾的普遍性都存在於特殊性之中，共性包含於一切個性之中，無個性即無共性。《三國演義》的作者羅貫中雖然並未能從理論上認識到這一規律，但他的創作實踐，卻從客觀上體現了這一真理。而毛宗崗則更從理論上總結出「同樹異枝、同枝異葉、同葉異花、同花異果」這樣的小說創作中寫人敘事「特犯不犯」的法寶，總結出這種描寫事物共性與個性的統一、矛盾的普遍性與特殊性的統一的藝術手法。可見，毛氏的辯證思維已達到了相當高的層次。

## 三

毛宗崗雖然在「虛」與「實」、「犯」與「避」等問題上的辯證思維水平已達到相當高的層次，但是，在小說創作的「幻」與「真」這一關鍵問題上卻呈現出大體上傾向錯誤的矛盾思想狀態。

小說創作的主要任務是反映歷史真實還是進行藝術虛構，這一在今天的批評家們乃至普通讀者看來不成問題的問題，在中國古代的小說創作實踐和小說理論研究領域卻是大有「問題」的。在古代中國，長期以來存在著兩種錯誤觀念：其一，小說被當作歷史的附庸，因此，小說創作必須反映歷史真實；其二，小說中的神異描寫被當作現實存在，有人甚至完全分不清小說創作中的寫實與虛構的關係，完全相信那些神奇鬼怪的故事是人類生活中的組成部分。這樣，就導致了小說創作的迷茫和小說理論的混亂。

毛宗崗對於上述第一點的某些認識是大有問題的。

《三國演義》是一部歷史演義小說，它的作者在創作時碰到的第一個問題就是如何處理歷史事實與藝術虛構的關係，同樣，這一問題也成為它的評

點者注目的焦點。那麼，毛宗岡是怎樣看待這一問題的呢？

首先，我們來看毛宗岡在假託金聖歎所寫的《三國志演義序》中的兩段明確表述：「近又取《三國志》讀之，見其據實指陳，非屬臆造，堪與經史相表裏。由是觀之，奇又莫奇於《三國》矣。」「作演義者，以文章之奇而傳其事之奇，而且無所事於穿鑿，第貫穿其事實，錯綜其始末而已。無之不奇，此又人事之未經見者也。」

這裡，毛宗岡的意思非常清楚，《三國演義》之所以被稱為「奇書」，其根本的原因就在於它「據實指陳，非屬臆造，堪與經史相表裏」，就在於它「無所事於穿鑿，第貫穿其事實，錯綜其始末而已」。這就十分鮮明地體現了毛宗岡的一個基本觀點——即歷史演義小說的創作必須符合歷史真實。

為了闡明自己的觀點，毛宗岡還將《三國演義》和明代另外兩部小說巨著進行了比較性的論述：「讀《三國》勝讀《西遊記》。《西遊》捏造妖魔之事，誕而不經。不若《三國》實敘帝王之事，真而可考也。」「讀《三國》勝讀《水滸傳》。《水滸》文字之真，雖較勝《西遊》之幻，然無中生有，任意起滅，其匠心不難。終不若《三國》敘一定之事，無容改易，而卒能匠心之為難也。」（《讀三國志法》）

其實，毛宗岡這種認為《三國演義》「據實指陳，非屬臆造」，「無所事於穿鑿」，「敘一定之事，無容改易」的基本觀點，是一個根本的錯誤。這種錯誤表現在兩個方面：一是不符合歷史演義小說的創作規律，二是不符合《三國演義》的實際。

先看第一點。各類小說的創作都有其自身的規律，歷史演義小說也不例外。它的體式決定了其本身的兩重性：其一，它必須以一定的歷史事實為依據，但卻不能照搬歷史；其二，它必須有相當程度的藝術虛構，但又不能完全脫離歷史事實。在這裡，藝術虛構與歷史事實之間應是相輔相成的，二者之間應是一種若即若離、不黏不脫的關係。《三國演義》的創作實踐正符合這一基本規律——「七分實事，三分虛構」。只要稍作比較，我們就可以看到，《三國演義》既不像《東西晉演義》等作品那樣過於拘泥史實，結果成為歷史通俗讀物；也不像《封神演義》等作品那樣虛構成分太大，結果成為神魔怪異小說。它是將歷史事實與藝術虛構結合得非常完美的小說，是歷史演義小說取得成功的範例。

再看第二點，由於毛宗岡對《三國演義》在史實與虛構這一問題上的評

價，只注重其中的「據實指陳」，「敘一定之事」的一面，而否定所謂「臆造」、「改易」、「穿鑿」，亦即「虛構」的一面。因此，他對《三國演義》中某些內容的評價便勢必產生曲解。例如，他認為《三國演義》中故事之奇妙，大都是由於歷史事件本身的奇與妙，而作者不過是「貫穿其事實，錯綜其始末」而已。在《三國演義》第四十回的回評中，毛宗崗說：「劉景升家難，與袁本初家難正自彷彿，而寫來卻無一筆相類者，何也？蓋本初始終愛少子，而景升則有臨終立長子之命。其不同一也。譚、尚相攻，而劉琮則本有讓琦之心，劉琦亦初無伐琮之舉。其不同二也。譚之降操，以長子不得立之故；琮之降操，則以幼子僭立之故。其不同三也。譚之降操，其臣教之；琮之降操，雖其臣教之，而實其母成之。其不同四也。冀州為曹操所自奪，而荊州則劉琮所獻。其不同五也。本初之死，尚未嘗訃告譚；而景升之死，劉琮竟匿而不發。其不同六也。種種不同，求一筆之相犯不可得。豈非天然有此變化之事，以成此變化之文哉？」在這裡，毛宗崗所分析的劉表家難與袁紹家難的六點不同，多半是廢話。世界上的同類事件，如果連這些細節問題都一模一樣，那還叫「事」嗎？將這些廢話講完之後，毛宗崗有一句話，「種種不同，求一筆之相犯不可得」，似乎接觸到羅貫中藝術創作之妙筆了，不料接下去毛氏的結論卻是：「豈非天然有此變化之事，以成此變化之文哉？」這樣，就將羅貫中的奇妙構思輕輕還給了歷史事實本身之「奇」了。真是可惜，毛宗崗氏在這裡與真理失之交臂，成為一種謬誤，一種對《三國演義》內容的曲解。

同樣的例子還有不少。再如，毛氏一方面稱讚《三國演義》開頭和結尾之妙：「敘三國不自三國始也，三國必有所自始，則始之以漢帝。」「敘三國不自三國終也，三國必有所自終，則終之以晉國。」同時，他又認為這種「文章之最妙者」乃是由於「古事所傳，天然有此等波瀾，天然有此等層折，以成絕世妙文」。(《讀三國志法》)這又是以天然造物自身之「奇」，取代了羅貫中的奇妙構思。這樣一些評論，其實是對《三國演義》藝術成就的一種貶低，也是毛宗崗自身藝術眼光侷限性的一種表現。

毛宗崗對歷史演義小說創作中的史實與虛構之關係的看法，較之金聖歎在這方面的論述而言，顯然是倒退了一步。他基本上還處於歷史演義小說必須寫真實、必須「與經史相表裏」的誤區之中。

以上所述，只是事情的一個方面。另一方面的情況是：毛宗崗也看到

《三國演義》中同樣有虛幻的描寫。對此,他又怎樣解釋呢?請看他的兩段話:「每讀《封神演義》,滿紙仙道,滿目鬼神,覺姜子牙竟一無所用,不若《三國志》中之偶一見之也。如伏波顯聖,山神指迷,入山求草,祝井出泉,未嘗不仰邀神助,恍遇仙翁,然不可無一,不容有二。使盡賴神謀,何以見人謀之善;使盡仗仙力,何以見人力之奇哉?」(第八十九回回前總評)「前卷祝井出泉,是孔明但邀神助,此卷以扇反風,是孔明自有神通。每讀《西遊記》,見孫行者之降妖;讀《水滸傳》,見公孫勝之鬥法,以為奇幻。不謂《三國志》中已備《西遊記》《水滸》之專矣。況彼以捏造之事,雖層見迭出,總屬虛談,不若此為真實之事。即偶有一二,已足括彼全部也。」(第九十回回前總評)看來,毛氏也認為在小說作品中,神異描寫實不可少,只是不能太多、太泛而已。平心而論,這才是符合藝術規律的較為妥當的觀點。

## 四

除了「虛」與「實」、「犯」與「避」、「幻」與「真」等方面的論述之外,毛宗崗在評點《三國演義》的過程中,還涉及其他一些辯證關係的對子問題,我們不妨作一些簡明的介紹。

### (一)「忙」與「閒」

毫無疑問,「忙」與「閒」是一對矛盾。對於小說創作而言,如果能處理好這對矛盾,將使書中的情節展開在有條不紊的同時更具節奏感。進而言之,如果能辯證地處理這一問題,做到忙中偷閒的話,作品的藝術效果就會更為美妙。

《三國演義》第十二回寫曹操攻打濮陽時,親自領兵直入,「時約初更,月光未上」。此處毛宗崗夾批云:「將寫火光之明,先寫月光之暗以形之。前寫黃昏有雨,今寫初更無月。忙中偏有此閒筆。」在第四十回回前總評中,毛氏又說:「尤妙在敘孔融處補敘禰衡往事,敘荊州處詳敘王粲生平,偏能於極忙中著此閒筆。」在第七十一回的夾批中,毛氏再次說:「百忙中忽夾此一段閒文,敘事妙品。」

在《三國演義》第八十九回的回前總評中,毛宗崗乾脆將「忙」與「閒」和「熱」與「冷」放在一起討論:「文章之妙,妙在極熱時寫一冷人,極忙中寫一閒景。」

「閒筆」,表面上看起來是微不足道的,但它卻是一種小說創作過程中的

高級狀態，許多「眼高手低」的人或許會看不起「閒筆」，但你要真正學到它並自如地運用它、尤其是達到「忙中偷閒」甚至還能起到其他作用的境界，其實是一件非常困難的事情。

### （二）「動」與「靜」

動靜結合，或曰以靜寫動、以動寫靜，是水平較高的小說作家常用的手法，《三國演義》中就有關乎這方面的傑出表現。對此，毛宗崗豈能放過？他在《讀三國志法》中說：「《三國》一書，有寒冰破熱，涼風掃塵之妙。如關公五關斬將之時，忽有鎮國寺內遇普靜長老一段文字；昭烈躍馬檀溪之時，忽有水鏡莊上遇司馬先生一段文字；孫策虎踞江東之時，忽有遇于吉一段文字；曹操進爵魏王之時，忽有遇左慈一段文字，昭烈三顧草廬之時，忽有遇崔州平席地閒談一段文字；關公水淹七軍之後，忽有玉泉山月下點化一段文字。至於武侯征蠻而忽逢孟節，陸遜追蜀而忽遇黃承彥，張任臨敵而忽間紫虛丈人，昭烈伐吳而忽問青城老叟。或僧、或道，或隱士，或高人，俱於極喧鬧中求之，真足令人躁思頓清，煩襟盡滌。」

「寒冰破熱，涼風掃塵」，將小說創作中的「動」與「靜」之關係比喻得淋漓盡致。從中，也可以看到毛宗崗畢竟是小說批評大家，其審美水平到底高人一籌。

### （三）「剛」與「柔」

寫金戈鐵馬的戰鬥生活，並不能一味地「剛硬」；寫軟玉溫香的兒女之情，也不能持續地「纏綿」。每一部小說作品，在保持自身主體風格的同時，還必須常常「變格」「變調」達到剛柔相濟的高級境界。對此，傑出的作者們自是身體力行，而高明的評點者們也自然是心領神會。

且看毛宗崗在評點《三國演義》時所發表的意見：「人但知《三國》之文是敘龍爭虎鬥之事，而不知為鳳、為鸞、為鶯、為燕，篇中有應接不暇者，令人於干戈隊裏時見紅裙，旌旗影中常睹粉黛，殆以豪士傳與美人傳合為一書矣。」（《讀三國志法》）「前卷方敘龍爭虎鬥，此卷忽寫燕語鶯聲。溫柔旖旎，真如鐃吹之後，忽聽玉蕭，疾雷之餘，忽見好月，令讀者應接不暇。」（第八回回前總評）「又於關公斬將之後，袁紹興兵之前，忽然夾敘馬氏歌姬，鄭家詩婢一段風流文字，真如霹靂火中，偶遇一片清冷雪也。」（第二十二回回前總評）

## （四）「哀」與「樂」

在小說創作中，怎樣很好地把握書中人物的喜怒哀樂，是一個非常重要的問題。這不僅涉及人物塑造，還涉及情節結構和審美效果。對此，毛宗崗也頗為重視，他說：「觀玄德與徐庶作別一段，長亭分手，腸斷陽關，瞻望弗及，佇立以泣。勝讀唐人送別詩數十首，幾令人潸然淚下矣。乃忽然薦起一臥龍先生，頓使玄德破涕為歡，回愁作喜。一回之內，半幅之間，而哀樂倏變。奇事！奇文！」（《三國演義》第三十六回回前總評）

## （五）「主」與「賓」

毛宗崗在《讀三國志法》中還通過大量的例證說明了「主」與「賓」之間的辯證關係：「《三國》一書，有以賓襯主之妙。如將敘桃園兄弟三人，先敘黃巾兄弟三人，桃園其主也，黃巾其賓也。將敘中山靖王之後，先敘魯恭王之後，中山靖王其主也，魯恭王其賓也。將敘何進，先敘陳蕃、竇武，何進其主也，陳蕃、竇武其賓也。敘劉、關、張及曹操、孫堅之出色，並敘各鎮諸侯之無用，劉備、曹操、孫堅其主也，各鎮諸侯其賓也。劉備將遇諸葛亮而先遇司馬徽、崔州平、石廣元、孟公威等諸人，諸葛亮其主也，司馬徽諸人其賓也。……且不獨人有賓主也，地亦有之。獻帝自洛陽遷長安，又自長安遷洛陽，而終乃遷於許昌。許昌其主也，長安、洛陽皆賓也。劉備失徐州而得荊州，荊州其主也，徐州其賓也。……抑不獨地有賓主也，物亦有之。李儒持鴆酒、短刀、白練以貽帝辨，鴆酒其主也，短刀、白練其賓也。許田打圍，將敘曹操射鹿，先敘玄德射兔，鹿其主也，兔其賓也。赤壁鏖兵，將敘孔明借風，先敘孔明借箭，風其主也，箭其賓也。……諸如此類，不可悉數。善讀是書者，可於此悟文章賓主之法。」

毛宗崗在評點《三國演義》的過程中所體現出的辯證思維方式是多方面的，以上所言，乃是其中的一些主要問題。至於其他方面，因篇幅所限，只好另撰文再議了。

（原載《三國演義學刊》2004，四川大學出版社，2005 年 8 月出版）

# 毛批《三國》的敘事理論

　　毛宗崗對於《三國演義》的敘事方法議論頗多，我們先看一個具體例證：「此卷序事之法，有倒生在前者：其人將來，而必先有一語以啟之，如操之誇黃須是也；有補敘在後者：其人既死，而舉其未死之前追敘之，如操之惡楊脩是也；有橫間在中者：正敘此一事，而忽引他事以夾之，如兩軍交戰之時，而雜以曹彰、楊脩兩人之生平是也。至於曹操之平代北，則因曹彰而及焉，曹丕之忌曹植，則又因楊脩而及焉；其他正文之中，張、趙、馬、魏、孟達、劉封諸將，或於彼忽伏，或於此忽現，參差斷續，縱橫出奇，令人心驚目眩。作者用筆，直與孔明用兵相去不遠。」（第七十二回回前總評）

　　在《讀三國志法》中，毛宗崗曾歸納說：「《三國》一書，乃文章之最妙者。」此之所謂「妙」，主要指的就是敘事方法之高超。而這，正是本文論述的核心所在。

一

　　像《三國演義》這種鴻篇巨製的章回小說，在敘事過程中不可能平鋪直敘，它必須是波瀾起伏的。要造成故事情節之波瀾，一個重要的方法就是前有伏筆、後有照應。毛宗崗在評點《三國演義》時對此多有議論。

　　如第二回回前總評中的一段話：「前於玄德傳中，忽然夾敘曹操；此又於玄德傳中，忽然帶表孫堅：一為魏太祖，一為吳太祖，三分鼎足之所從來也。分鼎雖屬孫權，而伏線則已在此。此全部大關目處。」再如第二十七回回前總評云：「文有伏線之妙：滎陽城中之事，先於東嶺關前伏線，此即伏於一卷之內者也；玉泉山頂之事，早於鎮國寺中伏線，此伏於數十卷之前者也。其

間一傳家信，一敘鄉情，閒閒冷冷，極沒要緊處，卻是極要緊處。如此敘事，雖龍門復生，無以過之。」

在四十一回的回前總評中，毛宗崗又將幾乎相同的意思另外舉例說明了一次：「文有伏線之妙。玄德之取長沙，魏延之救黃忠，尚隔數卷，而此處襄陽城外，早有一魏延忽然而來忽然而去。在此時初無補於玄德，初無益於襄陽，而孰知預為後日之用，真奇事奇文。」

結合上述這幾段評點文字，在第五十三回的回前總評中，毛宗崗進一步將伏筆與照應放在一起進行了綜合討論：「文章之妙，有前文方於此應，後文又於此伏者，如魏延之獻長沙是也。前在襄陽城下大戰文聘，今在長沙城上殺卻韓玄，是前文於此應也，孔明既死，魏延乃有反漢之謀；魏延初降，孔明已有欲殺之志，是後文又於此伏也。通觀全部，雖人與事紛紛，而伏應之妙，則一篇如一句，斯真有數文字。」

除上述數例而外，毛宗崗還有許多關於伏筆照應的評點文字散見於各回的夾批之中：「此處先寫赤幀，為後文伏線。」「好，照應。」（均見第五回）「孔融此時便有左袒袁紹之意，為後文曹操殺融伏線。」（第二十二回）「為長阪坡伏筆。」（第二十五回）「為後華容道伏線。」（第二十六回）「為後文關公守荊州伏筆。」（第六十三回）

最有趣的是，在第二十一回回前總評中，毛宗崗不僅高度讚揚了《三國演義》作者對伏筆的運用，而且還借機嘲笑了那些寫小說雜亂無章的人：「前者漢帝失玉璽，今者玉璽歸漢帝，相去十數卷，遙遙相對，而又預伏七十回後曹丕受璽篡漢之由，有應有伏，一筆不漏，一筆不繁。每見近人紀事，敘卻一頭，拋去一頭，失枝脫節，病在遺忘；本說這邊，又說那邊，手忙腳亂，病在冗雜。今試讀《三國演義》，其亦可以擱筆矣。」

毛宗崗認為有些伏筆的運用是帶有辯證意味的：「此卷敘正得襄陽之事，下卷又敘斬龐德獲于禁之事，皆快事也。而出兵之前，乃有失火為之告凶，又有惡夢為之告變，是早為七十六回伏線也。夫為失意伏線，而伏於將失意之時不足奇，惟伏於將快意之時則深足奇。」（第七十三回回前總評）這裡所說的「七十六回」，指的是關公走麥城的故事。按說，小說作品中寫「失火為之告凶，又有惡夢為之告變」，是為關公失敗走麥城而作為「伏筆」用的，但作者卻將它們埋伏在關公得襄陽、斬龐德、擒于禁等一連串成功的喜悅之事的前面。這種伏筆，會產生令人意想不到的效果，堪稱具有辯證意味的「伏筆」。

進而言之，毛宗崗還認為伏筆有「虛」「實」兩大類：「文之以前伏後者，有實筆，有虛筆。姜維伐魏在六出祁山之後，而一出祁山之前，先寫一姜維。此以實筆伏之者也。鍾、鄧入蜀，在九伐中原之後，而一伐中原之前，先在夏侯霸口中，寫一鍾會，寫一鄧艾，此以虛筆伏之者也。且前有武侯之囑陰平，葬定軍，又虛中之虛。此外夏侯霸之言，又虛中之實。敘事作文，如此結構，可謂匠心。」（第一百七回回前總評）這裡，不僅指出了什麼樣的是伏筆之「虛」，什麼樣的是伏筆之「實」，而且還進一步分辨出「虛中之虛」「虛中之實」，亦可謂獨具隻眼。

更有甚者，毛宗崗還指出了各種各樣伏筆的綜合運用：「讀《三國》者，讀至此卷，而知文之彼此相伏，前後相因，殆合十數卷而只如一篇，只如一句也。其相反而相因者，有助漢之沙摩柯，乃有抗漢之孟獲；其不相反而相因者，有借羌兵之曹丕，乃有借羌兵之曹真；其相類而相因者，有馬超在而印去之柯比能，乃有馬超死而忽來之徹里吉；其不相類而相因者，有六縱而不服之蠻王，乃有一縱而即服之雅丹丞相。至於孟達致書於李嚴，早有李嚴致書於孟達以為之伏筆矣。申儀助司馬而殺孟達，早有孟達之約申儀而背劉封以為之伏筆矣。」（第九十四回回前總評）如此伏筆，堪稱「埋伏照應」之大全和極致了。

當然，在這方面說得最為酣暢淋漓的還是《讀三國志法》中的一段話：「《三國》一書，有隔年下種，先時伏著之妙。善圃者投種於地，待時而發。善奕者下一閒著於數十著之前，而其應在數十著之後。文章敘事之法亦猶是已。如西蜀劉璋乃劉焉之子，而首卷將敘劉備先敘劉焉，早為取西川伏下一筆。又於玄德破黃巾時，並敘曹操帶敘董卓，早為董卓亂國、曹操專權伏下一筆。趙雲歸昭烈在古城聚義之時，而昭烈之遇趙雲早於磐河戰公孫時伏下一筆。馬超歸昭烈在葭萌戰張飛之後，而昭烈之與馬騰同事早於受衣帶詔時伏下一筆。龐統歸昭烈在周郎既死之後，而童子述龐統姓名早於水鏡莊前伏下一筆。武侯歎謀事在人、成事在天在上方谷火滅之後，而司馬徽未遇其時之語，崔州平天不可強之言，早於三顧草廬前伏下一筆。劉禪帝蜀四十餘年而終在一百十回之後，而鶴鳴之兆早於新野初生時伏下一筆。姜維九伐中原在一百五回之後，而武侯之收姜維早於初出祁山時伏下一筆。姜維與鄧艾相遇在三伐中原之後，姜維與鍾會相遇在九伐中原之後，而夏侯霸述兩人姓名早於未伐中原時伏下一筆。曹丕篡漢在八十回中，而青雲紫雲之祥早於三十

三回之前伏下一筆。孫權僭號在八十五回後，而吳夫人夢日之兆早於三十八回中伏下一筆。司馬篡魏在一百十九回，而曹操夢馬之兆早於五十七回中伏下一筆。自此而外，凡伏筆之處，指不勝屈。每見近世稗官家一到扭捏不來之時，便平空生出一人，無端造出一事，覺後文與前文隔斷，更不相涉。試令讀《三國》之文能不汗顏！」

對於伏筆和照應，毛宗崗有時也和金聖歎等其他評點家一樣，用「草蛇灰線」這樣一個形象化的說法來代替之。如在第二十一回的一段夾批中，他就說：「敘事真有草蛇灰線之奇。」

那麼，什麼叫做「草蛇灰線」？它為什麼又代指埋伏照應呢？

所謂草蛇，乃草中之蛇，因其有長有短、隱隱約約，故而用以比喻埋伏照應方法之忽隱忽顯的特點。誠如毛宗崗所言：「如草中之蛇，於彼見頭、於此見尾。」（第十五回回前總評）所謂「灰線」，竊以為就是各種灰質的東西畫成的線，因其有粗有細、斷斷續續，故而用以比喻埋伏照應方法之忽斷忽續的特點。「草蛇」與「灰線」加在一起，就比較全面地表達了埋伏照應方法的兩大特徵：若斷若續，若隱若顯。

## 二

對於一位敘事技法高超的長篇小說作者而言，他有一個必須達到的境地：用盡量少的文字表達盡量多的內容。這在中國古代小說批評家們那兒，被稱之為「省筆」藝術。

可以這麼說，像《三國演義》、《水滸傳》、《西遊記》、《金瓶梅》、《儒林外史》、《紅樓夢》這樣一些情節複雜、頭緒紛繁的作品，作者如果不會用省筆，那將無法進行創作，而只能把作品寫成流水帳。

毛宗崗在評點《三國演義》過程中多次言及省筆。例如：「此句在李儒口中帶敘出來，省筆。」「此段在獄卒口中補敘出來，省筆。」（均見第四回夾批）「補寫二人蹤跡，只在二公口中自敘，省筆。」（第十九回夾批）「一段大文只在滿寵口中一句點出，省筆之甚。」（第二十一回夾批）「此事不用實敘，只在使者口中虛寫，省筆。」（第二十三回夾批）「省事又省筆。以下按過翼德一邊，接敘玄德一邊。」（第六十四回夾批）

上述這些評論，基本上都是通過書中人物之口帶敘故事，從而節省筆墨的方法。這種例子在毛批《三國》中其實還有很多，儘管評點者有時並未點

明一個「省」字。如第三十五回夾批云：「借牧童口中畫出一玄德。」第六十五回夾批云：「又在玄德口中補寫一馬超。」第九十三回更是連連夾批道：「又在南安人口中寫一姜維。」「又在子龍口中寫一姜維。」

當然，除了通過書中人物之口「帶敘」另一人物而外，還可通過某人之「眼」「耳」「意」來「帶敘」他人。

先看「眼中」，毛批有云：「先從李儒眼中虛畫一呂布。」「又從董卓眼中虛畫一呂布。」「又從董卓、李儒眼中實寫一呂布。」（均見第三回夾批）「是童子眼中看出一玄德。」（第三十五回夾批）「在玄德眼中極寫一馬超。」（第六十五回夾批）「在子龍眼中寫一姜維。」（第九十三回夾批）通過他人眼中來寫人敘事，是一種非常經濟實用而又生動活潑的方法。因為它往往既寫了「被看人」，又寫了「著眼者」，可以達到一箭雙雕的作用和效果。

與此用法相近的還有通過書中人物「耳中」「意中」寫人敘事。對此毛宗崗也有論述：「先生耳中又聽出一玄德。」（第三十五回夾批）「又在關公意中寫一黃忠。」「又在雲長意中寫一黃忠。」（均見第五十三回夾批）「又在子龍意中寫一姜維。」（第九十三回夾批）

更妙者乃在「口中」「眼中」的綜合運用，誠如毛批所言：「又在孔明眼中口中寫一姜維。」（第九十三回夾批）「今作者將麋芳中箭在玄德眼中敘出，簡雍著槍、麋竺被縛在趙雲眼中敘出，二夫人棄車步行在簡雍口中敘出，簡雍報信在翼德口中敘出，甘夫人下落則借軍士口中詳之，麋夫人及阿斗下落則借百姓口中詳之，歷落參差，一筆不忙，一筆不漏。」（第四十一回回前總評）

除了通過書中人物之感官來寫另一人物從而達到節省筆墨的效果以外，《三國演義》還通過一種特殊的方法來敘事，那就是詩家所謂「不寫之寫」、「以少少許勝多多許」。這種「此處無聲勝有聲」、「柳藏鸚鵡語方知」之法，當然也引起了毛宗崗的注目。他在《三國演義》第三十七回的回前總評中說道：「此篇極寫孔明，而篇中卻無孔明。蓋善寫妙人者，不於有處寫，正於無處寫。寫其人如閒雲野鶴之不可定，而其人始遠；寫其人如威鳳祥麟之不易睹，而其人始尊。且孔明雖未得一遇，而見孔明之居，則極其幽雅；見孔明之童，則極其古淡；見孔明之友，則極其高超；見孔明之弟，則極其曠逸；見孔明之丈人，則極其清韻；見孔明之題詠，則極其俊妙。不待接席言歡，而孔明之為孔明，於此領略過半矣！」

# 三

毛宗崗還特別重視故事情節的曲折多致，在《三國演義》第四十三回的回前總評中，他有一段長長的批語：「此回文字曲處：妙在孔明一至東吳，魯肅不即引見孫權，且歇館驛，此一曲也。又妙在孫權不即請見，必待明日，此再曲也。及至明日，又不即見孫權，先見眾謀士，此三曲也。及見眾謀士，又彼此角辯、議論齟齬，此四曲也。孔明言語既觸眾謀士，又忤孫權，此五曲也。迨孫權作色而起，拂衣而入，讀者至此，幾疑玄德之與孫權終不相合，孔明之至東吳終成虛往者也。然後下文峰迴路轉，詞洽情投。將欲通之，忽若阻之；將欲近之，忽若遠之。令人驚疑不定，真是文章妙境。」

這裡，毛宗崗的評點比較細緻深入，要想故事生動，必須講究一個「曲」字，平淡無奇的故事是很少有人欣賞的。進而言之，要想使自己筆下的故事曲折多致，又必須善於運用對立轉換的原則，「將欲通之，忽若阻之；將欲近之，忽若遠之」。這樣，才能使故事曲折離奇，如峰迴路轉，達到引人入勝的藝術效果。

為了使得長篇小說的故事情節曲折多致，作者們往往在以重筆敘寫中心故事的同時，又在它的前前後後作一些陪襯性的「補」寫。毛宗崗在《讀三國志法》中稱主體故事前面的部分為「先聲」，後面的則為「餘勢」。

毛宗崗說：「《三國》一書，有將雪見霰；將雨聞雷之妙。將有一段正文在後，必先有一段閒文以為之引；將有一段大文在後，必先有一段小文以為之端。」此即金聖歎所謂「弄引法」，亦即以大致相同或相近的次要情節引出主要情節的方法，比較接近於小說話本中以「頭回」引入「正話」的方法。如《三國演義》中要寫「火燒赤壁」這一大的戰爭，便先寫了「博望燒屯」、「火燒新野」兩段規模較小的戰爭以引之，而三次戰爭的描寫重心又都在「火攻」二字。

具體而言，這種「引」法還有長短之分，有的是臨時發揮，有的則是蓄謀已久。如書中第二十八回寫關羽、張飛古城相會，張飛認為關羽是受曹操指使帶兵來抓自己，關羽說：「我若捉你，須帶軍馬來。」毛宗崗在此夾批道：「藉此一語帶起下文，如針引線，極敘法之妙。」因為關羽的這句話，作者便借機引出下文蔡陽帶兵趕關羽、張飛進一步誤解、關羽斬蔡陽的精彩故事。這便是臨時發揮的短「引」。

相比較而言，小說第三十五回作者寫諸葛亮出場，則是一段蓄謀已久的

長「引」了。對此，毛宗崗在該回的回前總批中有一番較長的議論：「此卷為玄德訪孔明，孔明見玄德作引子耳。將有南陽諸葛廬，先有南漳水鏡莊以引之；將有孔明為軍師，先有單福為軍師以引之。不特此也：前卷有玉龍、金鳳，此卷乃有伏龍、鳳雛；前卷有一雀一臺，此卷乃有一鳳一龍。——是前卷又為此卷作引也。究竟一鳳一龍未曾指為誰。不但水鏡不肯說龍、鳳姓名，即單福亦不肯自道其真姓名。龐統二字在童子口中輕輕逗出，而玄德卻不知此人之即為鳳雛；元直二字在水鏡夜間輕輕逗出，而玄德卻不知此人之即為單福。隱隱約約，如簾內美人，不露全身，只露半面，令人心神恍惚，猜測不定。至於諸葛亮三字，通篇更不一露，又如隔牆聞環佩聲，並半面亦不得見。純用虛筆，真絕世妙文。」在第三十六回的回前總批中，毛氏再次談到這一問題：「敘單福用兵處，不須幾筆，然設伏料敵、破陣取城之能，已略見一斑矣。後文有孔明無數神機妙算，此先有單福小試其端以引之。如將觀名優演名劇，而此一卷，則是副末登場也。」

說罷「先聲」，再看「餘勢」。相對「弄引」而言，「餘波」要簡單一些。還是先看毛宗崗所言：「《三國》一書，有浪後波紋，雨後霢霖之妙。凡文之奇者，文前必有先聲，文後亦必有餘勢。」此即金聖歎所謂「獺尾法」，亦即在重大故事敘完之後，又敘一相同或相近的小故事以作餘波。如《三國演義》在寫了劉備三顧茅廬一大段精彩的故事以後，又寫了劉琦三請諸葛亮一小段故事以作映帶，便令人感到餘波蕩漾、韻味無窮。

「將雪見霰」與「浪後波紋」，其實是一個問題的兩個方面。它所表明的是中心故事與其「先聲」「餘勢」之間的關係；或者說，是一道山脈中的主峰與其來龍去脈的關係。一部優秀的長篇小說，如果只寫幾個精彩的大故事是不夠的，它必須由許多小故事前後左右拱繞著中心故事，宛若眾星捧月、萬笏朝宗。這樣，才使得全書的情節安排具有層次感，也使得讀者在欣賞作品時具有一種審美間歇感和張弛有致的正常心態。

## 四

上述幾方面而外，對於《三國演義》的敘事，毛宗崗還有一些評論同樣能引起我們的重視。尤其是在《讀三國志法》中，毛宗崗一口氣說出了《三國》一書的十四「妙」。其中，絕大多數都是就敘事立論的。有一些我們在上文已做介紹，下面再補說數則。

　　毛宗崗說：「《三國》一書有星移斗轉，雨覆風翻之妙。」所指的即是諸種矛盾相互之間的滲透衝激、對立轉換，從而使故事情節變生不測、愈翻愈奇。在這裡，毛宗崗一口氣列舉了《三國演義》中重大故事情節的四十二次出人意料的變化，最後說：「論其呼應有法，則讀前卷定知其有後卷；論其變化無方，則讀前文更不料其有後文。於其可知，見《三國》之文之精於其不可料，更見《三國》之文之幻矣。」

　　毛宗崗說：「《三國》一書有寒冰破熱，涼風掃塵之妙。」是指的故事情節推衍過程中的動靜結合、冷熱相間。正如毛氏所舉例說明的那樣：「如關公五關斬將之時，忽有鎮國寺內遇普靜長老一段文字；昭烈躍馬擅溪之時，忽有水鏡莊上遇司馬先生一段文字；孫策虎踞江東之時，忽有遇于吉一段文字；曹操進爵魏王之時，忽有遇左慈一段文字；昭烈三顧草廬之時，忽有遇崔州平席地閒談一段文字；關公水淹七軍之後，忽有玉泉山月下點化一段文字。至於武侯征蠻而忽逢孟節，陸遜追蜀而忽遇黃承彥，張任臨敵而忽間紫虛丈人，昭烈伐吳而忽問青城老叟。或僧、或道，或隱士、或高人，俱於極喧鬧中求之，真足令人躁思頓清，煩襟盡滌。」

　　毛宗崗說：「《三國》一書，有笙簫夾鼓，琴瑟間鍾之妙。」所指則是故事情節安排的剛柔相濟、優美與壯美相結合。誠如毛氏舉例所言：「如正敘黃巾擾亂，忽有何后、董后兩宮爭論一段文字；正敘董卓縱橫，忽有貂蟬鳳儀亭一段文字；正敘催、氾猖狂，忽有楊彪夫人與郭氾之妻來往一段文字；正敘下邳交戰，忽有呂布送女、嚴氏戀夫一段文字；正敘冀州廝殺，忽有袁譚失妻、曹丕納婦一段文字；正敘荊州事變，忽有蔡夫人商議一段文字；正敘赤壁鏖兵，忽有曹操欲取二喬一段文字；正敘宛城交攻，忽有張濟妻與曹操相遇一段文字；正敘趙雲取桂陽，忽有趙範寡嫂敬酒一段文字；正敘昭烈爭荊州，忽有孫權親妹洞房花燭一段文字；正敘孫權戰黃祖，忽有孫翊妻為夫報仇一段文字；正敘司馬懿殺曹爽，忽有辛憲英為弟畫策一段文字，至於袁紹討曹操之時，忽帶敘鄭康成之婢，曹操救漢中之日，忽帶敘蔡中郎之女，諸如此類，不一而足。人但知《三國》之文是敘龍爭虎鬥之事，而不知為鳳、為鸞、為鶯、為燕，篇中有應接不暇者，令人於干戈隊裏時見紅裙，旌旗影中常睹粉黛，殆以豪士傳與美人傳合為一書矣。」

　　毛宗崗說：「《三國》一書，有橫雲斷嶺，橫橋鎖溪之妙。文有宜於連者，有宜於斷者。如五關斬將，三顧草廬，七擒孟獲：此文之妙於連者也。如三氣

周瑜，六出祁山，九伐中原：此文之妙於斷者也。蓋文之短者，不連敘則不貫串；文之長者，連敘則懼其累墜：故必敘別事以間之，而後文勢乃錯綜盡變，後世稗官家鮮能及此。」這種「橫雲斷嶺」法用得好，一方面可以使故事情節多一些曲折，避免冗長累贅之病；另一方面，又可以故事情節包含更豐富的內容，具有更重要的意義。當然，該不該斷，什麼時候斷，完全應視情節發展的需要而定。否則，隨心所欲地亂斷一氣，那只會把作品斷得支離破碎，雜亂無章，其效果也就與作者的動機背道而馳了。

　　毛宗崗的《讀三國志法》中還有不少這方面精彩的論述。例如「有近山濃抹，遠樹輕描之妙」，是指運用虛實結合的方法而使作品具有立體感。再如「有奇峰對插，錦屏對峙之妙」，是指小說創作的「對寫」之法，亦即通過相同或相反的情節之間的相互映襯，從而形成一種對稱感。還有「同樹異枝、同枝異葉、同葉異花、同花異果之妙。」這種提法，在別的小說批評家如脂硯齋那兒分別被稱之為「特犯不犯」、「橫雲斷山」等等。至於他所說的「《三國》一書，有添絲補錦，移針勻繡之妙」，則是指的運用補敘的方法，使作品結構勻稱。

　　除《讀三國志法》而外，毛宗崗在具體的《三國演義》逐回評點中，也提出了一些很有見地的看法。如他稱故事情節間過渡的寫法為「過枝接葉」，在第八十一回的回前總評中毛氏舉例說道：「當關公顯聖之後，便當接先主殺劉封，而中間忽有曹操患病、華佗被殺、曹丕襲爵、曹植賦詩一段文字以間之。及劉封既斬之後，便當接翼德被刺、先主伐吳，而中間又有獻帝禪位、曹丕篡漢、成都聞變、孔明勸進一段文字以間之。其過枝接葉處，全不見其斷續之痕，而兩邊夾敘，一筆不漏。」

　　尤能引起毛宗崗興趣的還是《三國演義》作者所用的「補敘」之法。如第十六回介紹呂布的妻妾情況時，毛氏夾批：「補敘得好。」再如第二十一回「青梅煮酒論英雄」時，又寫曹操自敘「望梅止渴」一事，毛氏又批：「忽於此處補出一段閒文，妙絕，妙絕！」還有第一百十七回補敘諸葛亮妻子和兒子事，毛氏連連批曰：「武侯夫人事直至篇終補出，敘事妙品。」「諸葛瞻往事，卻於此處補出，敘事妙品。」在《讀三國志法》中，毛宗崗乾脆對補敘的方法來了一個大總結：「《三國》一書，有添絲補錦，移針勻繡之妙。凡敘事之法，此篇所闕者補之於彼篇，上卷所多者勻之於下卷，不但使前文不拖沓，而亦使後文不寂寞；不但使前事無遺漏，而又使後事增渲染，此史家妙品也。

如呂布取曹豹之女本在未奪徐州之前，卻於困下邳時敘之。曹操望梅止渴本在擊張繡之日，卻於青梅煮酒時敘之。管寧割席分坐本在華歆未仕之前，卻於破壁取后時敘之。吳夫人夢月本在將生孫策之前，卻於臨終遺命時敘之。武侯求黃氏為配本在未出草廬之前，卻於諸葛瞻死難時敘之。諸如此類，亦指不勝屈。前能留步以應後，後能回照以應前，令人讀之真一篇如一句。」這裡不僅分析了補敘的重要性，而且還進一步指出補敘是為了使前文不拖沓、後文不寂寞。毛宗崗的說法是否正確，我們可以再作討論，但他對補敘之重視卻是顯而易見的。

毛宗崗還注意到敘事過程中細節真實的問題。如書中第四十六回，有著名的「草船借箭」的故事。當故事敘述完畢以後，作者又補充了一句：「卻說曹操平白折了十五六萬箭。」此處，毛宗崗有夾批曰：「江東得箭十餘萬，曹操失箭十五六萬。蓋大半射在船上，小半射落水中矣。若亦整整失得十萬箭，不惟無此等文，亦無此等事也。」

※　　　　　　※　　　　　　※

以上，通過對毛批《三國》敘事理論的分析，我們可以看出毛宗崗在這一方面頗有造詣。平心而論，毛批《三國》可能在人物塑造理論、審美接受理論、語言藝術理論等方面未能達到金批《水滸傳》、張批《金瓶梅》、脂批《紅樓夢》的高度，但就敘事理論而言，毛氏較之上述三家是有過之而無不及的。

（原載《三峽論壇》2010 年第四期）

# 張竹坡批評《金瓶梅》二題

　　清代康熙年間，在金聖歎、毛宗崗等人的影響下，彭城（今江蘇徐州）人張竹坡（名道深）對《金瓶梅》進行了評點研究。由於《金瓶梅》在中國小說史上具有獨特的地位和意義，又由於張竹坡在文學理論方面具有不同流俗的眼光，因此，張竹坡的《金瓶梅》批評在中國小說批評史上就毫無疑問地佔有了重要的一席之地。

　　張竹坡評論《金瓶梅》的文字主要有《凡例》、《雜錄小引》、《第一奇書〈金瓶梅〉趣談》、《竹坡閒話》、《冷熱金針》、《〈金瓶梅〉寓意說》、《第一奇書目》、《苦孝說》、《第一奇書非淫書論》、《批評第一奇書〈金瓶梅〉讀法》以及每一回書中的回評、夾批、眉批等。其中，最有價值的是張氏的 108 條「讀法」和那些回評、夾批、眉批。

　　張竹坡批評《金瓶梅》中所蘊含的內容是頗為豐富的，篇幅所限，這裡只能擇其要者而言之。

## 一、生活感受與藝術虛構

　　《金瓶梅》是我國小說史上第一部專門以市井家庭生活為描寫對象的章回小說，它擺脫了對歷史題材的依附，主要表現的是作者對現實生活的理解和感受。因此，在對《金瓶梅》的評判過程中，人們很少涉及歷史與小說的關係問題，談得更多的則是生活感受與藝術虛構之間的關係，張竹坡正是如此。在張評《金瓶梅》的言論中，這方面的例子比比皆是。

　　首先，張竹坡認為《金瓶梅》的作者之所以創作了這一鴻篇巨製，乃是由於他對現實生活有極深的體驗和感受，並且由此而積成一股抑鬱悲憤之

氣，從而借小說創作發洩出來。張氏在《竹坡閒話》中說：

> 《金瓶梅》，何為而有此書也哉？曰：此仁人志士、孝子悌弟，
> 不得於時，上不能問諸天，下不能告諸人，悲憤嗚唈，而作穢言，
> 以泄其憤也。

> 作者不幸身遭其難，吐之不能，吞之不可，搔抓不得，悲號無
> 益，藉此以自泄，其志可悲，其心可憫矣。

在《金瓶梅》第七回寫到薛嫂勸孟玉樓改嫁西門慶處，張竹坡有眉批云：「身
污窮途，所以著書，作者大意了了。」在張竹坡看來，《金瓶梅》一書，是其
作者為「洩憤」而作。這種發憤而為小說的觀點，可謂由來有自，從明代初年
劉敬的「特以泄其暫爾之憤懣」到李贄、金聖歎的「發憤作書」，堪稱一脈相
承。進一步的問題是，張竹坡認為《金瓶梅》作者所憤之事為何？對此，張評
中亦有答案：

> 寫陳三、翁八之惡，襯起苗青；寫苗青之惡，又襯起西門慶也。
> 然則寫王六兒、夏提刑等，無非襯西門慶也。西門慶之惡十分滿足，
> 則蔡太師之惡不言而喻矣。一路寫樂三嫂、王六兒、玳安兒、樂三、
> 西門慶、夏提刑、平安、書童、琴童各色人等，一時忙忙碌碌，俱
> 為一死囚之苗青呼來喚去地使喚，甚矣，財之可畏如此。（第四十七
> 回回評）

> 平插曾公一人，特為後文宋巡撫對照，且見西門之惡，純是太
> 師之惡也。夫太師之下何止百千萬西門，而一西門之惡已如此，其
> 一太師之惡為何如也？（第四十八回回評）

讀到這裡，使人不禁想起金聖歎評點《水滸傳》中的一段名言：「夫一高俅，
乃有百高廉；而一高廉，各有百殷直閣，然則少亦不下千殷直閣矣！是千殷
直閣也者，每一人又各自養其狐群狗黨二三百人，然則普天之下，其又復有
寧宇乎哉？」（第五十一回回前總批）

　　有識之士所見略同，金聖歎也罷，張竹坡也罷，他們都在各自的小說批
評文字中告訴我們：造成天下混亂、民不聊生的罪惡淵藪，正是高俅——高
廉——殷直閣及其狐群狗黨或者蔡京——宋巡撫——西門慶及其狐群狗黨。
正是這些人構成了一個欺壓善良、魚肉百姓的通天大網，造成了社會的災
難；而由這些人所形成的黑暗封建政治，又正是金聖歎、張竹坡們所「憤恨」
的焦點，當然也正是《水滸傳》、《金瓶梅》的作者們所憤恨的焦點。

　　張竹坡認為,《金瓶梅》的作者在對黑暗現實極端憤恨的同時,又對生活有著深入的切身體驗,只有這樣,才能寫出不朽的文學作品。張氏在《批評第一奇書〈金瓶梅〉讀法》中說:

> 作《金瓶梅》者,必曾於患難窮愁、人情事故一一經歷過,入世最深,方能為眾腳色摹神也。(讀法五十九)

只有這樣,才能做到「凡有描寫,莫不各盡人情,然而真千百化身,現各色人等,為之說法者也」。(讀法六十二)

　　那麼,《金瓶梅》中那生動的人物和情節是否都是照搬生活呢?非也!張竹坡在提倡作者要感受生活、抒發憤懣的同時,又提出作者在進行小說創作時必有一定程度的「假捏」、「幻造」,亦即我們今天所說的藝術虛構。張竹坡說:

> 稗官者,寓言也。其假捏一人,幻造一事,雖為風影之談,亦必依山點石,借海揚波。故《金瓶》一部,有名人物不下百數,為之尋端競委,大半皆屬寓言。庶因物有名,託名摭事,以成此一百回曲曲折折之書。(《〈金瓶梅〉寓意說》)

張竹坡不僅強調小說創作過程中「虛構」的重要性,而且對那種企圖從小說作品中去考證「真人真事」的做法深為不滿,他說:

> 作小說者概不留名,以其各有寓意,或暗指某人而作。夫作者既用隱惡揚善之筆,不存其人之姓名,並不露自己之姓名,乃後人必欲為之尋端競委,說出名姓何哉?何其刻薄為懷也!且傳聞之說,大都穿鑿,不可深信。總之,作者無感慨,亦必不著書,一言盡之矣。其所欲說之人,即現在其書內。彼有感慨者反不忍明言,我沒感慨者,反必欲指出,真沒搭撒、沒要緊也。(讀法三十六)

在強調作者虛構小說作品的前提下,張竹坡甚至認為讀者在一定程度上也參與了這種「創作」或「虛構」。這種看法在當時是很不一般的,我們且看以下三段言論:

> 看《金瓶》把他當事實看,便被他瞞過,必須把他當文章看,方不被他瞞過也。(讀法四十)

> 看《金瓶》,將來當他的文章看,猶須被他瞞過,必把他當作自己的文章讀,方不被他瞞過。(讀法四十一)

> 將他當自己的文章讀，是矣，然又不如將他當自己才去經營的
> 文章。我先將心與這曲折算出，夫而後謂不能瞞我，方是不能瞞我
> 也。（讀法四十二）

這裡，實際上提出了閱讀小說作品時要注意的三個問題，而且是相關的三個問題。其一，小說是一種「文章」（此指「作品」的意思），而並非「事實」。其二，每一位讀者在閱讀小說作品時，不僅要當「文章」來讀，而且要當作「自己」的文章來讀。其三，讀者在讀「自己的文章」的時候，不是用「眼」讀，而應當用「心」讀。聯繫這三層意思，可知張竹坡的的確確領會到了小說創作和閱讀之間的真正內在聯繫。他的這種觀點，已接近於我們今天所說的讀者在某種程序上參與了小說作品的創作；或者說，一部好的文學作品，往往是作者與讀者共同完成的。這種頗為深刻的認識，在三百年前已萌發於張竹坡頭腦中，哪怕只是流光一閃，也確乎難能可貴。

虛構，是小說創作之要義，但所謂「虛構」並不等於胡說八道、想入非非，而是以生活真實為基礎的。或者可以說，生活是小說創作的基礎，而虛構則是小說創作的必然。一部小說作品是否能創作成功，關鍵問題就在於作者對生活的感受是否深刻、同時又是否具有豐富的想像力。生活感受與藝術虛構之間，有著密不可分的關係。對此，張竹坡也多有論述，我們且看一二評論：

> 此回乃作者放筆一寫仕途之丑、勢利之可畏也。夫西門市井小
> 人，逢迎翟雲峰，不惜出妻獻子，何足深怪。乃蔡一泉巍巍榜首，
> 甘心作權奸假子，且而矢口以雲峰為榮，止圖十數金之利，屈節於
> 市井小人之家，豈不可恥？吾不知作者有何深惡之一人，而藉此以
> 醜之也。（第三十六回回評）

這段話的意思無非是說，在現實生活中有如蔡一泉這樣的文章科舉之人賣身求榮、屈節財勢，且深為作者所不齒，故而作者借書人物以「丑」之。這裡所涉及的，正是作者對生活的感受以及其藝術虛構之間的關係。此種言論，在張批《金瓶梅》中屢屢可見：

> 做文章，不過是「情理」二字。今做此一篇百回長文，亦只是
> 「情理」二字。於一個人心中，討出一個人的情理，則一個人的傳
> 得矣。雖前後夾雜眾人的話，而此一人開口，是此一人的情理。非
> 其開口便得情理，由於討出這一人的情理方開口耳。是故寫十百千

人皆如寫一人，而遂洋洋乎有此一百回大書也。（讀法四十三）

其書凡有描寫，莫不各盡人情。然而真千百化身現各色人等，為之說法者也。（讀法六十二）

其各盡人情，莫不各得天道。即千古算來，天之禍淫福善、顛倒權奸處，確乎如此。讀之，似有一人親曾執筆，在清河縣前、西門家裏，大大小小、前前後後，碟兒碗兒，一一記之，似真有其事，不敢謂為操筆伸紙做出來的。吾故曰：得天道也。（讀法六十三）

由上可知，對於小說創作過程中的重要規律，即：生活——感受——虛構——藝術真實，張竹坡可謂爛熟於胸。故此，他才認為寫小說只是「情理」二字，亦即我們今天所說的生活的邏輯。故此，他才認為寫小說要做到「各盡人情」，亦即按照生活的本來面目和作者對生活的深刻感受來反映生活、塑造人物。只有這樣，才算得「天道」，才算達到小說創作的一種境界——藝術真實，才讓人感到作者所寫的「似真有其事」。

請注意，這裡張竹坡所說的是「似真有其事」，而非「真有其事」。也就是說，像《金瓶梅》這樣的小說名著，多半是真真假假、虛虛實實的，且多半能正確處理真與假、虛與實，亦即生活真實與藝術虛構之間的關係。對此，張竹坡有一段精彩的言論：

《史記》中有年表，《金瓶》中亦有時日也。開口云西門慶二十七歲，吳神仙相面則二十九，至臨死則三十三歲。而官哥則生於政和四年丙申，卒於政和五年丁酉。夫西門慶二十九歲生子，則丙申年；至三十三歲，該云庚子，而西門乃卒於「戊戌」。夫李瓶兒亦該云卒於政和五年，乃云「七年」。此皆作者故為參差之處。何則？此書獨與他小說不同。看其三四年間，卻是一日一時推著數去，無論春秋冷熱，即某人生日，某人某日來請酒，某月某日請某人，某日是某節令，齊齊整整捱去。若再將三五年間甲子次序，排得一絲不亂，是真個與西門計帳簿，有如世之無目者所云者也。故特特錯亂其年譜，大約三五年間，其繁華如此。則內云某日某節，皆歷歷生動，不是死板一串鈴，可以排頭數去。而偏又能使看者五色迷目，真有如捱著一日日過去也。此為神妙之筆。嘻，技至此亦化矣哉！真千古至文，吾不敢以小說目之也。（讀法三十七）

## 二、與金聖歎、毛宗崗的比較

據考，張竹坡評點《金瓶梅》是在康熙三十四年（1695），此前，已有金批《水滸》和毛批《三國》。那麼，張竹坡的小說批評若與金聖歎、毛宗崗做一比較，最基本的看法便是在金聖歎之下而與毛宗崗相伯仲。有些方面，張竹坡強過毛宗崗，有些方面又不如毛宗崗，但毛、張二人整體上均不如金聖歎。

例如，在人物形象個性化問題上，毛宗崗講「三絕」，比較重視人物的類型化，而張竹坡則講「情理」，比較重視人物的個性化。然而，張竹坡的人物個性化理論又是從金聖歎那裡發展而來的，並最終又給脂硯齋的小說批評以較大的影響。可見，在人物形象的個性化問題上，張竹坡強過毛宗崗而又繼武金聖歎。

金聖歎、毛宗崗、張竹坡三人都有關於評點對象的「讀法」一文，相比較而言，金聖歎的《讀第五才子書法》和毛宗崗的《讀三國志法》顯得更為系統一些。尤其是金聖歎提出的《水滸傳》許多「文法」，從「倒插法」到「鸞膠續弦法」共十五條，相當嚴整，而且是處於同一邏輯平面上的問題排列。同樣，毛宗崗提出的《三國》一書有「巧收幻結之妙」等十三條，也是同一邏輯層面上的問題排列，也顯得比較嚴整。而張竹坡在《批評第一奇書〈金瓶梅〉讀法》中從「讀法」六十四到七十，也一口氣提出了「讀《金瓶》，當看其白描處」、「當看其脫卸處」、「當看其避難處」、「當看其手閒事忙處」、「當看其穿插處」、「當看其結穴發脈、關鎖照應處」、「當知其用意處」，就顯得不夠整齊，而且有的並非「文法」，彼此間亦並非同一邏輯層面上的概念。這就說明張竹坡在對「文法」問題的總結時，不如金聖歎、毛宗崗那麼系統。

然則，張竹坡亦有自己的過人之處。例如，「白描」手法雖經金聖歎提及，但金氏說得比較籠統，而張竹坡卻將這一問題的評論發揮得淋漓盡致。再如，「諧音」命名手法的運用，本是《金瓶梅》的發明，而張竹坡反覆強調這一問題，從小說批評的角度看，亦不妨說是張竹坡的一大創舉。諸如此類的地方，均可視作是張竹坡對金聖歎的一種進步；而此等地方，亦乃毛宗崗不及張竹坡處。究其實，恐怕是毛宗崗在藝術觀察力方面不免比張竹坡稍遜一籌。

就金聖歎、毛宗崗、張竹坡三人在各自的小說批評中所表現的政治思

想傾向而言，恐怕是毛、張均不如金。金批《水滸》所展現的「亂自上作」而官逼民反的思想，在當時無疑是最進步的。相比較而言，毛宗崗的封建正統思想太過濃厚，而張竹坡的那些陳腐不堪的封建倫理說教也大大令人寒心。

至於抓住小說作品中的隻言片語而加以引申考證或作牽強附會的理解，乃至割裂作者原意而強加入自己的莫名其妙的解釋，這些毛病，乃是金聖歎、毛宗崗、張竹坡三人所共有的，也是中國古代小說批評史上許多批評者們的通病。

（原載《湖北師範學院學報》2001 年第一期）

# 張竹坡批評《金瓶梅》寫作技巧探勝

　　張竹坡（1670～1698），名道深，字自德，「竹坡」其號也，彭城（今江蘇徐州）人。這位生命歷程不足二十九年的天才文人，在他二十六歲那年（康熙三十四年乙亥，1695）對明代四大奇書之一的《金瓶梅》進行了評點。在張竹坡評點《金瓶梅》的文字中，有許多不同流俗之處，體現了這位批評家獨特的藝術眼光，並給後人以極大的啟發和影響。

　　與金聖歎、毛宗崗等人一樣，張竹坡也是一位十分重視小說寫作技巧的批評家。在批評《金瓶梅》的過程中，他對《金瓶梅》作者所運用的一些寫作技法以及與之相關的寫作理論均進行了頗為深入的探討。下面，就這一方面的若干問題做些分析介紹。

## （一）白描

　　白描，本是中國古代繪畫藝術中的一個術語，意為不用色彩而只以墨線勾描的表現方式。運用於文學創作領域，白描指的就是那種不用或少用誇張、渲染、襯托、排比等，甚至連形容詞都不多用，而只是對審美對象做如實描寫的表現方法。成功地運用白描手法，可以使讀者從作者最為簡潔同時又是最為本質的描寫中領略到審美對象的深刻內涵，從而達到一種以少少許勝多多許的審美效果。在中國古代文學史上，有許多作家非常擅長白描手法，如南唐後主李煜、易安居士李清照都是白描聖手，他們的許多詞作均堪稱白描精品。

　　在小說批評領域，金聖歎已在對《水滸傳》的批點中運用過「白描」一詞。如《水滸》第九回寫「林教頭風雪山神廟」一段，堪稱白描手法的成功運

用。在這一段的最後，金聖歎批道：「『尋著蹤跡』四字，真是繪雪高手。龍眠白描，庶幾有此。」至於在張竹坡評點《金瓶梅》的過程中，對「白描」這種表現方式的評價和分析就更多了。《金瓶梅》是我國古典小說中運用「白描」手法最為成功的一部作品，而張竹坡對此亦讚不絕口。聊看數例：

> 描寫伯爵處，純是白描，追魂攝影之筆。如向希大說「何如？我說……」，又如「伸著舌頭道：爺……」。儼然紙上活跳出來，如聞其聲，如見其形。（第一回回評）

> 白描，與瓶兒講話時，又與鄭月兒安根，妙妙。（第十三回夾批）

> 直講人情，妙，白描中化工手也。（第二十六回夾批）

> 總是現妒婦說法，白描入化也。（第三十回夾批）

以上四例，第一例是說作者用白描手法描寫應伯爵對人說話時的動作神態；第二例則是指作者描寫西門慶與李瓶兒講話時的陰詭賊滑；第三例指的是書中描寫令人可憐而又可鄙的宋蕙蓮在自己的丈夫被西門慶誣陷時反而向西門慶求情的癡傻情狀；第四例則是指書中寫潘金蓮看到李瓶兒生子後，又氣又怒，向床上哭去的妒忌心理。總之，張竹坡都認為這些地方寫得極「妙」，是「化工」之筆，是「追魂攝影」之筆。

有時候，在張竹坡的批評文字中並未出現「白描」一詞，而是用的諸如「化工」、「如畫」、「描魂捉影」、「毛髮皆動」、「逼真」等詞語，實際上所包含的意思也是一樣的。上述這些詞彙，不過是用來形容「白描」手法成功運用後的理想效果而已。不妨再看幾例。

如《金瓶梅》第一回寫武松與潘金蓮初次見面，「武松見婦人十分妖嬈，只把頭來低著」，張竹坡於此處批道：「寫婦人，寫武松，毛髮皆動。」

再如書中第二回曾寫到武松與武大分手時的一段對話，令人感到十分淒切：「弟兄灑淚而別，武大道：『兄弟去了，早早回來，和你相見』。武松道：『哥哥，你便不做買賣也罷，只在家裏坐的，盤纏兄弟自差人送與你。』臨行，武松又分付道：『哥哥，我的言語休要忘了，在家仔細門戶。』武大道：『理會得了。』」這段描寫，於平實的家常語言中寫出了武松兄弟之間的深厚情誼，同時，又十分自然地反映出武松性格之精細、武大為人之篤厚，正是「白描」手法的成功運用。故張竹坡在第二回的回評中提筆批道：「寫武二、武大分手，只平平數語，何以便使我再不敢讀，再忍不住哭也？文字至此，

真化工矣！」

《金瓶梅》中白描手法用得很多，張竹坡諸如上述的批語也屢屢可見，再如：

> 寫銀姐與瓶兒，一對無事幹母子如畫；月娘與桂姐，一對有心的，又如畫。（第四十五回回評）

> 以上凡寫金蓮淫處與其輕賤之態處已極，不為作者偏能描魂捉影，又在此一回內，寫其十二分淫，一百二十分輕賤，真是神工鬼斧，真令人不能終卷再看也。如「把手在臉上這點兒那點兒羞他」，又「慌的走不迭」，又「藏在影壁後黑影裏悄悄聽覷」，又「點著頭兒」，又云「這個我不敢許」，真是淫態可掬，令人不耐看也。文字至此，化矣哉！（第七十三回回評）

> 寫敬濟無知小子未經世事，強作解人如畫，喚醒多少浮浪子弟。（第八十六回回評）

> 一路寫伯爵夾在中間，倉皇忙亂，逼真幫閒骨相俱出。（第六十二回夾批）

更有甚者，在《金瓶梅》第三十回中，當作者寫到李瓶兒即將生子時，西門慶家中上上下下忙成一團，各色人等均有自己真實而妙不可言的表演。在這裡，張竹坡竟一連批下了五個「如畫」、兩個「白描」，可見他對這種表現方式的極端喜愛。

白描，是《金瓶梅》中最常見的表現手法，也是張竹坡最為重視的問題之一。甚至可以這樣說，不深入理解白描手法的妙用，就無法讀好《金瓶梅》，因為「白描」乃是明代四大奇書之一的《金瓶梅》的最顯著的特色。不懂「白描」，不知《金瓶梅》之奇；不讀《金瓶梅》，不懂「白描」藝術之妙。還是張竹坡說得好：

> 讀《金瓶》，當看其白描處。子弟能看其白描處，必能自做出異樣省力巧妙文字來也。（《批評第一奇書（金瓶梅）讀法》六十四）

## （二）犯筆

所謂「犯筆」，金聖歎稱之為「正犯法」或「略犯法」，脂評中稱之為「特犯不犯」。這種寫作技法的根本特點就是寫出相同或相近的人物、事件之不

同。用金聖歎《讀第五才子書法》的話來說就是「故意把題目犯了，卻有本事出落得無一點一畫相借，以為快樂是也」。《金瓶梅》中亦多用此法，張竹坡亦多所揭示，例如：

> 於中寫桂姐，特犯金蓮；寫銀姐，特犯瓶兒。又見金瓶二人，其氣味聲息，已全通娼家。雖未身為倚門之人，而淫心亂行，實臭味相投，彼娼婦猶步後塵矣。（讀法二十二）

這段話的意思是說，書中所寫的桂姐、銀姐這兩個妓女，其為人行事、性格特點分別有些接近潘金蓮或李瓶兒。反過來，又可推論金、瓶二人淫浪太過，有些娼家氣味。當然，犯筆運用的更大意義乃在於同不見同、犯而不犯，亦即既寫出某些人物相同相類的一面，又寫出各個人物相異相別的一面。對此，張竹坡亦有評論：

> 《金瓶梅》妙在善於用犯筆而不犯也。如寫一伯爵，更寫一希大，然畢竟伯爵是伯爵，希大是希大，各人的身份、各人的談吐，一絲不紊。寫一金蓮，更寫一瓶兒，可謂犯矣，然又始終聚散，其言語舉動，又各各不亂一絲。寫一王六兒，偏又寫一賁四嫂。寫一李桂姐，偏又寫一吳銀姐、鄭月兒。寫一王婆，偏又寫一薛媒婆、一馮媽媽、一文嫂兒、一陶媒婆。寫一薛姑子，偏又寫一王姑子、劉姑子。諸如此類，皆妙在特特犯手，卻又各各一款，絕不相同也。（讀法四十五）

諸如此類的言論在張竹坡對《金瓶梅》的逐回評點中也頗為常見，由此亦可知張氏對此頗為注目。如：

> 描瓶兒勾情處，純以憨勝，特與金蓮相反，以便另起花樣，不致犯手也。若王六兒，又特犯金蓮而弄不犯之巧者也。此書可謂無法不備。（第十三回回評）

> 此回方寫蕙蓮。夫寫一金蓮，已令觀者髮指，乃偏又寫一似金蓮，特特犯手，卻無一相犯。（第二十二回回評）

以上兩段話，涉及相同或相類人物描寫的三種狀況：不犯、特犯、更高狀態的不犯。如《金瓶梅》中寫李瓶兒勾情處以「憨」勝，而潘金蓮勾情處卻往往顯得刁鑽，這便是二人之間的不同。作者寫出了這種不同，便是不犯，如張竹坡所言「不致犯手也」。而書中寫王六兒與宋蕙蓮，卻有許多至少在表面看來與潘金蓮相「犯」處。如第一回寫潘金蓮「卻是南門外潘裁的女兒，排行六

姐」,「王六兒」的名字便與這「潘六兒」犯了。再如第二十二回寫宋蕙蓮「乃
是賣棺材宋仁的女兒,也名喚金蓮」,「月娘因他叫金蓮,不好稱呼,遂改名
蕙蓮」,這「宋金蓮」的名字又與「潘金蓮」犯了。對此,張竹坡看得十分清
楚,他在《〈金瓶梅〉寓意說》中說:「宋蕙蓮、王六兒,亦皆為金蓮寫也。寫
一金蓮,不足以盡金蓮之惡,且不足以盡西門、月娘之惡,故先寫一宋金蓮,
再寫一王六兒,總與潘金蓮一而二,二而三者也。」言外之意,王六兒與宋蕙
蓮這兩個人物,不過是潘金蓮這一主要人物形象的補充而已。然而,這兩個
人物又都是具有獨立性的人物形象,她們雖與潘金蓮相犯,但同時,又有不
犯的一面,亦即與潘金蓮有所不同的一面,這也就是所謂更高狀態的「不犯」。
總之,「犯」的目的最終還是為了「不犯」,這也就是上引張竹坡所謂「又特犯
金蓮而弄不犯之巧者也」、「特特犯手,卻無一相犯」。

　　犯筆,除了運用於寫人而外,還可用於敘事。對此,張竹坡也曾指出。
如書中第七十四回寫到金蓮品玉一段時,張批云:

> 又是一樣品法,卻是在西門慶邊寫來,夫品玉文字乃寫西門一
> 邊,其巧滑為何如?其生動為何如?又不犯打貓一字以此。

同一回中,當作者從潘金蓮這一方下筆寫淫情時,張竹坡又於此處有夾批
云:

> 此方是在金蓮邊正寫品玉,然又不與打描一回相犯一字。夫在
> 西門邊不犯奇矣,乃仍在金蓮邊寫依舊不犯,作者固以此能犯為奇
> 也。

### (三)人物個性的展現

　　眾所周知,小說創作的根本任務之一是塑造生動的人物形象,而要想塑
造栩栩如生的人物形象,又必須使作家筆下的人物尤其是主要人物和重要人
物能達到共性與個性的統一。換言之,最成功的人物典型既屬於某一類,更
應該是這一個。《金瓶梅》毫無疑問是中國小說史上的一流作品,其中,有不
少人物堪稱藝術典型。為此,作者可謂煞費苦心,而批評者張竹坡也洞幽燭
微,在這方面發表了一些很好的意見。且看張氏對《金瓶梅》中一些重要人
物精妙的整體評價:

> 西門是混帳惡人,吳月娘是奸險好人,玉樓是乖人,金蓮不是
> 人,瓶兒是癡人,春梅是狂人,敬濟是浮浪小人,嬌兒是死人,雪
> 娘是蠢人,宋蕙蓮是不識高低的人,如意兒是頂缺之人。若王六兒

　　與林太太等，直與李桂姐一流，總是不得叫做人。而伯爵、希大輩，
　　皆是沒良心的人。兼之蔡太師、蔡狀元、宋御史，皆是枉為人也。

　　（《批評第一奇書（金瓶梅）讀法》三十二）

在這裡，張竹坡一口氣列舉了《金瓶梅》中一些重要人物，並點出了他們各
自最突出的特點。平心而論，這種評價除了對如吳月娘這樣個別人物略顯偏
頗而外，絕大多數都是準確的。接下來的問題便是：作者是如何寫出這性格
各異的諸多人物的呢？答案自然是運用了許多種方法和手段。再接下來的問
題便是：張竹坡對這些方法和手段是否有所揭示？答案自然是肯定的。不過，
限於篇幅，在下面我們只能主要從兩方面來略作介紹。其一，人物語言行為
的高度個性化。其二，對不同的人物採用不同的表現方法。

　　先談第一點。《金瓶梅》第六十二回寫李瓶兒之死，是全書重大關目之
一。李瓶兒剛死時，西門慶與眾妻妾的心理感受不一樣，外在表現自然也就
不一樣，書中寫得十分生動。對此，張竹坡評曰：

　　西門是痛，月娘是假，玉樓是淡，金蓮是快。故西門之言，月
　　娘便惱；西門之哭，玉樓不見；金蓮之言，西門發怒也。（第六十二
　　回回評）

小說創作中最能表現人物個性的乃是人物語言，我們現在稱之為人物語言的
高度個性化，古代批評家們則稱之為「人各有其聲口」。《金瓶梅》中的人
物語言是非常精彩的，尤其是一些主要人物的語言，均帶有各自的性格、
脾氣、趣味，乃至各人的教養。對這一點，張竹坡的評價頗多，聊舉數例
為證：

　　寫王婆的說話，卻句句是老虔婆聲口，作老頭子不得，作小媳
　　婦亦不得。（第二回回評）

　　一路寫金蓮用語句局住月娘，月娘落金蓮局中有由來矣，其偏
　　愛聲口如畫。（第十一回回評）

　　一路開口一串鈴，是金蓮的話，作瓶兒不得，作玉樓、月娘、
　　春梅亦不得，故妙。（第六十一回夾批）

　　連日只見月娘話滿耳，忽然金蓮發言，卻是金蓮的話，不是月
　　娘的話，真是妙絕。（第七十六回夾批）

最妙的還是書中第七十六回寫吳月娘、潘金蓮、孟玉樓三人審問小廝畫童
兒，要他講出關於溫秀才的一些情況。同樣一件事，同樣一個問話對象，吳、

潘、孟三人的口吻便大不相同，充分體現了各自的教養層次。對此，張竹坡不失時機地連連批道：「是月娘，不是金蓮。」「是金蓮，不是月娘。」「是玉樓，不是金蓮。」

再看第二點。一部小說作品，尤其是著名作品，其作者在塑造不同的人物時，往往採用不同的寫法。只有在寫法上因人而異，才能使筆下形象人各有異。《金瓶梅》亦如是。對此，張竹坡也反覆點明：

> 《金瓶梅》於西門慶不作一文筆，於月娘不作一顯筆，於玉樓則純用俏筆，於金蓮不作一鈍筆，於瓶兒不作一深筆，於春梅純用傲筆，於敬濟不作一韻筆，於大姐不作一秀筆，於伯爵不作一呆筆，於玳安兒不著一蠢筆。此所以各各皆到也。（批評第一奇書〈金瓶梅〉讀法）四十六）

> 寫春梅用影寫法，寫瓶兒用遙寫法，寫金蓮用實寫法。然一部《金瓶》，春梅至「不垂別淚」時，總用影寫，金蓮總用實寫也。（第一回回評）

用不同的方法寫不同的人物，自然會產生不同的藝術效果。有時候，還會點示出人物不同的身份、地位、教養、脾性。《金瓶梅》第二十九回寫「吳神仙冰鑒定終身」，西門眷屬出來看相的情形各不相同就充分地體現了這一點。請看張竹坡在此回回評中所言：

> 看他寫婦人出來看相，各各不同：月娘上來，眾妾同觀看；李嬌兒自己過來；月娘叫孟三姐：「你也相相」，神仙即接著相；至於金蓮，不肯出來，必用再三推之方出；瓶兒是西門令其相；雪娥、大姐是月娘令其相。

### （四）敘事方法

《金瓶梅》的敘事筆法亦自高明，有結構、有穿插、有伏筆、有照應、有掩映，還有從他人口中、眼中敘事寫人。對於這些特點，張竹坡做了大量的分析評價，下面聊舉數例以作一臠之嘗。

首先，我們來看看張竹坡對《金瓶梅》在敘事方面的整體評價：

> 《金瓶梅》是一部《史記》。然而《史記》有獨傳、有合傳，卻是分開做的。《金瓶梅》卻是一百回共成一傳，而千百人總合一傳，內卻又斷斷續續，各人自有一傳，固知作《金瓶》者必能作《史記》也。何則？既已為其難，又何難為其易？（讀法三十四）

試看他一部內，凡一人一事，其用筆必不肯隨時突出，處處草蛇灰線，處處你遮我映，無一直筆、呆筆，無一筆不作數十筆用。粗心人安知之！（第二十回回評）

其次，我們再來看看張竹坡是怎樣讚揚《金瓶梅》作者在敘事時的穿插之妙的：

未出金蓮，先出瓶兒；既娶金蓮，方出春梅；未娶金蓮，卻先娶玉樓；未娶瓶兒，又先出敬濟。文字穿插之妙，不可名言。若夫夾寫蕙蓮、王六兒、賁四嫂、如意兒諸人，又極盡天工之巧矣。（讀法第五）

讀《金瓶》，須看其入筍處。如玉皇廟講笑話，插入打虎；請子虛，即插入後院緊鄰；六回金蓮才熱，即借嘲罵處插入玉樓；借問伯爵連日那裡，即插出桂姐；借蓋捲棚即插入敬濟；借翟管家插入王六兒；借翡翠軒插入瓶兒生子；借梵僧藥插入瓶兒受病；借碧霞宮插入普淨；借上墳插入李衙內；借拿皮襖插入玳安、小玉。諸如此類，不可勝數。蓋其用筆不露痕跡處也。（讀法十三）

除「穿插」法之外，張竹坡還認為《金瓶梅》的作者在敘事時慣用「掩映」之法。那麼，張氏所說的「掩映」是什麼意思呢，且看幾個例證：

內將月娘眾人俱在金蓮眼中描出，而金蓮又重新在月娘眼中描出。文字生色之妙，全在兩邊掩映。（第九回回評）

桂姐家去，卻以吳銀兒結。絕妙，生色掩映。（第十五回回評）

由上可見，所謂「掩映」，就是藉此而寫彼、由甲而寫乙，這樣，就同時寫了雙方。如上述第一例，是同時寫了金蓮與月娘眾人；如第二例，則是同時寫了吳銀兒和李桂姐。這種方法，在張竹坡的評點文字中有時又簡稱為「映」或「照」。如：「借玉簫映春梅，又如借玉樓映金蓮、借書童映玳安一樣章法。」（第四十六回夾批）又如：「從金蓮眼內，將眾人都照出。」（第九回夾批）

不過，「映」也罷，「照」也罷，「掩」也罷，其關鍵就在於要將相關的兩個以上的人或事聯繫在一起描寫，並著重描寫其中的相似點，從而達到一種既節省筆墨又生動傳神的效果。這種方法，在脂評中多被稱之為「一擊兩鳴」法。在張評《金瓶梅》中，談到這種方法時，往往十分強調從他人眼中、口中寫人的特殊方式。且看：

> 玉樓來時，在金蓮眼中將簪子一描；玉樓將去，又將簪子在金
> 蓮眼中一描。兩兩相映，妙絕章法。（第八十二回回評）

> 寫瓶兒春意，一用迎春眼中，再用金蓮口中，再用手卷一影，
> 再用金蓮看手卷效尤一影，總是不用正筆，純用烘雲托月之法。（第
> 十三回回評）

以上二例，一是「掩映」結合著「照應」，一是「掩映」夾雜著「烘托」。但無論如何，都是從他人口中、眼中敘事寫人的方法。

最後，我們來談談《金瓶梅》中伏筆與照應的問題。張竹坡對這一問題亦十分注目，多有評價：

> 上文一路寫官哥小膽，寫描至此，方一筆結出官哥之死，固是
> 十二分精細。（第五十九回回評）

> 以上方將十兄弟身份用力一描，為熱結作照應也。（第十二回
> 夾批）

> 早為加官伏線，文字每不肯作一筆用，妙絕妙絕。（第二十二
> 回夾批）

> 但寫生子加官，即先插後清明日一樺，「冷熱」二字可歎。（第
> 三十回眉批）

除此而外，張竹坡還經常用「亦不知其金針如何穿插」（第二十八回眉批）、「金針奇絕」（第八十二回夾批）、「藏針伏線」（第二十二回夾批）、「照後作結的文字」（第七十三回回評）、「雲外神龍忽露一爪」（第七十一回回評）、「千里結穴」（第五十八回回評）等詞語來形容《金瓶梅》中的伏筆與照應，可見他於此深有感受。

## （五）其他寫作技法

《金瓶梅》既被稱為「奇書」，自然有不少新奇的寫作技法。除上述常見手法之外，張竹坡還總結出一些特殊手法。下面請看幾例：

### 其一，加一倍寫法

張竹坡云：

> 文章有加一倍寫法，此書則善於加倍寫也。如寫西門之熱，更
> 寫蔡、宋二御史，更寫六黃太尉，更寫蔡太師，更寫朝房，此加一
> 倍熱也。如寫西門之冷，則更寫一敬濟在冷鋪中，更寫蔡大師充軍，

更寫徽、欽北狩，真是加一倍冷。要之，加一倍熱，更欲寫如西門
之熱得何限，而西門獨倚財肆惡；加一倍冷者，正欲寫西門之冷者
何窮，而西門乃不早見機也。（讀法二十五）

在這裡，所謂「加一倍熱」也好，「加一倍冷」也好，無非是強調要寫出主人
公活動的大環境、大背景，從而表示主人公的出現不是孤立的，而是充分社
會化、時代化的。這樣，才使得主人公的形象更為豐厚、真實，更具有其存在
的價值和理由。

其二，十二分滿足寫法

張竹坡云：

梵僧藥又加白綾帶，已極淫慾之事，不為下文更有頭髮託子在
也。文字必用十二分滿足寫法。（第七十三回回評）

所謂「十二分滿足寫法」，就是要把人物或故事寫深、寫透、寫充分，絕不藏
藏掖掖、吞吞吐吐，而是要通過極其飽滿的描寫，讓書中人物給讀者留下極
為深刻的印象。

其三，賓主之法

張竹坡云：

《水滸》本意在武松，故寫金蓮是賓，寫武松是主。《金瓶梅》
本意寫金蓮，故寫金蓮是主，寫武松是賓。本章有賓主之法，故立
言本自不同，切莫一例看去，所以打虎一節，亦只得在伯爵口中說
出。（第一回回評）

《金瓶梅》是從《水滸傳》中節外生枝而後蔚為大國的，因此，作者在寫作過
程中既要照顧到與《水滸》的關係，又必須做到以「我」（《金瓶梅》）為主。
這裡所說的賓主之法，就是認為作者善於處理這種賓與主的關係。最典型的
例子便是「武松打虎」一節，在《水滸傳》中寫得精彩絕倫，而在《金瓶梅》
中則由應伯爵口中一帶而過。因為在《水滸傳》中，武松是主角；在《金瓶
梅》中，武松只是配角。《金瓶梅》是以潘金蓮為主的，故而，本末不能倒置、
賓主不能易位。

其四，一針見血之筆

張竹坡云：

林太太之敗壞家風，乃入門一對聯寫出之，真是一針見血之
筆。（第六十九回回評）

林太太丈夫王招宣的祖爺爺王景崇曾當過太原節度邠陽郡王，王家本是一個與《紅樓夢》中賈府一般的功勳世族。不料林太太亦與西門慶裏上了，並發生了不正當的關係。就在西門慶首次潛入招宣府時，見後堂燈燭熒煌，正面供著王景崇的影身圖，十分威風，迎門朱匾上寫著「節義堂」三字，兩壁隸書一聯：傳家節操同松竹，報國勳功並斗山。就是這麼一幅莊嚴的對聯，與林太太無恥的行為形成鮮明對照，故張竹坡稱之為「一針見血之筆」，亦即我們今天所謂強烈諷刺。

其五，諧音

《金瓶梅》中，常以諧音的方式給人物取名定姓以達到一種特殊效果。此種方法，在《三國》、《水滸》、《西遊記》等小說中並不見用，自《金瓶梅》始為濫觴，而後，如《金雲翹傳》等書屢屢用之，至《紅樓夢》臻於極致。對於這種特殊的表現方法，張竹坡亦多有揭示：

> 更有因一事而生數人者，則數名公同一義。如車（扯）淡、管世（事）寬、游守（手）、郝（好）賢（閒），四人共一寓意也。……又有因一人而生數名者，應伯（白）爵（嚼）字光侯（喉），謝希（攜）大（帶）字子（紫）純（唇）……（《《金瓶梅》寓意說》）

> 伯爵妻姓杜，希大妻姓劉。杜者「肚」也，劉者「留」也，可想。偶及之，附誌於此。蓋自嚼入肚，攜帶想留客也。（第七十八回回評）

> 結轉玳安。玳安者，大安也，冤解孽散，直至此時西門方大安也。（第一百回夾批）

諸如此類的例子，在張批《金瓶梅》中不勝枚舉。蘭陵笑笑生運用了這一特殊手段，堪稱是一個創造。張竹坡一一點出，亦具慧眼。

（原載《湖北師範學院學報》2002 年第一期）

# 《紅樓夢》脂評的辯證思維

　　「脂評」，是《紅樓夢》研究中的重要內容之一。對「脂評」的研究，又可分為很多方面，如：「脂硯齋」是誰？他與曹雪芹是否有關係？如果有，究竟是什麼關係？「脂評」的作者究竟包括哪些人？這些人之間又是否有某種關係？「脂評」產生於什麼時代？它與《紅樓夢》諸多版本究竟具有何種關係？「脂本」與「程本」孰先孰後？二者之間具有何種關係？如此等等，不一而足。以上還是「脂評」的「外在關係」，更重要的還有對「脂評」的「內在研究」。如「脂評」對《紅樓夢》的創作宗旨、思想內涵、人物塑造、情節結構、敘事方法、文學語言、審美意味等方面的提示和評論，而所有這些，又體現了「脂硯齋」們何種層次的理論素養、審美水平等等。然而，在一篇文章甚至在一部著作中，要想將上述這些問題統統弄清楚，那是根本不可能的事。因此，我們只能就其中某一方面的問題發表自己的意見。本文所要討論的主要是「脂評」的辯證思維問題，亦即分析和評價《紅樓夢》脂評中對藝術辯證法進行探討的言論。

　　在問題正式展開之前，必須聲明一點，本文所謂「脂評」，不單單是指的脂硯齋一個人的評語，而是指若干脂本中出現的眾多批評者的批語。

一

　　《紅樓夢》脂評中的辯證思維體現在很多方面，我們先來看看其中所表達的「繁」與「簡」的辯證關係。

　　無論何時，無論何地，無論何種情況，無論何種文體，無謂的絮絮叨叨總是令人討厭的。小說創作亦如是。一篇小說作品，哪怕是長篇小說作品，

—111—

也存在一個敘事簡練的問題。這樣，就給小說作者們提出了一個嚴峻的問題：如何運用「省筆」藝術，如何在小說創作過程中，尤其是在結構小說故事情節的時候能做到避繁就簡。可以這麼說，像《三國演義》《水滸傳》《金瓶梅》《紅樓夢》這樣一些情節複雜、頭緒紛繁的作品，作者如果不會用省筆，那將無法進行創作，而只能把作品寫成流水帳。對此，《紅樓夢》的作者想盡心思，運用了多種方法。而「脂硯齋」們也用盡心血，對這些具有「省筆」藝術和避繁就簡之處進行了細膩深刻的分析研究。

脂評《紅樓》中這方面的言論很多，我們不妨先看幾段批語：「若從頭逐個寫去，成何文字？《石頭記》得力處在此。丁亥春。」（甲戌本第一回夾批）「出自封肅口內，便省卻多少閒文。」（甲戌本第二回夾批）「繁中減筆。」（甲戌本第三回夾批）「英、馮二人一段小悲歡幻景，從葫蘆僧口中補出，省卻閒文之法也。」（甲戌本第四回眉批）「就簡去繁。」（庚辰本第十三回夾批）「秦、智幽情，忽寫寶、秦事云不知算何帳目，未見真切不曾記得，此係疑案纂創，是不落套中，且省卻多少累贅筆墨。」（甲戌本第十五回開首總批）「大奇至妙之文，卻用寶玉一人連用為（五）如何，隱過多少繁華勢利等文。試思若不如此，必至種種寫到，其死板拮据瑣屑雜亂，何可勝哉？故只借寶玉一人如此一寫，省卻多少閒文，卻有無限煙波。」（庚辰本第十六回批語）「從茗煙口中寫出，省卻多少閒文。」（甲戌本第十六回夾批）「卻因芸之一字工夫已將諸豔請來，省卻多少閒文。不然，必云如何請如何來，則必至有犯寶玉，終成重複之文矣。」（己卯本第三十七回批語）「阿呆求婚一段文字，卻從香菱口中補明，省卻許多閒文累筆。」（庚辰本第七十九回批語）

「省筆」，是中國古代小說創作最常見的手法之一。其主要作用為避免行文的囉嗦、故事的重複、情節的拖沓，從而給讀者一種簡便輕捷的審美效果。它最常見的方法有兩種：一是作者在敘述語言中對那些沒有必要展開細緻描寫的情節或人物一筆帶過，二是作者借用書中人物之口簡述其他人物的故事。那麼，在運用「省筆」藝術時，作者還要注意哪些具體問題呢，「省筆」的運用對作品內容的表達究竟還具有哪些作用呢？對這些問題評點者們有何評價呢？這些，正是我們接下來要探討的問題。

《紅樓夢》「脂批」比較喜歡將「省筆」稱之為「避難法」，意謂「省筆」的最大價值在於躲避繁難的故事內容，從而，化「難」為「易」，變繁複為簡明。如甲戌本第十六回開始總批云：「細思大觀園一事，若從如何奉旨起造，

又如何分派眾人，從頭細細直寫，將來幾千樣細事如何能順筆一氣寫清？又將落於死板拮据之鄉。故只用璉、鳳夫妻二人一問一答，上用趙嫗討情作引，下文蓉、薔來說事作收，餘者隨筆順筆，略一點染則耀然洞徹矣，此是避難法。」評點者還深恐讀者不明白自己的意思，在同一回書隨後的夾批中再次申述這一觀點：「大觀園一篇大文，千頭萬緒，從何處寫起？今故用賈連（璉）夫妻問答之間閒閒敘出，觀者已省大半。後再用蓉、薔二人重一渲染，便省卻多少贅瘤筆墨。此是避難法。」再如庚辰本第二十四回有批語云「至此便完種樹工程。一者見得趕趕工程原非正文，不過虛描盛時光景，藉此以出情文。二者又為避難法。若不如此了，必曰其樹其價，怎麼買定幾株，豈不煩絮矣。」還有書中第二十六回寫林黛玉去找賈寶玉，「一步步行來，見寶釵進寶玉的院內去了，自己也便隨後走了來。剛到沁芳橋，只見各色水禽都在池中浴水，也認不出名色來，但見一個個文采炫耀，好看異常，因而站住看了一會」。於此處，庚辰本有夾批云：「避難法」。

有時，脂批還稱這種「省筆」藝術為「避繁文法」。如書中第二十七回寫紫鵑、雪雁看見林黛玉「無事悶坐，不是愁眉，便是長歎，且好端端的不知為了什麼，常常的便自淚道不乾的」。庚辰本夾批云：「補寫，卻是避繁文法。」這裡所說的補寫，所補內容是上一回林黛玉到怡紅院去找賈寶玉，被氣頭上的晴雯誤會後而使性子叱責了一番，故而才有此慪氣的神態。作者從紫鵑、雪雁的眼中來寫黛玉的這種心理，就是避繁就簡方法的成功運用。

更有甚者，脂批有時還乾脆稱「省筆」藝術為「躲煩碎文字法」。如書中第二十五回寫趙姨娘勾結馬道婆用魘魔法使鳳姐和寶玉瘋瘋癲癲時，驚動了賈府眾多親戚好友，大家紛紛來問病探視。「別人慌張自不必講，獨有薛蟠更比諸人忙到十分去。」庚辰本在這裡有夾批云：「寫呆兄忙是躲煩碎文字法。好想頭，好筆力，《石頭記》最得力處在此。」為什麼這樣說呢？因為在這裡作者寫了薛蟠忙得令人好笑的一段心理和行為：「又恐薛姨媽被人擠倒，又恐薛寶釵被人瞧見，又恐香菱被人臊皮，——知道賈珍等是在女人身上做工夫的，因此忙的不堪。忽一眼瞥見了林黛玉的風流婉轉已酥倒在那裡。」這樣，一方面用非常經濟的筆墨寫出了當時亂糟糟的場面，另一方面，只寫一薛蟠足矣，省去了將在場之人個個寫到的麻煩。作者的這段描寫，真真是化繁為簡的高妙之筆；而脂批的這段評論，也堪稱切中肯綮的鋒利之刃。

總之，無論用什麼方法，只要能達到避繁就簡的效果就行了。從以上言

論我們亦可看出，《紅樓夢》作者和評點者們對於小說創作過程中的避繁就簡問題是何等重視。這對於我們今天行文敘事喜歡囉囉嗦嗦的人而言應該說能起到一點刺激作用，它讓我們進一步明白，長文章並不一定就是好文章，又臭又長的文章只能讓人望而生厭。

二

接下來，我們再來看看《紅樓夢》「脂評」中關於「虛」與「實」之間的辯證關係的論述。

中國古代作家很早就掌握了「虛寫」與「實寫」之間的辯證關係，尤其是史傳文學作品，如《左傳》《戰國策》《史記》《漢書》等歷史著作中，更是有大量的注目於虛實關係的篇章存在。小說是敘事文學中之佼佼者，虛寫與實寫之間的關係顯得尤為重要。許多著名的小說作家都非常善於運用虛實相間的敘事方法，而不少評點者也能準確而深刻地指出虛與實之間的辯證關係。

庚辰本《紅樓夢》有一段脂批云：「前悔娶河東獅是實寫，誤嫁中山狼出迎春口中可為虛寫，以虛虛實實變幻體格，各盡其法。」（第八十回）

在有些地方，《紅樓夢》脂評還就「虛寫」和「實寫」的辯證關係進行深入一步的討論，甚至還出現了一些新的提法，其中，談得最多的是所謂「不寫之寫」。如：「最奇者黛玉乃賈母溺愛之人也，不聞為作生辰，卻云特意與寶釵，實非人想得著之文也。此書通部皆用此法瞞過多少見者，余故云不寫而寫是也。」（庚辰本第二十二回批語）「分明幾回沒寫到賈璉，今忽閒中一語，便補得賈璉這邊天天鬧熱，令人卻如看見聽見一般，所謂不寫之寫也。」（同上第三十九回）「今用老嫗數語，更寫得每夜深人定之後，各處（缺一「燈」字）光燦爛，人煙簇集，柳陌之（當作「花」字）巷之中，或提燈同酒，或寒月烹茶者，竟仍有絡繹人跡不絕，不但不見寥落，且覺更勝於日間繁華矣。此是大宅妙景，不可不寫出，又伏下後文，且又趁（當作「襯」字）出後文之冷落。此閒話中寫出，正不寫之寫也。」（同上第四十五回署名「脂硯齋」之評語）「此時無聲勝有聲」，這裡一而再再而三所提及的「不寫而寫」，其實也就是一種高級狀態的「虛寫」。

一篇文章也罷，一部小說也罷，他的作者不可能不注目於虛寫和實寫的問題。如果全文都用實寫，將使作品累贅不堪、平冗乏味；如果全文純用虛

筆,則過分空靈,使讀者丈二金剛摸不著頭腦。只有能夠做到虛實相間的作者方是個中高手,如果在虛實相間的同時,更能注目於「虛」與「實」之間的種種辯證關係,如對峙、錯綜、包容、轉換等等,那就更是文章聖手了。評點者亦乃如是,如果僅僅只是點出小說作品中的「虛寫」「實寫」云云,當然是很不錯的批評者,但如果能進而分析這「虛實」之間的種種奧妙、種種關係,那才是目光如燭的評點方家。

## 三

《紅樓夢》「脂評」中談得較多的還有「避」與「犯」之間的辯證關係。

我們首先必須解釋這裡所說的「避」與「犯」各自的含義,甚至可以說是一種特殊的含義。所謂「犯」,就是重複,就是雷同,實乃文學創作、尤其是小說創作之大忌;所謂「避」,就是避免重複,避免雷同,是文學創作尤其是小說創作中常見的方法之一。然而,有時候,在無法「避」或「避」之而效果不佳的情況下,高明的作者往往有意地「犯」,通過「犯」而達到更高層次的「避」。誠如毛宗崗所言:「作文者以善避為能,又以善犯為能。不犯之而求避之,無所見其避也。惟犯之而後避之,乃見其能避也。」(《讀三國志法》)

「犯」,又稱犯筆,有兩種情況。其一,部分相犯或側面相犯;其二全部相犯或正面相犯。

對「犯筆」的評價,在脂評《紅樓夢》中頗為多見,其中,有「相犯」者,亦有「不相犯」者。如書中第三回寫賈寶玉上場時,「只聽院外一陣腳步響。」此處甲戌本有夾批云:「與阿鳳之來相映而不相犯。」再如第八回寫到「王夫人本是好清靜的」時,甲戌本又有夾批云:「偏與邢夫人相犯,然卻是各有各傳。」同一回中,當書中寫到薛寶釵「罕言寡語,人謂藏愚;安分隨時,自云守拙」時,甲戌本還有夾批云:「這方是寶卿正傳,與前寫代(黛)玉之傳一齊參看,各極其妙,各不相犯,使其人難其左右於毫末。」第十九回,當書中寫到襲人勸說賈寶玉,而寶玉回答襲人說「只求你們同看著我,守著我,等我一日化成了飛灰」時,庚辰本批道:「所勸者正為此,偏於勸時一犯,妙甚。」第二十一回,襲人對寶玉說:「你心裏還不明白,還等我說呢!」於此處,庚辰本有署名「畸笏」的眉批云:「《石頭記》每用囫圇語處,無不精絕奇絕,且總不相犯。」同一回中,賈璉向平兒討要大有嫌疑的一綹頭髮說:

「好人，賞我罷，我再不賭狠了。」庚辰本於此批云：「好聽好看之極。迴不犯襲卿。」隨即，當平兒在鳳姐面前替賈璉遮蓋了「嫌疑」之後，她指著鼻子，晃著頭笑對賈璉說道：「這件事怎麼回謝我呢？」此處，庚辰本又批云：「姣俏如見，迴不犯襲卿麝月一筆。」在《紅樓夢》第三十七回，作者替書中人物寫了不少詩詞文札之類的「作品」，對此，庚辰本在開始總批中批道：「此回才放筆寫詩寫詞作札，看他詩復詩，詞複詞，札又札，總不相犯。」在書中第四十三回寫鳳姐生日處，庚辰本又有批語說：「看他寫與寶釵作生日後又偏寫與鳳姐作生日。」「迴不犯寶釵。」還有第四十九回，當作者寫薛寶琴「年輕心熱」時，庚辰本有署名脂硯齋的批語云：「四字道盡，不犯寶釵。」有時，「犯筆」又被稱之為「犯手」，如有正本第五十三回回末總批云：「前半整飭，後半疏落，濃淡相間。祭宗祠在寧府，開夜宴在榮府，分敘不犯手，是作者胸有成竹處。」在有正本第七十六回的開始總批中，評點者再次從一回書整體結構的角度探討了「犯筆」問題：「既敘夜宴，再敘酬和，不漏不俗，更不相犯。雲行月移，水流花放，別有機括，深宜玩索。」

古代小說評點者們對於犯筆的評價是沿著「避」——「犯」——更高的「避」這樣一個思路展開的。在小說創作中，人人都知道要避免重複，都知道要「避」。但在很多情況下，情節的雷同是無法迴避的，因為生活一方面是豐富多彩的，另一方面也是單調乏味的。人生在世，有許多事情是不斷重複的，不僅每個人的生活是不斷地自我重複，而且人與人之間也不斷地相互重複著別人做過的事。文學作品、尤其是小說作品要真實而本質地反映人們的社會生活，重複是不可避免的。這樣，問題就產生了。生活本身充滿了重複，而以反映人類生活為己任的小說作品卻又最忌諱重複，怎麼辦？迴避重複是不行的，那就只好去有意重複之，在「重複」（犯）的前提下去追求「不重複」（避）。這就是所謂「特犯不犯」。

《紅樓夢》「脂評」對於「特犯不犯」的言論最多，也最精粹。如：「赦老不見，又寫政老，政老又不能見。是重不見重，犯不見犯。作者慣用此等章法。」（甲戌本第三回夾批）「總不重犯，寫一次有一次的新樣文法。」（甲戌本第七回夾批）「寶玉之李嬤嬤，此處偏又寫趙嬤嬤，特犯不犯。」（庚辰本第十六回批語）「《石頭記》貫（慣）用特犯不犯之筆，真令人驚心駭目讀之。」（庚辰本第十七、十八回眉批）「寫黛卿之情思，待寶玉卻又如此，是與前文特犯不犯之處。」（己卯本第十七、十八回批語）「玉生言（香）是要與小羔梨

香院對看，愈覺生動活潑。且前以黛玉，後以寶釵，特犯不犯，好看煞。」（庚辰本第十九回署名畸笏叟之眉批）「寫湘雲又一樣筆法，特犯不犯。」（庚辰本第二十回批語）「王一貼又與張道士遙遙一對，特犯不犯。」（庚辰本第八十回批語）

「特犯不犯」，其實很有點辯證法的意味。在這裡，小說作者們「特犯」的只是某些事物所共有的部分內容，它們是矛盾的普遍性或人物的共性之所在。如賈赦、賈政都是林黛玉的舅舅並且都沒有接見林黛玉，如李、趙二嬤嬤都是「老資格」等等。但更其重要的是，在「特犯」的同時，這些作者又都掌握了「不犯」的真諦，即對於矛盾的特殊性、人物的個性的掌握和揭示。如同是林黛玉舅舅而沒有接見林黛玉，賈赦與賈政的原因絕不相同；如同是老資格的「嬤嬤」，李、趙二人的性格絕不相同。世上萬事萬物，其矛盾的普遍性都存在於特殊性之中，共性包含於一切個性之中，無個性即無共性。藝術大師曹雪芹，雖然不一定能從理論上認識到這一規律，但他的創作實踐卻從客觀上體現了這一真理。而像「脂硯齋」這樣的評點者卻從理論上總結出「特犯不犯」這一小說創作中寫人敘事的法寶，總結出這種描寫事物共性與個性的統一、矛盾的普遍性與特殊性的統一的藝術手法。如此看來，在這一問題上，中國古代小說的創作者和評點者中的代表人物，其實踐和認識水平都分別達到了相當高的層次。

「特犯不犯」，看似容易實艱辛。這需要對生活深入地體驗，需要對素材認真地分析。此外，還要懂得點藝術的辯證法，需要把事物的現象當作入門的嚮導，一進了門就抓住實質，再經過深入研究，然後方能做到「惟犯之而後避之，乃見其能避也」。

## 四

小說創作的「真」與「幻」之辯證關係，也是《紅樓夢》「脂評」中談得最多的熱門話題之一。

小說創作的主要任務是反映歷史真實還是進行藝術虛構，這一在今天的批評家們乃至普通讀者看來不成問題的問題，在中國古代的小說創作實踐和小說理論研究領域卻是大有「問題」的。在古代中國，長期以來存在著兩種錯誤觀念：其一，小說被當作歷史的附庸；其二，小說中的神異描寫被當作現實存在。有些小說作者完全分不清小說創作中的寫實與虛構的關係，完全

相信那些神奇鬼怪的故事是人類生活中的組成部分。這樣，就導致了小說創作的迷茫和小說理論的混亂。然而，在那一片令人喪氣的沼澤泥潭之中，也有若干通往康莊坦途的彎彎曲曲的小路。它告訴人們，我們的小說作者和評點們並非完全混帳，他們中間也有見識卓異的佼佼者，他們對於小說創作中真實與虛構的關係、現實與神異的關係都進行了不同凡響的描寫或發表了卓爾不群的意見。《紅樓夢》的作者曹雪芹和批評者「脂硯齋」們，就是這方面的突出代表。

《紅樓夢》「脂評」中討論幻筆的某些話是非常切中肯綮的。如書中第三回寫到林黛玉說「癩頭和尚」一段，甲戌本有眉批云：「奇奇怪怪一至於此。通部中假借癩僧跛道二人，點明迷情幻海中有數之人也。非襲《西遊》中一味無稽，至不能處便用觀世音可比。」這裡所說的，就是小說創作需要一定的「幻筆」來進行輔助性描寫，但幻筆不能太多，且不能重複累贅，太幻則不真，過分低層次的重複使用則令人生厭。

那麼，什麼樣的「幻筆」才是高妙的呢？與上同一回的另一段眉批很快作出了回答：「不寫黛玉眼中之寶玉，卻先寫黛玉心中已畢（早）有一寶玉矣，幻妙之至。」可知，真正高妙的幻筆是為表達思想、推動情節或塑造人物服務的，絕不是作者故作高深以取悅、蒙蔽讀者或在「每到弄不來時」的搪塞之筆。《紅樓夢》的作者對幻筆的認識是深刻的，《紅樓夢》的評點者對幻筆的認識同樣也是深刻的。謂予不信，請再看下面一段脂批：「《石頭記》一部中皆是近情近理必有之事，必有之言，又如此等荒唐不經之談，間亦有之，是作者故意遊戲之筆，聊以破色取笑，非如別書認真說鬼話也。」（庚辰本第十六回眉批）這是寫在書中人物秦鍾臨死前夢見「許多鬼判持牌提鎖來捉他」時的一段批語，一來可以表現垂死之人精神之迷離恍惚，二來也是作者「故意借世俗愚談愚論設譬，喝醒天下迷人」。（同處甲戌本夾批）如此一箭雙雕的幻筆，方可謂高妙之至。對於《紅樓夢》中幻筆的運用，脂批多有闡述發明，而且經常批到點子上。不妨再看庚辰本第二十五回的一段眉批：「通靈玉除邪，全部百回只此一見，何得再言。僧道蹤跡虛實，幻筆幻想，寫幻人於幻文也。」

《紅樓夢》「脂評」甚至還涉及「真」與「幻」之間的相互轉換問題。如小說第二十五回寫賈寶玉為馬道婆的「魘魔法」所困，賈府「正鬧得天翻地覆，沒個開交，只聞得隱隱的木魚聲響」，此處有甲戌本夾批云：「不費絲毫

勉強，輕輕收住數百言文字，《石頭記》得力處全在此處。以幻作真，以真為幻，看書人亦要如是看為本。」這裡，提出了小說創作不僅要有幻筆，而且，「幻」與「真」還是相互可以轉化的，真中有幻，幻中有真，甚至可以「以幻作真，以真為幻」，真真幻幻，幻幻真真，由此而達到作者的某種創作目的，也讓讀者得到一種撲朔迷離的審美享受。

## 五

小說創作中又有「忙」與「閒」之說，對此，《紅樓夢》「脂評」亦多有議論。

我們不妨先來看一些例證：「專能忙中寫閒，狡猾之甚。」（己卯本第十二回）「忙中寫閒。」（甲戌本第十三回）「忙中閒筆。」（庚辰本第十四回）「一段忙中閒文，已是好看之極，出人意外。」（庚辰本第十七、十八回）「忙中寫閒，真大手眼，大章法。」（甲戌本第二十五回）

毫無疑問，「忙」與「閒」是一對矛盾。對於小說創作而言，如果能處理好這對矛盾，將使書中的情節展開在有條不紊的同時更具節奏感。進而言之，如果能辯證地處理這一問題，做到忙中偷閒的話，作品的藝術效果就會更為美妙。

「忙中偷閒」，除了正確處理好「忙」與「閒」之間的關係，使小說的敘述文字達到搖曳多姿的藝術效果而外，它還能起到其他的作用。例如，有時可以補敘前文。《紅樓夢》甲戌本第四回有夾批云：「閒語中補出許多前文，此畫家之雲罩峰尖法也。」有時又可以渲染前文，如甲戌本第八回有批語云：「為前日秦鍾之事恐觀者忘卻，故忙中閒筆重一渲染。」有時，還可以起到點綴人物的作用，如庚辰本第十四回有一段署名「畸笏」的眉批云：「忙中閒筆，點綴玉兄，方不失正文中之正人，作者良苦。」

「閒筆」，表面上看起來是微不足道的，但它卻是一種小說創作過程中的高級狀態，許多「眼高手低」的人或許會看不起「閒筆」，但你要真正學到它並自如地運用它、尤其是達到「忙中偷閒」甚至還能起到其他作用的境界，其實是一件非常困難的事情。

## 六

除上所述，《紅樓夢》「脂評」還涉及到小說創作中辯證關係問題的許多方面。限於篇幅，我們只能在分類羅列其言論的同時略作評介，而不能作深

入細緻的分析研究了。

### （一）「主」與「賓」

人際關係中有「主」與「賓」的區分，且不可喧賓奪主；小說創作中亦有「主」與「賓」的區別，萬不能主賓不分。在小說創作中，「主」是核心，「賓」是陪襯，不管「賓」的部分寫了多少，佔有多大的篇幅，它永遠是「主」的陪襯。《紅樓夢》有正本第七十八回的一段開始總批，所說的就是這一道理：「文有賓主不可誤。此文以《芙蓉誄》為主，以《姽嫿詞》為賓；以寶玉古歌為主，以賈環賈蘭詩絕為賓。文有賓中賓不可誤。以清客作序為賓，以寶玉出遊作詩為賓中賓，由虛入實，可歌可詠。」

### （二）「哀」與「樂」

在小說創作中，怎樣很好地把握書中人物的喜怒哀樂，是一個非常重要的問題。這不僅涉及到人物塑造，還涉及到情節結構和審美效果。對此，評點者們極端重視，多有評述。有時候，作者甚至將「悲」與「樂」放在同一時空進行描寫，從而造成一種強烈的對比。如《紅樓夢》第十六回寫元春晉封貴妃，賈府諸人興奮異常，惟有寶玉一人因好友秦鍾病情日益加重，「心中悵然如有所失，雖聞得元春晉封之事，亦未解得愁悶」。庚辰本有批語云：「眼前多少熱鬧文字不寫，卻從萬人意外撰出一段悲傷，是別人不屑寫者，亦別人之不能處。」最有趣的是，《紅樓夢》每每寫到鳳姐惱怒時，往往著一「笑」字。對此，脂批當然不願放過：「凡鳳姐惱時，偏偏用笑字，是章法。」（庚辰本第十四回批語）這真是藝術辯證法的靈活妙用。

### （三）「藏」與「露」

詩家有所謂「不寫之寫」、「以少少許勝多多許」的說法，這種「此時無聲勝有聲」、「柳藏鸚鵡語方知」之法，在古代小說創作中也常常用到，並引起評點者的注目。如《紅樓夢》第七回寫到王熙鳳與賈璉的夫妻生活時，作者用筆非常隱晦，只寫道：「只聽那邊一陣笑聲，卻有賈璉的聲音。接著，房門響處，平兒拿著大銅盆出來，叫豐兒舀水進去。」此處甲戌本有夾批云：「妙文奇想。阿鳳之為人豈有不著意於風月二字之理哉？若直以明筆寫之，不但唐突阿鳳聲價，亦且無妙文可賞。若不寫之，又萬萬不可。故只用『柳藏鸚鵡語方知』之法，略一皴染，不獨文字有隱微，亦且不至污瀆阿鳳之英風俊骨。所謂此書無一不妙。」

### （四）「大」與「小」

小說家敘事，可以從小到大，以小見大。這種寫法，何嘗逃得過評點者們的眼睛？《紅樓夢》甲戌本脂評有云：「不出榮國大族，先寫鄉宦小家，從小至大，是此書章法。」（第一回夾批）

### （五）「冷」與「熱」

這裡所謂「冷」與「熱」，當然不是自然界的「冷」與「熱」，而是指的社會生活環境和氣氛而言。當書中的故事烈火烹油的時候，作者卻偏偏臨頭潑一瓢冷水。古代小說作者常常運用這一方法。如《紅樓夢》第十七、十八回，寫到賈政率眾遊覽大觀園，所見都是榮華富貴的景象，而賈政卻受到稻香村景物的影響，偏偏說什麼「未免勾引起我歸農之意」。這就造成了一種相反相成的效果，無怪乎己卯本於此有批語云：「極熱中偏以冷筆點之，所以為妙。」

※　　　　　　※　　　　　　※

《紅樓夢》是一個世界，一個五彩繽紛的藝術世界；「脂評」也是一個世界，一個見仁見智的理論世界。「全面地、系統地分析一下脂評，探討其在資料、思想、藝術三個方面的價值，這對研究曹雪芹和他的《紅樓夢》無疑都具有極其重要的意義。」（孫遜《紅樓夢脂評初探·引言》）不要說全面探討「脂評」，即有關「脂評」的辯證思維這一問題，也絕非一篇數千字的文章可以談得清楚透徹。本文只能算是一塊磚頭，希望能引出崑山群玉。倘能如此，則筆者的寫作目的就最終達到了。

（原載《南都學壇》2004 年第二期）

# 脂批《紅樓》敘事研究

　　《紅樓夢》是一部博大精深的小說作品，僅就其敘事藝術而言，也是一個值得深入探討的話題。據高淮生、李春強《十年來〈紅樓夢〉敘事學研究評述》統計，截至 2004 年為止，這方面的討論文章就有九十多篇。其實，此前此後，還有不少學者通過論文或論著的方式深入探討了這一問題。且看其中一些觀點：

　　「《紅樓夢》的結構模式也是評論界極關注卻眾說紛紜的論題。有的主張『波紋迴互式』（李辰冬），有的主張『結網式』（丁淦），有的主張『庭園結構式』（張世君），『兩大中心幹線』說（王啟忠），『一明一暗』主副交織說（張松泉），『兩條平行結構線索』說（杜景華），有的主張『多線平行式』（段啟明），有的主張『三個敘述層次』論（陳維昭），有的主張『主領』、『主幹』、『主線』結構說（洪克夷），以及『三維空間立體結構式』（韓樂虞），『以興衰為經，以情為緯』的「情緯」論（王蒙）等。……李廣柏的『詩化小說結構』與周汝昌的『大對稱法』與眾不同，抓住了《紅樓夢》作者的思維特徵和美學情趣，值得關注。」（黃霖《中國小說研究史》）

　　「《紅樓夢》有四個敘述層面：作者自云的超超敘述層，石頭自敘經歷的超敘述層，榮寧兩府的主敘述層以及林四娘和石呆子故事的次敘述層。」（魯德才《古代白話小說形態發展史論》）

　　「《紅樓夢》的敘述視角包括作者視角、命運視角、局外視角和局內視角四個層面。」（姚玉光《〈紅樓夢〉：敘述四重奏》）

　　「《紅樓夢》的敘述層面是多重複合、層層深入而又流動貫通的，大致可分為五個敘述層面，即：超敘述之『創作』層面→元敘述之『文本』層面→主

敘述之『故事』層面→次敘述之『人物』層面→微觀敘述之『心理』層面。」
（張洪波《試析〈紅樓夢〉敘述層面的多重複合特點》）

「《紅樓夢》中一段話語的潛在含義，需要經由共時態語境、歷時態語境
以及社會文化語境等多重語境分析，才能獲得。」（宋常立《〈紅樓夢〉的語境
分析──對〈紅樓夢〉敘事方法的解讀》）

「根據《紅樓夢》的敘事內容與思想境界，吸取余英時先生兩個世界劃
分的合理內涵，我們認為將《紅樓夢》劃分為三個世界即神話世界、大觀園
世界與大觀園之外的現實世界比較符合小說文本的實際，也基本涵蓋了《紅
樓夢》文本的內容。」（魏崇新《〈紅樓夢〉的三個世界》）

這些言論，各有道理，但追根溯源，對《紅樓夢》的敘事藝術最早展開
評論的則是「脂批」。當然，脂批不可能像上述學者那樣進行敘事學理論闡
述，它對《紅樓夢》敘事藝術的評價也顯得有些零碎甚或幼稚。但老成來自
幼稚，系統源於零碎，這是誰都知道的道理。更何況脂批對敘事藝術的評價
和把握也並非一味的幼稚零碎，它還有許多帶有自身獨特性的東西。因此，
筆者認為應該對脂批《紅樓》關於敘事方面的言論進行系統、深入的研究。

在開始脂批《紅樓》的敘事研究之前，我們必須首先明確以下兩點。

第一，所謂「脂批」，或曰「脂評」，各人使用這一概念時的涵蓋面並不
完全一樣。涵蓋面最小的是單指署名「脂硯齋」的評語，中等的指在《紅樓
夢》「脂本」系統中某些版本上有署名的部分評語，最大的則指在《紅樓夢》
「脂本」系統中所有版本上的所有評語。本文所採取的是最後一種用法。

第二，本文所引用「脂批」文字，均據中華書局 1960 年 2 月新 1 版俞平
伯輯《脂硯齋紅樓夢輯評》。本文所引用《紅樓夢》前八十回原文，則根據人
民文學出版社 1982 年 2 月出版的以庚辰本為底本的排印本。在以下行文過程
中，因為《紅樓夢》原文和脂批文字引用太多，只能隨文注明所在的版本和
回數，無法一一出注。

一

《紅樓夢》敘事結構之完整縝密而又靈活機動，在中國古代小說中無疑
是首屈一指的。形成這種結構的原因至少有兩點：其一，整體觀照；其二，多
種筆法。

作為一部數十上百萬字的文學巨著，其作者在未下筆之前必須對自己即

將展開的故事作敘事方面的整體觀照，亦即我們平常所說的謀篇布局。同時，還務必在情節安排方面做到既符合生活邏輯，又波瀾橫生；既眉目清晰，又不刻板單調。質言之，寫小說，尤其是寫長篇小說，必須注目於各情節單元之間的關係。

《紅樓夢》曾多次寫人物的生日，而書中幾百號人每人都有一個生日，若一個個依次寫下去，則一年到頭幾乎會成為「生日流水帳」。對此，作者採取了何種方法呢？庚辰本第四十三回有批語云：「一部書中若一個一個只管寫過生日，復成何文哉？故起用寶釵，盛用阿鳳，終用賈母，各有妙文，各有妙景。餘者諸人或一筆不寫，或偶因一語帶過，或豐或簡，其情當理合，不表可知，豈必諄諄死筆，按數而寫眾人之生日哉？」

可見，對於長篇小說的作者而言，全書的情節布局是必須講究「章法」的。進而言之，某一情節單元內部諸多情節元素之間，同樣存在一個合理安排的問題。

《紅樓夢》六十回前後，寫的是關於「茉莉粉」、「薔薇硝」、「玫瑰露」、「茯苓霜」所引起的賈府諸人的一些矛盾糾葛。複雜的過程造成了曲折的情節，簡直有些千頭萬緒而難以下筆的意味。然而，作者卻成竹在胸，合理安排，將這段故事寫得層次井然，引人入勝。有正本第六十回的兩則批語便指出了這種情節布局方面的「大手筆」。一則云：「前回敘薔薇硝戛然便住，至此回方結過薔薇案，接筆轉出玫瑰露引起茯苓霜，又戛然便住，著筆如蒼鷹搏兔，青獅戲球，不肯下一死爪，絕世妙文。」又一則云：「以硝出粉是正筆，以霜陪露是襯筆。前必用茉莉粉才能構起爭端，後不用茯苓霜亦必敗露馬腳。須知有此一襯，文勢方不徑直，方不寂寞，寶光四映，奇彩繽紛。」甚至一直到了第六十一回，有正本的批者仍然意猶未盡，又提筆寫道：「數回用蟬脫體絡繹寫來，讀者幾不辨何自起，何自結，浩浩無涯。須看他爭端起自環哥，卻起自彩雲；爭端結自寶玉，卻亦結自彩云。首尾收束精嚴，六花長蛇陣也，識者著眼。」

再如《紅樓夢》第五十三回，主要寫了寧榮二府的兩件大事：一是「除夕祭宗祠」，一是「元宵開夜宴」，一方面「極博大」，一方面「極富麗」，而作者偏能有條不紊，「就寶琴眼中款款敘來」，從而形成「一篇絕大典制文字」。有正本的這些批語，也能幫助我們深入解讀文本中的玄妙之處。

諸如此類的例子，在有正本第七十回、七十二回、七十三回的開始或回

末總批中均可見到。我們且看批評者對書中兩個片斷的對照分析：「文與雪天聯詩篇一樣機軸，兩樣筆墨。前文以聯句起，以燈謎結，以作畫為中間橫風吹斷；此文以填詞起，以風箏結，以寫字為中間橫風吹斷，是一樣機軸。前文敘聯句詳，此文敘填詞略，是兩樣筆墨。前文之敘作畫略，此文敘寫字詳，是兩樣筆墨。前文敘燈謎，敘猜燈謎，此文敘風箏，敘放風箏，是一樣機軸。前文敘七律在聯句後，此文敘古歌在填詞前，是兩樣筆墨。前文敘黛玉替寶釵寫詞，此文敘寶玉替探春續詞，是一樣機軸。前文賦詩後有一首詩，此文填詞前有一首詞，是兩樣筆墨。噫，參伍其變，錯綜其數，此固難為粗心者道也。」

由此可見，山裏套山，戲中有戲，是《紅樓夢》眾多情節單元的共同特點。如果我們讀書不細心，不能很好地領會作者的良苦用心的話，就會被這些批評家們嗤之以鼻，認為你是一個「粗心者」。

除了情節單元的設置外，在人物描寫方面同樣存在整體觀照的問題。且看甲戌本第五回的一段眉批：「欲出寶釵便不肯從寶釵身上寫來，卻先款款敘出二玉，陡然轉出寶釵，三人方可鼎立，行文之法又亦（一）變體。」再如庚辰本第二十一回的一段批語：「釵與玉遠中近，顰與玉近中遠，是要緊兩大股，不可粗心看過。」

在追求情節曲折的同時，評點者們還要求小說作家在謀篇布局的過程中要做到敘事有條不紊，骨肉停勻，詳略得當，張弛有致。

請看二例：當《紅樓夢》第十七、十八回中寫到賈政等人遊覽大觀園，對有些地方仔細鑒賞，有的地方則「不及進去」時，庚辰本有批語云：「伏下櫳翠庵、蘆雪广（庵）、凸碧山莊、凹晶溪館、暖香塢等諸處，於後文一斷一斷補之，方得雲龍作雨之勢。」有正本第七十二回的開始總批也涉及到相近的問題：「此回似著意，似不著意，似接續，似不接續，在畫師為濃淡相間，在墨客為骨肉停勻，在樂工為笙歌間作，在文壇為養局為別調，前後文氣至此一歇。」

此外，批評者們還要求小說作者在敘事過程中要善於掀起波瀾，使故事情節跌宕起伏。這方面的言論在脂批《紅樓》中也屢屢可見，如：「先寫紅玉數行引接正文，是不作開門見山文字。」（甲戌本第二十五回回末總批）「一回離合悲歡夾寫之文，真如山陰道上令人應接不暇，尚有許多忙中閒，閒中忙，小波瀾，一絲不漏，一筆不苟。」（庚辰本第十七、十八回回末眉批）

以上，我們雖然強調的是敘事時的整體觀照，但實際上已涉及多種筆法的問題，因為二者之間其實是密不可分的。下面，我們再從《紅樓夢》敘事筆法的多樣性方面看看脂批對作者和作品的評價。

在敘事過程中，小說作者運用了許多具體的方法，「一支筆作千百支用」（甲戌本第七回脂批），這就使得全書的敘事結構和情節推移呈現出不同尋常而又耐人尋味的複雜態勢。對此，脂批多有評價，而且很有見地。

「事則實事，然亦敘得有間架，有曲折，有順逆，有映帶，有隱有見，有正有閏，以至草蛇灰線，空谷傳聲，一擊兩鳴，明修棧道、暗渡陳倉，雲龍霧雨，兩山對峙，烘雲托月，背面傳粉，千皴萬染諸奇，書中之秘法亦復不少。」（甲戌本第一回）

「千頭萬緒合筍貫連，無一毫痕跡，如此等，是書多多，不能枚舉。」（庚辰本第十六回）

「敘桂花妒用實筆，敘孫家惡用虛筆，敘寶玉臥病是省筆，敘寶玉燒香是停筆。」（《紅樓夢》有正本第八十回開始總批）

二

脂批對敘事視角的研究尚處於不甚全面、不甚深入的階段，還沒有明確的「敘事視角」或與之相對應、相近似的概念。其評論主要集中在對作者借助其他人物來「寫人」、「寫物」、「寫事」的研究，而且，這種研究只能說是初步的和表層的。但無論如何，對於我們現在所講的敘事學的問題之一，他們畢竟有所涉及，而且還有一些剛剛由感性上升到理性的初步認識，故而，我們不能完全對此視而不見。

在涉及敘事視角問題的評點文字中，脂批談得最多的是從他人「眼中」「鼻中」「心中」「意中」寫人、寫物或寫事。

例如：「從黛玉眼中寫三人。」「從眾人目中寫黛玉。」（均見甲戌本第三回眉批）「又從寶玉目中細寫一黛玉。」（甲戌本第三回眉批）

脂批甚至認為，通過書中人物的眼睛還可以寫大事件、大場面：「『除夕祭宗祠』一題極博大，『元宵開夜宴』一題極富麗，擬此二題於一回中，早令人驚心動魄，不知措手處。乃作者偏就寶琴眼中款款敘來。」（有正本第五十三回回前總批）

至於書中第六回中寫到劉姥姥剛進榮國府時，「只聞一陣香撲了臉來」，

甲戌本夾批云：「是劉姥姥鼻中。」則是通過某人之嗅覺寫環境。

當然，更深入一步的則是通過某人的「心中」「意中」寫人寫事，近似於今之所謂「內視角」。且看：

「不寫黛玉眼中之寶玉，卻先寫黛玉心中已畢（早）有一寶玉矣，幻妙之至。」（甲戌本第三回眉批）

「從劉姥姥心中意中幻擬出奇怪文字。」（甲戌本第六回夾批）

「從阿呆兄意中，又寫賈珍等一筆，妙。」（甲戌本第二十五回夾批）

此外，脂批還通過對書中人物的某些部位對他人、他事、他物的感受的評點，來揭示作者在敘事時所採用的特殊視角。如甲戌本第六回連連有夾批來評價作者對劉姥姥感受的描寫：「是劉姥姥身子。」「是劉姥姥頭目。」

更妙的是多重視點的綜合運用。

根據需要，《紅樓夢》的作者往往通過某人的感官、心意對某一人物、事件的感受來表達自己對這一人物或事件的看法和評價，進而達到成功塑造人物形象的目的。例如：

「從旁人眼中口中出，妙極。」（庚辰本第二十六回夾批）這是「眼中」「口中」的綜合。而更多的則是「眼中」「心中」的綜合：

「不寫衣群妝飾，正是寶玉眼中不屑之物，故不曾看見。黛玉之居（舉）止容貌亦是寶玉眼中看心中評，若不是寶玉，斷不能知黛玉終是何等品貌。」（甲戌本第三回眉批）

「從劉姥姥心中目中略一寫，非平兒正傳。」「從劉姥姥心中目中設譬擬想，真是鏡花水月。」（均見甲戌本第六回夾批）

「是太監眼中看，心中評。」（庚辰本第七十二回批語）

由上可見，脂批對那些轉換視角的描寫方法早已注目，甚至可以說已經有所研究。

### 三

相較於敘事視角方面的理論而言，脂批對於小說創作過程中埋伏照應的理論總結要成熟得多。

先看專談伏筆者：「未出李紈，先伏下李紋李綺。」「又伏下，千里伏線。」（均見甲戌本第四回夾批）「又伏下一人。」（甲戌本第五回夾批）「略有些瓜葛，是數十回後之正脈也。真千里伏線。」（甲戌本第六回夾批）「這是為

後協理寧國伏線。」（甲戌本第七回眉批）「伏線千里外之筆也。」（庚辰本第二十一回眉批）「千里伏線。」（庚辰本第二十四回夾批）「鳳姐用小紅，可知晴雯等理（埋）沒其人久矣，無怪有私心私情，且紅玉後有寶玉大得力處，此於千里外伏線也。」（甲戌本第二十七回回末總評）「茜香羅暗繫於襲人腰中，係伏線之文。」（甲戌本第二十八回開始總批）「先伏一線，皆行文之妙訣也。」（己卯本第三十七回批語）

再看專談照應者：「細，又是照應前文。」（有正本第五回批語）「點雨村，照應前文。」（庚辰本第十七、十八回批語）「照應茜雪楓露茶前案。」（庚辰本第十九回批語）

最後，看看脂批對伏筆照應的綜合考察：「找前伏後。」（甲戌本第二回夾批）「一段平兒見識作用，不枉阿鳳平日刮目。又伏下多少後文，補盡前文未到。」（庚辰本第十六回批語）「補前文之未到，伏後文之線脈。」（庚辰本第十九回批語）「此文於前回敘過事字字應，於後回未敘事語語伏，是上下關節。」（有正本第五十九回開始總批）

由上可知，埋伏照應這一現在寫作課中經常講到的問題，在脂批中已屢屢出現。而且，評點者在討論這一問題時眼光之敏銳、閱讀之細心、分析之深入乃至所上升到的理論高度，也幾幾乎不亞於今天的寫作課教師。從評點者對這一問題重視的程度看來，埋伏照應問題堪稱小說創作中的重要問題之一。對此，我們完全有深入研究的必要，而不應該以「八股文法」輕率地否定之。

古代小說批評者對「伏筆照應」還有一個俏皮的說法——草蛇灰線，脂批也運用了這一概念。

所謂草蛇，乃草中之蛇，因其有長有短、隱隱約約，故而用以比喻埋伏照應方法之忽隱忽顯的特點。誠如毛宗岡在《三國演義》第十五回回前總評中所言：「如草中之蛇，於彼見頭、於此見尾。」所謂「灰線」，愚以為就是各種灰質的東西畫成的線，因其有粗有細、斷斷續續，故而用以比喻埋伏照應方法之忽斷忽續的特點。「草蛇」與「灰線」加在一起，就比較全面地表達了埋伏照應方法的兩大特徵：其一，當斷則斷，當續則續；當顯則顯，當隱則隱。其二，斷中有續，顯中有隱；斷續結合，顯隱交錯。

脂批多次涉及「草蛇灰線」這一專用名詞：

「前回中總用草蛇灰線寫法，至此方細細寫出，正是大關節處。」（甲戌

本第八回夾批）「此處透出探春，正是草蛇灰線，後文方不突然。」（庚辰本第二十二回批語）「閒言中敘出代（黛）玉之弱，草蛇灰線。」（甲戌本第二十六回夾批）「後數十回若蘭在射圃所佩之麒麟，正此麒麟也。提綱伏於此回中，所謂草蛇灰線於千里之外。」（庚辰本第三十一回回末總批）「用清明燒紙徐徐引入園內燒紙，較之前文用燕窩隔回照應，別有草蛇灰線之趣，令人不覺。」（有正本第五十八回開始總批）「草蛇灰線，後文方不見突然。」（庚辰本第八十回批語）

　　就小說創作而言，「草蛇灰線」就是將某一故事情節似乎漫不經意地略露端倪，卻並不展開來寫，反而去敘述別的故事。然而，先前所述的故事又在暗中發展。到了一定的時候，作者方才將它突然抖露出來，展現在讀者的面前。而讀者呢，在感到突如其來的同時，如果回頭一看，就會明白這本是作者早已安排好的，從而對這時的展現覺得並不突然。這種方法的運用，就像打仗埋伏奇兵、下棋預設妙著一樣，令人拍案叫絕。

　　「草蛇灰線」法的運用，具有兩大特點：一是「驟看之，有如無物，」強調一個「藏」字，「用伏筆，須在人不著意處。」（林紓《春覺齋論文》）否則，就寫得線條明朗，情味索然。二是「及至細尋，其中便有一條線索，拽之通體俱動。」這是強調一個「拽」字，也就是說，草蛇灰線最終還是要被抖弄起來的，「到發明時即可收為根據。」（同上）否則，「藏」得再好也是沒有用的。質言之，「草蛇灰線」法就是處理好對故事情節的「藏」與「拽」之間的辯證關係的一種寫作方法，它是高級狀態的埋伏照應。

## 四

　　一篇小說作品，哪怕是數十上百萬字的長篇小說，其敘事也不能拉拉雜雜而應力求簡練。這就給作者們提出了一個嚴峻的問題：如何在結構小說故事情節的時候做到避繁就簡，亦即古代小說批評家們所謂「省筆」藝術。《紅樓夢》中多用「省筆」，而脂批對這種避繁就簡的做法也進行了細膩深刻的分析研究。

　　先看相關言論：「若從頭逐個寫去，成何文字？《石頭記》得力處在此。」（甲戌本第一回夾批）「出自封肅口內，便省卻多少閒文。」（甲戌本第二回夾批）「繁中減筆。」（甲戌本第三回夾批）「英、馮二人一段小悲歡幻景，從葫蘆僧口中補出，省卻閒文之法也。」（甲戌本第四回眉批）「就減去繁。」

（庚辰本第十三回夾批）「秦、智幽情，忽寫寶、秦事云不知算何帳目，未見真切不曾記得，此係疑案纂創，是不落套中，且省卻多少累贅筆墨。」（甲戌本第十五回開首總批）「大奇至妙之文，卻用寶玉一人連用為（五）如何，隱過多少繁華勢利等文。試思若不如此，必至種種寫到，其死板拮据瑣屑雜亂，何可勝哉？故只借寶玉一人如此一寫，省卻多少閒文，卻有無限煙波。」（庚辰本第十六回批語）「從茗煙口中寫出，省卻多少閒文。」（甲戌本第十六回夾批）「卻因芸之一字工夫已將諸豔請來，省卻多少閒文。不然，必云如何請如何來，則必至有犯寶玉，終成重複之文矣。」（己卯本第三十七回批語）「阿呆求婚一段文字，卻從香菱口中補明，省卻許多閒文累筆。」（庚辰本第七十九回批語）

「省筆」的主要作用是：避免行文的囉嗦、故事的重複、情節的拖沓，從而給讀者一種簡便輕捷的審美效果。它最常見的方法有兩種：一是在敘述語言中對那些沒有必要展開細緻描寫的情節或人物一筆帶過，二是借用書中人物之口簡述其他人物的故事。

「脂批」還將「省筆」稱之為「避難法」，意謂「省筆」的最大價值在於躲避繁難的故事內容，從而，化「難」為「易」，變繁複為簡明。

如甲戌本第十六回開始總批云：「細思大觀園一事，若從如何奉旨起造，又如何分派眾人，從頭細細直寫，將來幾千樣細事如何能順筆一氣寫清？又將落於死板拮据之鄉。故只用璉、鳳夫妻二人一問一答，上用趙嫗討情作引，下文蓉、薔來說事作收，餘者隨筆順筆，略一點染則耀然洞徹矣，此是避難法。」評點者還深恐讀者不明白其中奧妙，在同一回的夾批中再次申述：「大觀園一篇大文，千頭萬緒，從何處寫起？今故用賈璉夫妻問答之間閒閒敘出，觀者已省大半。後再用蓉、薔二人重一渲染，便省卻多少贅瘤筆墨。此是避難法。」

再如庚辰本第二十四回有批語云：「至此便完種樹工程。一者見得趕趕工程原非正文，不過虛描盛時光景，藉此以出情文。二者又為避難法。若不如此了，必曰其樹其價，怎麼買定幾株，豈不煩絮矣。」

還有，小說第二十六回寫林黛玉去找賈寶玉，「一步步行來，見寶釵進寶玉的院內去了，自己也便隨後走了來。剛到沁芳橋，只見各色水禽都在池中浴水，也認不出名色來，但見一個個文采炫耀，好看異常，因而站住看了一會」。於此處，庚辰本有夾批云：「避難法」。

有時，脂批又稱「省筆」為「避繁文法」。如書中第二十七回寫紫鵑、雪雁看見林黛玉「無事悶坐，不是愁眉，便是長歎，且好端端的不知為了什麼，常常的便自淚道不乾的」。庚辰本夾批云：「補寫，卻是避繁文法。」這裡所說的補寫，所補內容是上一回林黛玉到怡紅院去找賈寶玉，被氣頭上的晴雯誤會後而使性子叱責了一番，故而才有此嘔氣的神態。作者從紫鵑、雪雁的眼中來寫黛玉的這種心理，就是「避繁就簡」方法的成功運用。

更有甚者，「脂批」有時還乾脆稱「省筆」為「躲煩碎文字法」。如小說第二十五回寫趙姨娘勾結馬道婆用魔魘法使鳳姐和寶玉瘋瘋癲癲時，驚動了賈府眾多親戚好友，大家紛紛來問病探視。「別人慌張自不必講，獨有薛蟠更比諸人忙到十分去。」庚辰本在這裡有夾批云：「寫呆兄忙是躲煩碎文字法。好想頭，好筆力，《石頭記》最得力處在此。」為什麼這樣說呢？因為在這裡作者寫了薛蟠忙得令人好笑的一段心理和行為：

「又恐薛姨媽被人擠倒，又恐薛寶釵被人瞧見，又恐香菱被人臊皮，——知道賈珍等是在女人身上做工夫的，因此忙的不堪。忽一眼瞥見了林黛玉的風流婉轉，已酥倒在那裡。」

這樣，一方面用非常經濟的筆墨寫出了當時亂糟糟的場面，另一方面，只寫一呆兄足矣，省去了將在場之人個個寫到的麻煩。

# 五

如何轉換情節，是每一位小說作者面臨的重要問題。高明者不落痕跡，笨拙者斧鑿累累。一個作者藝術功力的高低優劣，往往可以通過情節轉換這一問題得到體現。《紅樓夢》的作者當然是高明者，而脂批對這一問題的評價分析也非常高明。

在討論情節轉換問題時，脂批還運用了一些專門的名詞術語，如「橫雲斷山」「金針暗度」「雙歧岔路」等等。

《紅樓夢》多次運用「橫雲斷山」法。如第四回賈雨村正看護官符時，「猶未看完，忽聞傳點，人報王老爺來拜。」甲戌本眉批云：「妙極。若只是此四家，則死板不活；若再有兩家，又覺累贅。故如此斷法。」隨即又有夾批云：「橫雲斷嶺法，是板定大章法。」再如第六回寫劉姥姥一進榮國府，正與鳳姐說話時，忽然門下小廝回說賈蓉來了，鳳姐忙止住劉姥姥：「不必說了」，一面便問：「你蓉大爺在哪裏呢？」甲戌本又有夾批云：「慣用此等橫雲

斷山法」。相近的例子還有第十七回，當賈政等人遊新建的大觀園，才遊了十之五六時，「又值人來回，有賈雨村處遣人回話。」庚辰本批云：「橫雲斷嶺法。」

此法有時亦稱「橫雲截嶺」。如第二十七回，賈寶玉和林黛玉發生了一點矛盾衝突，黛玉不理寶玉，一直去找別的姐妹，正碰上寶釵和探春，於是「三個一同站著說話兒」。這時寶玉追了上來，探春看見，便笑道：「寶哥哥，身上好？我整整三天沒見你了。」甲戌本於此有夾批云：「橫雲裁（截）嶺，好極妙極，二玉文原不易寫，《石頭記》得力處在茲。」

所謂「橫雲斷山」，就是在小說中正敘述某一件事情時，忽然插入另一件事，就好比雲彩把山峰攔腰隔斷了一般。為什麼要用這種方法呢？金聖歎說：「只因文字太長了，便恐累墜，故從半腰間暫時閃出，以間隔之。」（《讀第五才子書法》）

這話其實只說對了一半。在有些地方，作者寫突然的事件或人物來截斷正文，確是為防累贅。如《紅樓夢》中寫「護官符」，其中絕不僅止於賈、史、王、薛四家，自然還有其他若干家。但作者又要寫得靈活又要寫得乾淨，故而不再寫下去，而以「王老爺來拜」斷之，便產生了不板不贅的效果。至於這位來訪的王老爺究係何人？來此作甚？書中再也沒有提到過。可見，這裡的以王老爺斷正文，確實是防止筆法累贅。

然而，在更多的時候，作者用來斷正文之事，往往與正文有著密不可分的聯繫，有的甚至與正文同等重要，這就不僅僅是一個避免累贅的問題了。如《紅樓夢》中寫劉姥姥是次，寫鳳姐是主。但劉姥姥與鳳姐談話時，忽然插入一個賈蓉，便將鳳姐與賈蓉那種曖昧關係揭示出來了。

「橫雲斷山」法用得好，一方面可以使故事情節多一些曲折，避免冗長累贅之病；另一方面，又可以故事情節包含更豐富的內容，具有更重要的意義。當然，該不該斷，什麼時候斷，完全應視情節發展的需要而定。否則，隨心所欲地亂斷一氣，那只會把作品斷得支離破碎，雜亂無章，其效果也就與作者的動機背道而馳了。

有時候，脂批中並沒有出現「橫雲斷山」之類的名詞術語，而是用「截」「收什」等類字眼，其意義與「橫雲斷山」大致上也是差不多的。如小說第二十七回寫王熙鳳、李紈與丫鬟紅玉正在沒完沒了地對話，作者忽然寫道：「剛說著，只見王夫人的丫頭來請。」庚辰本於此處夾批云：「截得真好。」再如

第二十六回寶玉正在瀟湘館開玩笑，惹得林黛玉不高興的時候，書中寫道：「正說著，只見襲人走來說道：『快回去穿衣服，老爺叫你呢。』」這裡，庚辰本有眉批云：「若無如此文字收什二玉，寫竟無非至再哭慟笑（哭），玉只以陪盡小心軟求漫懇，二人一笑而止；且書內若此亦多多矣，未免有犯雷同之病，故用險句結住，使二玉心中不得不將現事拋卻，各懷一驚心意，再作下文。壬午孟夏雨窗，畸笏。」

「金針暗度」法在《紅樓夢》中也頗為多見，如小說第五十回，從表面上看，主要寫的是眾姐妹「蘆雪庵爭聯即景詩」，作者著筆於這回書的前半部分，重點描寫了史湘雲和薛寶琴詩才之敏捷；而著眼點卻在這回書的後半部分，即賈母與薛姨媽、鳳姐議論寶玉、寶琴婚姻問題的一段情事。對此，有正本的開始總批說得很清楚：「此回著重在寶琴，卻出色寫湘雲。寫湘雲聯句極敏捷聰慧，而寶琴之聯句不少於湘雲，可知出色寫湘雲，正所以出色寫寶琴。出色寫寶琴者，全為與寶玉提親作引也，金針暗度不可不知。」

相同的例子還有不少，如庚辰本第三十六回開始總批：「絳雲軒夢兆是金針暗度法，夾寫月錢是為襲人漸入金屋地步。」如甲戌本第八回夾批：「止此便十成了，不必繁文再表，故妙。偷度金針法。」眉批：「偷度金針法最巧。」如第二十八回庚辰本眉批：「寫藥案是暗度竟卿病勢漸加之筆，非泛泛閒文也」。如第八回甲戌本夾批：「金針度矣。」

金針暗度法，關鍵在一個「暗」字。它強調的是自然、合理、不露痕跡，隨著故事情節運行的正常軌道悄悄地過渡。讀者眼睜睜地看見書中在明修棧道，而作者卻已十分狡猾地暗度陳倉了。需要說明的是，金針暗度兩端的故事，必有一定的內在聯繫。二者之間或互為表裡，或互為因果，或此故事為彼故事之先聲，或彼故事乃此故事之餘緒。否則，二者之間生肉不搭熟骨頭，金針再妙，也是度不過去的。

在更多的時候，脂批用諸如「山斷雲連」「過下無痕」等概念來代替「金針暗度」，其基本含義亦差不多。

如第一回寫甄士隱做夢後「大叫一聲，定睛一看，只見烈日炎炎，芭蕉冉冉」時，甲戌本夾批：「醒得無痕，不落俗套。」再如第五回寫賈寶玉神遊太虛幻境時，失聲喊叫「可卿救我」而從夢中醒來，襲人等上前扶起寶玉說：「別怕，我們在這裡。」甲辰本有批語云：「接得無痕。」有正本亦有批語曰：「接得無痕跡。歷來小說中之夢未見此一醒。」再如第十四回寫王熙鳳斥責

寧國府僕人「明兒他也睡迷了，後兒我也睡迷了，將來都沒有人了」時，甲戌本夾批：「接上文一點痕跡俱無。」庚辰本夾批云：「接得緊，且無痕跡，是山斷雲連法也。」還有第十九回寫到李嬤嬤要吃蓋碗裏的酥酪，怡紅院中的一個丫頭說：「快別動！那是說了給襲人留著的。」庚辰本批云：「過下無痕。」再如第二十四回寫賈芸拍鳳姐的馬屁，鳳姐非常高興，嘴上卻說：「怎麼好好的你娘兒們在背地裏嚼起我來？」庚辰本夾批：「過下無痕，天然而來文字。」當然，對這一問題說得最為詳盡的是有正本第五十回回末總批：「詩詞之俏麗，燈謎之隱秀不待言，須看他極齊整，極參差，愈忙迫，愈安閒，一波一折，路轉峰回，一落一起，山斷雲連，各人局度各人情性都現。至李紈主壇而起句卻在鳳姐，李紈主壇而結句卻在最少之李綺，另是一樣弄奇。」

「金針暗度」是一種能使情節在不知不覺中悄然轉換的方式。這種方法的運用，能使作品儘量少地具有斧鑿的痕跡，顯得自然而然。對於讀者而言，一部小說作品對他的影響應該是在不動聲色中完成的。斧鑿刀劈的痕跡太過明顯的作品一般讀者不會歡迎，因為他會感到作者的低能。而當一個讀者感到作者低能的時候，其作品要想再被閱讀下去，將是一件非常困難的事。

「雙歧岔路」之筆在《紅樓夢》中運用得雖然不是很多，但卻得到脂批的激賞。聊舉一例：第七回寫周瑞家的為劉姥姥一事去稟告王夫人，因王夫人與薛姨媽在長篇大套的說家務事，只好到裏間來，卻看見薛寶釵在裏間。此處，甲戌本有夾批：「總用雙歧岔路之筆，令人估料不到之文。」面對突如其來的情節轉換，作者寫來是那樣從容不迫、手揮目送，這真是一種敘事的高級境界，無怪乎脂硯齋們要如此刮目相看了。

## 六

上述而外，脂批在評價《紅樓夢》的敘事方面還有很多獨特的見解，篇幅所限，僅撮其要者而言之。

小說第三十八回主要寫的是「菊花詩」和「螃蟹詠」，本是林黛玉、薛寶釵等大觀園姐妹「詩翁」的重頭戲，卻又要從賈母、王夫人、鳳姐、鴛鴦、平兒等人寫起，其間如何兼顧、如何轉折、如何入題，作者自有高招。且看庚辰本此回的開始總批是怎麼說的：

「題曰『菊花詩』『螃蟹詠』，偏自太君前阿鳳若許詼諧中不失體、鴛鴦

平兒寵婢中多少放肆之迎合取樂寫來，似難入題。卻輕輕用弄水戲魚看花等遊玩事，及王夫人云這裡風大一句收住入題，並無纖毫牽強。此重作輕抹法也，妙極，好看煞。」

小說第五十六回，寫李紈、探春、寶釵三駕馬車的領導班子代鳳姐臨時理家。「三人只是取笑之談，說了笑了一回，便仍談正事。」於此處，庚辰本批云：「作者又用金蟬脫殼之法。」小說創作過程中，在興起一個大的故事之前，先寫一些其他的事，然後，通過一定的手法將讀者的興趣轉移到重點故事上來。這種方法，就是脂批所謂「金蟬脫殼」。運用這種方法，可以減少不必要的文字，避免行文的囉嗦，從而增強情節推進的節奏。

如此等等，還有很多細微末節的問題，本文就不一一贅述了。

以上，我們從敘事結構、敘事視角、埋伏照應、避繁就簡、情節轉換等幾個方面對脂批《紅樓》的敘事藝術進行了初步的探討。在文章即將結束的時候，有幾個問題必須作進一步的說明。

第一，本文所研究的對象是雙重的。一是曹雪芹在創作《紅樓夢》時的敘事技法，二是「脂硯齋」對曹雪芹敘事技法的評價和研究。兩重研究對象之間的關係是：後者依附於前者而存在，前者是後者的研究對象。但這僅僅是就雙重研究對象之間的關係而言。對於本文而言，我們的研究重點是後者而不是前者。本文對後者的研究是直接的，對前者的研究是間接的。只有在不得已的時候，我們才涉及一些與前者相關的資料的引用和分析。質言之，本文主要是對「脂硯齋」研究《紅樓夢》的再研究。

第二，本文的研究對象是古代小說批評。而在金聖歎、毛宗崗、張竹坡、「脂硯齋」等古代小說批評大家那兒，現代人、外國人提出的一些敘事學中的概念是基本上找不到的。但是，他們的批評原則，他們批評文字的內在精神，他們所運用的批評方法等等，卻與現代的小說批評有不少暗合之處。每當碰到這樣的問題的時候，我們還是應該以古人所運用的一些概念來行文論述。只是在與現代小說批評的概念能夠對應的時候，才指出二者之間的對應關係而已。

第三，現代小說敘事研究中經常涉及的問題，諸如敘事主體、敘事層面、敘事時間、敘事角度、敘事結構、敘事邏輯、角色模式、敘事修辭、敘事技法等問題，並沒有引起「脂硯齋」們全面的注意。他們只注意其中的某些問題，或者說，只注意其中某些問題的某些方面。因此，相對於我們今天的小說敘

事研究而言，古代小說批評家們的研究肯定是片面的、非系統化的。因此，我們不能按照今天敘事學的模式去「規定」古代小說評點家們對於小說敘事的批評。而應該實事求是，將他們的言論放在當時的文化背景、學術背景中予以評價。

第四，幾乎所有的古代小說批評家在涉及小說敘事批評的時候，最感興趣的往往是敘事結構、敘事時間、敘事技法等問題。因此，對這幾個方面的評論文字一般說來比較多一些，討論得也相對深入一些。敘事角度問題，雖然他們有所涉及，但還只是停留在最膚淺的層面上。至於其他方面，有的基本沒有涉及，有的雖有所涉及，但從根本上並沒有說清楚。甚至有些問題，小說作者已經在創作過程中有所體現了，批評家們或視而不見，或言而無當，甚至有時還在一定程度上對小說作者的苦心有所誤解和歪曲。「脂硯齋」評點《紅樓夢》，當然也不例外。

第五，以「脂批《紅樓夢》的敘事研究」為例，明明作者曹雪芹在敘事主體和敘述層面的問題上大做文章，弄得「煙雨模糊」，但脂批卻未能指出其中的奧妙。再如「角色模式」問題，曹雪芹也煞費苦心，並有一些創新之處，但脂批對這方面的評論往往語焉不詳或詞不達意。還有敘事邏輯、敘事修辭等問題，脂批的討論就更不夠了，即便偶有涉及，那種膚淺浮泛，是根本對不起曹雪芹的苦心孤詣的。對於這方面的一些問題，本文沒有展開，將另撰文討論。

最後，由於筆者知識結構與理論水平等方面的侷限，本文存在的謬誤肯定不少，敬請學界同仁批評指正。

（原載《中國文論的直與曲——古代文學理論研究第三十輯》，<br>華東師範大學出版社，2010 年 4 月出版）

# 書中之秘法亦復不少
## ──《紅樓夢》脂批以「美文」評「做法」談片

　　首先聲明，本文所謂「脂批」，指的是在《紅樓夢》諸多脂本中的所有批語，並非單指署名「脂硯齋」的批語。

　　中國古代小說的評點家們喜歡用一些富有詩情畫意的文字來表達自己的思想，而表現得最充分的則是用「美文」評價小說作者的「做法」，脂批尤其如此。我們不妨先看一段：「事則實事，然亦敘得有間架，有曲折，有順逆，有映帶，有隱有見，有正有閏，以至草蛇灰線，空谷傳聲，一擊兩鳴，明修棧道、暗度陳倉，雲龍霧雨，兩山對峙，烘雲托月，背面傅粉，千皴萬染諸奇，書中之秘法亦復不少。」（甲戌本第一回眉批）

　　如上所述之「草蛇灰線」、「空谷傳聲」、「一擊兩鳴」、「明修棧道、暗度陳倉」、「雲龍霧雨」，「兩山對峙」、「烘雲托月」「背面傅粉」、「千皴萬染」等等均乃脂批以「美文」評「做法」的典型例證。用一些形象化的說法來表達自己的文藝思想，是中國古代文學批評通常的做法。它不僅能說明問題，而且能給人以美感，應該是一件再好不過的事，我們沒有必要去苛責它甚至反對它。從這一立場出發，我們在此試圖將那些脂批中最為常見的「美文」作些簡單的分析解釋，希望能得到作者之文心和批評者之美意，也能讓廣大《紅樓夢》的熱愛者能大體明白其間的基本含義，從而得到雙重的審美享受。

## 一、特犯不犯

在小說評點中，常常出現「犯」與「避」這兩個意義相反的字眼。我們首先必須解釋這裡所說的「犯」與「避」各自的含義，甚至可以說是一種特殊的含義。所謂「犯」，就是重複，就是雷同，實乃文學創作、尤其是小說創作之大忌；所謂「避」，就是避免重複，避免雷同，是文學創作尤其是小說創作中常見的方法之一。然而，有時候，在無法「避」或「避」之而效果不佳的情況下，高明的作者往往有意地「犯」，通過「犯」而達到更高層次的「避」，這就是所謂「特犯不犯」。

《紅樓夢》脂評對於「特犯不犯」所論頗多，也頗精粹。如書中第八回寫「王夫人本是好清靜的」，甲戌本夾批云：「偏與邢夫人相犯，然卻是各有各傳。」再如：「赦老不見，又寫政老。政老又不能見，是重不見重，犯不見犯。作者慣用此等章法。」（甲戌本第三回夾批）「總不重犯，寫一次有一次的新樣文法。」（甲戌本第七回夾批）「寶玉之李嬤嬤，此處偏又寫趙嬤嬤，特犯不犯。」（庚辰本第十六回批語）「《石頭記》貫（慣）用特犯不犯之筆，真令人驚心駭目讀之。」（庚辰本第十七、十八回眉批）「寫黛卿之情思，待寶玉卻又如此，是與前文特犯不犯之處。」（己卯本第十七、十八回批語）「玉生言（香）是要與小恙梨香院對看，愈覺生動活潑。且前以黛玉，後以寶釵，特犯不犯，好看煞。」（庚辰本第十九回署名畸笏叟之眉批）「寫湘雲又一樣筆法，特犯不犯。」（庚辰本第二十回批語）「王一貼又與張道士遙遙一對，特犯不犯。」（庚辰本第八十回批語）

脂評對於「特犯不犯」的評價是沿著「避」——「犯」——更高的「避」這樣一個思路展開的。在小說創作中，人人都知道要避免重複，都知道要「避」。但在很多情況下，情節的雷同是無法迴避的，因為生活一方面是豐富多彩的，另一方面也是單調乏味的。人生在世，有許多事情是不斷重複的，不僅每個人的生活是不斷地自我重複，而且人與人之間也不斷地相互重複著別人做過的事。文學作品、尤其是小說作品要真實而本質地反映人們的社會生活，重複是不可避免的。這樣，問題就產生了。生活本身充滿了重複，而以反映人類生活為己任的小說作品卻又最忌諱重複，怎麼辦？迴避重複是不行的，那就只好去有意重複之，在「重複」（犯）的前提下去追求「不重複」（避）。

在脂批之前，已有一些小說評點者對「特犯不犯」進行了研究。金聖歎

對「犯」與「避」之辯證關係的探討就很到位:「吾觀今之文章之家,每云我有避之一訣,固也,然而吾知其必非才子之文也。夫才子之文,則豈惟不避而已,又必於本不相犯之處,特特故自犯之,而後從而避之。」(《水滸傳》第十一回回前總評)毛宗崗在《讀三國志法》中也表達了相近的意思:「作文者以善避為能,又以善犯為能。不犯之而求避之,無所見其避也。惟犯之而後避之乃見其能避也。」

張文虎在對《儒林外史》的評點中,則將這種「特犯不犯」之法稱之為「不同而同,同而不同」,他說:「二婁之於權勿用,莊徵君之於盧信侯,杜少卿之於沈瓊枝,秦中書之於萬中書,不同而同,同而不同,作者不避複,讀者不厭其複,見敘事之善。」(第四十九回回末總評)這裡,提出了一個衡量「特犯不犯」之法用得成功與否的標準,即讀者是否「厭其複」。也就是說,對於作品中那種有意識的雷同或重複,是佳是惡,須看讀者的感受。如讀者讀來感到重複累贅,那就是真正地「犯」了;如果讀者沒有感覺到重複累贅,那就說明作者的「特犯不犯」取得了很大的成功。

「特犯不犯」,其實很有點辯證法的意味。在這裡,小說作者們「特犯『的只是某些事物所共有的部分內容,它們是矛盾的普遍性或人物的共性之所在。但更其重要的是,在「特犯」的同時,這些作者又都掌握了「不犯」的真締,即對於矛盾的特殊性、人物的個性的掌握和揭示。世上萬事萬物,其矛盾的普遍性都存在於特殊性之中,共性包含於一切個性之中,無個性即無共性。曹雪芹雖然並未能從理論上認識到這一規律,但他的創作實踐,卻從客觀上體現了這一真理。而「脂硯齋」等古代小說的評點大師們卻從理論上總結出「特犯不犯」這一小說創作中寫人敘事的法寶,總結出這種描寫事物共性與個性的統一、矛盾的普遍性與特殊性的統一的藝術手法,這在當時的確是難能可貴的。

## 二、草蛇灰線

所謂「草蛇灰線」,討論的就是小說敘事中的伏筆與照應問題。

《紅樓夢》脂評對小說創作中的伏筆與照應問題亦報之以青眼,這方面的議論不勝枚舉。

我們不妨先看專談伏筆者:「未出李紈,先伏下李紋李綺。」「又伏下,千里伏線。」(均見甲戌本第四回夾批)「又伏下一人。」(甲戌本第五回夾批)

「略有些瓜葛，是數十回後之正脈也。真千里伏線。」（甲戌本第六回夾批）「這是為後協理寧國伏線。」（甲戌本第七回眉批）「伏線千里外之筆也。」（庚辰本第二十一回眉批）「千里伏線。」（庚辰本第二十四回夾批）「鳳姐用小紅，可知晴雯等理（埋）沒其人久矣，無怪有私心私情，且紅玉後有寶玉大得力處，此於千里外伏線也。」（甲戌本第二十七回回末總評）「茜香羅暗繫於襲人腰中，係伏線之文。」（甲戌本第二十八回開始總批）「先伏一線，皆行文之妙訣也。」（己卯本第三十七回批語）

再看專談照應者：「細，又是照應前文。」（有正本第五回批語）「點雨村，照應前文。」（庚辰本第十七、十八回批語）「照應茜雪楓露茶前案。」（庚辰本第十九回批語）

最後，看看脂批對伏筆照應的綜合考察：「找前伏後。」（甲戌本第二回夾批）「一段平兒見識作用，不枉阿鳳平日刮目。又伏下多少後文，補盡前文未到。」（庚辰本第十六回批語）「補前文之未到，伏後文之線脈。」（庚辰本第十九回批語）「此文於前回敘過事字字應，於後回未敘事語語伏，是上下關節。」（有正本第五十九回開始總批）

進而言之，除了一般性埋伏照應之外，曹雪芹還運用了一些特殊的方法來達到埋伏照應的效果。而脂批對這些獨到的匠心也常常予以揭示，這就是所謂「草蛇灰線」。

何謂草蛇灰線？草蛇灰線為什麼又代指埋伏照應？所謂草蛇，乃草中之蛇，因其有長有短、隱隱約約，故而用以比喻埋伏照應方法之忽隱忽顯的特點。誠如毛宗崗在《三國演義》第十五回回前總評中所言：「如草中之蛇，於彼見頭、於此見尾。」所謂「灰線」，愚以為就是各種灰質的東西畫成的線，因其有粗有細、斷斷續續，故而用以比喻埋伏照應方法之忽斷忽續的特點。「草蛇」與「灰線」加在一起，就比較全面地表達了埋伏照應方法的兩大特徵：當斷則斷，當續則續；當顯則顯，當隱則隱。

在中國古代小說評點文字中，「草蛇灰線」這個名詞出現的頻率極高。脂批自然亦不例外。如：「前回中總用草蛇灰線寫法，至此方細細寫出，正是大關節處。」（甲戌本第八回夾批）這裡所說的是作者對賈寶玉的「通靈寶玉」的描寫。再如：「此處透出探春，正是草蛇灰線，後文方不突然。」（庚辰本第二十二回批語）「閒言中敘出代（黛）玉之弱，草蛇灰線。」（甲戌本第二十六回夾批）「後數十回若蘭在射圃所佩之麒麟，正此麒麟也。提綱伏於此回中，

所謂草蛇灰線於千里之外。」（庚辰本第三十一回回末總批）「用清明燒紙徐徐引入園內燒紙，較之前文用燕窩隔回照應，別有草蛇灰線之趣，令人不覺。」（有正本第五十八回開始總批）「草蛇灰線，後文方不見突然。」（庚辰本第八十回批語）

就小說創作而言，「草蛇灰線」就是將某一故事情節似乎漫不經意地略露端倪，卻並不展開來寫，反而去敘述別的故事。然而，先前所述的故事又在暗中發展。到了一定的時候，作者方才將它突然抖露出來，展現在讀者的面前。而讀者呢，在感到突如其來的同時，如果回頭一看，就會明白這本是作者早已安排好的，從而對這時的展現覺得並不突然。這種方法的運用，就像打仗埋伏奇兵、下棋預設妙著一樣，令人不禁拍案叫絕。

「草蛇灰線」法的運用，具有兩大特點：一是「驟看之，有如無物，」（金聖歎《讀第五才子書法》）強調一個「藏」字。否則，就寫得線條明朗，情味索然。二是「及至細尋，其中便有一條線索，拽之通體俱動。」（同上）這是強調一個「拽」字，也就是說，草蛇灰線最終還是要被抖弄起來的。否則，草蛇灰線不見其蹤跡，「藏」得再好也是沒有用的。

### 三、橫雲斷山

無論是長篇小說還是短篇小說，也無論是文言小說還是白話小說，如何避免敘事的累贅，是作者面臨的一個必須解決的重要問題。高明的作者在截斷情節時不落痕跡，而笨拙的作者則往往斧鑿累累。一個作者藝術功力的高低優劣，往往可以通過這一問題得到體現。對此，中國古代小說評點者們也多有論述，他們稱那種善於截斷累贅的方法為「橫雲斷山」。

對於「橫雲斷山」法，《紅樓夢》中用得特好，而脂批指出的也特多。如第四回寫賈雨村正看護官符時，「猶未看完，忽聞傳點，人報王老爺來拜。」此處甲戌本有眉批云：「妙極。若只是此四家，則死板不活；若再有兩家，又覺累贅。故如此斷法。」隨即又有夾批云：「橫雲斷嶺法，是板定大章法。」再如第六回寫劉姥姥一進榮國府，正與鳳姐說話時，忽然門下小廝回說賈蓉來了，鳳姐忙止住劉姥姥：「不必說了」，一面便問：「你蓉大爺在哪裏呢？」於此處，甲戌本又有夾批云：「慣用此等橫雲斷山法」。相近的例子還有第十七回，當賈政等人遊新建的大觀園，才遊了十之五六時，「又值人來回，有賈雨村處遣人回話。」庚辰本於此處批云：「橫雲斷嶺法。」有時，脂批

也稱此法為「橫雲截嶺」。如第二十七回，書中寫賈寶玉和林黛玉發生了一點矛盾衝突，黛玉不理寶玉，一直去找別的姐妹，正碰上寶釵和探春，於是「三個一同站著說話兒」。這時寶玉追了上來，探春看見，便笑道：「寶哥哥，身上好？我整整三天沒見你了。」此處，甲戌本有夾批云：「橫雲裁（截）嶺，好極妙極，二玉文原不易寫，《石頭記》得力處在茲。」還有的時候，脂批又稱之為「煙雲截斷」。如第二十八回寫寶釵看見寶玉和黛玉二人說話，只裝作沒有看見，低頭走了過去。不一會兒，寶釵又單獨碰見寶玉，「薛寶釵因往日母親對王夫人等曾提過『金鎖是個和尚給的，等日後有玉的方可結為婚姻』等語，所以總遠著寶玉」。甲戌本此處有眉批云：「峰巒全露，又用煙雲截斷，好文字。」

所謂「橫雲斷山」，就是在小說中正敘述某一件事情時，忽然插入另一件事，就好比雲彩把山峰攔腰隔斷了一般。為什麼要用這種方法呢？金聖歎說：「只因文字太長了，便恐累贅。故從半腰間暫時閃出，以間隔之。」（《讀第五才子書法》）這話說對了一半，在有些地方，作者寫突然的事件或人物來截斷正文，確是為防累贅。如《紅樓夢》中寫「護官符」，其中絕不僅止於賈、史、王、薛四家，自然還有其他若干家。但作者又要寫得靈活又要寫得乾淨，故而不再寫下去，而以「王老爺來拜」斷之，便產生了不板不贅的效果。值得指出的是，這位來訪的王老爺究係何人？來此作甚？書中再也沒有提到過。可見，這裡的以王老爺斷正文，確如金聖歎、脂硯齋等人對「橫雲斷山」法的一般理解，是恐其累贅之筆。

然而，事情並非如此簡單，在更多的時候，作者所用來斷正文之事，往往與正文有著密不可分的聯繫，有的甚至與正文同等重要，這就不僅僅是一個避免累贅的問題了。如《紅樓夢》中寫劉姥姥與鳳姐見面，劉姥姥是次，鳳姐是主。劉姥姥與鳳姐的談話是「山」，而忽然插入的賈蓉這朵「雲」，然而這雲並非僅僅隔斷山而單純地防止累贅，「雲」跟「山」在這裡有著緊密的關係，「雲」與「山」一樣的重要，因為它對鳳姐與賈蓉那種曖昧關係進行了暗示。

至於上面提到的「煙雲截斷」法，雖也包含有「橫雲斷山」、即暫時停止某一故事情節的意思，但更重要的則是作者是在有意「模糊」讀者的視線，讓某一故事內容處於煙雲籠罩之中。這裡的所謂「煙雲」，應該是比一般的雲更多更濃的雲，它不僅僅是籠罩故事的片段，而是幾幾乎將某個故事的整

體全部籠罩住。如上面所舉的薛寶釵故意遠著賈寶玉的描寫，就是與「金玉良緣」的故事結局故意「背道而馳」的描寫。作者在這裡對讀者採取了「欺騙」手段，讓讀者進入作者設置的情節「陷阱」之中。這實在是一種非常高明的推動或轉換情節的方法，因為當讀者從這個「陷阱」中爬出來，或者說，當讀者從滿山的煙雲中走出來的時候，他所獲得的那種審美愉悅是無法形容的。

總而言之，「橫雲斷山」法用得好，一方面可以使故事情節多一些曲折，避免冗長累贅之病；另一方面，又可以故事情節包含更豐富的內容，具有更重要的意義。當然，該不該斷，什麼時候斷，完全應視情節發展的需要而定。否則，隨心所欲地亂斷一氣，那只會把作品斷得支離破碎，雜亂無章，其效果也就與作者的動機背道而馳了。

有時候，脂批並沒有用「橫雲斷山」之類的名詞術語，而是用「截」「收什」等類字眼，其意義與「橫雲斷山」大致上也是差不多的。如《紅樓夢》第二十七回寫王熙鳳、李紈與丫鬟紅玉正在沒完沒了地對話，作者忽然寫道：「剛說著，只見王夫人的丫頭來請。」庚辰本於此處夾批云：「截得真好。」再如第二十六回寶玉正在瀟湘館開玩笑，惹得林黛玉不高興的時候，書中寫道：「正說著，只見襲人走來說道：『快回去穿衣服，老爺叫你呢。』」這裡，庚辰本有眉批云：「若無如此文字收什二玉，寫竟無非至再哭慟笑（哭），玉只以陪盡小心軟求漫懇，二人一笑而止；且書內若此亦多多矣，未免有犯雷同之病，故用險句結住，使二玉心中不得不將現事拋卻，各懷一驚心意，再作下文。壬午孟夏雨窗，畸笏。」總之，脂批對《紅樓夢》中這種高超的截斷累贅之敘事的方法大都進行了及時而又中肯的評價。

## 四、金針暗度

在古典小說、尤其是通俗小說的創作過程中，碰到如何轉換故事情節的問題，有不同的處理方式。一般來說，是用諸如「卻說」、「話說」，「花開兩朵，各折一枝」一類的套語；稍進一步的做法是用某個人物作為媒介，從甲故事過渡到乙故事；而更高明的寫法卻不然，當甲故事尚未終結時，乙故事已經開始，甚至有時先寫一個故事本身就在為後一個故事的展開服務，讀者尚未察覺，而作者則已「金針暗度矣」。如《紅樓夢》第五十回，從表面上看，主要寫的是眾姐妹「蘆雪庵爭聯即景詩」，作者著筆於這回書的半前部

分，重點描寫了眾姐妹、尤其是史湘雲和薛寶琴詩才之敏捷；而著眼點卻在這回書的後半部分，即賈母與薛姨媽、鳳姐議論寶玉、寶琴婚姻問題的一段情事。有正本此回的「開始總批」說得很清楚：「此回著重在寶琴，卻出色寫湘雲。寫湘雲聯句極敏捷聰慧，而寶琴之聯句不少於湘雲，可知出色寫湘雲，正所以出色寫寶琴。出色寫寶琴者，全為與寶玉提親作引也，金針暗度不可不知。」

金針暗度法，關鍵在一個「暗」字。它強調的是自然、合理、不露痕跡，隨著故事情節運行的正常軌道悄悄地過渡。讀者眼睜睜地看見書中在明修棧道，而作者卻已十分狡猾地暗度陳倉了。《紅樓夢》中多用此法，如庚辰本第三十六回有開始總批云：「絳雲軒夢兆是金針暗度法，夾寫月錢是為襲人漸入金屋地步。」「金針暗度」有時也被稱作「偷度金針」。如甲戌本第八回於鳳姐等人在賈母面前盛讚秦鍾之後有夾批云：「止此便十成了，不必繁文再表，故妙。偷度金針法。」再如第八回在寫賈寶玉在頭天發了脾氣之後，次日醒來，有人回那邊小蓉大爺帶了秦相公來拜。此處亦有一段眉批云：「偷度金針法最巧。」有時候，評點者只用「暗度」二字，所表達的意思也是大同小異。如第二十八回寫林黛玉藥方一段，庚辰本眉批云：「寫藥案是暗度顰卿病勢漸加之筆，非泛泛閒文也」。有時候，評點者又只用「金針」二字，如第八回寫鶯兒說寶玉之通靈寶玉上的字兒與寶釵金鎖上的字兒是一對兒時，甲戌本有夾批云：「金針度矣。」

必須說明的是，金針暗度兩端的故事，必有一定的內在聯繫。二者之間或互為表裏，或互為因果，或此故事為彼故事之先聲，或彼故事乃此故事之餘緒。否則，二者之間生肉不搭熟骨頭，金針再妙，也是度不過去的。

在脂批的批評文字中，有時並未將這種方法稱之為「金針暗度」，而是用諸如「無痕」「接得無痕」「過下無痕」「山斷雲連」等字眼來表達，其基本含義也是差不多的。有時甚至根本不用上述字眼，而所表達的也是相同或相近的意思。如小說第一回寫甄士隱做夢後「大叫一聲，定睛一看，只見烈日炎炎，芭蕉冉冉」時，甲戌本夾批云：「醒得無痕，不落俗套。」再如第五回寫賈寶玉神遊太虛幻境時，失聲喊叫「可卿救我」而從夢中醒來，襲人等上前扶起寶玉說：「別怕，我們在這裡。」於此處，甲辰本有批語云：「接得無痕。」有正本亦有批語曰：「接得無痕跡。歷來小說中之夢未見此一醒。」再如第十四回寫王熙鳳斥責寧國府僕人「明兒他也睡迷了，後兒我也睡迷了，將來都

沒有人了」時，甲戌本夾批：「接上文一點痕跡俱無。」庚辰本夾批云：「接得緊，且無痕跡，是山斷雲連法也。」還有第十九回寫到李嬤嬤要吃蓋碗裏的酥酪，怡紅院中的一個丫頭說：「快別動！那是說了給襲人留著的。」庚辰本於此有批語云：「過下無痕。」再如第二十四回寫賈芸拍鳳姐的馬屁，鳳姐非常高興，嘴上卻說：「怎麼好好的你娘兒們在背地裏嚼起我來？」庚辰本在這裡有夾批云：「過下無痕，天然而來文字。」在脂批中，對這一問題說得最為詳盡的是有正本第五十回回末總批：「詩詞之俏麗，燈謎之隱秀不待言，須看他極齊整，極參差，愈忙迫，愈安閒，一波一折，路轉峰回，一落一起，山斷雲連，各人局度各人情性都現。至李紈主壇而起句卻在鳳姐，李紈主壇而結句卻在最少之李綺，另是一樣弄奇。」

總而言之，「金針暗度」也罷，「過下無痕」也罷，「山斷雲連」也罷，或是別的什麼也罷，都是一種能使情節在不知不覺中悄然轉換的方式。這種方法的運用，能使作品儘量少地具有斧鑿的痕跡，而顯得自然而然。對於讀者而言，一部小說作品對他的影響應該是在不動聲色中完成的。斧鑿刀劈的痕跡太過明顯的作品一般讀者不會歡迎，因為他會感覺到自己的智商和閱讀水平被作者低估，同時，也會感到作者的低能。而當一個讀者感到作者低能的時候，其作品要想再被閱讀下去，那將是一件非常困難的事。說到這裡，我們才會明白，為什麼那麼多的評點者會對這種方法如此感興趣，如此讚揚和推崇。

## 五、背面傅粉

《紅樓夢》第三十八回寫大觀園眾姐妹作菊花詩，林黛玉對史湘雲的《供菊》詩有這樣的評價：「據我看來，頭一句好的是『圃冷斜陽憶舊遊』，這句背面搏粉。『拋書人對一枝秋』已經妙絕，將供菊說完，沒處再說，故翻回來想到未折未供之先，意思深透。」史湘雲的這個「背面傅粉」法的確用得好，她在寫盡了供菊情景之後，又通過對未折未供之前在夕陽殘照中游賞清冷菊圃時情景的回憶，進一步襯托和加強了當時供菊為友的喜悅親切心情，收到了很好的藝術效果。

所謂「背面傅粉」，就是在對某一人物或情景的正面描寫已頗為充分，似乎無可再寫的情況下，乾脆暫時放下描寫中心，而從側面或反面來描寫他物、他人、他情、他景以反襯之，使人物刻畫更為精細、情景描寫更為深透的

一種藝術手法。這與繪畫時利用同一畫面中其他景物來襯托中心景物的手法是有相通之處的。

曹雪芹在《紅樓夢》的創作過程中，多次運用了「背面傅粉」法。如第二十四回寫賈芸舅父卜世仁對賈芸「騎著大叫驢，帶著五輛車，有四、五十道士」的陣勢羨豔不已時，庚辰本批云：「妙極。寫小人口角羨慕之言加一倍，畢肖，卻又是背面傅粉法」。至於第六十九回對鳳姐的描寫，就更為突出了。這一回寫的是鳳姐暗害尤二姐致死的經過，有正本於此回的開始總批中是這樣說的：「寫鳳姐寫不盡，卻從上下左右寫。寫秋桐極淫邪，正寫鳳姐極淫邪。寫平兒極義氣，正寫鳳姐極不義氣。寫使女欺壓二姐，正寫鳳姐欺壓二姐。寫下人感戴二姐，正寫下人不感戴鳳姐。」為了突出鳳姐的陰險、狠毒、狡詐、無情，作者竟調動了她身邊許許多多的人物來襯托她，有從側面的，也有從反面的，這正是背面傅粉法的成功運用。

運用「背面傅粉」法，可以使人物塑造避免平面、孤單，而具有立體感和厚度。此法並不像立體雕塑，而是從平面上襯出立體感來，重在一個「襯」字。表面看來，作者的筆觸離開中心在大寫旁的東西，似乎大有離題萬里之勢，實際上，寫旁邊正是為了襯中心。作者筆下看似不經意的地方，正是他心中大經意之處。

要達到「背面傅粉」的藝術效果，「襯」是很重要的。有時，脂批雖然並沒有直接運用「背面傅粉」這一概念，但卻提及「背面傅粉」的核心——「陪襯」。如庚辰本第十二回回末總批云：「此回忽遣黛玉去者，正為下回可兒之文也。若不遣去，只寫可兒阿鳳等人，卻置黛玉於榮府，成何文哉？故必遣去方好。放筆寫秦，方不脫發。況黛玉乃書中正角，秦為陪客，豈因陪而失正耶。後大觀園方是寶玉寶釵黛玉等正緊文字，前皆係陪襯之文也。」此處所言，乃大幅度的文字陪襯，是站在鳥瞰全書的角度所得出的結論。

## 六、一擊兩鳴

《紅樓夢》第七回寫周瑞家的讚美香菱「倒好個模樣兒，竟有些像咱們東府裏蓉大奶奶的品格兒。」甲戌本批曰：「一擊兩鳴法，二人之美，並可知矣。」

一擊兩鳴，意謂打擊一點而兩處有聲。在小說創作中，就是一筆下去，同時為兩人寫照傳神。如上例，欲寫香菱之美，卻不從正面下筆，而是將她

比作蓉大奶奶秦可卿，而秦可卿之美前面已有所展示。因此，由香菱之美聯想到秦可卿之美，又由秦可卿之美展現了香菱之美。作者一筆下去，同時寫出了兩人之美，用筆非常經濟，卻達到了以少少許勝多多許的特殊效果。可見，「一擊兩鳴」，乃是一種抓住兩個人物某些相關或相似之處下筆，使讀者在審美感覺上產生連鎖反應的藝術手法。有時候，作者直接瞄準某一相關點，一刀兩刃，同時解剖相關的雙方。有的時候，作者又抓住兩個人物的相同或近似之處，一明寫、一暗寫，一寫、一不寫，讓讀者從明寫部分聯想到暗寫部分，從「寫」的部分聯想到「不寫」的部分，寫了甲，乙也就在其中了。《紅樓夢》多用此法，如第五回寫「林黛玉自在榮府以來，賈母萬般憐愛，寢食起居一如寶玉」。甲戌本此處有夾批曰：「妙極！所謂一擊兩鳴法，寶玉身份可知。」再如第六十六回，當賈璉的心腹小廝興兒對賈府一番編排後，鮑二家的說：「你倒不像跟二爺的人，這些混話倒像是寶玉那邊的了。」己卯本於此處批云：「好極之文，將茗煙等已全寫出，可謂一擊兩鳴法，不寫之寫也。」

有時候，評點者並沒有運用「一擊兩鳴」這個概念，而所表達的意思卻是一樣的。如《紅樓夢》第二十五回，寫趙姨娘在馬道婆面前控訴鳳姐，卻又不敢直言璉二奶奶，只是「一面說，一面伸出兩個指頭兒來。」庚辰本此處夾批云：「活像趙嫗，活現阿鳳。」此例雖未言明「一擊兩鳴」，而實際上仍然是運用了此法。作者抓住趙姨娘懼勢與王熙鳳逞威這個焦點，一筆同時寫出了矛盾的雙方——趙嫗與阿鳳，故而脂批稱之為兩「活現」。如此例子特多，如：「只一語便寫出寶、黛二人，又寫出探卿知己知彼。」（庚辰本第十七、十八回批語）「所謂一筆兩用也。」（甲戌本第二十五回夾批）「文有雙管齊下法，此文是也。事在寧府，卻把鳳姐之奸毅刻薄，平兒之任俠直鯁，李紈之號菩薩，探春之號玫瑰，林姑娘之怕倒，薛姑娘之怕化一時齊現，是何等妙文。」（有正本第六十五回開始總批）《紅樓夢》的作者可謂對此法爛熟於胸而運用自如，而脂批又往往對這種方法的運用一一指出。甲戌本第八回甚至有一段眉批說：「《石頭記》立誓，一筆不寫一家文字。」

## 七、其他諸法

脂批中還有一些形象化的概念，在某種意義上只是「一家之言」，亦即只有他一家所最喜歡運用的「美文」。而在這些言論中，又的的確確蘊藏著不少

藝術理論的「財富」。筆者實在不忍割捨，故列舉數端如下：

## （一）打草驚蛇

《紅樓夢》第三回寫林黛玉拜見大舅父賈赦，「邢夫人讓黛玉坐了，一面命人到外面書房中請賈赦。」甲戌本此處有夾批云：「這一句都（卻）是寫賈赦，妙在全是指東擊西打草驚蛇之筆。若看其寫一人即作此一人看，先生便呆了。」

打草驚蛇法，其實就是言此而即彼或藉此而言彼的意思。無獨有偶，在該書第七十五回中，當尤氏說道「我們家下大小的人只會講外面假禮假體面，究竟作出來的事都夠使的了」時，庚辰本有批語云：「按尤氏犯七出之條，不過只是過於從夫四字，此世間婦人之常情耳。其心術慈厚寬順，竟可出於阿鳳之上。特用之明犯七出之人從公一論，可知賈宅中暗犯七出之人亦不少，似明犯者反可宥恕，其是已非而揚人惡者，陰昧僻譎之流，實不能容於世者也。此為打草驚蛇法，實寫邢夫人也。」

## （二）攢三聚五

《紅樓夢》第三十八回寫眾姐妹做菊花詩時，各人思考的形態不同，庚辰本於此處批云：「看他各人各式，亦如畫家孤峰獨出，則有攢三聚五，疏疏密密，直是一幅百美圖。」

這裡所謂「攢三聚五」，其實就是今之散點透視再加上疏密有致的描寫方法。有時候，評點者又稱之為「三五聚散」法，如《紅樓夢》中寫周瑞家的送宮花與眾姐妹，眾姐妹所處之地、所行之事絕不相同，甲戌本有夾批云：「用畫家三五聚散法，寫來方不死板。」

## （三）層巒疊翠

《紅樓夢》第十三回寫秦可卿死時，寧國府正需要主婦出面安排一應事務，「誰知尤氏正犯了胃疼舊疾，睡在床上」。此處，庚辰本有眉批云：「所謂層巒疊翠之法也。野史中從無此法，即觀者到此，亦為寫秦氏未必全到，豈料更又寫一尤氏哉？」尤氏的身體究竟是真病還是假病，只有天知道，但有一點是《紅樓夢》的讀者都知道的，尤氏心裏卻是確確實實有病。丈夫與兒媳婦通姦，兒媳婦因此死得不明不白，作為婆婆的尤氏，既不願意出面主持喪事，又沒有理由公開推脫這喪事的主持，因此，她只好裝病。寫尤氏裝病而不理喪事，既是對賈珍與秦可卿醜惡關係的進一步描寫，同時，又在讀者

認為秦可卿之事尚未寫完滿之時，作者於不知不覺中對尤氏這一人物進行了成功的塑造。

### （四）重作輕抹

《紅樓夢》第三十八回主要寫的是「菊花詩」和「螃蟹詠」，本是林黛玉、薛寶釵等大觀園姐妹「詩翁」的重頭戲，卻又要從賈母、王夫人、鳳姐、鴛鴦、平兒等人寫起，其間如何兼顧、如何轉折、如何入題，作者自有高招。且看庚辰本此回的開始總批是怎麼說的：「題曰『菊花詩』『螃蟹詠』，偏自太君前阿鳳若許詼諧中不失體、鴛鴦平兒寵婢中多少放肆之迎合取樂寫來，似難入題。卻輕輕用弄水戲魚看花等遊玩事，及王夫人云這裡風大一句收住入題，並無纖毫牽強。此重作輕抹法也，妙極，好看煞。」

### （五）金蟬脫殼

《紅樓夢》第五十六回，寫李紈、探春、寶釵三駕馬車的領導班子代鳳姐臨時理家。「三人只是取笑之談，說了笑了一回，便仍談正事。」於此處，庚辰本批云：「作者又用金蟬脫殼之法。」

小說創作過程中，在興起一個大的故事之前，先寫一些其他的事，然後，通過一定的手法將讀者的興趣轉移到重點故事上來。這種方法，就是脂批所謂「金蟬脫殼」。運用這種方法，可以減少不必要的文字，避免行文的囉嗦，從而增強情節推進的節奏。

（原連載《銅仁師專學報》2005 年第三期、第四期）

# 倫理道德的載體
## ——論明清小說創作與批評中的
## 忠孝節義人物

　　中國是一個禮儀之邦，也是一個極其講究倫理道德的國度。而小說，恰恰是反映社會意識形態最敏感的一根神經。因此，在中國古代小說作品中，有大量宣揚倫理道德的篇章，而其中的許多人物形象，本身就是倫理道德的載體。對此，小說創作者多有描寫，而小說批評者們亦早有發現，並多有闡述。

一

　　中國傳統倫理道德的核心就是儒家思想所提倡的忠、孝、節、義等道德行為準則，凡按照這些準則辦事者，就會得到人們的表彰，反之，則會被千夫唾棄。這樣一種社會意識形態，自然而然地影響到小說創作之中，也自然而然地影響了小說評點。在中國古代小說創作和評點中，對於小說中人物忠、孝、節、義等行為的讚揚和歌頌的文字，可謂汗牛充棟，不勝枚舉。

　　在封建倫理道德之中，「孝」是所有道德觀念的根本。在《三國演義》中有很多關於「孝」道的描寫，如徐庶之孝、孫權之孝都給人留下了深刻的印象。而其中有兩段關於「孝」的描寫，竟然引來了毛宗崗一段頗為奇特的評價：「看前卷曹操，咬牙切齒，秣馬厲兵，觀者必以為此卷中定然踏平徐州，碎割陶謙矣。不意虎頭蛇尾，竟自解圍而去。所以然者，操以兗州為家，無兗州則無家也。顧家之情重，遂使報父之情輕，故乘便賣個人情與劉備。嗟乎！

天下豈有報父仇，而以賣人情者乎？孝子報仇不復顧身，奈何顧家而遂中止乎？太史慈為母報德，而終以克報，慈誠孝子也；曹操為父報仇，而竟不克報，以操非孝子故也。」（第十一回）在小說作者和批評者們看來，凡孝子必將得到的表彰，凡不孝者必將受到譴責。而且，真正行孝道者必然成功，以孝道之名而掩蓋其他目的的行為終歸失敗。

我們再來看看《金瓶梅》中關於孝道的描寫以及張竹坡對此的評價。中國有句古話：「萬惡淫為首，百善孝為先。」潘金蓮是《金瓶梅》中最為淫蕩的女人，也是最不講孝道的女人。且看她是怎樣對待自己的生身之母的：「金蓮緊自心裏惱，又聽見他娘說了這一句，越發心中攛上把火一般。須臾，紫漲了面皮，把手只一推，險些兒不把潘姥姥推了一交。便道：『怪老貨，你與我過一邊坐著去！不干你事，來勸甚麼？甚麼紫荊樹、驢扭棍？單管外合裏應。』潘姥姥道：『賊作死的短壽命，我怎的外合裏應？我來你家討冷飯吃，教你恁頓撅我。』金蓮道：『你明日夾著那老屄走，怕他家拿長鍋煮吃了我？』潘姥姥聽見女兒這等擦他，走到裏邊屋裏嗚嗚咽咽哭去了。」（第五十八回）「潘姥姥歸到前邊他女兒房內來，被金蓮盡力數落了一頓，說道：『你沒轎子錢，誰教你來？恁出醜刮劃的，教人家小看！』潘姥姥道：『姐姐，你沒與我個錢兒，老身那討個錢兒來？好容易賙辦了這分禮兒來。』婦人道：『指望問我要錢，我那裡討個錢兒與你？你看七個窟窿到有八個眼兒等著在這裡。今後你看有轎子錢便來他家來，沒轎子錢別要來。料他家也沒少你這個窮親戚，休要做打嘴的獻世包！『關王買豆腐——人硬貨不硬』。我又聽不上人家那等屍聲頹氣。前日為你去了，和人家大嚷大鬧的，你知道也怎的？『驢糞球兒面前光，卻不知裏面受恓惶』。幾句說的潘姥姥嗚嗚咽咽哭起來了。」（第七十八回）

對此，張竹坡發表了自己的意見：「金蓮，惡之尤者也，看他止寫其不孝；普淨，善之尤者也，看他止寫其化眾人以孝。故作者是孝子不待言，而人誰能不孝以行他善哉！」（第七十八回回前總批）不僅自己以孝與不孝來定人之善惡，甚至還認定作者也是這樣想的。並且，還斬釘截鐵地說：「人誰能不孝以行他善哉！」

評點者們不僅大力提倡孝道，而且還告訴讀者，凡性孝之人定有好的結局，定能幹得大事。《紅樓夢》庚辰本第二十四回寫到賈芸「恐他母親生氣，便不說起卜世仁的事來」時，有這樣一段朱筆旁批：「孝子可敬！此人後來榮

府事敗，必有一番作為。」在有的評點文字中，評點者甚至認為「孝」是一種天性，是一種無庸反覆提倡人們也應該明白的道理。

《型世言》第四回寫了一個為給祖母治病而割了自己肝臟的少女，陸雲龍便在回前總評中借題發揮大談了一陣「純孝」的道理：「耳提面命，未必作孝，而偶讀殘篇剩簡，不覺淒然。此李令伯陳情一疏，識者謂是興孝之資，然而里耳弗偕也。唯夫刲肝割股，乃出十四歲之女流，吾知一人之孺慕，信足發人人之孺慕，不可知，可由也。何必低徊於『臣無祖母，無以有今日；祖母無臣，無以終餘年』哉？是猶在報復作想而未純也。」而董孟汾則懶得講這麼多道理，乾脆在陳朗的《雪月梅傳》第三十四回寫到孝子鄭璞對母親的孝順言行時連連夾批云：「真孝子語。」「真孝子，令人落淚。」

在古代中國，與「孝」聯繫最為緊密的一個道德規範就是「忠」。人們有很多口頭禪正表明了這一點。如「忠孝雙全」，「忠孝不能兩全」，「在家盡孝，在國盡忠」，「忠臣必出於孝子之門」等等。按照封建時代的倫理道德規範內涵，「孝」是「忠」的基礎，「忠」是「孝」的擴展和延伸。但這個意義所說的「忠」，一般來說指的是臣下對君王、對朝廷的行為。對這樣一些「忠臣」，中國古代小說多有描寫，而在小說評點家也多有評價。其中，最突出的就是《三國演義》所塑造的「忠臣」形象以及毛宗岡對這些人物行為的批語。

如書中第九回寫王允面對董卓部將的逼迫時大罵：「逆賊何必多言！我王允今日有死而已！」毛氏於此處有夾批道：「王允之死無益，不如隨呂布而去。然不忍棄天子而走，乃其忠也。」再如該書第二十回寫許田打圍時，毛氏在回前總批中說：「雲長之欲殺曹操，為人臣明大義也。玄德之不欲殺，為君父謀萬全也。」在書中第二十五回的回前批中，毛氏又就關羽「降漢不降曹」一事大發議論：「雲長本來事漢，何雲降漢？降漢雲者，特為不降曹三字下注腳耳。曹操借一漢字，籠絡天下；雲長即提一漢字，壓倒曹操。……漢是漢，曹是曹，將兩下劃然分開、較然明白，是雲長十分學問、十分見識，非熟讀《春秋》不能到此。」在該書第六十六回涉及單刀會的故事時，毛氏又借題發揮，大談關羽對大漢的忠誠：「關公不屑與東吳較量爾我，只將『大漢』二字壓倒東吳，此其讀《春秋》得力處也。」

《樵史通俗演義》第三十回的回末總評與毛宗岡的觀點相近：「古來天子蒙塵者有之，未有遭變之慘若崇禎帝者。即古來忠臣炳炳千古者固亦甚著，亦未有若明季之盛者也。握筆拈出，已眉豎骨立。況讀之者，能無魂驚心動

乎？以備後來修史者之一助，良非誣也。」這位錢江拗生真是情真意切，甚至可以說是飽含熱淚的哭訴。

「忠」，除了是一種臣下對君王和朝廷的行為之外，它還泛指下人對上人的赤誠之心。如《三國演義》第二十九回寫孫策殺了許貢，許貢的三個門客行刺孫策的故事，毛宗崗在這一回的回前總批中說：「若三人之箭射槍搠，孫策蓋已身親受之，其事比豫讓為尤快，其人亦比豫讓為更烈。雖其姓名不傳，固當表而出之，以愧後世之為人臣而忘其君者。」更有甚者，即便是像董卓那樣的大權奸，也有人對他忠心耿耿：「董卓暴屍於市，忽有一人伏其屍而大哭」。「原來那人不是別人，乃侍中蔡邕也」。而這種忠心，居然也能得到毛宗崗的肯定：「今人俱以蔡邕哭董卓為非，論固正矣。然情有可原，事有足錄。何也？士各為知己者死。設有人受恩桀、紂，在他人固為桀、紂，在此人則堯、舜也。董卓誠為邕之知己，哭而報之，殺而殉之，不為過也。猶勝今之勢盛則借其餘潤，勢衰則掉臂去之，甚至為操戈、為下石，無所不至者。畢竟蔡邕為君子，而此輩則真小人也。」

如果說得寬泛一點，在中國古代小說作家和批評者們看來，所謂「忠」，乃是臣下對主上、甚至是知己之間的一種道德準則和行為義務。

與忠孝緊密相關的道德觀念就是「節」。古人所謂節，有廣義和狹義兩類。狹義的「節」，專指女子的節烈；而廣義的「節」，則除了女子的節烈而外，還包括男性的大節，如民族氣節等，甚至可以說指的是做人的節操。

對於婦女的節烈，有不少小說作者和批評者還是非常看重的。如《型世言》第十回寫了一位「忍死殉夫」的陳烈女，陸雲龍在該回回末批道：「婦人最恨勇於妒而怯於守，勇於制夫而怯於殉夫。奇哉烈婦，一死鴻毛，不笄而冠歟！」再如《女才子書》卷二寫了一位節烈果敢的女子楊碧秋，釣鼇叟亦在該卷之末批道：「貞烈有如碧秋，自應炳照青史。而郡志不載，豈偶遺漏耶！得此一傳，而碧秋亦可不朽矣！苦情潔操，時以逸宕出之。」至於《生花夢》第三回塑造的一位節烈女子姜氏，甚至被批評者視為與男子並列的巾幗英雄：「姜氏節烈可效，生死關頭，何等勇決，絕不作兒女態，當號為鬚眉丈夫，不可以巾幗目之。」即便如《蝴蝶緣》所寫的守身如玉的女子，也會得到作者和批評者讚揚與欽佩：「華柔玉不但才色過人，且能守身如玉，可敬可敬！」（第四回）以上所引，均乃對女子節烈的讚揚歌頌之評語。這個問題，在封建時代已成為很多文人、包括某些小說作者和批評者在內的文人的共識，同時，

也是長期以來引人注目的問題。故而，用不著引更多的材料就足以說明其重
要性了。

值得注意的是，女子節烈以外的那種「大節」，在小說作者和評點者那兒
也引起了足夠的重視。

《三國演義》第一百十八回寫蜀漢北地王劉諶之死是極為慘烈的，作
者在這裡除了體現對劉諶的表彰之外，還寄託了一份對蜀漢滅亡的哀悼。
且看：

> 北地王劉諶聞知，怒氣衝天，乃帶劍入宮。其妻崔夫人問曰：
> 「大王今日顏色異常，何也？」諶曰：「魏兵將近，父皇已納降款，
> 明日君臣出降，社稷從此殄滅。吾欲先死以見先帝於地下，不屈膝
> 於他人也！」崔夫人曰：「賢哉！賢哉！得其死矣！妾請先死，王死
> 未遲。」諶曰：「汝何死耶？」崔夫人曰：「王死父，妾死夫：其義
> 同也。夫亡妻死，何必問焉！」言訖，觸柱而死。諶乃自殺其三子，
> 並割妻頭，提至昭烈廟中，伏地哭曰：「臣羞見基業棄於他人，故先
> 殺妻子，以絕掛念，後將一命報祖！祖如有靈，知孫之心！」大哭
> 一場，眼中流血，自刎而死。蜀人聞知，無不哀痛。後人有詩讚曰：
> 「君臣甘屈膝，一子獨悲傷。去矣西川事，雄哉北地王！捐身酬烈
> 祖，搔首泣穹蒼。凜凜人如在，誰云漢已亡？」

作者在這裡通過書中人物的對話和行為，十分形象甚至是觸目驚心地表達了
自己的感想。而批評家毛宗崗讀至此，仍嫌言猶未盡，又磨墨蘸筆，寫下了
如下讚美之辭：「西漢亡於孺子嬰，東漢亡於獻帝，皆奄奄不振矣。獨至後漢
之亡，而劉禪雖懦，幸有北地王之能死，於漢朝生色。西漢亡而有王皇后之
罵王莽，東漢亡而有曹皇后之罵曹丕，然兩后皆未能死，則猶未見其烈矣。
獨至後漢之亡，而北地王能死，又有夫人崔氏之能死，尤足為漢朝生色。」
這裡所說的王皇后、曹皇后、崔氏均乃節烈婦人，但那已不是守身如玉的個
人純潔，而是國破家亡之際的忠君報國的大節。其中，尤以北地王劉諶的死
節為甚。

再如《遼海丹忠錄》第十八回寫毛文龍一門忠孝之後，回末總批云：「一
門大節，俱足上達聖明，感天地，真亦武林盛事也。」這裡所說的「一門大
節」，也是泛指忠、孝、節、義等很多方面，或者說，就是指的一些美好高尚
的道德節操。當然，這種大節，也可專指為國家而死難的行為。如鄭醒愚在

《虞初續志·馬文毅公廣西殉難始末》篇後批曰：「死吳逆之難，唯公與范文貞公並傳不朽。而闔門殉節，尤罕見也。」

忠孝節義的最後一點是「義」，但這卻是一個最為複雜的問題。「義」的內涵，遠比「節」更為豐富，比「忠孝」更其複雜。而且，「義」與其他道德範疇的概念相結合，便會產生新的含義。如「忠義」「信義」「仁義」「孝義」等等。為了說明問題，我們還是先看例證。

《三國演義》第二十三回寫吉平之死，毛宗崗夾批云：「立誓以殺曹操是其忠也；至死不招董承是其義也。被禍最慘，性骨最烈，不意醫生中乃有此人！」這便是忠義雙全。同樣是《三國演義》，在第三十九回，毛宗崗又有一段夾批：「方寫孫權報仇，便接寫甘寧報恩；方寫甘寧報恩，又接寫凌統報仇。義士之義，孝子之孝，各各出色。」這堪稱孝義輝映。再如《東周列國志》第五十回蔡元放的一段回前總批：「鉏麑以刺客而死於仁義，提彌明以僕夫而死於主人，都是尚義高人，可敬可羨！」這可以叫做有仁有義。還有，但明倫在《聊齋誌異·田七郎》篇中對故事主人公的評價卻更為全面：「能為孝子，然後能為忠臣，為信友，為義士。若七郎者，雖曰未學，吾必謂之學矣。」這堪稱以「孝」為核心的「忠孝信義」四項全能了。為了體現書中人物作為倫理道德載體的綜合性和重要性，評點者們甚至玩起他們的「辯證法」來。且看毛宗崗對關羽的一段評價：「或疑關公之於操，何以欲殺之於許田，而不殺之於華容？曰：許田之欲殺，忠也；華容之不殺，義也。順逆不分，不可以為忠；恩怨不明，不可以為義。如關公者，忠可干霄，義亦貫曰：真千古一人。」

## 二

能與別的道德觀念組合使用的，絕非僅止於「義」，其他道德觀念之間也能通過相互組合之後形成一種帶綜合性的新的道德信條。

我們先看「忠」與「孝」的組合。

金聖歎素不喜宋江而尤愛李逵，其根本原因就在於宋江「假」而李逵「真」，即便是在「忠孝」方面也是如此。例如《水滸傳》中寫宋江受害在江州坐牢時，李逵對戴宗保證為了服侍好宋江而暫時戒酒。並很快付諸行動：「李逵真個不吃酒，早晚只在牢裏服侍宋江」。對李逵的這一行為，金聖歎大加讚賞：「寫李逵口中並不說忠說孝，而忽然發心服侍宋江，便如此寸步不

離，激射宋江日日談忠說孝，不曾服侍太公一刻也。」（第三十八回）

在中國古代小說中，似乎有一個有趣的現象，愈是粗豪之人，愈懂得什麼叫「忠孝」。李逵如此，張飛亦如是。且看毛宗崗對張飛的評價：「翼德生平最怒呂布，以其滅倫絕理，故一見便呼為三姓家奴，而嗣後屢欲殺之；其怒曹操亦猶是耳。惡呂布以正父子之倫，惡曹操以正君臣之禮。如翼德者，斯可謂之真孝子，斯可謂之真忠臣。」（第二十八回）

不要說像張飛、李逵這樣的猛將、莽漢一類的忠臣孝子會得到小說作家和評點者的衷心讚美，就是身為太監的所謂卑賤者，只要他們有忠孝情結，也會得到小說家精心描寫和評點者傾心歌頌的。唐代傳奇小說有郭湜《高力士外傳》一篇，明人編入《虞初志》一書中。其中有一大段文字充分顯示了高力士的忠君孝母情結，而晚明諸家也多有評點發表感慨。現將原文附相關評點一併節錄如下：

> 上皇在興慶宮，先留廄馬三百匹，欲移仗前一日，輔國矯詔，索所留馬，惟留十匹。……行欲至夾城，忽聞戛戛聲。上驚回顧。見輔國領鐵騎數百人，便逼近御馬，輔國便持御馬，高公驚下，爭持曰：「縱有他變，須存禮儀，何得驚御？」輔國叱曰：「老翁大不解事，且去！」即斬高公從者一人。高公即攏御馬，直至西內安置。……每日，上皇與高公親自掃除庭院，芟薙草木；或講經論議，轉變說話。雖不近文律，終冀悅聖情。（屠赤水評：舉目悲憤，觸處嗟悼。頃刻那可少高公。冀悅聖情，思之真欲得墮。）……至建已月，二聖昇遐。今上即位，改元為寶應元年。六月，巫州二聖遺詔到。號天叩地，悲不自勝，制服持喪，禮過常度。每一號慟，數回氣絕，晝夜無時，傷感行路，恨不得親奉陵寢，而使永隔幽明。哀毀既深，哽咽成疾。（袁石公評：高公赤心，千載如見。）七月，發巫山，至郎州。八月，病漸亟，謂左右曰：「吾年已七十九，可謂壽矣；官至開府儀同，可謂貴矣。既貴且壽，死何恨焉？所恨者，二聖昇遐，攀號不迨；孤魂旅櫬，飄泊何依？」（湯若士評：淒惻數言，讀之哽咽。）泣下沾襟，視之盡血。言畢，以寶應元年八月十八日終於朗州元寺之西院。……高公所生母麥氏，即隋將鐵杖曾孫，始與母別時，年十歲。母撫其首泣曰：「與汝分別，再見無時，然汝胸上七黑子，他人云必貴。吾若不死，得重見，記取此言。汝常弄吾

臂上雙金環，吾亦留看，待見汝伺之。慎勿忘卻！」（湯若士評：餘音酸楚。）即與訣別。向三十年後，知母在瀧州，雖使人迎候，終不敢望見。及到，子母並不相識，母問曰：「與汝別時，記語否？胸前有黑子在否？」即解衣視之，母亦出金環示之。一時號泣，累日不止。上聞，登時召見，封越國夫人，便於養父母家安置，十餘年後，卒，葬東京。原燕公誌墓曰：「驗七星於子心，辨雙環於母臂。」即此事也。（袁石公評：高公豈第忠臣，抑亦孝子。每讀一段，便欲捧心。）

諸如屠隆、湯顯祖、袁宏道這樣一些並不太「封建」的文人，到了高力士這種純忠純孝的人面前，也禁不住肅然起敬、由衷欽佩，甚至還有深深的感動與同情。

與「忠孝」經常性的組合還有「悌」。所謂「悌」道，其實就是「孝」道的一種延伸和補充。與「孝道」是親人之間晚輩對長輩的行為規範相比，「悌」道是相對於平輩兄弟姐妹之間的責任、義務而言的一種倫理關係。古人認為，對兄弟姐妹的友愛，也是對父母盡孝道的一種表現。故而《論語》有云：「孝乎唯孝，友于兄弟。」（《為政》）「孝悌也者，其為人之本與。」（《學而》）

在古代小說的描寫和評點文字中，關於「悌道」的例子也有不少。如《三國演義》第二十五回寫「關公自到許昌，操待之甚厚：小宴三日，大宴五日；又送美女十人，使侍關公。關公盡送入內門，令伏侍二嫂。卻又三日一次於內門外躬身施禮，動問『二嫂安否』。二夫人回問皇叔之事畢，曰『叔叔自便』，關公方敢退回」。此處，毛宗崗便有夾批云：「今天下有如此悌弟否？」再如《紅樓夢》第二十五回寫到賈環懷恨用蠟燭油燙傷了賈寶玉，而賈寶玉為了使賈環避開懲罰，卻要大家說是他自己燙傷的。在這裡，甲戌本有夾批云：「玉兄自是悌弟之心性，一歎。」

還有一種忠孝悌義諸多道德全面具備的人物，如《紅樓夢》中的尤三姐。是書有正本第六十九回回末總批云：「看三姐夢中相敘一段，真有孝子悌弟義士忠臣之概，我不禁淚流一斗，濕地三尺。」可見，對這種既忠又義、且孝且悌之人，那些小說評點者是多麼崇敬啊！

至於其他方面的多層道德觀念的組合，在小說作家和評點者們那裡還有許多描寫和評價，聊舉數例足矣。如對《聊齋誌異》中復仇女子商三官「孝」

「烈」的表彰，王阮亭云：「龐娥、謝小娥得此鼎足矣。」何守奇評：「可旌曰孝烈。」（《聊齋誌異·商三官》篇末何守奇評語）再如對《姑妄言》中向小娥等人「孝」「貞」「烈」的讚揚：「此一回內寫向小娥之孝、平淑姑之貞、甄孺人之烈，可為閨中師範。」（第十九卷）還有對一名叫做沈雲英的女子忠、孝、節、烈全面歌頌的：「文能通經，武能殺賊，得之女子，已屬奇事。若其奪父還屍，孝也。夫死辭爵，節也。國亡赴水，忠且烈也。忠孝節烈，萃於一女子之身，此亙古所未有，豈特授將軍職而始為異典哉！」（《虞初續志》卷四）當然，要說這種美好道德的「全面化」，誰也趕不上但明倫在《聊齋誌異·喬女》篇末對故事中女主人公的近乎神聖鼓吹般的評價：「美哉喬女！其德之全矣乎：不事二夫，節也；圖報知己，義也；銳身詣官，勇也；哭訴縉紳，智也；食貧不染，廉也；幼而撫之，長而教之，仁也，禮也。迨身既死，而猶能止其棺，斥其子，卒以遂其歸葬之志，得為完人於地下。嗚呼，抑何神乎！」

## 三

上述而外，還有許多倫理道德的觀念也被中國古代小說中的某些人物在實踐著，或者換一個角度說，某些小說中的某些人物的某些優秀品質也得到了小說評點者們的表彰。例如《水滸傳》中的武松，他除了是一個特講孝悌忠義的英雄之外，又非常「仁慈」。對此，批評家們多有評價：「特表武松仁慈之至。」「武二郎是個漢子，是個仁人。」「頻頻表出武松仁慈者，所以盡情洗刷上文殺姦夫淫婦之污穢，以見武松真正天人。」（第二十七回）

諸如此類的描寫和評價，在中國古代小說中委實不少。例如：「倬然之救王公，不惜功名，不顧身命，知恩報恩，不愧古人！」（《枕上晨鐘》第十五回）再如：「如叔寶者，真乃貧而有守者也：有輕財之友而不投，遇豪貴之交而不認。所云窮且益堅者，非耶？今人自己貪得多求，反議其恥貧貽困，將饑附飽颺，反為豪傑乎哉？」（《隋史遺文》第八回）尤其是後一則評語，不僅表彰了秦瓊那樣的貧而有守者，也批判了「今人」那種「恥貧貽困」者。

對男性人物如此，對女性人物形象更是這樣，小說作者和評點者往往都喜歡將她們視作倫理道德的載體來進行塑造和評判。例如《雪月梅傳》中一位賢良的母親在兒子岑秀即將當「清華顯要」的大官時，教誨道：「這內閣是日近天顏的去處，你須事事謹慎第一，不可恃才傲物，惹怨招尤，出言吐

語都要觀前察後。雖不是外邊有司官，有地方刑名之責，也要事事在民情上留心體貼。在大人面前說話切不可僭越，待下人務須恩寬才好，莫使小人嫌怨。」（第三十四回）此書的評點者董孟汾讀到這裡，禁不住發出了由衷的讚歎：「好文章擲地當作金石聲，賢哉岑母！規戒之語，純是聖賢學問中得來。」這還只是對一個年邁女性「賢母」風範的表揚，而寄旅散人在《林蘭香》第五十七回回末總評中對書中女子春畹的一段評價，則更是具有傳統女性整個生命歷程的全方位讚頌：「春畹為侍女是賢侍女，為妾是賢妾，為妻是賢妻，為母是賢母。攸往咸宜，真令人愛之敬之，壽而且康，不亦宜乎！」一片敬愛讚頌之情，溢於言表。

在中國古代小說中，若論對恪守倫理道德的人物的描寫，恐怕沒有超過《三國演義》者，尤其是經過毛宗崗改造的毛本「三國」，更是登峰造極。毛宗崗除了將羅貫中的《三國志通俗演義》的人物改造得更為倫理道德化而外，還在評語中反反覆覆表達自己對那些倫理道德載體的表彰和讚揚。如他對陶謙三讓徐州的評價：「陶恭祖三讓徐州。其名曰謙，其字曰恭，其人則讓，可謂名稱其實。」（第十二回）再如他對「衣帶詔」事件的評價：「天子刺血，馬騰嚼血，六人歃血。只因一紙血詔，引動一片血誠。」（第二十回）還有他因魯肅慷慨贈米周瑜而引起的對魯子敬的整體評價：「孝親篤友，輕財好施，此等人豈易於富翁中求之？能孝親篤友，則必能忠君矣；能輕財好施，則必不私其家以負國矣。」（第二十九回）

至於關羽的大丈夫情懷，在毛宗崗那兒更是得到了經典的讚歎：「歷稽載籍，名將如雲，而絕倫超群者莫如雲長。青史對青燈，則極其儒雅；赤心如赤面，則極其英靈。秉燭達旦，人傳其大節；單刀赴會，世服其神威。獨行千里，報主之志堅；義釋華容，酬恩之誼重。作事如青天白日，待人如霽月光風。心則趙抃焚香告帝之心而磊落過之，意則阮籍白眼傲物之意而嚴正過之。是古今來名將中第一奇人。」（《讀三國志法》）

更有甚者，毛宗崗還常常對書中人物進行對比性的道德評判。如在第二十四回的一段夾批中，他就對曹操與袁紹進行比較分析：「曹昂死而曹操只哭一典韋，袁尚病而袁紹不肯救劉備，袁、曹優劣又見如此。」在第七十九回的回前總批中，毛宗崗又對劉備和曹丕進行了比較分析：「劉、曹之相形，何厚薄之懸殊乎！玄德以異姓之兄，而痛悼其弟之亡；曹丕以同胞之兄，而急欲其弟之死。一則痛義弟之死而不顧其養子之恩，一則欲親弟之亡而不顧生母

之愛。君子於此有天倫之感焉！」有時候，毛宗崗乾脆從反面立論，通過對不講倫理道德的反面人物的批判和譴責來達到正面宣揚和表彰的效果。如書中第十九回寫到曹操殺死陳宮時，毛氏有夾批道：「使操而有良心者，念其昔日活我之恩，則竟釋之；釋之而不降，則竟縱之；縱之而彼又來圖我，而又獲之，然後聽其自殺。此則仁人君子之用心也，而操非其倫矣。」而當書中第十七回寫到袁術得到玉璽之後就想著僭稱帝號時，毛宗崗乾脆連連批道：「如此舉動，又可惡、又可笑、又可丑、又可憐。」

更有意味的是，不僅某些人物成為倫理道德的載體，甚至有些動物也具有倫理道德的「意味」。如《三國演義》第七十七回寫到關羽被東吳殺害以後，他所乘坐的赤兔馬也「數日不食草料而死」。如此好材料，毛宗崗當然不會放過，他趕緊下筆批云：「此馬不為呂布死而為關公死，死得其所矣。馬亦能擇主乎？」對倫理道德的推崇竟至到了由人而及馬的地步，其他還有什麼好說的呢？

關公的赤兔馬能以身殉主，比某些「歹人」更具有「人格精神」，這已經相當奇特而感人了。不料，這種感人的奇特居然能夠「遺傳」。清初有一部小說叫做《飛龍全傳》，書中的主人公趙匡胤送給紅粉知己趙京娘一匹好馬，而這匹馬竟然也以自己的生命酬答了它的主人。當趙京娘為報答趙匡胤的大恩、也為了表明自己的清白而上弔自殺後，她的靈魂曾經騎著馬兒手執紅燈為趙匡胤送行。當趙匡胤問她既已身亡，為何還能騎馬時，她回答自己所騎的其實是馬之魂：「好叫恩兄得知，此馬自蒙恩兄所賜，乘坐還家，今見恩兄已走，小妹已亡，此馬悲嘶，亦不食而死。」（第十九回）

馬雖然人格化，但人卻概念化了。如此淒豔的結局，怎不令人感動，同時，又怎不令人鬱悶？這是中華民族文化傳統的精華抑或是糟粕？筆者實在難以述說清楚。但每讀到上述內容時，有兩點感受自會油然而生：一是感到內心非常難受，二是覺得這樣的地方實在是不好看。以上兩點感受，或許都只是一種直覺。然而，在欣賞文學或藝術作品的時候，直覺往往是最準確的，也是最科學的。

（原載《廣東技術師範學院學報》2010 年第五期）

# 惟犯之而後避之乃見其能避也
## ——古代小說批評中關於「避」與「犯」的辯證思維

　　在古代中國，辯證邏輯和形式邏輯的發展是極不平衡的。大體而言，在先秦時代的諸子百家那兒，辯證邏輯和形式邏輯這兩種思維方式是並行不悖的，如墨家和名家，就很有點兒重視形式邏輯。墨子的「墨辯」，是與希臘的形式邏輯、印度的因明學並列的世界古典邏輯三大流派之一。而名家，無論是惠施學派的「合同異」還是公孫龍的「離堅白」，都與形式邏輯緊密相關，就連名家之所以被稱為「名家」，也是因為他們所探討的主要是「名」（概念）與「實」（實際）之間的關係。

　　然而，秦漢以降，形式邏輯逐漸衰微，而辯證邏輯卻盛行不衰。這種追求辯證的思維模式滲透到古代中國人民生活的方方面面，也直接影響了中國古代的小說批評，使小說評點家們的言論充滿了辯證意味。

　　在評點者那兒，談得最多的是「忙」與「閒」、「虛」與「實」、「犯」與「避」、「幻」與「真」之間的辯證關係。其他的，如「雅」與「俗」、「動」與「靜」、「剛」與「柔」、「哀」與「樂」、「有」與「無」、「大」與「小」、「顯」與「隱」、「揚」與「抑」、「冷」與「熱」、「主」與「賓」等等，真是五彩繽紛，令人目不暇接。本文的任務，主要探討「犯」與「避」之間的辯證關係。

## 一

　　我們首先必須解釋這裡所說的「避」與「犯」各自的含義，甚至可以說

是一種特殊的含義。此之所謂「犯」，就是重複，就是雷同，實乃文學創作、尤其是小說創作之大忌；此之所謂「避」，就是避免重複，避免雷同，是文學創作尤其是小說創作中常見的方法之一。然而，有時候，在無法「避」或「避」之而效果不佳的情況下，高明的作者往往有意地「犯」，通過「犯」而達到更高層次的「避」，這也就是某些小說評點家們所謂「特犯不犯」。

「犯」，又稱犯筆，是中國古代小說創作常用的筆法之一。「犯筆」的使用一般說來有以下兩種情況。

其一，全部相犯或正面相犯；其二，部分相犯或側面相犯。金聖歎在評點《水滸傳》的過程中，將全部相犯或正面相犯稱之為「正犯法」，而將部分相犯或側面相犯稱之為「略犯法」。他說：

「有正犯法。如武松打虎後，又寫李逵殺虎，又寫二解爭虎，潘金蓮偷漢後，又寫潘巧雲偷漢；江州城劫法場後，又寫大名府劫法場；何濤捕盜後，又寫黃安捕盜；林沖起解後，又寫盧俊義起解；朱同、雷橫放晁蓋後，又寫朱同、雷橫放宋江等。正是要故意把題目犯了，卻有本事出落得無一點一畫相借，以為快樂是也。真是渾身都是方法。」「有略犯法。如林沖買刀與楊志賣刀，唐牛兒與鄆哥，鄭屠肉鋪與蔣門神快活林，瓦官寺試禪杖與蜈蚣嶺試戒刀等是也。」（均見《讀第五才子書法》）

在評點《水滸傳》正文時，金聖歎又反覆涉及「犯筆」這一特殊的寫作技法。如：

「方寫過史進英雄，接手便寫魯達英雄；方寫過史進粗糙，接手便寫魯達粗糙；方寫過史進爽利，接手便寫魯達爽利；方寫過史進剴直，接手便寫魯達剴直。作者蓋特地走此險路，以顯自家筆力，讀者亦當處處看他所以定是兩個人，定不是一個人處。毋負良史苦心也。」（第二回回前總評）

「魯達、武松兩傳，作者意中卻欲遙遙相對，故其敘事亦多彷彿相準。如魯達救許多婦女，武松殺許多婦女；魯達酒醉打金剛，武松酒醉打大蟲；魯達打死鎮關西，武松殺死西門慶；魯達瓦官寺前試禪杖，武松蜈蚣嶺上試戒刀；魯達打周通，越醉越有本事，武松打蔣門神，亦越醉越有本事；魯達桃花山上踏匾酒器揣了，滾下山去，武松鴛鴦樓上踏匾酒器揣了，跳下城去，皆是相準而立，讀者不可不知。」（第四回回前總評）

「此書每於絕大文字，偏有本事一字不相犯。如武松遇虎，李逵又遇虎；金蓮偷漢，巧雲又偷漢是也。乃偏於極小文字，偏沒本事使他不相犯。如林

沖迭配時，極似盧俊義迭配時；鄆哥尋西門，極似唐牛尋宋江是也。」（第二十三回夾批）

「前有武松打虎，此又有李逵殺虎，看他一樣題目，寫出兩樣文字，曾無一筆相近，豈非異才！」（第四十二回夾批）

「董超、薛霸押解之文，林、盧兩傳，可謂一字不換；獨至於寫燕青之箭，則與昔日寫魯達之之杖，遂無纖毫絲粟相似，而又一樣爭奇，各自入妙也。才子之為才子，信矣。」（第六十一回回前總評）

「一路偏要寫得與林沖傳一樣，乃至不差一字，然後轉出燕青救主來，卻與魯達救林沖並無毫釐相犯，所謂不辭險道，務臻妙境也。」（第六十一回夾批）

「此書每欲作重迭相犯之題，如二解越獄，史進又要越獄，是其類也。」（第六十八回回前總評）

對「犯筆」的評價，在脂評《紅樓夢》中亦頗為多見，其中，有「相犯」者，亦有「不相犯」者。

如書中第三回寫賈寶玉上場時，「只聽院外一陣腳步響。」甲戌本於此有朱筆旁批云：「與阿鳳之來相映而不相犯。」

再如第八回寫到「王夫人本是好清靜的」時，甲戌本朱筆夾批云：「偏與邢夫人相犯，然卻是各有各傳。」同一回中，當書中寫到薛寶釵「罕言寡語，人謂藏愚；安分隨時，自云守拙」時，甲戌本朱筆夾批云：「這方是寶卿正傳，與前寫代（黛）玉之傳一齊參看，各極其妙，各不相犯，使其人難其左右於毫末。」

第十九回，當書中寫到襲人勸說賈寶玉，而寶玉回答襲人說「只求你們同看著我，守著我，等我一日化成了飛灰」時，庚辰本有墨筆夾批：「所勸者正為此，偏於勸時一犯，妙甚。」

第二十一回，襲人對寶玉說：「你心裏還不明白，還等我說呢！」於此處，庚辰本有署名「畸笏」的朱筆眉批云：「《石頭記》每用囫圇語處，無不精絕奇絕，且總不覺相犯。」同一回中，賈璉向平兒討要大有嫌疑的一綹頭髮說：「好人，賞我罷，我再不賭狠了。」庚辰本於此有墨筆夾批云：「好聽好看之極。迥不犯襲卿。」隨即，當平兒在鳳姐面前替賈璉遮蓋了「嫌疑」之後，她指著鼻子，晃著頭笑對賈璉說道：「這件事怎麼回謝我呢？」此處，庚辰本又有墨筆夾批云：「姣俏如見，迥不犯襲卿麝月一筆。」

在《紅樓夢》第三十七回，作者替書中人物寫了不少詩詞文札之類的「作品」，對此，庚辰本在該回開始墨筆總批中寫道：「此回才放筆寫詩寫詞作札，看他詩復詩，詞複詞，札又札，總不相犯。」

在書中第四十三回寫鳳姐生日處，庚辰本又有兩段墨筆夾批說道：「看他寫與寶釵作生日後又偏寫與鳳姐作生日。」「迥不犯寶釵。」

還有第四十九回，當作者寫薛寶琴「年輕心熱」時，庚辰本有署名脂硯齋的墨筆夾批云：「四字道盡，不犯寶釵。」

有時，「犯筆」又被稱之為「犯手」，如有正本第五十三回回末總批云：「前半整飭，後半疏落，濃淡相間。祭宗祠在寧府，開夜宴在榮府，分敘不犯手，是作者胸有成竹處。」在有正本第七十六回的開始總批中，評點者再次從一回書整體結構的角度探討了「犯筆」問題：「既敘夜宴，再敘酬和，不漏不俗，更不相犯。雲行月移，水流花放，別有機括，深宜玩索。」

相類似的觀點，在不少評點者那兒都可以找到。

毛宗崗說：「吳之有孫綝，猶魏之有曹爽也。而司馬懿以異姓去宗室，而政不復歸於曹；丁奉亦以異姓去宗室，而政猶歸於孫，則何也？孫峻之後有孫綝，猶司馬懿之後有師、昭也。毋丘儉、諸葛誕以起兵討師、昭而不勝，丁奉、張布以杯酒殺孫綝而有餘，則又何也？曰：魏之得國也以篡，吳之得國也不以篡，故魏之將滅，天必假手於其臣；而吳之將滅，天不必假手於其臣耳。獻帝謀誅權臣，而一泄於國舅董承，再泄於國丈伏完，有兩事焉。若曹芳託國丈而事泄，止如漢之一事也；孫亮則因國舅以及國丈而事泄，是一事而合漢之兩事也。且伏完為后父，而張緝亦為后父，董承受血詔，而張緝亦受血詔，則以魏之一人，兼為漢之兩人。董承不必有父，而全紀有父，伏完不必有兒，而全尚有兒，則又以魏之兩家，並為吳之一家。讀《三國》者，讀至後幅，有與前事相犯，而讀之更無一毫相犯。愈出愈幻，豈非今古奇觀！」（《三國演義》第一百一十三回回前總評）

張竹坡在評點《金瓶梅》時也反覆涉及「犯筆」。他說：「於中寫桂姐，特犯金蓮；寫銀姐，特犯瓶兒；又見金、瓶二人，其氣味聲息，已全通娼家。」（《批評第一奇書〈金瓶梅〉讀法》）「步步貶金蓮如同類，因知寫桂姐，為特犯金蓮也。」（第十二回夾批）「蓋寫一月姐，又特特與桂姐相犯也。」（第六十八回回前總評）

上述而外，其他評點者也常常注目於「犯筆」問題。例如：

「回中連接見三封書札，自是判然三樣：寶瑞香致於悟凡之書，乃花春借覽耳；滿池嬌怨詞三十首，自悲死別而難言同穴；濮紫荊情劄一函，乃怨生離而尚念同衾。故絕不見其犯也。」（臥雪居士《空空幻》第十回回末總評）

「此特與第二十七八回相犯，而情致各別。」（寄旅散人《林蘭香》第四十六回夾批）

「慎卿、少卿，俱是豪華公子，然兩人自是不同。慎卿純是一團慷爽氣，少卿卻是一個呆串皮。一副筆墨，卻能分毫不犯如此。」（臥閒草堂本《儒林外史》第三十一回回末總評）

「竹卿一人之品，與三十六人中別有位置，故寫來與三十五人一筆不犯。」（鄒弢《青樓夢》第九回回前總評）

在評點者中間，也有將「不犯」說成「不合掌」的，如鄒弢在《青樓夢》第四十七回回前總評中說：「寫美人若個個皆從良，文字便板滯，句法便雷同矣。有素芝之登仙，麗春之削髮，庶幾不嫌合掌。」

二

古代小說評點者們對於犯筆的評價是沿著「避」──「犯」──更高的「避」這樣一個思路展開的。在小說創作中，人人都知道要避免重複，都知道要「避」。但在很多情況下，情節的雷同是無法迴避的，因為生活一方面是豐富多彩的，另一方面也是單調乏味的。人生在世，有許多事情是不斷重複的，不僅每個人的生活是不斷地自我重複，而且人與人之間也不斷地相互重複著別人做過的事。文學作品、尤其是小說作品要真實而本質地反映人們的社會生活，重複是不可避免的。這樣，問題就產生了。生活本身充滿了重複，而以反映人類生活為己任的小說作品卻又最忌諱重複，怎麼辦？迴避重複是不行的，那就只好去有意重複之，在「重複」（犯）的前提下去追求「不重複」（避）。這就是有些評點者所謂「犯而不犯法」（蔡元放《水滸後傳讀法》）或「特犯不犯」。只有「特特故自犯之」，方能「而後從而避之」。

金聖歎說得好：「吾觀今之文章之家，每云我有避之一訣，固也，然而吾知其必非才子之文也。夫才子之文，則豈惟不避而已，又必於本不相犯之處，特特故自犯之，而後從而避之。此無他，亦以文章家之有避之一訣，非以教人避也，正以教人犯也。犯之而後避之，故避有所避也。若不能犯之而但欲

避之，然則避何所避乎哉？是故行文非能避之難，實能犯之難也。譬諸奕棋者，非救劫之難，實留劫之難也。將欲避之，必先犯之。夫犯之而至於必不可避，而後天下之讀吾文者，於是乎而觀吾之才、之筆矣。犯之而至於必不可避，而吾之才、之筆，為之躊躇，為之四顧，春然中窾，如土委地，則雖號於天下之人曰：『吾才子也，吾文才子之文也』，彼天下之人亦誰復敢爭之乎哉？故此書於林沖買刀後，緊接楊志賣刀，是正所謂才子之文，必先犯之者，而吾於是始樂得而徐觀其避也。」（《水滸傳》第十一回回前總評）

在評點《水滸傳》的過程中，金氏多次表達了自己對於「特犯不犯」的看法。例如：「吾前言兩回書不欲接連都在叢林，因特幻出新婦房中銷金帳裏以間隔之，固也；然惟恐兩回書接連都在叢林，而必別生一回不在叢林之事以間隔之，此雖才子之才，而非才子之大才也。夫才子之大才，則何所不可之有？前一回在叢林，後一回何妨又在叢林？不寧惟是而已。前後二回都在叢林，何妨中間再生一回復在叢林。夫兩回書不敢接連都在叢林者，才子教天下後世以避之之法也。若兩回書接連都在叢林，而中間反又加倍寫一叢林者，才子教天下後世以犯之之法也。雖然，避可能也，犯不可能也，夫是以才子之名畢竟獨歸耐庵也。」（第五回回前總評）

再如：「此書筆力大過人處，每每在兩篇相接連時，偏要寫一樣事，而又斷斷不使其間一筆相犯。如上文方寫過何濤一番，入此回又接寫黃安一番是也。看他前一番翻江攪海，後一番攪海翻江，真是一樣才情，一樣筆勢。然而讀者細細尋之，乃至曾無一句一字偶而相似者。此無他，蓋因其經營圖度，先有成竹藏之胸中，夫而後隨筆迅掃，極妍盡致，只覺幹同是幹，節同是節，葉同是葉，枝同是枝，而其間偃仰斜正，各自入妙，風痕露跡，變化無窮也。」（第十九回回前總評）

毛宗岡在《讀三國志法》中也表達了相近的意思：「《三國》一書，有同樹異枝、同枝異葉、同葉異花、同花異果之妙。作文者以善避為能，又以善犯為能。不犯之而求避之，無所見其避也。惟犯之而後避之乃見其能避也。」

在評點《三國演義》的具體文字中，毛氏對這一問題的闡述還是頗為深入的。例如：

「侯成以獻酒被責而降曹，馮禮亦以飲酒被責而降曹。降曹同也，而一降於決水之後而不死，一降於決水之前而隨死，則大異。魏續為友人抱憤而

獻門，審榮亦為友人抱憤而獻門。獻門同也，而呂佈在城中而被執，袁尚在城外而未擒，則又異。就其極相類處，卻有極不相類處。若有特特犯之而又特特避之者，真是絕妙文章。」（第三十二回回前總評）

「呂佈在濮陽開城賺曹操，曹仁在南郡亦開城賺周瑜，同一賺也。一則賺使入城而燒之，一則賺使入城而射之；一則使人詐降而賺之，一則以詐走而賺之，斯則其不同者矣。乃呂布使人詐降，其後乃至於真降；曹仁詐走，其後乃至於真走，是不同處又有相同處。真妙事妙文！」（第五十一回回前總評）

由此可見，「特犯不犯」的方式之一，是通過對事物本身大體相同的前提下的某些不同之處的特別描寫來實現的。毛氏這方面的評價還有很多，所舉的例子也不少。如：「一部大書，前後兩篇大文，特特相犯，而更無一筆相犯。」（第八十四回回前總評）這說的是赤壁之戰與彝陵之戰兩篇絕的文章的「犯」與「避」。再如：「兵家有必敗之法，非避之之難，而犯之之難；又非犯之之難，而犯之而避之之為難。」（第八十八回回前總評）這說的是彝陵之戰與諸葛亮瀘水之戰二擒孟獲的「犯」與「避」。

張竹坡在《金瓶梅》的評點中，也對犯而不犯的問題卓有研究。他說：「《金瓶梅》妙在善於用犯筆而不犯也。如寫一伯爵，更寫一希大，然畢竟伯爵是伯爵，希大是希大，各人的身份，各人的談吐，一絲不紊。寫一金蓮，更寫一瓶兒，可謂犯矣，然又始終聚散，其言語舉動，又各各不亂一絲。寫一王六兒，偏又寫一賁四嫂。寫一李桂姐，偏又寫一吳銀姐、鄭月兒。寫一王婆，偏又寫一薛媒婆、一馮媽媽，一文嫂兒、一陶媒婆。寫一薛姑子，偏又寫一王姑子、劉姑子。諸如此類，皆妙在特特犯手，卻又各各一款，絕不相同也。」（《批評第一奇書〈金瓶梅〉讀法》）

在張氏看來，特犯不犯的方法用在人物塑造方面，主要就是寫出某些同類人物身上的不同個性，亦即使作者筆下的人物達到類型性與個別性的有機統一。在這裡，「犯」的是類型性的一面，而「不犯」的則是個別性的一面。

在另一些評語中，張氏又指出蘭陵笑笑生在塑造人物時所用方法之多樣，時而避之，時而犯之，而最終的目的都是一個：不犯。他說：「描瓶兒勾情處，純以憨勝，特與金蓮相反，以便另起花樣，不致犯手也。若王六兒，又特犯金蓮而弄不犯之巧者也。此書可謂無法不備。」（第十三回回前總評）「此

回方寫蕙蓮。夫寫一金蓮，已令觀者髮指，乃偏又寫一似金蓮，特特犯手，卻無一相犯。」（第二十二回回前總評）寫人如此，敘事亦如是。《金瓶梅》中敘事的「特犯不犯」，也被竹坡張氏明確指出：「看他一連寫吳大妗子家一席女宴，接寫請眾官娘子一席女宴，又接寫會親一席女宴。重重疊疊，毫不犯手，真是史公復生。」（第四十三回回前總評）

《紅樓夢》脂評涉及「特犯不犯」的言論最多，也最精粹。如：

「赦老不見，又寫政老。政老又不能見，是重不見重，犯不見犯。作者慣用此等章法。」（甲戌本第三回朱筆旁批）

「總不重犯，寫一次有一次的新樣文法。」（甲戌本第七回朱筆旁批）

「寶玉之李嬤嬤，此處偏又寫趙嬤嬤，特犯不犯。」（庚辰本第十六回墨筆夾批）

「《石頭記》貫（慣）用特犯不犯之筆，真令人驚心駭目讀之。」（庚辰本第十七、十八回朱筆眉批）

「寫黛卿之情思，待寶玉卻又如此，是與前文特犯不犯之處。」（庚辰本第十七、十八回墨筆夾批）

「玉生言（香）是要與小羔梨香院對看，愈覺生動活潑。且前以黛玉，後以寶釵，特犯不犯，好看煞。」（庚辰本第十九回署名畸笏叟之朱筆眉批）

「寫湘雲又一樣筆法，特犯不犯。」（庚辰本第二十回墨筆夾批）

「王一貼又與張道士遙遙一對，特犯不犯。」（庚辰本第八十回墨筆夾批）

張文虎在對《儒林外史》的評點中，則將這種「特犯不犯」之法稱之為「不同而同，同而不同」。他說：「二婁之於權勿用，莊徵君之於盧信侯，杜少卿之於沈瓊枝，秦中書之於萬中書，不同而同，同而不同，作者不避複，讀者不厭其複，見敘事之善。」（第四十九回回末總評）

這裡，提出了一個衡量「特犯不犯」之法用得成功與否的標準，即讀者是否「厭其複」。也就是說，對於作品中那種有意識的雷同或重複，是佳是惡，須看讀者的感受。如讀者讀來感到重複累贅，那就是真正地「犯」了；如果讀者沒有感覺到重複累贅，那就說明作者的「特犯不犯」取得了很大的成功。

「特犯不犯」，其實很有點辯證法的意味。在這裡，小說作者們「特犯」的只是某些事物所共有的部分內容，它們是矛盾的普遍性或人物的共性之所

在。如武松、李逵二人都是血性漢子，如李、趙二孃孃都是「老資格」等等。但更其重要的是，在「特犯」的同時，這些作者又都掌握了「不犯」的真締，即對於矛盾的特殊性、人物的個性的掌握和揭示。如同是與虎搏鬥，武松是於醉鄉中驚醒後，赤手空拳打死一隻猛虎，作者主要體現的是他的英雄氣概；而李逵則是在喪母之後有意地尋找老虎，並以樸刀搠死四隻大蟲，作者主要體現的是他急切的報仇心理和滿腔的悲慟之情。二人同是殺虎，然處境、心境卻迥然不同。再如《水滸傳》中林沖、盧俊義同是起解，卻有各自不同的原因、經歷和方式。世上萬事萬物，其矛盾的普遍性都存在於特殊性之中，共性包含於一切個性之中，無個性即無共性。施、羅、曹、吳等古典小說的藝術大師們，雖然並未能從理論上認識到這一規律，但他們的創作實踐，從客觀上體現了這一真理。而金、毛、張、脂等古代小說的評點大師們卻從理論上總結出「特犯不犯」這一小說創作中寫人敘事的法寶，總結出這種描寫事物共性與個性的統一、矛盾的普遍性與特殊性的統一的藝術手法。如此看來，在這一問題上，中國古代小說的創作者和評點者中的代表人物，其實踐和認識水平都分別達到了相當高的層次。

值得提出的是，要「不犯」，要寫出事物間矛盾的特殊性，應從事物內在實質上去挖掘其相異之處。有的作品，如《封神演義》、《說唐後傳》、《說唐三傳》、《呼家將》、《五虎平西平南》、《萬花樓》、《永慶升平前傳》、《永慶升平後傳》等，或寫神仙鬥法，只注意法寶的形狀、神傚之分，而不從各次鬥爭的規律性本身去反映其特點；或寫沙場征戰，只注重將士身材、衣著之別，而不去著力表現人物性格的差異。其結果，無異於陳列許多法寶或人體標本，百事相同，千人一面。這些作者想「不犯」，實際上卻大「犯」而特「犯」了。

「特犯不犯」，看似容易實艱辛。這需要對生活深入體驗，需要對素材認真分析。此外，還要懂得點藝術的辯證法，需要把事物的現象當作入門的嚮導，一進了門就抓住實質，再經過深入研究，然後方能做到「惟犯之而後避之，乃見其能避也」。

（原載《廣東技術師範學院學報》2011 年第三期）

# 小說評點派論「敘事視角」

中國古代小說評點派形成於明末清初，綿延發展直至清末民初，前後有三百年左右的歷史。中國古代小說評點派中最傑出的評點家有金聖歎、毛宗崗、張竹坡、「脂硯齋」等，當然，還有一些水平相對遜色的評點者。然而，這些評點者無論水平之或高或低，觀念之或新或陳，但有一點卻是許多人所共同的，那就是對中國古代小說的敘事藝術的重視，當然是不同程度的重視。中國古代小說創作實踐中許多與情節結構和敘事方法相關的問題，如謀篇布局、埋伏照應、避繁就簡、情節轉換等，他們大都進行了頗為細緻深入的研究。但是，在中國古代小說評點派的評點文字中，對敘事視角的研究尚處於不甚全面、不甚深入的階段。或者說，評點者們還沒有明確的「敘事視角」或與之相對應、相近似的概念。他們的評論主要集中在對作者借助其他人物來「寫人」、「寫物」、「寫事」的研究，而且，這種研究只能說是初步的和表面的。這當然是一件令人感到遺憾的事情。但無論如何，對於我們現在所講的敘事學的問題之一的「敘事視角」，他們畢竟有所涉及，而且還有一些剛剛由感性上升到理性的初步認識，故而，我們不能完全對此視而不見。更何況，他們的這些認識，與現在的文學批評家們比起來固然顯得非常幼稚，但在當時，卻毫無疑問是處於領先地位的評點文字。所有這些，都是值得我們重視並值得我們研究的。下面，就讓我們對評點者們這些初步、表面、幼稚而又領先的「理論」進行一些掃描吧。

## 一、「又在當時看的眼睛裏說出來」

在評點者們涉及敘事視角問題的評點文字中，談得最多的是「從他人眼

中」寫人、寫物或寫事。

這方面的例子不勝枚舉。《出像評點忠義水滸全傳》十七回有眉批云：「又在當時看的眼睛裏說出來。更與呆呆敘贊者迥別。」說的就是書中對二龍山地勢和山寨的描寫。金聖歎在對《水滸傳》的評點中對此所言尤多。我們先看他零星的言論：「亦在過往人眼中看出莽和尚三字來。」（第四回夾批）這是說的從五臺山到東京城途中的花和尚魯智深。「看時二字，是李小二眼中事。」「妙，李小二眼中事。」「李小二眼中事」（均見第九回夾批）這都是說的從滄州城的李小二眼中看到的陸謙、富安和當地的差撥、管營相互勾結鬼鬼祟祟欲謀害林沖的情景。「林沖眼中看出梁山泊來。」（第十回夾批）這是借林沖的眼睛讓讀者第一次看到「兩邊都是合抱的大樹，半山裏一座斷金亭子，再轉將過來，見座大關，關前擺著槍、刀、劍、戟、弓、弩、戈、矛，四邊都是擂木炮石」的水泊梁山。「李逵眼中看出。」（第三十七回夾批）這裡說的是浪裏白條張順的肖像、身材、打扮，均從李逵眼中寫來。「只見二字，總是那淫婦、那賊禿、那一堂和尚三段之頭，皆石秀眼中事。」「極寫石秀眼裏不堪。」「石秀眼中，極其不堪。」（均見第四十四回夾批）書中關於潘巧雲、裴如海和眾多和尚的種種醜態都是借石秀眼中寫出的。諸如此類的金批還有：「自李逵眼中寫之，則曰東西。」「卻從李逵眼中寫成四字。」（均見第五十二回夾批）「就李逵眼中寫出大漢形狀來。」「就李逵眼中寫中鐵錘斤兩來。」（均見第五十三回夾批）在此，我們就不一一與《水滸傳》原文對照解釋了。總之是《水滸》作者通過他人眼中寫人、寫事的方法，已被金聖歎揭露無遺。

金聖歎不僅對小說作品中作者通過某一個人的眼睛來寫人、寫事、寫物的方法進行了充分的揭示，有時還揭發出作者通過眾多人的眼中所描寫的事物，而且是熱鬧非常的場面。如他對《水滸傳》中楊志大戰索超一段的評價：「至於正文，只用一句戰到五十餘合不分勝負，就此一句，半路按住。卻重複寫梁中書看呆，眾軍官喝采，滿教場軍士們沒一個不說。李成、聞達不住聲叫好鬥，使讀者口中自說滿教場人，而眼光自落在兩個好漢、兩匹戰馬、兩般兵器上。不惟書裏梁中書呆了，連書外看書的人也呆了。」（第十二回回前總評）

當然，金聖歎在這方面探討得最充分的還是對《水滸傳》第八回中關於魯智深大鬧野豬林一段的評點。金氏先在這一回的回前總評中說：「即如松林棍起，智深來救。大師此來，從天而降，固也；乃今觀其敘述之法，又何其詭

譎變幻，一至於是乎！第一段先飛出禪杖，第二段方跳出胖大和尚，第三段再詳其皂布直裰與禪杖戒刀，第四段始知其為智深。若以《公》、《穀》、《大戴》體釋之，則曰：先言禪杖而後言和尚者，並未見有和尚，突然水火棍被物隔去，則一條禪杖早飛到面前也；先言胖大而後言皂布直裰者，驚心駭目之中，但見其為胖大，未及詳其腳色也；先寫裝束而後出姓名者，公人驚駭稍定，見其如此打扮，卻不認為何人，而又不敢問也。蓋如是手筆，實惟史遷有之，而《水滸傳》乃獨與之並驅也。」接著，金聖歎又在那一描寫片斷中連連夾批道：「第一段，單飛出禪杖，卻未見有人。」「看他先飛出禪杖，次跳出和尚，恣意弄奇，妙絕怪絕。」「第二段，單跳出和尚，卻未曾看仔細。」「第三段，方看得仔細，卻未知和尚是誰。」「第四段，方出魯智深名字，弄奇作怪，於斯極矣。」寫了這麼多夾批之後，金聖歎仍嫌意猶未盡，乾脆還來了一段眉批：「此段突然寫魯智深來，卻變作四段：第一段飛出一條禪杖，隔去水火棍；第二段水火棍丟了，方看見一個胖大和尚，卻未及看其打扮；第三段方看見其皂布直裰，跨戒刀，掄禪杖，卻未知其姓名；第四段直待林沖眼開，方出智深名字。奇文奇筆，遂至於此。」在這裡，金聖歎之所以不厭其詳地反覆批點，是因為《水滸傳》中這一段視覺轉換的描寫實在是太妙了，妙就妙在這種描寫符合普通人對事物的認識過程──由刺激強烈的感性到不太強烈的感性、再到清醒的理性。金聖歎將這一描寫步驟分為四段，正是符合這一認識過程的。

　　其他評點者在這方面的評點文字亦自不少，有的還涉及不同人物眼中「雙向互寫」的問題。

　　毛宗崗在《三國演義》的評點文字中關於這方面的言論也不少，如：「是童子眼中看出一玄德。」（第三十五回夾批）「在玄德眼中極寫一馬超。」（第六十五回夾批）「在子龍眼中寫一姜維。」（第九十三回夾批）

　　張竹坡在《金瓶梅》的評點中也不乏這方面的言論，如：「看其句句是迎春眼中，故妙。」（第十三回夾批）「是西門眼中。」（第五十五回旁批）尤其是書中第九回，潘金蓮被西門慶娶到家中，而當時西門慶已有四個大小老婆──吳月娘、李嬌兒、孟玉樓、孫雪娥，《金瓶梅》的中心故事從這裡才算正式開始，主要人物也第一次大匯聚。怎樣描寫這些主要人物，尤其是怎樣使這些人物給讀者留下初步的、但同時又是深刻的印象，這是作者必須慎重考慮的一個重要問題。蘭陵笑笑生的做法是「雙向互寫」，即從吳月娘的眼中寫

新來的潘金蓮，又從潘金蓮眼中寫原有的吳月娘等人。這樣，就用最經濟的筆墨達到了最理想的效果。請看這一段精彩的描寫：「吳月娘從頭看到腳，風流往下跑；從腳看到頭，風流往上流。論風流，如水晶盤內走明珠；語態度，似紅杏枝頭籠曉月。看了一回，口中不言，心內想道：『小廝每來家，只說武大怎樣一個老婆，不曾看見，不想果然生的標緻，怪不的俺那強人愛他。』金蓮先與月娘磕了頭，遞了鞋腳。月娘受了他四禮。次後李嬌兒、孟玉樓、孫雪娥，都拜見，平敘了姊妹之禮，立在旁邊。月娘叫丫頭拿個坐兒教他坐，分付丫頭媳婦趕著他叫五娘。這婦人坐在旁邊，不轉晴把眾人偷看。見吳月娘約三九年紀，生的面如銀盆，眼如杏子，舉止溫柔，持重寡言。第二個李嬌兒，乃院中唱的，生的肌膚豐肥，身體沉重，雖數名妓者之稱，而風月多不及金蓮也。第三個，就是新娶的孟玉樓，約三十年紀，生得貌若梨花，腰如楊柳，長挑身材，瓜子臉兒，稀稀的幾點微麻，自是天然俏麗，惟裙下雙彎與金蓮無大小之分。第四個孫雪娥，乃房裏出身，五短身材，輕盈體態，能造五鮮湯水，善舞翠盤之妙。這婦人一抹兒都看在心裏。」對於這段描寫，張竹坡非常重視，首先是在該回書的回前總評中說道：「內將月娘眾人俱在金蓮眼中描出，而金蓮又重新在月娘眼中描出。文字生色之妙，全在兩邊掩映。」接下去，又在上引那段描寫的後面夾批：「從金蓮眼內，將眾人都照出。」最妙的是在吳月娘看了潘金蓮以後內心感歎「怪不的俺那強人愛他」後面，張竹坡又有夾批云：「蓋是把一向的月娘點出，非單描金蓮也。」意思是說，作者一方面通過吳月娘的眼睛來寫潘金蓮的妖嬈神態，另一方面又通過吳月娘對潘金蓮的感歎寫了吳月娘自己平日的心態。當然，張竹坡在評點《金瓶梅》的過程中，一直不喜歡吳月娘，一有機會就對吳月娘大加撻伐。這裡，也免不了有借題發揮而攻擊吳月娘的意思。但從作者的描寫手段的角度來看，張竹坡的話也不無道理。作者在這裡的的確確是一刀兩刃，既寫了潘金蓮的風流妖嬈，又寫了吳月娘的複雜心態。這樣的描寫確實稱得上是鬼斧神工，而張竹坡的評點也堪稱撥雲見月。

脂批亦有不少這方面的言論，我們還是結合作品聊舉一二例。《紅樓夢》第三回寫黛玉進賈府一段，明顯借鑒了《金瓶梅》第九回潘金蓮進西門慶家中一段。書中寫道：「不一時，只見三個奶嬤嬤並五六個丫鬟撮擁著三個姊妹來了。第一個肌膚微豐，合中身材，腮凝新荔，鼻膩鵝脂，溫柔沉默，觀之可親。第二個削肩細腰，長挑身材，鴨蛋臉面，俊眼秀眉，顧盼兮神飛，文采精

華,見之忘俗。第三個身量未足,形容尚小。其釵環裙襖,三人皆是一樣的裝飾。黛玉忙起身迎上來見禮,互相廝認。」此處有眉批云:「從黛玉眼中寫三人。」接下去,書中又寫道:「眾人見黛玉年紀雖小,其舉止言談不俗,身體面龐雖怯弱不勝,卻有一段天然態度。便知他有不足之症。」此處又有眉批:「從眾人目中寫黛玉。」更妙的是該回後面寫寶玉見黛玉一段:「寶玉早已看見多了一個姊妹,便料定是林姑母之女,忙來作揖。廝見畢歸坐,細看形容,與眾各別:兩彎似蹙非蹙籠煙眉,一雙似喜非喜含情目。態生兩靨之愁,嬌襲一身之病。淚光點點,嬌喘微微。閒靜時如姣花照水,行動似弱柳扶風。心較比干多一竅,病如西子勝三分。」此處又有更精彩的眉批:「又從寶玉目中細寫一黛玉,直畫一美人圖。」脂批甚至認為,通過書中人物的眼睛還可以寫大事件、大場面:「『除夕祭宗祠』一題極博大,『元宵開夜宴』一題極富麗,擬此二題於一回中,早令人驚心動魄,不知措手處。乃作者偏就寶琴眼中款款敘來。」(有正本第五十三回回前總批)

董孟汾在評點《雪月梅傳》時,對這方面的議論也比較多。例如:「此在岑秀眼中看出,寫來如畫。」(第四回夾批)「婆媳三人容貌,俱從雪姐眼中寫出,卻要而不繁,」(第二十二回夾批)尤其是該書第十三回的兩段夾批:「劉電人品,又從蔣、岑眼中看出。」「蔣、岑人品,又從劉電眼中看出。」這也是上面所說的那種「雙向互寫」。

對於通過作品中的人物眼中寫人敘事的方法,有些評點者還有更深一層的議論。林鈍翁著眼於兩處描寫的比較:「真好鋪設,雖與前卷郎合向宦萼所說一字不移。他那是口說,這是眼中看見,故不覺重複。」(《姑妄言》第九回夾批)毛宗崗則提出「虛畫」與「實寫」的區分:「先從李儒眼中虛畫一呂布。」「又從董卓眼中虛畫一呂布。」「又從董卓、李儒眼中實寫一呂布。」(均見《三國演義》第三回夾批)

由此可見,許多小說作品中通過他人眼中來寫人、寫物、寫事的方法,已經引起了諸多評點者們的高度重視,他們一致認為這是一種非常經濟實用而又生動活潑的寫人方法。因為它往往既寫了「被看人」,又寫了「著眼者」,可以達到一箭雙雕的作用和效果。

## 二、「眼中看心中評」

評點者們除了注意到小說作品中從他人眼中寫人、寫物、寫事的方法之

外，又注意到了與之相近的從他人口中、耳中、鼻中、意中寫人、寫物、寫事的方法。更有甚者，還有寫評點者在批評文字中涉及到通過他人眼中、口中、耳中、鼻中、心中、意中寫人、寫事、寫物方法的綜合運用。

先看單純的「口中」「耳中」「鼻中」「意中」寫人、寫事。

「口中」。「臥閒草堂」本《儒林外史》的評點者深諳此法，在評語中一再言及，如：「書中並無黃老爹、李老爹、顧老相公也者，據諸人口中津津言之，若實有其人在者。然非深於《史記》筆法者未易辦此。」（第二回回末總評）「嚴大老官之為人，都從二老官口中寫出。」（第五回回末總評）

《水滸傳》第二十一回寫武松在柴進面前讚揚宋江「有頭有尾，有始有終」時，金聖歎亦有夾批云：「八個字不必隱括宋江，正是捎打柴進，妙絕。」毛宗崗在《三國演義》的評點中這類話也不少，如第三十五回夾批云：「借牧童口中畫出一玄德。」第六十五回夾批云：「又在玄德口中補寫一馬超。」第九十三回更是連連夾批道：「又在南安人口中寫一姜維。」「又在子龍口中寫一姜維。」天花藏主人在《平山冷燕》第十五回的回前總評中也說過類似的話：「山黛量才厲害，久不提起，故又借和尚口中細說一遍。」但明倫在《聊齋誌異·青梅》篇的夾批中也作出過相近的反映：「於女口中贊其三德，而決其不貧，比前又深一層。」「耳中」。金聖歎在評點《水滸傳》時屢屢提及此法：「只聽得，妙妙，急殺。」「又聽得，妙妙，急殺。」（均見第六回夾批）「只聽得，一句。」「一連九個『一個道』，如王積薪夜聽姑婦弈棋，著著分明，聲聲不漏。」（均見第九回夾批）「只聽得妙絕。」「聽得妙絕。」「聽他妙絕。」（均見第二十六回夾批）毛宗崗亦云：「先生耳中又聽出一玄德。」（《三國演義》第三十五回夾批）張竹坡在《金瓶梅》第十三回的一段夾批中也表達了相近似的觀點：「一『說著』一『說道』，俱是迎春耳中照出也。」在該書第五十五回的旁批中，張氏又說：「是西門耳中。」本段所引金聖歎所謂「王積薪夜聽姑婦弈棋」，是唐代薛用弱《集異記》中的一個故事。在該書的《王積薪》篇中，作者給我們展示了一個用耳朵聽人下「盲棋」的動人場面：「玄宗南狩，百司奔赴行在，翰林善棋者王積薪從焉。蜀道隘狹，每行旅，止息道中之郵亭，人舍多為尊官有力之所先。積薪棲無所入，因沿溪深遠，宿寓於山中孤姥之家。但有婦姑，皆闔戶，止給水火。才暝，婦姑皆闔戶而休。積薪棲於簷下，夜闌不寢。忽聞堂內姑謂婦曰：『良宵無以適興，與子圍棋一賭可乎？』婦曰：『諾。』積薪私心奇之：堂內素無燈燭，又婦姑各在東西室。積

薪乃附耳門屏，俄聞婦曰：『起東五南九置子矣。』姑應曰：『東五南十二置子矣。』婦又曰：『起西八南十置子矣。』姑又應曰：『西九南十置子矣。』每置一子，皆良久思唯，夜將盡四更。積薪一一密記，其下止三十六。忽聞姑曰：『子已敗矣，吾只勝九枰耳。』婦亦甘焉。」這大概是中國古代小說中最早的一段從他人「耳中」寫人的佳構了，故而金聖歎用來比喻《水滸傳》中的精妙寫作技法，這當然是十分恰當的了。

「鼻中」。當《金瓶梅》第五十五回寫到相府翟總管向西門慶介紹蔡京「早膳、中飯、夜宴」都是要奏樂的，「西門慶聽言未了，又鼻子裏覺得異香馥馥」時，張竹坡旁批云：「是西門鼻中。」而《紅樓夢》第六回中寫到劉姥姥剛進榮國府時，「只聞一陣香撲了臉來」，甲戌本夾批云：「是劉姥姥鼻中。」

「心中」「意中」。毛宗岡對此領會頗深，故於《三國演義》的評點中屢屢有云：「又在關公意中寫一黃忠。」「又在雲長意中寫一黃忠。」（均見第五十三回夾批）「又在子龍意中寫一姜維。」（第九十三回夾批）脂批亦有這方面的言論：「不寫黛玉眼中之寶玉，卻先寫黛玉心中已畢（早）有一寶玉矣，幻妙之至。」（甲戌本第三回眉批）「從劉姥姥心中意中幻擬出奇怪文字。」（甲戌本第六回夾批）「從阿呆兄意中，又寫賈珍等一筆，妙。」（甲戌本第二十五回夾批）金聖歎在《水滸傳》的評點中也提及此法：「想是妙絕，約莫妙絕。」（第二十六回夾批）

此外，還有的評點者通過對書中人物的其他部位對他人、他事、他物的感受的評點，來揭示作者在敘事時所採用的特殊視角。如《紅樓夢》甲戌本第六回連連有夾批來評價作者對劉姥姥感受的描寫：「是劉姥姥身子。」「是劉姥姥頭目。」

再看綜合運用某一人物的各種感受來寫他人、他事。

所謂「綜合運用」，其實又可分不同的類型。小說作者們根據各自的需要，往往通過他人的感官、心意對某一人物、事件的感受來表達自己對這一人物或事件的看法和評價，進而達到成功塑造人物形象的目的。而這種綜合運用的方式，較之單純運用的方式當然更複雜一些，也更有效一些。

「眼中」「口中」的綜合。金聖歎云：「從莊家眼中口中寫出酒興。」（《水滸傳》第三回夾批）毛宗岡云：「今作者將麋芳中箭在玄德眼中敘出，簡雍著槍、麋竺被縛在趙雲眼中敘出，二夫人棄車步行在簡雍口中敘出，簡雍報信

在翼德口中敘出，甘夫人下落則借軍士口中詳之，糜夫人及阿斗下落則借百姓口中詳之，歷落參差，一筆不忙，一筆不漏。」（《三國演義》第四十一回回前總評）毛氏又云：「又在孔明眼中口中寫一姜維。」（《三國演義》第九十三回夾批）脂批也有這方面的言論：「從旁人眼中口中出，妙極。」（庚辰本第二十六回夾批）

「眼中」「心中」綜合。對此，脂批多有評述：「不寫衣群妝飾，正是寶玉眼中不屑之物，故不曾看見。黛玉之居（舉）止容貌亦是寶玉眼中看心中評，若不是寶玉，斷不能知黛玉終是何等品貌。」（甲戌本第三回眉批）「從劉姥姥心中目中略一寫，非平兒正傳。」「從劉姥姥心中目中設譬擬想，真是鏡花水月。」（均見甲戌本第六回夾批）「是太監眼中看，心中評。」（庚辰本第七十二回批語）張文虎在《儒林外史》第十四回的一段夾批中也涉及同樣的問題：「此則馬二先生眼睛裏、心坎裏沒齒不忘。」董孟汾在《雪月梅傳》第二十九回的夾批中所發表的意見也十分相近：「先從嚴先生心頭眼底寫一岑生，自然可成水乳。」

相對而言，某一人物對他人他事的感覺大體上可分為兩個層次。一是外在化層次，即通過眼、耳、鼻、口等感覺器官去感受；一是內在化層次，即通過心、意（亦即今天所謂「頭腦」）去進一步感受。前者只能說是一種感官刺激，所反映的對象往往是表層的、局部的、片面的；後者較為深入，有時甚至可以反映一些本質的、內在的東西。如果將這兩方面結合在一起，恰恰符合人類認識事物的一般規律——由外及內、由表及裏、由現象及本質。如上述脂評謂寶玉看黛玉一例，就是典型的這種由淺入深的模式——「眼中看心中評」。進而言之，這種由淺入深的思維過程既是對賈寶玉的心理描寫，也是對林黛玉的神態描寫。小說作家中之佼佼者往往有這種一刀兩刃之筆，而小說評點者中的佼佼者也往往有這種切中肯綮的評價。因此，從某種意義上講，一些高妙的評點文字是對一些美妙的小說文字的藝術補充和審美強化。那麼，評點者們自身是否也能從理論上認識這一問題呢？且看下面的例證和分析。

## 三、「奇文繡錯入妙」

在上述批評文字中，評點者們對於小說作者在敘事視角方面所採用的一些具體方法進行了廣泛的揭示，但這僅僅只能算是羅列現象而已。雖然現象的羅列是我們深入討論問題的基礎，但真正的理論研究必須在羅列現象的基

礎上更進一步，如此方能更上一層樓。可喜的是，有些評點者正是在這方面前進了一大步。

中國古代小說評點派的泰斗金聖歎在評點《水滸傳》時，就從接近於今天我們所說的「通感」的角度，進一步探討了小說作者利用書中人物的感覺來敘事的方法問題。他說：「上文許多事情，偏在耳中聽出，此處殺豬也似一聲，卻於眼中看見，奇文繡錯入妙」（第二十六回夾批）他還說：「聽了一個時辰，卻是看見，耳顛目倒，靈心妙筆。」（《水滸傳》第九回夾批）

在另一段評點文字中，金聖歎深入細膩地討論了敘事角度的不斷轉換和多重搭配問題：「要看他凡四段，每段還他一個位置，如梁中書則在月臺上，眾軍官則在月臺上梁中書兩邊，軍士們則在陣面上，李成、聞達則在將臺上。又要看他每一等人，有一等人身份，如梁中書只是呆了，是個文官身份。眾軍官便喝采，是個眾官身份。軍士們便說出許多話，是眾人身份。李成、聞達叫好鬥，是兩個大將身份。真是如花似火之文。」（第十二回夾批）「一段寫滿教場眼睛都在兩人身上，卻不知作者眼睛乃在滿教場人身上也。作者眼睛在滿教場人身上，遂使讀者眼睛不覺在兩人身上，真是自有筆墨未有此文也。」（第十二回眉批）

在有的地方，金聖歎甚至還將書中人物與讀者打成一片來發表議論，使書中人物的感覺被強化為讀者的感覺，從而使讀者能更深刻地體會到讀精彩的故事片斷的審美快感。如《水滸傳》第四十一回，寫宋江被鄆城縣都頭趙能、趙得帶著兵丁追趕而躲到還道村一座古廟的神廚中時，書中寫道：「宋江在神廚裏一頭抖，一頭偷眼看時，趙能、趙得引著四五十人，拿著火把，各到處照，看看照上殿來。……」這一段描寫都是借助宋江的眼睛來展開的。通過宋江眼中之所見，寫出宋江心中之所想，同時也推動了故事情節的向前發展。在這一回的回前總評中，金聖歎對作者的這種描寫方式是這樣評判的：「前半篇兩趙來捉，宋江躲過，俗筆只一句可了。今看他寫得一起一落，又一起又一落，再一起再一落，遂令宋江自在廚中，讀者本在書外，卻不知何故，一時便若打並一片，心魂共受若干驚嚇者。燈昏窗響，壁動鬼出，筆墨之事，能令依正一齊震動，真奇絕也。」這種感受，應該說是閱讀文學作品、尤其是小說作品過程中最為深刻、也最為細膩的感受了。

總之，小說評點者們對小說作者那些轉換視角的描寫方法早已注目，甚至可以說已經有所研究。儘管他們的研究還比較幼稚，無法與今天的理論家

們相比，但幼稚之於老成，猶如孩子之於老人。正是他們這些現在看來很幼稚而在當時卻處於領先水平的言論，為中國以小說為主體的敘事文學作品在關於敘事視角的方面開闢了一條艱難而又富有前景的小路。篳路藍縷，以啟山林，其功勳是不可磨滅的。

（原載《湖北師範學院學報》2005 年第一期）

# 敘事：妙在虛實真幻之間
## ——古代小說批評的辯證思維之一斑

　　中國傳統文化有著自身鮮明的個性。僅以思維方式而言，就充分體現了中國古代思想家、文學家、文學批評家的「中國特色」。在古代中國，辯證邏輯和形式邏輯的發展是極不平衡的。大體而言，在先秦時代的諸子百家那兒，辯證邏輯和形式邏輯這兩種思維方式是並行不悖的。但自漢代以來，形式邏輯日益式微，而辯證邏輯卻盛行不衰。這種追求「辯證」的思維模式直接影響了中國古代的小說作者和批評者，從而，也使得中國古代小說的創作和批評都充滿了辯證意味。

　　中國古代小說評點家們常常涉及敘事理論。這些理論與我們今天的敘事學、寫作學研究的內容既有相通之處，又有自身的特點。而運用辯證思維的模式來探討中國古代小說創作中的成功經驗，則正是最具中國古代小說批評特色的標誌之一。在小說評點者那兒，諸如「雅」與「俗」、「動」與「靜」、「剛」與「柔」、「哀」與「樂」、「有」與「無」、「大」與「小」、「顯」與「隱」、「揚」與「抑」、「冷」與「熱」、「主」與「賓」等等各種辯證關係的對子，都有比較充分的論述。然而，其中談得最多、最深入的則是「忙」與「閒」、「犯」與「避」、「虛」與「實」、「幻」與「真」之間的對立統一。對於「忙」、「閒」、「犯」、「避」之間的相關問題，我們將另撰文闡發。這裡，主要討論「虛」、「實」、「真」、「幻」之間的關係。

　　常識告訴我們，如果一位小說作家不懂得虛、實、真、幻之間關係的話，他注定是無法進行小說創作的。即便他硬著頭皮寫下一點文字，也注定

不是小說，因為通過藝術虛構來反映生活真實是小說創作的根本任務和基本途徑。

綜上所言，本文著重探討中國古代小說敘事的虛、實、真、幻之間的關係。在討論過程中，我們將力圖體現以下特點：

第一，注重古代小說批評理論與古代小說創作實踐之間的關係。目前，學術界在這兩個方面都有各自豐碩的成果，但將兩個方面緊密結合進行相互印證，則尚屬薄弱環節。

第二，涉及中國古代小說批評與敘事學、寫作學之間的關係。在這方面，學術界同樣是分開來各有建樹，放在一起作綜合探研則顯然不夠。

第三，將中國古代小說敘事過程中「虛」、「實」、「真」、「幻」之間的關係的理論和實踐置於中國古代辯證思維的文化背景中進行探討，力求反映出其中規律性的東西。這種小說批評研究與中國傳統文化研究的結合，也是一種新的嘗試。

當然，要想在一篇文章中全面、深入地展開對以上問題的討論顯然是不可能的。但無論如何，以上幾個方面或是本文的切入點，或是本文的立足點，或是本文的著重點，那卻是勿庸置疑的。

一

中國古代作家很早就掌握了「虛寫」與「實寫」之間的辯證關係，尤其是史傳文學作品，如《左傳》《戰國策》《史記》《漢書》等，更是有大量的注目於虛實關係的篇章存在。小說是敘事文學中之佼佼者，虛寫與實寫之間的關係顯得尤為重要。許多著名的小說作家都非常善於運用虛實相間的敘事方法，而不少評點者也能準確而深刻地指出「虛」與「實」之間的辯證關係。

《水滸傳》中多有虛寫與實寫相結合的絕妙片斷，金聖歎也往往予以準確的點評，我們先看幾則簡明的例子。

書中第十五回，當梁中書派遣楊志押送生辰綱時，楊志向梁中書敘述了從大名府到京師途中必經的險要之地。這些地方有的是後來要實寫的，有的則是作為陪襯之筆而虛晃一槍的，對此，金聖歎一一隨正文而標示得明明白白。且看：「經過的是紫金山（虛）、二龍山（實）、桃花山（實）、傘蓋山（虛）、黃泥岡（實）、白沙塢（虛）、野雲渡（虛）、赤松林（實）。」（括號內是金聖

歡批語）隨後，金氏又有總結：「數出八處險害，卻是四虛四實，然猶就一部書論之也，若只就一回書論之，則是七虛一實耳。」意謂在「智取生辰綱」這一回書中，只有黃泥岡一處地名是實，其他的都是陪襯的虛寫。

寫地名如此，寫人物亦乃如此。我們再看書中第十七回，宋江給晁蓋通風報信時，晁蓋向宋江介紹「智取生辰綱」的七個人物時，說道：「七個人：三個是阮小二、阮小五、阮小七，已得了財，自回石碣村去了；後面有三個在這裡，賢弟且見他一面。」金聖歎批道：「七個人，三個虛，三個實，作兩段寫出，妙絕文字。」

在《水滸傳》中，這樣虛實相間的例子舉不勝舉，而金聖歎的評語也絡繹不絕，不妨再看一例：

「又如前回敘林沖時，筆墨忙極，不得不將魯智深一邊暫時閣起，此行文之家要圖手法乾淨，萬不得已而出於此也。今入此回，卻忽然就智深口中一一追補敘還，而又不肯一直敘去，又必重將林沖一邊逐段穿插相對而出，不惟使智深一邊不曾漏落，又反使林沖一邊再加渲染，離離奇奇，錯錯落落，真似山雨欲來風滿樓也。」（第八回回前總評）

毛宗崗則十分形象地稱這種虛寫與實寫為「近山濃抹，遠樹輕描」，意謂在畫家筆下，近處的山與樹都「濃抹」之，而遠處的山與樹則「輕描」之。他說：「《三國》一書，有近山濃抹，遠樹輕描之妙。畫家之法，於山於樹之近者，則濃之重之，於山與樹之遠者，則輕之淡之。不然林麓迢遙，峰嵐層疊，豈能於尺幅之中一一而詳繪之乎？作文亦猶是已。……至若曹丕三路伐吳而皆敗，一路用實寫，兩路用虛寫；武侯退曹丕五路之兵，惟遣使入吳用實寫，其四路皆虛寫。諸如此類，又指不勝屈。只一句兩句，正不知包卻幾許事情，省卻幾許筆墨。」（《讀三國志法》）

不僅如此，在對《三國演義》的評點過程中，毛氏還反覆論證了這種敘事寫人的「虛」與「實」之關係。如：「前張角妖術，只在盧植口中虛點一句；今張寶妖術，卻用實敘。都好。」（第二回夾批）「一場大事，只就探子回報帶筆寫出。一邊實敘，一邊虛敘，參差盡致。」（同上）「前文曹操破呂布卻用實寫，此處袁紹、公孫都用虛述，一詳一略，皆敘事妙品。」（第二十一回夾批）

鄒弢在評點《青樓夢》的過程中，也不斷涉及「虛」與「實」的問題，如：「琴音生子，卻用虛寫。」「碧珠死用虛寫，筆法變換。」（均見第五十一

回夾批）「竹卿之死用虛寫。」（第六十二回夾批）

在該書第六十二回的回前總評中，鄒氏更是大談「虛實」之法及其相關的問題：「收拾三十六美，頗非易易，觀其到仙境便知矣。若說一起同來，必無是理，且嫌率直，必須陸續漸來。或實寫，或虛寫，或陰司鬼卒押來，或用土地送來，種種敘法皆妙。」「挹香出家，用詳寫，從自己口中細說，姚、葉出家，用虛寫，從別人帶敘出來；拜林出家，用略寫，亦從自己說出。寫得離奇錯綜，不獨賓主分明，亦是情理兼到。」可見這位晚清評點家對這一問題是極端重視的。

但明倫在評點《聊齋誌異》時，也對虛寫、實寫問題涉及頗多。如：「殺仇只用虛寫，神氣已足。」（《商三官》篇夾批）「殺某甲用虛寫，筆筆活現，字字傳神。」（《崔猛》篇夾批）「從對面寫俠士，已見一斑。此處先虛後實。」（《雲蘿公主》篇夾批）無論是單純的「虛寫」，抑或是「先虛後實」，總之，《聊齋》中的虛實之筆用得精妙絕倫，而但明倫氏對這一問題的評價也言簡意賅。

其他評點者對此問題也多有議論。

張竹坡在評點《金瓶梅》的過程中，將實寫和「影寫」「遙寫」相對而言，指出：「寫春梅，用影寫法，寫瓶兒，用遙寫法；寫金蓮，用實寫法。然一部《金瓶》，春梅至『不垂別淚』時，總用影寫，金蓮總用實寫也。」（第一回回前總評）這裡說的「影寫」，大致上就是暗寫的意思，其實，也就是一種特殊的虛寫；而「遙寫」，大概就是遠遠地寫，大抵上也就是毛宗崗所謂「遠樹輕描」的意思，也是虛寫之一種。

庚辰本《紅樓夢》亦有脂批云：「前『悔娶河東獅』是實寫，『誤嫁中山狼』出迎春口中，可為虛寫。以虛虛實實，變幻體格，各盡其法。」（第八十回）

另一位小說評點者「在園」在《女仙外史》第九十八回回末總評云：「《外史》之妙，妙在有無相因，虛實相生。……故其行文，在乎虛虛實實，有有無無，似虛似實之間，非有非無之際，蓋此老所獨得。」這是將「虛」與「實」、「有」與「無」聯繫在一起進行論述，以見其書敘事之妙。

「齊省堂」本《儒林外史》第四十一回回末總評中也有這方面的論述：「曹武惠王廟與泰伯祠，一虛一實，互相掩映，深得古人用筆之妙。」

董孟汾在《雪月梅傳》第三十七回的夾批中，也屢屢言及「虛筆」之妙

用：「不知岑秀本領，故有此議論，卻是虛筆取勢。」「與下文胡撫飛檄相應，是虛筆作陪。」

醉園在《嶺南逸史》第一回回末總評中也說過：「此回寫逢玉處，詳盡得妙。下回寫貴兒處，隱躍得妙。便可悟作文虛實之法，而避合掌之弊。」所謂「合掌」，其實就是一種「重複」。詩詞寫作時兩句話同說一件事，小說創作中兩回書寫法相同，都是合掌。避免合掌的最好辦法就是虛實相間，使文章具錯綜之妙。看來《嶺南逸史》的作者和評點者都深深懂得其中的道理。

## 二

有些評點者不僅點明了小說創作中虛寫與實寫的對立統一關係，而且還進一步研討了「虛」與「實」之間的包容或轉化關係。

金聖歎說：「張青述魯達被毒下，忽然又撰出一個頭陀來，此文章家虛實相間之法也。然卻不可便謂魯達一段是實，頭陀一段是虛。何則？蓋為魯達雖實有其人，然傳中卻不見其事，頭陀雖實無其人，然戒刀又實有其物也。須知文到入妙處，純是虛中有實，實中有虛，聯縮激射，正復不定，斷非一語所得盡贊耳。」（《水滸傳》第二十六回回前總評）

金聖歎又說：「正賺徐寧時，只用空紅羊皮匣子，及賺過徐寧後，卻反兩用雁翎砌就圈金賽唐猊甲。實者虛之，虛者實之，真神掀鬼踢之文也。」（《水滸傳》第五十五回回前總評）

毛宗岡在評點《三國演義》時也注意到了虛寫與實寫之間錯綜複雜的交叉關係，他說：「當周瑜戰曹仁之時，正孔明遣將取三城之時。妙在周瑜一邊實寫，孔明一邊虛寫。又妙在趙子龍一邊，在周瑜眼中實寫，雲長、翼德兩邊，在周瑜耳中虛寫。此敘事虛實之法。」（第五十一回回前總批）

毛氏還說：「前文之決水者二：曹操之決泗水以淹下邳，決漳河以淹冀州是也；後文之決水者一：關公之決湘江以淹七軍是也。獨此卷於涪水之決，則欲決而不能決，遂不果決。有前之二實，不可無此之一虛，有此之一虛，然後又有後之一實。文字有虛實相生之法，不意天然有此等妙事，以助成此等妙文。」（第六十三回回前總評）

《紅樓夢》脂評對此也大加議論，甚至還出現了一些新的提法。如：

「最奇者，黛玉乃賈母溺愛之人也，不聞為作生辰，卻云特意與寶釵，

實非人想得著之文也。此書通部皆用此法，瞞過多少見者，余故云『不寫而寫』是也。」（庚辰本第二十二回批語）

「分明幾回沒寫到賈璉，今忽閒中一語，便補得賈璉這邊天天鬧熱，令人卻如看見聽見一般，所謂『不寫之寫』也。」（同上，第三十九回）

「今用老嫗數語，更寫得每夜深人定之後，各處光燦爛，人煙簇集，柳陌曲巷之中，或提燈同酒，或寒月烹茶者，竟仍有絡繹人跡不絕，不但不見寥落，且覺更勝於日間繁華矣。此是大宅妙景，不可不寫出，又伏下後文，且又趁出後文之冷落。此閒話中寫出，正不寫之寫也。」（同上，第四十五回署名「脂硯齋」之評語）

這裡，脂批一而再再而三所謂之「不寫而寫」，其實也就是一種高級狀態的「虛寫」。

上述而外，評點者對於虛寫與實寫之辯證關係也有不少很不錯的說法。

如天花藏主人在《平山冷燕》第二回的回前總評中說：「皇太后召見既虛描矣，寵愛之情於何窺之？又以劉太監一送透露全斑，雖虛亦實矣。」

而但明倫在對《聊齋誌異·田七郎》的一段夾批中，則將虛實之筆的對立轉換關係說得如花似錦：「殺林兒用虛寫，用對面寫，點七郎用虛筆；殺某弟用實寫，用正面寫，點七郎用實筆；至殺宰又是一樣寫法，此法不實不虛。」

一篇文章也罷，一部小說也罷，他的作者不可能不注目於虛寫和實寫的問題。如果全文都用實寫，將使作品累贅不堪、平冗乏味；如果全文純用虛筆，則過分空靈，使讀者丈二金剛摸不著頭腦。只有能夠做到虛實相間的作者方是個中高手，如果在虛實相間的同時，更能注目於「虛」與「實」之間的種種辯證關係，如對峙、錯綜、包容、轉換等等，那就更是文章聖手了。評點者亦乃如是，如果僅僅只是點出小說作品中的「虛寫」「實寫」云云，當然是很不錯的批評者，但如果能進而分析這「虛實」之間的種種奧妙、種種關係，那才是目光如燭的評點方家。

## 三

弄清小說創作的虛實之關係，僅僅是問題的第一步。進而言之，在小說創作過程中還有一個真、幻關係的問題，尤其是對於歷史小說和神怪小說而言，如何處理好真實與虛幻之關係，更是重中之重。

　　小說創作的主要任務是反映歷史真實還是進行藝術虛構，這一在今天的批評家們乃至普通讀者看來不成問題的問題，在中國古代的小說創作實踐和小說理論研究領域卻是大有「問題」的。

　　在古代中國，小說創作和評價領域長期以來存在著兩種錯誤觀念：其一，小說被當作歷史的附庸；其二，小說中的神異描寫被當作真實存在。有些小說作者完全分不清小說創作中的寫實與虛構的關係，完全相信那些神奇鬼怪的故事是人類生活中的組成部分。這樣，就導致了小說創作的迷茫和小說理論的混亂。

　　然而，在那一片令人喪氣的沼澤泥潭之中，也有若干通往康莊坦途的彎彎曲曲的小路。它告訴人們，我們的小說作者和評點者們並非完全混帳，他們中間也有見識卓異的佼佼者，他們對於小說創作中真實與虛構的關係、現實與神異的關係都進行了不同凡響的描寫或發表了卓爾不群的意見。當然，在研究那些超前的、正確的意見的同時，對於有些評點者的不正確或不完全正確的意見，我們也要放在一起進行綜合探討。

　　我們先從《水滸傳》說起。儘管該書也有少量的神異描寫，如「洪太尉誤走妖魔」、「入雲龍鬥法破高廉」等等，但在絕大多數情況下，該書的故事和人物都是符合生活真實的。對此，金聖歎發出由衷的讚揚，並將其與《西遊記》進行了比較分析。金氏說：「《水滸傳》不說鬼神怪異之事，是他氣力過人處。《西遊記》每到弄不來時，便是南海觀音救了。」（《讀第五才子書法》）

　　毛宗岡對此也有相近的看法：「讀《三國》勝讀《西遊記》。《西遊》捏造妖魔之事，誕而不經。不若《三國》實敘帝王之事，真而可考也。」（《讀三國志法》）

　　毛氏的話雖然也不錯，但與上述金聖歎的話相比，就顯得不那麼恰當了。因為金氏批評《西遊記》，是說它「每到弄不來時，便是南海觀音救了」，指的是那種沒有藝術功力的神異描寫，而沒有全盤否認《西遊記》中的神異描寫。毛氏的話則對《西遊記》的神異描寫採取了全盤否定的態度，並且錯誤地認為只有敘「真而可考」之題材的小說作品才是好作品。在緊接在上段話後面的另一段評語中，毛宗岡的這種錯誤認識就表現得更為突出了：

　　「讀《三國》勝讀《水滸傳》。《水滸》文字之真，雖較勝《西遊》之幻，然無中生有，任意起滅，其匠心不難。終不若《三國》敘一定之事，無容改

易，而卒能匠心之為難也。」

這就不僅否定了《西遊記》中的魔幻之筆，而且對《水滸傳》中的藝術虛構也一併進行了鄙夷和批判。毛宗岡通過貶抑《水滸傳》《西遊記》來達到抬高《三國演義》的歷史真實性的言論絕不止上述兩處，在第九十四回的回前總評中，毛氏又說：「《三國》一書，所以紀人事，非以紀鬼神。惟有一番籌度，一番誘敵，乃見丞相之勞心，諸將之用命。不似《西遊》、《水滸》等書，原非正史，可以任意結構也。」當然，這段話在貶低《水滸》《西遊》神異描寫的同時，也的的確確道出了《三國演義》這類歷史小說作者的苦衷——難以任意結構。

當然，毛宗岡也看到《三國演義》中同樣有虛幻的描寫，對此他怎樣解釋呢？請看他的兩段話：

「每讀《封神演義》，滿紙仙道，滿目鬼神，覺姜子牙竟一無所用，不若《三國志》中之偶一見之也。如伏波顯聖，山神指迷，入山求草，祝井出泉，未嘗不仰邀神助，恍遇仙翁，然不可無一，不容有二。使盡賴神謀，何以見人謀之善；使盡仗仙力，何以見人力之奇哉？」（第八十九回回前總評）

「前卷祝井出泉，是孔明但邀神助，此卷以扇反風，是孔明自有神通。每讀《西遊記》，見孫行者之降妖；讀《水滸傳》，見公孫勝之鬥法，以為奇幻。不謂《三國志》中已備《西遊記》《水滸》之奇矣。況彼以捏造之事，雖層見迭出，總屬虛談，不若此為真實之事。即偶有一二，已足括彼全部也。」（第九十回回前總評）

看來，毛氏也認為在小說作品中，神異描寫實不可少，只是不能太多、太泛而已。平心而論，這才是符合藝術規律的較為妥當的觀點。

相比較而言，《紅樓夢》「脂評」中討論「幻筆」的某些話則顯得更為公允一些。如書中第三回寫到林黛玉說「癩頭和尚」一段，甲戌本有眉批云：「奇奇怪怪一至於此。通部中假借癩僧跛道二人，點明迷情幻海中有數之人也。非襲《西遊》中一味無稽，至不能處便用觀世音可比。」

這裡所說的，就是小說創作需要一定的「幻筆」來進行輔助性描寫，但幻筆不能太多，且不能重複累贅，太幻則不真，過分低層次的重複使用「幻筆」則令人生厭。那麼，什麼樣的「幻筆」才是高妙的呢？甲戌本同一回的另一段眉批很快作出了回答：「不寫黛玉眼中之寶玉，卻先寫黛玉心中已畢有一寶玉矣，幻妙之至。」

　　可知，真正高妙的「幻筆」是為表達思想、推動情節或塑造人物服務的，絕不是作者故作高深以取悅讀者、蒙蔽讀者或在「每到弄不來時」的搪塞之筆。《紅樓夢》的作者對「幻筆」的認識是深刻的，《紅樓夢》的評點者對「幻筆」的認識同樣也是深刻的。謂予不信，請再看下面一段脂批：「《石頭記》一部中，皆是近情近理必有之事，必有之言；又如此等荒唐不經之談間亦有之，是作者故意遊戲之筆耶？——以破色取笑，非如別書認真說鬼話也。」（庚辰本第十六回眉批）這是寫在書中人物秦鍾臨死前夢見「許多鬼判持牌提鎖來捉他」時的一段批語，一來可以表現垂死之人精神之迷離恍惚，二來也是「作者故意借世俗愚談愚論設譬，喝醒天下迷人」。（同處甲戌本夾批）如此一箭雙雕的「幻筆」，方可謂高妙之至。

　　對於《紅樓夢》中「幻筆」的運用，脂批多有闡述發明，而且經常批到點子上。不妨再看庚辰本第二十五回的一段眉批：「通靈玉除邪，全部百回只此一見，何得再言僧道蹤跡虛實。幻筆幻想，寫幻人於幻文也。」

　　對於「幻筆」的評論，在其他評點者那兒也常常可見。如：

　　「此回寫花笑人之歷報，如曇花斷地獄，或變跳蚤、或變杜鵑、或變叩頭蟲，奇奇幻幻。末後弔場處，忽然聯入白氏，顯出心誠，令人不測。小說中之蜃樓海市也。」（醉花驛使、熱腸樵叟《錦繡衣》第五回回末總評）

　　這裡，評點者將幻筆比喻成海市蜃樓，顯然是讚美之辭。再如：

　　「永樂元午九月，盛庸，耿炳文俱書賜死，則泗國封爵之有無，存而不論可也。以工部尚書邯鄲侯開場，乃夢夢空空之事也。其餘因事命名，大約皆如相如作賦之子虛、烏有先生，亡是公之類耳。」（寄旅散人《林蘭香》第一回回末總評）

　　將小說創作中的虛構，比喻成「相如作賦之子虛、烏有先生，亡是公之類」，其間的基本態度還是讚揚的。

　　相比較而言，一位佚名的評點者在《五色石》第一卷的卷末總評中對該篇所用虛幻之筆的讚美就很有些「力度」了：「事至曲，文至幻矣。其尤妙處，在天竺相逢，恍恍惚惚，令人於白家議聘之後，又虛想一寺中美人。此等筆墨，飄乎欲仙。」

　　更有甚者，在《聊齋誌異》寫「幻」名篇《畫壁》中，諸評點者對「幻筆」進行了反反覆覆的討論：「幻色。」「幻境。」（但明倫夾批）「只緣凝想，便幻出多少奇境。」（稿本無名氏夾批）「因思結想，因幻成真，實境非夢

境。」（馮鎮巒夾批）「此篇多宗門語，至『幻由人生』一語，提撕殆盡。志內諸幻境皆當作如是觀。」（何守奇篇末總評）

這些評語、尤其是何守奇的評語，不僅針對《畫壁》篇而言，甚至推而廣之，認為《聊齋誌異》全書的「幻筆」都應從「幻由人生」一句去挖掘根源，這種看法，無疑是符合蒲松齡的本意和《聊齋誌異》的創作實際的。

當然，也有些評點者、尤其是歷史小說的評點者仍然死死抱住小說創作之「真實性」不肯放手，固執地認為小說是歷史之附庸，小說創作就是為了羽翼正史。錢江拗生就是這樣一位評點者，他在評點《樵史通俗演義》的過程中，就曾經反覆表達這種觀點。他說：「此回摹仿《水滸傳》潘金蓮、潘巧雲兩段。然李自成殺君之寇，其出身雙泉堡，得罪艾同知，舉是實事。非好弄筆人漫無考據，如《剿闖》兩小說之憑空捏造也。」（第二十二回回末總評）「節節實錄，寫得躍躍生動。哭不赴援一事，范質公每向友人述之，非劈空描畫，以資談柄也。」（第二十五回回末總評）「此回事事跂實。高闖一段傳聞甚確，特為拈出，以備正考。」（第二十七回回末總評）「字字實錄，可為正史作津筏。」（第三十四回回末總評）「余是年在金陵，無論各鎮紛爭得之聽聞，馬閣部『略似人形，方可留用』一示，實親見張掛部前，不敢妄一語也。」（第三十七回回末總評）

反反覆覆，嘮嘮叨叨，錢江拗生在這裡無非是證明書中所寫均乃真實可信的。甚至明明書中用的是「小說家言」，借鑒了《水滸傳》中描寫潘金蓮、潘巧雲的方法，評點者還要聲明「舉是實事，非好弄筆人漫無考據，如《剿闖》兩小說之憑空捏造也」。甚至舉出別人乃至自己的親見親聞、親身經歷來說明小說作品中描寫內容的歷史真實性。這樣的評點者，可謂「寫真實論」的頑固鼓吹者了。有人懷疑這位錢江拗生就是《樵史通俗演義》的作者陸應暘（當然，陸應暘是否《樵史通俗演義》的作者也還得進一步考證），如果是這樣的話，那就無怪乎這部小說作品只能是三、四流以下的「歷史真實」之作了，因為其作者基本上不懂得藝術虛構為何物！

與之觀點相近的還有晴川居士，他在《白圭志序》中說：「夫造說者藉事輯書，尚以為難，若平空舉事，尤其難矣。如週末之列國，漢末之三國，此傳奇之最者，必有其事而後有其文矣。若夫《西遊》、《金瓶梅》之類，此皆無影而生端，虛妄而成文，則無其事而亦有其文矣。但其事無益於世道，余常怪之。」

這種觀點可以說比錢江拗生更為陳腐，因為它除了極端追求小說創作的歷史真實之外，還對那些所謂「無影而生端，虛妄而成文」的作品如《西遊記》《金瓶梅》等創作的成功表示極端的不理解。還是那句話，這些評點者根本不懂得什麼叫做「藝術虛構」。若按照他們的批評理論去進行小說創作，必然導致根本性的失敗。

「寫真實論」的鼓吹者還有清人蔡元放，他在《東周列國志讀法》中劈頭就說：「《列國志》與別本小說不同。別本多是假話，如《封神》、《水滸》、《西遊》等書，全是劈空撰出。即如《三國志》，最為近實，亦復有許多做造在於內。《列國志》卻不然，有一件說一件，有一句說一句，連記實事也記不了，那裡還有工夫去添造。故讀《列國志》，全要把作正史看，莫作小說一例看了。」

這樣，將《東周列國志》與那些有不同程度的虛構之作品進行比較，貶低別人，抬高自己，在評點者或許認為是對《東周列國志》的一種表彰，而在真正具有文學批評眼光的評點者甚或稍有藝術鑒賞力的讀者看來，恰恰是對該書的諷刺和批判。其中的道理其實很簡單，因為如果《東周列國志》完全照抄歷史（實際情形也差不多）的話，它充其量不過是一部介乎歷史通俗讀物與歷史小說之間的作品，連純粹意義上的小說都算不上，更不要說想進入優秀小說之林了。

另一個強調「真」的評點者是高澹人，他在《虞初續志·似見篇序》的篇末總評中說：「天下奇文，只是真，真到極處，便奇，奇到極處，字字是珠，亦字字是淚。此一序可以作王夫人之狀，可以作王夫人之誄。以《似見》名篇，哀多如更聞矣。」

這裡所謂「真」，與上述諸家所謂「真」不大一樣。上述者多為「真實事件」，此處則指「真情」。這樣的觀點，自然就符合文學創作規律了。的的確確，只有寫真情實感的小說作品才能稱之為說部「極品」。

## 四

眾多小說評點者不僅結合作品的描寫實際充分討論了「真」與「幻」的關係，有的甚至還從理論上對這一問題進行深入一步的研究，尤其是研究其間的辯證關係。

袁于令在《隋史遺文序》中，通過對《隋史遺文》書名的解釋，大談了一

通正史與遺史之間的關係：

「史以遺名者何？所以輔正史也。正史以紀事，紀事者何？傳信也。遺史以搜逸，搜遺者何？傳奇也。傳信者貴真：為子死孝為臣死忠，摹聖賢心事，如道子寫生，面面逼肖。傳奇者貴幻：忽焉怒發，忽焉嘻笑，英雄本色，如陽羨書生，恍惚不可方物。苟有正史而無逸史，則勳名、事業彪炳天壤者，固屬不磨；而奇情俠氣、逸韻英風史不勝書者，卒多湮沒無聞；縱大忠義而與昭代忤者，略已掛一漏萬，罕睹其全。」

袁于令在充分肯定「遺史」為「正史」之輔的前提下，對「遺史」與「正史」不同的分工和各自的特色進行了一語中的的闡發：「正史」傳信而貴真，「遺史」傳奇而貴幻。這應該說是對小說作品與歷史著作之本質區別的最清醒、最深刻的認識，也是對真與幻之於小說與歷史之關係的最為明晰、最為本質的區劃。

《紅樓夢》脂批在這方面的認識也頗為深刻，如書中第二十五回寫賈寶玉為馬道婆的「魘魔法」所困，賈府「正鬧得天翻地覆，沒個開交，只聞得隱隱的木魚聲響」，甲戌本於此有夾批云：「不費絲毫勉強，輕輕收住數百言文字，《石頭記》得力處全在此處。以幻作真，以真為幻，看書人亦要如是看為本。」

這裡，提出了小說創作不僅要有幻筆，而且，「幻」與「真」還是相互可以轉化的，真中有幻，幻中有真，甚至可以「以幻作真，以真為幻」，真真幻幻，幻幻真真，由此而達到作者的某種創作目的，也讓讀者得到一種撲朔迷離的審美享受。

此外，在《五色石》佚名評點者的言論中，也可以看到對「真」與「幻」之間關係的討論：「蛇為仙，玉化雲，奇矣！然神仙之幻不奇，人事之幻乃奇。託任是假，姓王亦是假，認兒是假，呼婿亦是假，是一假再假也。任茜本有，王回卻無，是兩假之中，又有一真一假也。假子難為子，侄婿可為婿，是同假之中，又有半假半真也。至於任之死是真，若死在中式之後，則死亦是假，呂之病是假，乃病在治喪之前，則病又疑真。真真假假，假假真真，總非人意想之所到。」（第四卷卷末總評）

看來，能將小說作品中的故事寫得幻幻奇奇、真真假假的作者大有人在；而對於真與幻之間的辯證關係探討得如此明明白白、實實在在的評點者亦自不少。這段評語中尤其值得注意的是最後一句：「總非人意想之所

到。」這裡，似乎已經摸到了「幻筆」奧妙之核心問題：「幻」建立在「真」的基礎之上，又比「真」更具藝術魅力；而當讀者接受這種「真」與「幻」完滿結合的描寫片斷時，一般是出乎意料之外的，但平心靜氣地細細思索之後，又覺得一切都在情理之中。而這，又恰恰是「幻」中有「真」之所致。這樣的幻筆，真正是匪夷所思。誠如以上那位佚名評點者所讚揚的：「種種變幻，俱出意表，雖春水之波紋萬狀，秋雲之出沒千觀，不足方其筆墨也。」（第六卷卷末總評）

更有甚者，在《女才子書》卷十的卷末總評中，有署名「月鄰」的一段評語，進一步指出了「幻筆」應該具有的境界。他說：「說仙說道，並不捏作怪誕語，而又玄妙娓娓，情理均透，想子筆端亦有白毫光也。」虛幻而不怪誕，並且「通情達理」，同時又能娓娓動人。這樣的幻筆，的的確確應該算得上是「幻」之至也。而劉廷璣在專論《女仙外史》的《在園品題》中，卻提出了「外史者，言誕而理真，書奇而旨正」的觀點，認為幻筆必須與「理真」「旨正」緊密結合，也就是要求幻筆必須具備深刻的思想性。這種理論，與月鄰的「情理均透」有共同之處。

在文言小說的評點者中，輯評《廣虞初志》的鄧喬林特別喜歡談「幻」，而且還談出了一些道道。請看：

「似譏、似諷、似悲、似傷，忽斷忽連，作者何所寄寓？大約唐人以詩德求之高才鴻士，淪仰不偶者為多，往往借神仙魔怪以見意，而未有如此之奇幻靈空，絕無蹤形者。從何作想？從何用筆？信乎文心之不可測也。足為煙火人道哉。」（《柳歸舜》篇篇末總評）

不僅對篇中的幻筆大加讚美，而且還進而指出這些幻筆的運用者獨特的心理狀態。再如：

「小說之幻妄者，此記曲盡伎倆矣。變易然橫如生龍活虎，不可把捉。幻外更幻，令人目眩神搖，知其幻而莫盡其所以幻也。岳南路傍老人與三娘子，畢竟不知何等怪物？此等處甚妙，愈見其幻矣。傳首云：『不知所從來。』末句云：『走去，更不知所之。』前後影射，總成一大幻妄，令人開卷而躍然，掩卷而擊磬。是稗官家最高手，非唐人莫能也。」（《板橋記》篇篇末總評）

這一段可謂對篇中所用幻筆的極端讚揚，所讚揚這不僅僅是某些幻筆的片斷，而是通篇皆幻，首位對照的幻筆。更為可貴之處，評點者不僅讚揚了

幻筆本身，而且重點凸現了幻筆給人造成的奇特的審美感受：「令人開卷而躍然，掩卷而擊磬。」平心而論，《板橋記》（名一作《板橋三娘子》）確為唐人傳奇中寫「幻」的名篇，而這段評語亦堪稱議論「幻筆」之的論。

還有更妙的：「此等傳，如不會說謊人言談，娓娓而顛，未易見其幻處。不在幻，而正在不能幻，乃其成幻。又說幻家一種體制。」（《陸顒傳》篇篇末總評）作者並未明確而公開地追求「幻」，而「幻」恰在其中，這乃是更高層次的「幻」，正如同「太上無情」卻是情之至者的道理一般。看來，不僅「幻」與「真」之間充滿了辯證關係，就是「幻筆」自身的運作過程也體現著什麼叫做「辯證」。由此又可見得，在討論「幻筆」的問題上，鄧喬林先生堪稱與眾不同的「靈蛇早握」者了。

署名「隨園老人」的評點者在《螢窗異草・紫玉》篇篇末總評中的一段話也說得不錯：「幻極矣！而言之若鑿鑿可據，生龍活虎，直令人無從著手。」明明是幻筆，明明是虛構的故事，卻要讓讀者覺得言之鑿鑿，不得不相信，這就是善用幻筆的小說家的本事。

在對《聊齋誌異》的評點文字中，評點者們也就生活真實與藝術虛構之間的關係發表了很不錯的見解。

如《聶小倩》篇最後寫鬼女聶小倩與丈夫所納之妾「各生一男」，如果過分追求生活真實，則鬼女不可能生子。這樣一來該篇內容就要全部作廢了，因為篇中聶小倩的所有言談舉止幾乎都是「人」的行為。對此，馮鎮巒的一段夾批說得很好：「各生一男，則小倩居然人矣。此等處但論其文，不必強覈其事。」

更有趣者，《聊齋誌異》的評點者不僅大力讚揚書中的幻筆，而且還提出了幻筆之極境——幻中幻。在《狐夢》一篇的篇末總評中，何守奇說道：「狐幻矣，狐夢更幻；狐夢幻矣，以為非夢，更幻。語云：『夢中有夢原非夢。』其夢也耶？其非夢也耶？吾不得而知之。」

當然，若論對「真」與「幻」的關係的理論概括，還是但明倫的一段話最為透徹而痛快：「是真非真，是幻非幻，真即是幻，幻即是真。虛虛實實，離離奇奇，事或有之，文亦宜然。」（《張鴻漸》篇夾批）

對小說創作中的「真」與「幻」以及「幻」的限度的問題談得既透徹又具體的還有張無咎，他在《三遂平妖傳敘》中說：

「小說家以真為正，以幻為奇。然語有之：『畫鬼易，畫人難。』《西遊》

幻極矣，所以不逮《水滸》者，人鬼之分也。鬼而不人，第可資齒牙，不可動肝肺。《三國志》人矣，描寫亦工；所不足者幻耳。然勢不得幻，非才不能幻，其季（孟）之間乎！嘗闢諸傳奇：《水滸》，《西廂》也；《三國志》，《琵琶記》也；《西遊》則近日《牡丹亭》之類矣。他如《玉嬌麗》、《金瓶梅》，如慧婢作夫人，只會記日用帳簿，全不曾學得處分家政；效《水滸》而窮者也。《七國》、《兩漢》、兩《唐》《宋》，如弋陽劣戲，一味鑼鼓了事；效《三國志》而卑者也。《西洋記》，如王巷金家神說謊乞布施，效《西遊》而愚者也。」

這裡，對諸多小說作品「真」與「幻」及其效果的評價，基本上是到位的。那麼，張無咎認為什麼樣的創作方式才是對這一問題的最好把握呢？在上述文字的後面，他評價《三遂平妖傳》「備人鬼之態，兼真幻之長」就是最高標準。雖然《三遂平妖傳》當不起這樣的評語，但以之來評價《水滸傳》這樣的說部巨著卻是非常合適的。

在對待小說創作的「真」與「幻」的關係的問題上，古代小說評點家們向我們展現了一個有趣的現象：一般說來，評點歷史小說者，往往自覺不自覺地鼓吹「寫真實論」，而其他類型小說的評點者，則多多少少注目於「真」與「幻」的結合。造成這種現象的原因，乃在於各位評點者對於小說之「翼史」意識的濃厚或淡薄，在於他們在多大的程度上認為稗官是史之支流。蔡元放在《東周列國志序》中的一段話可以說明這一問題的實質：「顧人多不能讀史，而無人不能讀稗官。稗官固亦史之支流，特更演繹其詞耳。善讀稗官者，亦可進於讀史，故古人不廢。」

按照這樣的觀念來創作或評點小說，中國小說史和中國小說批評史將永遠停滯不前，幸而有那麼一些卓有建樹的小說作家或卓有見識的評點者，他們逐漸淡化小說創作中的歷史意識，逐漸增強小說評點中的審美意味，這樣，才使得我們的中國小說史和中國小說批評史不斷推陳出新，在明清之際出現繁榮昌盛的局面。（本文與人合作）

（原載《南昌大學學報》2010 年第四期）

# 小說評點派論「謀篇布局」

對於中國古代小說的謀篇布局，古代小說評點派中的評點家們非常重視。甚至可以說，在這方面他們充分發揮了自己的創造性，不僅總結了全書的謀篇布局的若干特點，而且在作者對一些具體章節的安排和描寫中也總結出謀篇布局的必要性和可能性，從而使這一問題的討論呈現出萬紫千紅的局面。

## 一、「夫欲有全書在胸而後下筆著書」

謀篇布局的第一要義就是全局在胸。誠如金聖歎在《水滸傳》第十三回的回前總評中所言：「一部書共計七十回，前後凡敘一百八人，而晁蓋則其提綱挈領之人也。晁蓋提綱挈領之人，則應下筆第一回便與先敘，先敘晁蓋已得停當，然後從而因事造景，次第敘出一百八個人來，此必然之事也。乃今上文已放去一十二回，到得晁蓋出名，書已在第十三回。我因是而想：有有全書在胸而始下筆著書者，有無全書在胸而姑涉筆成書者。如以晁蓋為一部提綱挈領之人，而欲第一回便先敘起，此所謂無全書在胸而姑涉筆成書者也。若既已以晁蓋為一部提綱挈領之人，而又不得不先放去一十二回，直至第十三回方與出名，此所謂有全書在胸而後下筆著書者也。夫欲有全書在胸而後下筆著書，此其以一部七十回一百有八人輪迴搁疊於眉間心上，夫豈一朝一夕而已哉！觀鴛鴦而知金針，讀古今之書而能識其經營。予日欲得見斯人矣。」在《水滸傳》第十六回的回前總評中，金聖歎再次申述了自己這種寫小說須先有全局在胸的觀點：「一部書將網羅一百八人而貯之山泊也，將網羅一百八人而貯之山泊，而必一人一至朱貴水亭，一人一段分例酒食，一人一

—201—

枝號箭，一人一次渡船，是亦何以異於今之販夫之唱籌量米之法也者，而以誇於世曰才子之文，豈其信哉？故自其天降石碣大排座次之日視之，則彼一百八人，誠已齊齊臻臻，悉在山泊矣。然當其一百八人，猶未得而齊齊臻臻悉在山泊之初，此時譬如大珠小珠，不得玉盤，迸走散落，無可羅拾。當是時，殆幾非一手二手之所得而施設也。作者於此，為之躊躇，為之經營，因忽然別構一奇，而控扭魯楊二人，藏之二龍，俟後樞機所發，乘勢可動，夫然後沖雷破壁，疾飛而去。嗚呼！自古有云：良匠心苦，洵不誣也。」這兩段話反覆說明的是同一個道理，小說作者在創作之初，必須有成竹在胸，必須對自己的行文進程有周密的部署。只有這樣，才能做到有條不紊地展開故事，並且使故事的安排更為合理，能最大限度地發揮每一個故事片段在全書中的作用。

毛宗崗也有與金聖歎相近似的觀點，但他不叫「全書在胸」，而稱之為「構思」。毛氏曰：「前於闞澤賺曹操一段正文之後，又有賺二蔡一段旁文以綴之；今於龐統獻連環一段正文之後，又有救徐庶一段旁文以綴之。所重在正文，而旁文不重也。然以賺二蔡帶寫甘寧，不但甘寧一邊不冷落，而又使黃蓋一邊加渲染。以救徐庶照出馬騰，不但徐庶一邊不疏漏，而又使馬騰一邊不遺忘。有此天然妙事，湊成天然妙文。固今日作稗官者構思之所不能到也。」（《三國演義》第四十八回回前總評）這裡所說的雖然不是「全書在胸」，而是對書中某些大的片段的構思，但與全書在胸的道理是一致的。那就是作者在動筆之前，先就要考慮到某一人物、某一情節的設置與其他的人物或情節之間的關係、與全書的關係。

其他的評點者，也不斷提出相近似的觀點，有的稱之為「睹全局」，如洪昉思云：「《外史》節節相生，脈脈相貫，若龍之戲珠，獅之滾球，上下左右，周迴旋折。其珠與球之靈活，乃龍與獅之精神氣力所注耳。是故，看書者須睹全局，方識得作者通身手段。」（《女仙外史》第二十八回回末總評）有的稱之為「成竹於胸中」，如葉芥園云：「《外史》以百篇大文字，是先有成竹於胸中，而後揮灑出來，縱橫曲折，莫不如意，不比小作家逐段構思，費盡斧鑿接榫而成者。」（《女仙外史》第四十七回回末總評）蔡元放則乾脆稱之為「謀篇」，他說：「傳中所敘諸人諸事，事非一時，人非一處，南北東西，遠近不一。若每一人每一事即歸併於一處，是為印板畫片矣！且事冗人繁，亦復難於安頓。故先於東南寫一登雲山，就於西北接寫一飲馬川，既有了二處作根

基，然後諸人諸事凡近於東南者，悉歸於登雲，凡近於西北者，悉歸於飲馬。俟諸人收拾已全，然後寫飲馬住不得，只得併入登雲，登雲又住不得，然後思量泛海。如此謀篇，可謂製錦為衣、聚花作障之手。」（《〈水滸後傳〉讀法》）在對《東周列國志》的評點過程中，蔡元放又從「結穴」的角度討論了這一問題：「驪姬之害申生，從前回迤邐而來，到此回是結穴處。譬如奕者，局勢已成，到此只消一點一劫，便滿盤都是。」（第二十七回回前總評）馮鎮巒則對《聊齋誌異‧仇大娘》篇中主人公「晚出」的問題發表了意見，並與《水滸傳》中的對宋江「晚出」的描寫進行了比較論述。他在該篇的夾批中說：「此篇仇大娘傳，而首兩頁數百言若無有大娘事者，比如水滸傳宋江，而前數卷不出宋江字面，與此同。」

有的評點者還提出，要將作者「全局在胸」的構思在一定的地方以「綱領」的形式表現出來。惜花癡士在《筆梨園》第一回的回末總評中說：「一本佳戲，此回乃綱領也。看他埋伏全場，步步振綱挈領，而妓家之風情態度已見一斑。此立勢之文也。」天花藏主人則將這種綱領式的東西稱之為「根蒂」，他在《平山冷燕》第一回的回前總評中說：「凡善立言者，立言之始，必有一大根蒂而總統之，則枝葉四出，方不散亂。」張文虎則認為即便是就書中的某些大的段落而言，也存在一個「提綱挈領」的問題，他說：「此回以後祭泰伯祠諸人漸漸聚集，而遲衡山倡議建祠乃最要之人，故於此先出。少卿以覓屋故先到盧家，而衡山乃盧家西席，故先見面。提綱挈領，敘事秩然。」（《儒林外史》第三十三回夾批）

## 二、「用無數曲折漸漸逼來」

創作小說而謀篇布局的另一個重要內容就是情節安排，尤其是使故事情節曲折化，對此，評點者們也非常重視。金聖歎說：「《水滸傳》不是輕易下筆，只看宋江出名，直在第十七回，便知他胸中已算過百十來遍。若使輕易下筆，必要第一回就寫宋江，文字便一直帳，無擒放。」（《讀第五才子書法》）這裡批判的文字「一直帳」「無擒放」，也就是不曲折的意思，那麼，反過來講，像《水滸傳》的許多地方，就是非常講究故事情節的曲折化的。有時，這種曲折還不是單層的，而是層層曲折。且看金聖歎的另一段批語：「此篇節節生奇，層層追險。節節生奇，奇不盡不止；層層追險，險不絕必追。真令讀者到此心路都休，目光盡滅，有死之心，無生之望也。如投宿店不得，是第一

追。尋著村莊，卻正是冤家家裏，是第二追。掇壁逃走，乃是大江截住，是第三追。沿江奔去，又值橫港，是第四追。甫下船，追者亦已到，是第五追。岸上人又認得梢公，是第六追。板下摸出刀來，是最後一追，第七追也。一篇真是脫一虎機，踏一虎機，令人一頭讀，一頭嚇，不惟讀亦讀不及，雖嚇亦嚇不及也。」（《水滸傳》第三十六回回前總評）讀者之所以能產生「讀亦讀不及」，「嚇亦嚇不及」的審美效果，主要就是因為作者採用了「節節生奇，層層追險」的方法，也就是在設置情節時能做到層層曲折。

金聖歎而外，其他的不少評點者也不同程度地注意到這一問題。毛宗崗在《讀三國志法》中說：「《三國》一書，乃文章之最妙者。敘三國不自三國始也，三國必有所自始，則始之以漢帝。敘三國不自三國終也，三國必有所自終，則終之以晉國。……假令今人作稗官，欲平空疑一三國之事，勢必劈頭便敘三人，三人便各據一國。有能如是之繞乎其前，出乎其後，多方以盤旋乎其左右者哉？」《紅樓夢》有正本第七十四回開始總批云：「司棋一事在七十一回敘明，暗用山石伏線；七十三回用繡春囊在山石後一逗便住，至此回可直敘去，又用無數曲折漸漸逼來，及至司棋忽然頓住，結到入畫。文氣如黃河出崑崙，橫流數萬里，九曲至龍門，又有孟門呂梁峽束不得入海，是何等奇險怪特文字，令我拜服。」《山水情》第十一回回末總評云：「彥霄傳衛生解元消息，了凡傳衛生求婚消息，曲曲折折，情境如畫。」《空空幻》第五回回末總評曰：「是回得層巒疊嶂之妙。鄉村僻地，花春意中本不思有所遇，乃靜夜泊舟，有香蓮庵眾尼之遇合。亦謂所遇者止此而已，不料石橋同步，又有玉人天外飛來。閱者意中，急欲觀花春如何鑽謀？如何畫計？方弄得此人到手。乃偏把此事擱起，又於無意中忽起一番遇合，幾如遊山水者，高瞻遠矚，已望見一所景致豁人眉宇，卻礙於路徑紆回，無從進內；正在行間，忽又開出一條徑路，別有奇觀。此晚既捨不得這裡，又捨不得那邊。意雖注於那邊，足已投於這裡。實有心慌意亂、目不暇給的一種情狀，是文筆曲妙處也。」以上所舉，有的是強調全書情節的整體性曲折，有的則注目於某一片段的局部性曲折，但無論如何，許多評點者對曲折情節的設置非常注意卻是毫無疑問的。

接下來的問題是，怎樣才能使故事情節曲折多致呢？每位評點者的說法並不一致，但各有各的道理。《山水情》的評點者認為應該讓書中人物的活動來製造曲折：「扇在素瓊筒中，如何得到衛生手裏？春桃一偷，柳兒一拾，全

部關目在此。」（第八回回末總評）金聖歎認為可以採取「急事細寫」的方法，他在《水滸傳》第三十九回作者寫江州城宋江即將被斬首的場面時，反覆夾批：「偏是急殺人事，偏要故意細細寫出，以驚嚇讀者。蓋讀者驚嚇，斯作者快活也。」「急殺人事，偏又寫得細。」「一發急殺人。」「偏要細寫，惡極。」「越急殺人。」「十八字句真正急殺人。」張竹坡則認為在講述主要故事時，插入其他相關的情節，亦可以製造「曲折」。他在《批評第一奇書〈金瓶梅〉讀法》中說道：「讀《金瓶》，須看其入筍處。如玉皇廟講笑話，插入打虎；請子虛，即插入後院緊鄰；六回金蓮才熱，即借嘲罵處插入玉樓；借問伯爵連日那裡，即插出桂姐；借蓋卷棚即插入敬濟，借翟管家插入王六兒；借翡翠軒插入瓶兒生子；借梵僧藥，插入瓶兒受病；借碧霞宮插入普淨；借上墳插入李衙內；借拿皮襖插入玳安、小玉。諸如此類，不可勝數，蓋其用筆不露痕跡處也。其所以不露痕跡處，總之善用曲筆、逆筆，不肯另起頭緒用直筆、順筆也。夫此書頭緒何限？若一一起之，是必不能之數也。我執筆時，亦必想用曲筆、逆筆，但不能如他曲得無跡、逆得不覺耳。此所以妙也。」在《紅樓夢》的脂評中，也有與張竹坡相近似的觀點：「先寫紅玉數行引接正文，是不作開門見山文字。」（甲戌本第二十五回回末總批）脂批還非常注重敘述故事時要能掀起波瀾。庚辰本第十七、十八回回末眉批云：「一回離合悲歡夾寫之文，真如山陰道上令人應接不暇，尚有許多忙中閒，閒中忙，小波瀾，一絲不漏，一筆不苟。」馮鎮巒比較重視在敘述主人公及其故事時，作者要「閒閒布子」，寫出相關的次要人物和故事。他在《聊齋誌異・胭脂》中寫到王氏是胭脂的「閨中談友」時夾批道：「如下棋者閒閒布子，首胭脂如登場正旦，次王氏花旦也。」託名「隨園老人」的評點者則認為作者要有將不相干的兩件事合成一片的本領：「兩事迥不相謀，而合成一片，幾於無縫天衣，高僧孝子傳中，乃得此旖旎文字，足稱奇觀，不獨奇事。」（《螢窗異草・鏡兒》篇末總評）

## 三、「章法井井不紊」

在追求情節曲折的同時，評點者們還要求小說作家們在謀篇布局的過程中要做到敘述故事有條不紊，骨肉停勻，詳略得當，張弛有致。錢江拗生在《樵史通俗演義》第二回的回末總評中曾說：「輕重詳略，具見裁剪之妙。」毛宗崗在《三國演義》第二十八回回前總評中則進行了舉例說明：「劉、關、

張三人兩番聚散：一散於呂布之攻小沛，再散於曹操之攻徐州。而玄德則前投曹操，後投袁紹，關公則前在東海，後在許都，翼德則兩次俱在碭碭山中。乃敘事者於前之散也略關、張而獨詳玄德，於後之散也則略翼德，稍詳玄德，而獨甚詳關公。所以然者，三面之事，不能並時同敘，故取其事之長者而備載焉，取其事之短者而筒括焉。史遷筆法往往如此。」在《三國演義》第六十四回的一段夾批中，毛氏將這種寫法喻之為「連山斷嶺」，並再次讚譽為龍門史遷筆法：「因劉璋求救於漢中，本該接敘張魯，卻放下張魯，接入馬超。蓋為馬超投張魯，張魯遣馬超之由也。此等敘事，如連山斷嶺，筆法逼真龍門。」張竹坡對此也發表了自己的意見，他在《金瓶梅》第四十回回前總評中說：「兩段文字，卻兩番夾寫，如王姑子問月娘喜事一段，下夾瓶兒希寵一段，又寫王姑辭去一段，又夾寫金蓮妝丫環一段也。章法井井不紊。」脂批則對於詳寫與略寫、此寫與彼寫之間的關係比較重視，從而，要求作者要在敘述過程中做到濃淡相間、骨肉停勻。請看二例：當《紅樓夢》第十七、十八回中寫到賈政等人遊覽大觀園，對有些地方仔細鑒賞，有的地方則「不及進去」時，庚辰本有批語云：「伏下櫳翠庵、蘆雪广（庵）、凸碧山莊、凹晶溪館、暖香塢等諸處，於後文一斷一斷補之，方得雲龍作雨之勢。」有正本第七十二回的開始總批也涉及到相近的問題：「此回似著意，似不著意，似接續，似不接續，在畫師為濃淡相間，在墨客為骨肉停勻，在樂工為笙歌間作，在文壇為養局為別調，前後文氣至此一歇。」

不僅如此，「章法井井不紊」還要求作者在故事一開頭就要想到結尾，在結尾處又要回顧開頭，關鍵之處要重筆描寫，要做到前後照應。毛宗岡在讀到《三國演義》快要結束時，忽然聯想到該書第一回，大談了一陣首尾相應的問題。他說：「黃巾以妖邪惑眾，此第一卷中之事也，而師婆之妄託神言似之；張讓隱匿黃巾之亂，以欺靈帝，亦第一卷中之事也，而黃皓隱匿姜維之表亦似之。前有男妖，後有女妖，而女甚於男；前有十常侍，後有一常侍，而一可當十。文之有章法者，首必應尾，尾必應首。讀《三國》至此篇，是一部大書前後大關合處。」（第一百十六回回前總評）張竹坡則對《金瓶梅》第二十九回尤其重視，認為其中「吳神仙冰鑒定終身」一段，預示了書中幾個主要和重要人物的結局，是全書的「大關鍵」處。他在該回的回前總評中說：「此回乃一部大關鍵也。上文二十八回一一寫出來之人，至此回方一一為之遙斷結果。蓋作者恐後文順手寫去，或致錯亂，故一一定其規模，下文皆照

此結果此數人也。此數人之結果完，而書亦完矣。」在第四十六回的一段眉批中，張竹坡再次提到與此相關的問題：「『冰鑒』一回是第一層結束，固止用葡萄架。翡翠軒將金、瓶、梅與玉樓一描，下即接出吳神仙。此回是第二番結束，則須將月娘一描，蓋月娘一百回結果之人也。故寫月娘惱桂姐。而玳安、小玉又同月娘作結之人，故同加一番描寫。而拿皮襖又串入瓶死撒祭等，固此回真百折裙腰，一齊提起也。稍帶春梅、玉簫，又見才高一石。」脂批所強調的又與張批不同，它比較重視人物描寫之間的關係的處理。庚辰本第二十一回有批語云：「釵與玉遠中近，顰與玉近中遠，是要緊兩大股，不可粗心看過。」《聊齋誌異》「稿本無名氏乙評」，也對前後照應的問題表示了特別的觀照，並反覆表達這方面的看法。一之曰：「映前躡後，為上下作一束勒。」（《長亭》篇夾批）二之曰：「應前伏後。」（《仇大娘》篇夾批）寄旅散人則對《林蘭香》一書的開合與「結」作了這樣的評價：「此書至第四十八回春畹冊正，是一小結。至此回耿朗死，是一大結。後八回特傳耿順，以著燕田餘美。前三十二回為開，後三十二回為合，又是此書大旨。」但明倫也對「結」非常重視，他在《聊齋誌異·粉蝶》篇的篇末評語中說：「不結之結，趣味悠然。」

## 四、「凡看一書，必看其立架處」

除了上述幾方面而外，評點者們還從其他很多方面提出了作者在進行小說創作的謀篇布局時應該注意的問題。有的評點者認為一篇作品的謀篇布局首先必須體現在「立意立胎」，亦即確定作品的主腦。但明倫在《聊齋誌異·蓮香》篇的夾評中說：「一篇離奇變幻之文，皆從戲字生出，故作文之要在於立意立胎。」

張竹坡則指出了《金瓶梅》中主要人物的居所與故事情節乃至人物塑造之關係，他說：「凡看一書，必看其立架處，如《金瓶梅》內，房屋花園以及使用人等，皆其立架處也。何則？既要寫他六房妻小，不得不派他六房居住。然全分開，既難使諸人連合，全合攏，又難使各人的事實入來，且何以見西門豪富？看他妙在將月、樓寫在一處，嬌兒在隱現之間——後文說挪廂房與大姐住，前又說大妗子見西門慶揭簾子進來，慌的往嬌兒那邊跑不迭，然則嬌兒雖居廂房，卻又緊連上房東間，或有門可通者也；雪娥在後院，近廚房；特特將金、瓶、梅三人，放在前邊花園內，見得三人雖為侍妾，卻似外室，名

分不正，贅居其家，反不若李嬌兒以娼家娶來，猶為名正言順。則殺夫奪妻之事，斷斷非千金買妾之目。而金、瓶合，又分出瓶兒為一院。分者，理勢必然，必緊鄰一牆者，為妒寵相爭地步。而大姐住前廂，花園在儀門外，又為敬濟偷情地步。見得西門慶一味自滿託大，意謂惟我可以調弄人家婦女，誰敢狎我家春色？全不想這樣妖淫之物，乃令其居於二門之外，牆頭紅杏，關且關不住，而況於不關也哉！金蓮固是冶容誨淫，而西門慶實自慢藏誨盜，然則固不必罪陳敬濟也。故云寫其房屋，是其間架處。」

　　小說創作以塑造人物為第一要義，那麼，在描寫人物時是否也存在謀篇布局的問題呢？答案是肯定的。脂批就曾對此舉例說明：「欲出寶釵便不肯從寶釵身上寫來，卻先款款敘出二玉，陡然轉出寶釵，三人方可鼎立，行文之法又亦（一）變體。」（《紅樓夢》甲戌本第五回眉批）不僅在塑造人物時要講究謀篇布局，而且，某些人物形又反過來可以作為謀篇布局的「棋子」。請看《錦繡衣》第一回回末的一段評語：「花笑人與雲上升作登場之結構，此回以花笑人開場而雲上升弔場，頭緒井然，仍有藕斷絲連之妙。」《隋史遺文》中也有關於人物在謀篇布局中起作用的批評文字：「結束樊、唐二人，逗出齊、李二人，始終映照，絕有頭緒。」（第四十八回回末總評）

　　有的評點者強調故事前段與後段的鮮明對照，並在此基礎上很好地塑造人物。張潮在《虞初新志・柳夫人小傳》的篇末總批中說：「前半如柳縈花笑，後半如笳響劍鳴，柳夫人可以不死矣！」在此基礎上，有的評點者對於小說的開頭和結尾尤其重視，認為一篇好的小說，不僅要有好的開頭，還要有好的結尾，甚至還應該做到首尾勻稱。《儒林外史》「臥評」中有一段話充分肯定了小說開頭的「楔子」在謀篇布局中的作用：「元人雜劇開卷率有楔子。楔子者，借他事以引起所記之事也。然與本事毫不相涉，則是庸手俗筆；隨意填湊，何以見筆墨之妙乎？作者以史漢才作稗官，觀楔子一卷，全書之血脈經絡無不貫穿玲瓏，真是不肯浪費筆墨。」（第一回回末總評）寄旅散人在《林蘭香》第六十三回的回末總評中則強調過結尾應該餘音嫋嫋：「每怪作小說者於開場中幅極力鋪張，迨至末尾，緊急局促，毫無餘韻，殊不洽人意。此書自六十一回徐徐收結，丹棘青裳之頌一也，性瀾情圃之歌二也，小樓被火遺物皆盡三也，宿秀醉裏閒談四也，李婆之《賽緹縈》五也，紅雨之《小金谷》六也。末又結以藍因舊府童養正生死為緣，其音嫋嫋，不絕如縷，真有江上青峰之致。」馮鎮巒的話與寄旅散人如出一轍：「結得縹緲不盡，曲終人不見，

江上數峰青。」(《聊齋誌異・宦娘》篇篇末評語)王阮亭在《聊齋誌異・連瑣》篇的篇末總評中也表達了相近似的意思:「結盡而不盡,甚妙。」在注重開頭和結尾的同時,一些評點者還提出「首尾勻稱」的要求。如馮鎮巒在《聊齋誌異・邵女》篇的一段夾批中說:「悔後又寫此一段果報,文情飽滿圓足,否則頭大尾小,通體不稱。」

　　有的評點者認為作品中的許多細微末節之處,也是作者匠心獨運的地方。哪怕是增添一個人物、加寫一件小事,都是謀篇布局的需要。董孟汾就發表過這樣的觀點:「看書要知作者苦心,或添一事,或添一人,俱不得不然。如前回撰出一嚴先生,此又添出一呆公子。一是為表妹婚姻,一是為表兄寓所。但既已添出,不與之一寫便不知勿添。看他寫嚴先生,便真是個老道學,寫鄭秀才,曲便活象個呆公子。不意小說中有此神化之筆。」(《雪月梅傳》第二十九回回末總評)再如但明倫在《聊齋誌異・嬰寧》的評點中反覆指點讀者要注目作者對嬰寧之「笑」的描寫:「從母口中說出笑字。」「從戶外寫笑,此是遠聞。」「從戶外寫笑,此是近聞。」「從入門寫笑,是遠見。」「從立定寫笑,是近見。」「從揖時寫笑,是正面見。」「照應伏筆,從婢小語寫笑。」「目瞪之而微笑而止,不使媼聞,何便是癡?」「此時乃是真喜,乃是真笑;則將應之曰:若不笑,不得為全人。」「此時之笑,及展拜時之放聲大笑,合巹時之笑極不能俯仰,尤為不可不笑之時。」「此處略露笑字之由。」「不損其媚收束前面許多笑字。」「此為笑裏刀,願普天下人畢生不逢此笑。」「笑已成功,何必復笑。」「此前日之所以必笑,此今日之所以不笑。」「直收到上元之笑。」「未結一笑字,可謂回頭一笑百媚生。」馮鎮巒同樣也有一些對在描寫嬰寧之「笑」的評語:「笑字生波。」「笑字餘波嫋嫋。」

　　有的評點者甚至認為一些小小的道具在謀篇布局的過程中也能起到至關重要的作用。如函亭對一把寶劍的評價:「此一劍也,出自燕王,榆木兒受之,綽燕兒取之,程知星獻之,唐月君藏之鬼母尊索之,而仍歸於燕王,以了此一劍,正以了結第一回鬼母尊言『臣願維持嫦娥』之意。文如萬派下流,朝宗于海。」(《女仙外史》第九十八回回末總評)再如但明倫在《聊齋誌異・嬰寧》的評點中,反覆強調了作者對「花」的描寫。請看:「此一花字,生出下文無數花字。」「花從遠處寫。」「花從近處寫。」「花從初見其人寫。」「花從已見其人寫。」「前撚梅,今執杏。梅者,媒也;杏者,幸也。媒所以遺地上,笑而去;幸則唯含笑而入矣。」「花從門內寫。」「花從窗內寫。」「花從庭中

寫。」「不肯拋荒花字。」馮鎮巒也與但明倫一樣，投入對該篇中「花」之描寫的讚揚：「前上元，故言梅花，此言桃杏猶繁，益在三月，點綴光景，亦不錯亂。」「愛花亦一篇眼目。」但明倫甚至還將上面所講的對「花」與「笑」的描寫結合在一起進行評價：「上題花即以引起下無數花字，並引起下無數笑字。」「一路熱鬧寫笑，又嫌冷淡花字，卻以碧桃開未微作點綴，復順便寫出門之笑。文心周匝乃爾！」「此一段花字笑字，雙管齊下。」「有花乃有人，有人乃有笑；見其花如見其人，欲見其人，必袖其花，乃未見其人，而先見其裏落之花，見其門前之花，則野鳥格磔，因早有含笑撚花人在矣。……」「此篇以笑字立胎，而以花為眼，處處寫笑，即處處以花映帶之。撚梅花一枝數語，已伏全文之脈，故文章全在提掇處得力也。以撚花笑起，以摘花不笑收，寫笑層見迭出，無一意冗複，無一筆雷同，不笑後復用反襯，後仍結轉笑字，篇法嚴密乃爾。」

　　總之，中國古代小說評點者們對小說作者創作小說作品時謀篇布局的過程進行了頗為全面的觀照，對謀篇布局所取得的成效進行了由衷的讚揚，同時，還就謀篇布局的問題發表了各自的見解。評點者們在這方面的言論，很好地總結了小說創作過程中謀篇布局的成功經驗。這一方面有助於許許多多的讀者對作品的閱讀，另一方面，也給後人從事寫作實踐、尤其是小說創作實踐提供了有益的參考。

　　　　　　　　　　　　　　　（原載《湖北師範學院學報》2007 年第二期）

# 古代小說評點家論敍事之「埋伏照應」

古人所謂「埋伏照應」，大致上屬於今之敍事學中敍事時間的範疇，「埋伏」與敍事學中的「預敍」尤為接近，只不過古代批評家更重視「埋伏」與「照應」的內在關係而已。

相較於對敍事視角的研究而言，中國古代小說評點家們對於敍事時間的研究要深入得多。尤其是關乎小說敍事過程中埋伏照應的若干問題，更是得到了評點者們的青睞。之所以出現這種狀況，乃是因為古代文人寫文章時尤其重視埋伏照應之所致。故而，批評家們對於小說創作敍事過程中運用埋伏照應手法的理論總結，也比隸屬於敍事視角諸問題的研究要深入得多。

小說評點者們在總結小說敍事過程中的埋伏照應手法時，運用了許多特定的概念或名詞術語。有的概念意思非常明確，而有的概念卻需要加以解釋才能明白它的含義。下面，我們就沿著從簡單到複雜、從明確到費解的順序來分析這些特別的概念和名詞術語以及它們所含蘊的理論內涵。

## 一、「有應有伏，一筆不漏」

金聖歎在評點《水滸傳》時，經常提到埋伏照應。有時候，他雖然沒有寫出「伏筆」「照應」一類的字樣，但所表達的仍然是這方面的問題。

如：「此書每欲起一篇大文字，必於前文先露一個消息，使文情漸漸隱隆而起，猶如山川出雲，乃始膚寸也。如此處將起五臺山，卻先有七寶村名字；林沖將入草料場，卻先有小二渾家漿洗棉襖；六月將劫生辰綱，卻先有阮氏鬢邊石榴花等是也。」（第三回夾批）

再如：「今乃作者胸中，已預為武松作地。夫武松之於魯達，亦復千里二

龍，遙遙奔赴，今欲鎖之，則仗何人鎖之，復用何法鎖之乎？預藏下張青夫婦，以為貫索之蠻奴，而反以禪杖戒刀為金鎖。嗚呼！作者胸中之才調為何如也！」（第十六回夾批）

上述這一段張青夫婦與魯智深、武松之關係的「伏」，已經夠長夠細了，還有「伏」得更長更細的例子：「宋江婆惜一段，此作者之紆筆也。為欲宋江有事，則不得不生出宋江殺人。為欲宋江殺人，則不得不生出宋江置買婆惜。為欲宋江置買婆惜，則不得不生出王婆化棺。故凡自王婆求施棺木以後，遙遙數紙，而直至於王公許施棺木之日，不過皆為下文宋江失事出逃之楔子。讀者但觀其始於施棺，終於施棺，始於王婆，終於王公，夫亦可以悟其灑墨成戲也。」（第十九回回前總評）

與之相近的例子還有下面一段：「請得公孫勝後，三人一同趕回，可也；乃戴宗忽然先去者，所以為李逵買棗糕地也。李逵特買棗糕者，所以為結識湯隆地也。李逵結識湯隆者，所以為打造鉤鐮槍地也。夫打造鉤鐮槍，以破連環馬也。連環馬之來，固為高廉報仇也。高廉之死，則死於公孫勝也。今公孫勝則猶未去也，公孫勝未去，是高廉未死也；高廉未死，則高俅亦不必遣呼延也；高俅不遣呼延，則亦無有所謂連環馬也；無有所謂連環馬，則亦不須所謂鉤鐮槍也；無有連環馬，不須鉤鐮槍，則亦不必湯隆也。乃今李逵已預結識也；為結識故，已預買糕也；為買糕故，戴宗亦已預去也。夫文心之曲，至於如此，洵鬼神之所不得測也。」（第五十三回回前總評）說了這許多，金聖歎仍覺意猶未盡，又在第五十三回的夾批中再次就此問題發表進一步的見解：「公孫到，方才破高廉；高廉死，方才驚太尉；太尉怒，方才遣呼延；呼延至，方才賺徐寧；徐寧來，方才用湯隆。一路文情，本乃如此生去。今卻忽然先將湯隆倒插前面，不惟教鉤鐮之文未起，並用鉤鐮之故亦未起，乃至公孫先生亦尚坐在酒店中間，而鐵匠卻已預先整備。其穿插之妙，真不望世人知之矣。」

對於小說創作過程中的伏筆照應，不僅金聖歎多有論述，毛宗崗在評點《三國演義》時也議論多多。

如毛氏在《三國演義》第二回回前總評中的一段話：「前於玄德傳中，忽然夾敘曹操；此又於玄德傳中，忽然帶表孫堅：一為魏太祖，一為吳太祖，三分鼎足之所從來也。分鼎雖屬孫權，而伏線則已在此。此全部大關目處。」

再如第二十七回的一段回前總評云：「文有伏線之妙：滎陽城中之事，先於東嶺關前伏線，此即伏於一卷之內者也；玉泉山頂之事，早於鎮國寺中伏線，此伏於數十卷之前者也。其間一傳家信，一敘鄉情，閒閒冷冷，極沒要緊處，卻是極要緊處。如此敘事，雖龍門復生，無以過之。」

在第四十一回的回前總評中，毛宗崗又將幾乎相同的意思另外舉例說明了一次：「文有伏線之妙。玄德之取長沙，魏延之救黃忠，尚隔數卷，而此處襄陽城外，早有一魏延忽然而來忽然而去。在此時初無補於玄德，初無益於襄陽，而孰知預為後日之用，真奇事奇文。」

結合上述這段評點文字，在第五十三回的一段回前總評中，毛宗崗進一步將伏筆與照應放在一起進行了綜合討論：「文章之妙，有前文方於此應，後文又於此伏者，如魏延之獻長沙是也。前在襄陽城下大戰文聘，今在長沙城上殺卻韓玄，是前文於此應也，孔明既死，魏延乃有反漢之謀；魏延初降，孔明已有欲殺之志，是後文又於此伏也。通觀全部，雖人與事紛紛，而伏應之妙，則一篇如一句，斯真有數文字。」

上述數例而外，毛宗崗還有許多關於伏筆照應的評點文字散見於各回的夾批之中，如：「此處先寫赤幘，為後文伏線。」「好，照應。」（均見第五回）「孔融此時便有左袒袁紹之意，為後文曹操殺融伏線。」（第二十二回）「為長阪坡伏筆。」（第二十五回）「為後華容道伏線。」（第二十六回）「為後文關公守荊州伏筆。」（第六十三回）

最有趣的是，在第二十一回回前總評中，毛宗崗不僅高度讚揚了《三國演義》作者對伏筆的運用，而且還借機嘲笑了那些寫小說雜亂無章的人。他說：「前者漢帝失玉璽，今者玉璽歸漢帝，相去十數卷，遙遙相對，而又預伏七十回後曹丕受璽篡漢之由，有應有伏，一筆不漏，一筆不繁。每見近人紀事，敘卻一頭，拋去一頭，失枝脫節，病在遺忘；本說這邊，又說那邊，手忙腳亂，病在冗雜。今試讀《三國演義》，其亦可以擱筆矣。」

金聖歎、毛宗崗而外，張竹坡在評點《金瓶梅》的過程中對伏筆照應的問題也多有論述。

我們先看他對於伏筆的論述：「寫雪娥處卻是襯蕙蓮，又為向來旺學舌伏線。」（第二十三回眉批）「處處寫官哥小膽，為貓驚伏線。」（第四十一回夾批）「蓋此書每傳一人，必伏線於千里之前，又流波於千里之後。」（第三十六回回前總評）「為後文對張二官說金蓮伏線。」（第七十五回旁批）「又寫後文

月娘逐金蓮伏線。」（第七十六回夾批）

在第五十一回的回前總評中，對於「伏筆」，張氏還有一段頗為充分的議論：「此書至五十回以後，便一節節冷了去。今看他此回，先把後五十回冷局的大頭緒一一題清。如開首金蓮兩舌，伏後文官哥、瓶兒之死，李三、黃四諄諄借帳，伏後文賴帳之由；李桂姐伏王三官、林太太；來保、王六兒飲酒一段，伏後文二人結親，拐財背主之故；郁大姐伏申二姐；品玉伏西門之死；而鬥葉子伏敬濟之飄零；二尼講經，伏孝哥之幻化。」

同時，張竹坡認為既有伏筆就必將有照應。在《批評第一奇書〈金瓶梅〉讀法》中，他就提出過「讀《金瓶》，當看其結穴發脈、關鎖照應處」的觀點。在對《金瓶梅》第十七回的回前總評中他又說：「此回瓶兒云『你就如醫奴的藥』一語，後文『情感』回中，一字不易。遙遙對照，是作者針線處。」隨後，在第十九回中，小說作者果然寫到李瓶兒對西門慶說：「你就是醫奴的藥一般。」而張氏隨即也回應了自己前面的批語：「一字不差，與上文遙對。」在第二十六回，張氏又說：「明說金蓮，然與瓶兒說官哥之語，又一字不更，遙遙對照。」在第八十一回的夾批中，他又說：「提明蕙祥，愈知前怒詈一回之妙，千里伏線矣。」

廣義上《紅樓夢》的「脂評」，其批評者是一個群體，在某些方面，這些批評者的看法往往會有一些分歧，但對於該小說創作中的伏筆與照應問題，則幾乎無一例外地報之以青眼。這方面的例子不勝枚舉。

我們不妨先看專談伏筆者：「未出李紈，先伏下李紋李綺。」「又伏下，千里伏線。」（均見甲戌本第四回夾批）「又伏下一人。」（甲戌本第五回夾批）「略有些瓜葛，是數十回後之正脈也。真千里伏線。」（甲戌本第六回夾批）「這是為後協理寧國伏線。」（甲戌本第七回眉批）「伏線千里外之筆也。」（庚辰本第二十一回眉批）「千里伏線。」（庚辰本第二十四回夾批）「鳳姐用小紅，可知晴雯等理（埋）沒其人久矣，無怪有私心私情，且紅玉後有寶玉大得力處，此於千里外伏線也。」（甲戌本第二十七回回末總評）「茜香羅暗繫於襲人腰中，係伏線之文。」（甲戌本第二十八回開始總批）「先伏一線，皆行文之妙訣也。」（己卯本第三十七回批語）

再看專談照應者：「細，又是照應前文。」（有正本第五回批語）「點雨村，照應前文。」（庚辰本第十七、十八回批語）「照應茜雪楓露茶前案。」（庚辰本第十九回批語）

最後，看看脂批對伏筆照應的綜合考察：「找前伏後。」（甲戌本第二回夾批）「一段平兒見識作用，不枉阿鳳平日刮目。又伏下多少後文，補盡前文未到。」（庚辰本第十六回批語）「補前文之未到，伏後文之線脈。」（庚辰本第十九回批語）「此文於前回敘過事字字應，於後回未敘事語語伏，是上下關節。」（有正本第五十九回開始總批）

除上述四大家外，其他評點者對伏筆照應問題也大都發表了很好的意見。聊舉數例：

「此書奇處，在一頭結案，一頭埋伏：如此回本結第二回一案，卻提出小月王青青世界，又是伏案。」（《西遊補》第三回回末總評）

「處處伏脈，棲心於毫。」（《珍珠舶》卷三第一回行間批）

「『舉業』『雜覽』四個字後文有無限發揮，卻於此處閒閒伏案，文筆如千里來龍，蜿蜒夭矯。」（臥閒草堂本《儒林外史》第三回總評）「雙紅自有文章在後，采蘋陪客，此處早已伏筆。」（《儒林外史》第十回張文虎夾批）

「此與華夫人伏筆。」（《雪月梅傳》第二十三回夾批）「伏後文舞刀、折篙等事。」（《雪月梅傳》第三十八回夾批）

「言雖戲謔，意實深遠，且伏三十六回、五十一回夢卿、香兒病死之由。」（《林蘭香》第十九回夾批）

「為下文拜林顯達伏筆。」（《青樓夢》第一回夾批）「寶玉、黛玉多情而無緣，作者以挹香、月素品之，已為下文離別伏筆。」（《青樓夢》第七回夾批）「伏下無數文字，不露痕跡。」（《青樓夢》第十一回夾批）

「好酒色，遍伏後案。」（《虞初志·任氏傳》屠赤水夾批）「散散敘去，而提挈關鎖照應之法無不該，其中有闊大處，有細瑣處，皆從《史記》得來。」（《虞初續志·丙子六帙自述書付子侄》篇末戴燕貽總評）

「伏前半。」（《聊齋誌異·陸判》稿本夾批）「先伏一筆文氣如藕斷絲連。」（《聊齋誌異·梅女》篇但明倫夾批）「觀者要記得『珍佩不去身』一句，此文中針線，知前此伏筆之妙。」（《聊齋誌異·青娥》篇馮鎮巒夾批）「伏筆無痕。」（《聊齋誌異·雲蘿公主》篇但明倫夾批）

如此等等，不一而足。此外，林鈍翁還換一個角度討論了同一個問題：「許多線索，不留心看不出也。」（《姑妄言》第六卷卷前總批）

由上可知，埋伏照應這一現在寫作課堂中經常講到的問題，在中國古代小說評點文字中已屢屢出現。而且，評點者們在討論這一問題時眼光之敏

銳、閱讀之細心、分析之深入乃至所上升到的理論高度，也幾幾乎不亞於今天的寫作課教師。從評點者們對這一問題重視的程度看來，埋伏照應問題堪稱小說創作中的重要問題之一。對此，我們完全有深入研究的必要，而不應該以「八股文法」輕率否定之。

## 二、「文章有隔年下種法」

古代小說作者在進行小說創作時，經常運用埋伏照應的方法，這一點已見上述。除了一般常見的埋伏照應之外，小說作者們往往運用了一些特殊的方法來達到埋伏照應的效果。而評點者們對作者們這些獨到的匠心也常常予以揭示，這樣，就從寫作和欣賞兩個不同的角度提高了讀者的閱讀水平和興趣。

金聖歎比較重視通過小小對象來進行「埋伏照應」的方法。

如《水滸傳》第九回寫林沖聽說陸謙等人居然追到滄州對他進一步迫害時，心中大怒，「先去街上買把解腕尖刀，帶在身上」。在這裡，金聖歎有夾批云：「遙遙然直於此處暗藏一刀，到後草料場買酒來往文中，只勤敘花槍葫蘆，更不以一字及刀也。直至殺陸謙時，忽然掣出刀來，真鬼神於文者。」有趣的是，在同一回書的後面，當作者寫到林沖殺陸謙，「身邊取出那口刀來」時，金聖歎又有夾批道：「自閣子吃酒這日買刀，直至此日始用，相去已成萬里，而遙遙相照，世人眼瞎，便謂此刀從何而來。」由此可見作者文心之細，也可見評點者閱讀之細心。

再如《水滸傳》第十二回，寫端午時節，梁中書與其妻蔡夫人商議，要給岳父蔡京做壽，而蔡京的生日是在六月十五。在這裡，金聖歎提筆批道：「六月十五日，下文都從此五字著筆。」意思是說，後面楊志押送生辰綱、吳用說三阮、七星聚義、智取生辰綱等精彩的故事，全都發生在從五月初五到六月十五這一段時間裏。後面，作者生怕讀者忽視了時間概念，又在很多地方反覆予以暗示或明示。其中有一個並不引人注目的地方，那就是第十四回寫吳用說三阮入夥時，「但見阮小五斜戴著一頂破頭巾，鬢邊插朵石榴花」。眾所周知，石榴在農曆五月開花。阮小五鬢邊插朵石榴花，是作者暗示讀者，此時正當五月，離蔡京生辰不遠了。這種細微的埋伏之處，如何逃得過金聖歎先生法眼？他提筆批道：「恐人忘了蔡太師生辰日，故閒中記出三個字來。」

毛宗崗對埋伏照應問題也有不少獨特見解，他在《三國演義》的評點中往往發他人之所未發。

例如，他認為有些伏筆的運用是帶有辯證意味的：「此卷敘正得襄陽之事，下卷又敘斬龐德獲于禁之事，皆快事也。而出兵之前，乃有失火為之告凶，又有惡夢為之告變，是早為七十六回伏線也。夫為失意伏線，而伏於將失意之時不足奇，惟伏於將快意之時則深足奇。」（第七十三回回前總評）這裡所說的「七十六回」，指的是關公走麥城的故事。按說，小說作品中寫「失火為之告凶，又有惡夢為之告變」，是為關公失敗走麥城而作為「伏筆」用的，但作者卻將它們埋伏在關公得襄陽、斬龐德、擒于禁等一連串成功的喜悅之事的前面。這種伏筆，會產生令人意想不到的效果，堪稱具有辯證意味的「伏筆」。

再如，毛宗崗還認為伏筆有「虛」與「實」兩類：「文之以前伏後者，有實筆，有虛筆。姜維伐魏在六出祁山之後，而一出祁山之前，先寫一姜維。此以實筆伏之者也。鍾、鄧入蜀，在九伐中原之後，而一伐中原之前，先在夏侯霸口中，寫一鍾會，寫一鄧艾，此以虛筆伏之者也。且前有武侯之囑陰平，葬定軍，又虛中之虛。此外夏侯霸之言，又虛中之實。敘事作文，如此結構，可謂匠心。」（第一百七回回前總評）不僅指出了什麼樣的是伏筆之「虛」，什麼樣的是伏筆之「實」，而且還進一步分辨出「虛中之虛」「虛中之實」，亦可謂獨具隻眼。

更有甚者，毛宗崗還指出了各種各樣伏筆的綜合運用：「讀《三國》者，讀至此卷，而知文之彼此相伏，前後相因，殆合十數卷而只如一篇，只如一句也。其相反而相因者，有助漢之沙摩柯，乃有抗漢之孟獲；其不相反而相因者，有借羌兵之曹丕，乃有借羌兵之曹真；其相類而相因者，有馬超在而即去之柯比能，乃有馬超死而忽來之徹里吉；其不相類而相因者，有六縱而不服之蠻王，乃有一縱而即服之雅丹丞相。至於孟達致書於李嚴，早有李嚴致書於孟達以為之伏筆矣。申儀助司馬而殺孟達，早有孟達之約申儀而背劉封以為之伏筆矣。」（第九十四回回前總評）如此伏筆，堪稱「埋伏照應」之大全和極致了。

張竹坡在這方面也有一些自己的提法，而且有些提法還顯得比較新奇別致。如他在《金瓶梅》的評點中曾提出「預補」一法，就和我們今天敘事學研究中的「預敘」非常接近：「未入私僕，先安敗露之因，此謂之預補法。」（第

十二回夾批）再如，他還提出「金針結穴」的說法：「瓶兒之死，伏於試藥，不知官哥之死，亦伏於此。看其特特將博浪鼓一點，而後文睹物之哭，遙遙相照矣。夫博浪鼓一戲物耳，一見而官哥生矣，再現而官哥不保矣。至睹物之哭，乃一點前數回之金針結穴耳。其細密如此。」（第五十回回前總評）這裡所說到的通過「博浪鼓」這一小小對象來達到伏筆效果的方法，又與金聖歎的某些觀點相近。在第五十九回的夾批中張氏再次提到博浪鼓在埋伏照應方面的作用：「博浪鼓一結，小小物事用入文字，便令無窮血淚皆向此中灑出，真是奇絕文字。」

此外，還有不少評點者都喜歡用「隔年下種」來形容埋伏照應。

一嘯居士云：「天下寧有百計千方，謀奪得他人美滿姻緣到手，而破題兒第一夜，顧自走出，轉關鎖其前配與處，曰將以害之者？王儒珍而愚人也，則可；王儒珍而才子也，縱不能邃明秋遴之心而感激涕零，亦何至疑當下情形為毒計而跳窗奔命之不遑？作者於此為敗筆矣。不知文章有隔年下種法。前兩回蘇、陳相議，固嘗謂儒珍執性。執性則奪姻而後，在在盡屬巧設陷阱，將以甘心於我，又況秋遴此舉，實亦一時難測哉！是真可謂通曉人情、體會入微之作，又不僅神明於法已也。」（《鐵花仙史》第十五回回末總評）

《枕上晨鐘》的評點者也說：「小鳳與鍾生，如此分散，似乎大海萍蹤矣。至此處忽逢邂逅，以了宿緣，且獲盜伸冤，全在他身上，可知在第二回內，已先下種矣。」（第十六回回末總評）

當然，在這方面說得最為酣暢淋漓的還是毛宗崗的一段話：「《三國》一書，有隔年下種，先時伏著之妙。善圃者投種於地，待時而發。善奕者下一閒著於數十著之前，而其應在數十著之後。文章敘事之法亦猶是已。如西蜀劉璋乃劉焉之子，而首卷將敘劉備先敘劉焉，早為取西川伏下一筆。又於玄德破黃巾時，並敘曹操帶敘董卓，早為董卓亂國、曹操專權伏下一筆。趙雲歸昭烈在古城聚義之時，而昭烈之遇趙雲早於磐河戰公孫時伏下一筆。馬超歸昭烈在葭萌戰張飛之後，而昭烈之與馬騰同事早於受衣帶詔時伏下一筆。龐統歸昭烈在周郎既死之後，而童子述龐統姓名早於水鏡莊前伏下一筆。武侯歎謀事在人、成事在天在上方谷火滅之後，而司馬徽未遇其時之語，崔州平天不可強之言，早於三顧草廬前伏下一筆。劉禪帝蜀四十餘年而終在一百十回之後，而鶴鳴之兆早於新野初生時伏下一筆。姜維九伐中原在一百五回之後，而武侯之收姜維早於初出祁山時伏下一筆。姜維與鄧艾相遇在三伐中原

之後，姜維與鍾會相遇在九伐中原之後，而夏侯霸述兩人姓名早於未伐中原時伏下一筆。曹丕篡漢在八十回中，而青雲紫雲之祥早於三十三回之前伏下一筆。孫權僭號在八十五回後，而吳夫人夢日之兆早於三十八回中伏下一筆。司馬篡魏在一百十九回，而曹操夢馬之兆早於五十七回中伏下一筆。自此而外，凡伏筆之處，指不勝屈。每見近世稗官家一到扭捏不來之時，便平空生出一人，無端造出一事，覺後文與前文隔斷，更不相涉。試令讀《三國》之文能不汗顏！」（《讀三國志法》）《三國演義》中令人眼花繚亂的敘事，經過毛宗崗這樣頭頭是道的分析，真令人有條理清晰的感覺。這樣的閱讀「導遊」，應該是會得到廣大讀者歡迎的。

### 三、「草蛇灰線」

在中國古代小說評點家們那兒，對於埋伏照應這種方法最形象的總結是「草蛇灰線」。

何謂草蛇灰線？草蛇灰線為什麼又代指埋伏照應？所謂草蛇，乃草中之蛇，因其有長有短、隱隱約約，故而用以比喻埋伏照應方法之忽隱忽顯的特點。誠如毛宗崗在《三國演義》第十五回回前總評中所言：「如草中之蛇，於彼見頭、於此見尾。」所謂「灰線」，古人並沒有明確的解釋，愚以為就是各種灰質的東西畫成的線，因其有粗有細、斷斷續續，故而用以比喻埋伏照應方法之忽斷忽續的特點。「草蛇」與「灰線」加在一起，就比較全面地表達了埋伏照應方法的兩大特徵：當斷則斷，當續則續；當顯則顯，當隱則隱。

在古代小說評點文字中，草蛇灰線這個名詞出現的頻率極高。

金聖歎云：「有草蛇灰線法。如景陽岡勤敘許多「哨棒」字，紫石街連寫若干「簾子」字等是也。驟看之，有如無物，及至細尋，其中便有一條線索，拽之通體俱動。」（《讀第五才子書法》）這裡，金氏所看重的還是我們在前面提到的通過小小對象來進行埋伏照應的方法。「哨棒」「簾子」與「解腕尖刀」「石榴花」的用法是差不多的。在評點《水滸傳》的過程中，金聖歎還多次提到「草蛇灰線」這一概念：「有意無意，所謂草蛇灰線之法也。」（第十一回夾批）「非寫石碣村景，正記太師生辰，皆草蛇灰線之法也。」（第十四回夾批）

毛宗崗在評點《三國演義》時，也提到這一術語：「敘事真有草蛇灰線之奇。」（第二十一回夾批）

　　張竹坡評點《金瓶梅》時，所用草蛇灰線字樣也不在少數。請看：「吾不知其用筆之妙，何以草蛇灰線之如此也。」（第三回回前總評）「豈知《金瓶》一書，從無無根之線乎。試看他一部內，凡一人一事，其用筆必不肯隨時突出，處處草蛇灰線，處處你遮我映，無一直筆、呆筆，無一筆不作數十筆用。」（第二十回回前總評）「用筆總是草蛇灰線，由漸而入，切須學之。」（第六十七回夾批）「不知作者一路隱隱顯顯草蛇灰線寫來。」（第七十六回回前總評）

　　至於《紅樓夢》脂批中，這個專用名詞就出現得更多了。如：「前回中總用草蛇灰線寫法，至此方細細寫出，正是大關節處。」（甲戌本第八回夾批）這裡所說的是賈寶玉的「通靈寶玉」，其寫法正如同金聖歎提到的「哨棒」等類。再如：「此處透出探春，正是草蛇灰線，後文方不突然。」（庚辰本第二十二回批語）「閒言中敘出代（黛）玉之弱，草蛇灰線。」（甲戌本第二十六回夾批）「後數十回若蘭在射圃所佩之麒麟，正此麒麟也。提綱伏於此回中，所謂草蛇灰線於千里之外。」（庚辰本第三十一回回末總批）「用清明燒紙徐徐引入園內燒紙，較之前文用燕窩隔回照應，別有草蛇灰線之趣，令人不覺。」（有正本第五十八回開始總批）「草蛇灰線，後文方不見突然。」（庚辰本第八十回批語）

　　在其他小說評點者們那兒，「草蛇灰線」也常常是他們評點文字中經常出現的術語。如：

　　「識得草蛇灰線，在在有能燎然，否則與盲師無異。」（《女仙外史》第二十回回末求夏評語）這裡，竟然如此評價「草蛇灰線」的重要性。意謂能識得這種藝術手法的人眼睛是明亮的，否則，就是藝術欣賞過程中的瞎子。

　　「故意說出他原形，草蛇灰線。又逗國公府。」（《儒林外史》第二十四回張文虎夾批）

　　「灰線草蛇，失事之由在此，卻是正筆，不是閒筆。」（《雪月梅傳》第五回夾批）

　　晚清李友琴女士在陸士諤《新上海》的書末總評中對「草蛇灰線」這一方法介紹得更為清楚明白：「是書寓意至深，伏脈至細，手寫是間，目注彼處。雖至一語之微，一事之細，無不迴環呼應，首尾靈通，尋繹根源，有草蛇灰線之妙，是真聖歎所謂能以一筆作數筆者也。」這是對《新上海》的高度評價，也是對「草蛇灰線」這種藝術方法的高度評價。

晚清的另一位評點者鄒弢對「草蛇灰線」法也極為青睞，在評點《青樓夢》時一再提及：「文章有草蛇灰線之妙，誰謂稗官易作哉？」（第四回回前總評）「草蛇灰線，不著痕跡。」（第八回夾批）「文字隨處結束，隨處映帶，草蛇灰線，妙不可喻！」（第三十一回回前總評）

馮鎮巒在評點《聊齋誌異》的過程中，也屢屢言及此法：「丘生變馬，處處用草蛇灰線之法。」（《彭海秋》篇夾批）「無意中點此一筆，通篇以琴作草蛇灰線之法。」（《宦娘》篇夾批）

蔡元放在《水滸後傳讀法》中的一段話對「草蛇灰線」法的運用說得尤為透徹：「有灰線草蛇法：如李俊在金鼇島救起安道全，為後引兩寨諸人入海之線；聞小姐患病求安道全醫治，診太素脈，說他大貴，為後嫁與李俊為妃之線；鄆哥隨呼延鈺去時，說銀子原為娶妻之用，為後請留共濤之女賞與為妻之線之類。皆是遠遠生根，閒閒下著，到後來忽然照應，何等自然。」

就小說創作而言，「草蛇灰線」就是將某一故事情節似乎漫不經意地略露端倪，卻並不展開來寫，反而去敘述別的故事。然而，先前所述的故事又在暗中發展。到了一定的時候，作者方才將它突然抖露出來，展現在讀者的面前。而讀者呢，在感到突如其來的同時，如果回頭一看，就會明白這本是作者早已安排好的，從而對這時的展現並不覺得突然。這種方法的運用，就像打仗埋伏奇兵、下棋預設妙著一樣，令人不禁拍案叫絕。

「草蛇灰線」法的運用，具有兩大特點：一是「驟看之，有如無物，」強調一個「藏」字，「用伏筆，須在人不著意處。」（林紓《春覺齋論文》）否則，就寫得線條明朗，情味索然。二是「及至細尋，其中便有一條線索，拽之通體俱動。」這是強調一個「拽」字，也就是說，草蛇灰線最終還是要被抖弄起來的，「到發明時即可收為根據。」（同上）否則，草蛇灰線不見其蹤跡，「藏」得再好也是沒有用的。質言之，「草蛇灰線」法就是處理好對故事情節的「藏」與「拽」之間的辯證關係的一種寫作方法，它所要解決的也就是埋伏照應的問題。

中國古典小說評點家們在涉及小說的敘事諸問題時，尤其注重對敘事時間的探究，除了本文所涉及的伏筆照應以及「預敘」以外，還有倒敘、插敘、平敘以及敘述頻率等問題，由於篇幅的限制，我們將另作討論。

（原載《湖北師範學院學報》2008 年第三期）

# 一支筆作千百支用
## ——小說評點者論「敘述語言」

　　中國古代小說的敘述語言從語言體式的角度來看，主要有四大類型：文言、白話、半文言半白話、韻文。其中，韻文在小說創作中屬於一種特殊語言體式，我們另撰文討論。就上述前三種語言體式而言，文言小說當然以文言體為主，通俗小說當然以白話體為主，但也有一些作品以淺顯的文言與精練的白話相結合，從而形成一種介乎兩者之間的語言體式，這第三種情況主要在章回小說中的歷史演義之作與某些文人創作的通俗小說作品中頗為多見。以下所論，主要就是文言、白話、半文言半白話這三種語言體式的敘述語言在中國古代小說創作中的運用以及小說評點者對它們的評價。

一

　　敘述語言，顧名思義，它在小說創作中的首要任務是寫人敘事，同時也可能具有抒情、寫景、議論以及別的作用。這裡，我們還是從它最根本的任務寫人敘事說起。

　　小說中的敘述語言的最基本要求是有條不紊，一般的小說作家都能做到這一點。對此，評點者也進行了一般性評價。如《隋史遺文》第十一回回末總評曰：「叔寶得銀之喜，張奇搶銀之狀，捕人設計之密，雄信周全挽回之苦，一筆筆寫出，無不逼露。」

　　在敘事有條不紊的前提下，對敘述語言進一步的要求是要講究章法次序。《金瓶梅》第七十八回對林太太與西門慶偷情時的幾個「預備」動作的描寫就很有層次：「酒酣之際，兩個共入裏間房內。掀開繡帳，關上窗戶，輕剔

銀釭，忙掩朱戶。」對此，張竹坡連連批道：「裏間房。」「先掀帳。」「後關窗。」「再剔燈。」最後，乾脆總批一段：「方掩門四句，情事妙絕。看他入裏間房內，已情不能禁，即掀開繡帳。因適間情事不堪，未曾洗牝，故又下床。則見窗猶未關，順手關窗。去剔銀燈，乃又想起未曾關門，於是關門洗牝，匆匆上床。而男子則先已解衣上床也。一時情景如畫。」

林太太乃貴族孀婦，她與暴發戶商人西門慶私通，是有相當大的心理障礙的。而且，當時這位貴婦人還和兒子、兒媳居住在一起。因此，林太太與西門慶偷情的過程就顯得特別有層次，而這種預備動作的層次感又是非常符合當時的情景的，尤其是符合林太太當時的心理狀態。

當然，在小說創作過程中，如果作者永遠只是按照時間順序有條不紊地寫下去，哪怕極有層次感，也會造成敘述文字的呆板，也會讓讀者感到乏味。為了調動讀者閱讀的積極性，讓讀者興奮起來，甚至產生欲罷不能的濃厚興趣，作者就必須要運用多種敘事方法，如插敘、倒敘、補敘、夾敘等。這樣一來，無形之中就形成了小說創作敘述語言和敘述方式的多樣性。

《聊齋誌異‧念秧》是一篇情節極為曲折的作品，自然，該篇的敘述語言也就必然會呈現出複雜多變的態勢。對此，馮鎮巒有非常中肯的評價：「看他運掉輕靈，筆筆分明，其中且有閒細工夫，旁寫、冷寫、隔斷寫，從容不迫。」

在《姑妄言》第二十一卷卷首總評中，林鈍翁也說過類似的話：「此一部書中，一個人有一個小傳。有先敘來歷而後敘其事者，有前後敘事而中段敘其來歷者，有事將敘完而末後始出來歷者，有敘他人之事內中帶出此人來歷者，種種不一，非細心觀之，不能見也。」

為了說明問題，我們不妨分幾個角度來探討這一問題。

首先來看關於敘事時間的變化方面的論述。在古代小說創作中，補敘的方法運用最多，而批評家們也對這一問題最為注目，金聖歎在這方面就很突出。例如《水滸傳》第三十九回，當眾位好漢劫法場救了宋江以後，宋江向大家介紹李逵「幾番就要大牢裏放了我」時，金聖歎夾批：「補得妙絕。」隨後，書中又寫張順對宋江等人述說眾人慾救宋江而不能的經過時，金聖歎又連連批道：

「補出數日中又苦又急。」
「補出尋李逵不著又苦又急。」

「不惟補出張順尋李逵，兼補出李逵自去行事，無一人與他商量，妙絕。」

「補出潯陽江心兄弟二人又苦又急。」

「補出揭陽鎮上穆、薛三人又苦又急。」

「補出揭陽嶺上四人又苦又急。」

必須說明的是，上述幾例都是人物語言，而我們在這裡卻將它們作為敘述語言的例證，似乎連基本常識都不懂了。其實，此處這幾段人物語言，並不以表示某個人物自身的性格特徵為主要任務，而是作為作者的代言人充當了次敘述者，其根本任務就是補敘故事內容，因此，我們仍然將它們作為敘述語言來看待。

毛宗崗更看重補敘，在《三國演義》的評點中，對這方面的論述更多，簡直到了層出不窮的地步。聊舉數例：

第十六回介紹呂布的妻妾情況時，毛氏夾批：「補敘得好。」

第二十一回「青梅煮酒論英雄」時，寫曹操自敘「望梅止渴」一事，毛氏又批：「忽於此處補出一段閒文，妙絕，妙絕！」

第一百十七回補敘諸葛亮妻子和兒子事，毛氏連連批曰：「武侯夫人事直至篇終補出，敘事妙品。」「諸葛瞻往事，卻於此處補出，敘事妙品。」

在《讀三國志法》中，毛宗崗乾脆對補敘的方法來了一個大總結：「《三國》一書，有添絲補錦，移針勻繡之妙。凡敘事之法，此篇所闕者補之於彼篇，上卷所多者勻之於下卷，不但使前文不拖沓，而亦使後文不寂寞；不但使前事無遺漏，而又使後事增渲染，此史家妙品也。如呂布取曹豹之女本在未奪徐州之前，卻於困下邳時敘之。曹操望梅止渴本在擊張繡之日，卻於青梅煮酒時敘之。管寧割席分坐本在華歆未仕之前，卻於破壁取後時敘之。吳夫人夢月本在將生孫策之前，卻於臨終遺命時敘之。武侯求黃氏為配本在未出草廬之前，卻於諸葛瞻死難時敘之。諸如此類，亦指不勝屈。前能留步以應後，後能回照以應前，令人讀之真一篇如一句。」

這裡不僅分析了補敘的重要性，而且還進一步指出補敘是為了使前文不拖沓、後文不寂寞。

金聖歎、毛宗崗而外，其他評點者也有不少對「補敘」的議論。如：

「看他補筆無痕。」（《聊齋誌異・小二》篇馮鎮巒夾批）

「補敘卻用丘生自述，妙。」（《聊齋誌異・彭海秋》篇稿本夾批）

「補敘。」（《聊齋誌異·仇大娘》篇稿本夾批）

「愛卿有孕至此寫出，此文章之補筆也。」（《青樓夢》第三十二回夾批）

有時候，小說批評者們又稱「補敘」為「追敘」。如：「大業十年後，亂者多，頭緒多，逐人為敘起止，自當用追敘法，彼此縮結，逗起，都成一片巧手慧心。」（《隋史遺文》第四十九回回末總評）再如：「追敘。」（《聊齋誌異·瞳人語》篇馮鎮巒夾批）由此亦可見這種敘述方式和語言已引起許多評點者的廣泛關注。

除「補敘」或「追敘」之外，還有「插敘」「夾敘」「倒敘」等敘述方式和語言也引起了評點者們的注意。

如《水滸傳》第三十六回寫宋江逃難時，險些被張橫誤殺，危險解除後，張橫向宋江講述了自己兄弟二人在揚子江做騙人訛錢的勾當後，金聖歎夾批：「一篇大文中，忽然插入一篇小文，奇筆。」再如《金瓶梅》第十七回的回前總批中，張竹坡說道：「正寫金蓮，忽插入玉樓，奇矣。今又正寫瓶兒，忽插敬濟，絕妙章法。」此二例，均為對「插敘」的探討和評價。

在《姑妄言》第五卷的卷首總評中，林鈍翁卻對「夾敘」情有獨鍾，他說：「此書寫各人小傳，無有重者。此寫侯、宦兩家是夾敘法，先敘侯敏，次敘宦萼，正敘侯恭風，又接敘宦實，參差錯落得好。」

在《聊齋誌異·薛慰娘》篇馮鎮巒的夾批中，卻又探討了「倒敘」問題：「生出許多曲折，以補筆為倒敘。」

小說評點者們除了對上述「補敘」「插敘」「倒敘」「夾敘」等方法的評價外，還對諸如「旁筆」「轉寫」「分寫」「合寫」等方法進行了分析。這方面意見的表達，以《聊齋誌異》諸家評語居多，尤以但明倫的評語最多且最有建樹。聊舉數例：

《席方平》篇稿本夾批曰：「此段賄囑意，用旁筆寫出，筆意變化。」

《葛巾》篇篇末但明倫評語云：「此篇純用迷離閃爍、夭矯變化之筆，不惟筆筆轉，直句句轉，且字字轉矣。」

在《王桂庵》篇的篇末總評中，但明倫又說：「文夭矯變化，如生龍活虎，不可捉摸。然以法求之，只是一蓄字訣。前於葛巾傳論文之貴用轉字訣矣；蓄字訣與轉筆相類，而實不同，愈蓄則文勢愈緊、愈伸、愈矯、愈陡、愈縱、愈捷：蓋轉以句法言之，蓄則統篇法言也。」

在《白於玉》篇的一段夾批中，但明倫更對分寫與合寫相結合的方法進行了頗為深入的分析：「只四人耳，先合寫，中間分寫、單寫、雙寫；一寫再寫後，又合寫。便令觀者眼花撩亂、應接不暇。」

最有趣的是但明倫還在《胡四娘》篇的夾批中，對《聊齋誌異》的作者嫻熟運用敘述語言的所謂「筆力」表現出由衷的讚歎：「翻手為雲，覆手為雨，炎涼醜態，極力推出。在他人竭盡心力，只說得一邊，必至顧此失彼；即兩邊並寫，亦難免糾纏拉雜。看其輕描淡寫，急弦促響，數語中如珠盤錯落，如飛瀑激揚，又鏗鏘嘈吰，大聲發於水上，如聞無射之音，此為何等筆力！」

由此可見，各種敘事筆法、敘述語言在評點者們那裡都是討論得非常熱烈的。

## 二

如果說上一節所言乃是對敘事方法和語言的共同性總結的話，那麼，對於某些小說作者在某種特殊的情況下採用的某些具有個別性特點的敘事筆法或語言方式，評點者們也有「個別性」的總結和評判。

這方面最突出的是金聖歎。在對《水滸傳》的評點過程中，金氏總結出該書不少獨具特色的敘事筆法或語言方式。例子不勝枚舉，且將與本論題相關的金本《水滸傳》原文與金批對照分析數例如下。

小說第一回寫道：「卻說莊客王四一覺直睡到二更方醒覺來，看見月光微微照在身上，吃了一驚，跳將起來，卻見四邊都是松樹。」金聖歎夾批：「嘗讀坡公《赤壁賦》『人影在地，仰見明月』二語，歎其妙絕。蓋先見影，後見月，便宛然晚步光景也。此忽然脫化此法，寫作王四醒來，先見月光，後見松樹，便宛然五更酒醒光景，真乃善於用古矣。」《水滸傳》此處寫王四，確實是景物描寫與人物描寫相結合的成功範例，而金批也可以算作是一種對小說創作中情景交融敘述語言的切中肯綮的批評。

作品第三十八回寫宋江病癒後尋找戴宗、李逵、張順均不遇，獨步江頭：「宋江聽罷，只得出城來。直要問到那裡，獨自一個，悶悶不已，信步再出城外來，看見那一派江景非常，觀之不足。」金聖歎夾批云：「以非常之人，負非常之才，抱非常之志，對非常之景，每每露出圭角來，寫得雄渾之極。」讀到這樣的評語，我們才對宋江何以要在這樣的時間、這樣的地點、這樣的心

情之下於牆壁之上留下「反詩」有了更深入的理解。

《水滸傳》第六十四回寫張順為救宋江，連夜趕路去請神醫安道全，在揚子江邊受阻一段也是十分精彩的敘述文字：「張順冒著風雪，捨命而行。獨自一個奔至揚子江邊，看那渡船時，並無一隻，張順只得叫苦。沒奈何，繞著江邊又走，只見敗葦折蘆裏面有些煙起。」金聖歎於此處夾批云：「是寫大江，是寫風雪，是寫渡船，是寫薄暮，是寫趕路人，妙妙。」

以上所述，均乃金聖歎對《水滸傳》中情境交融的敘事筆法的由衷讚歎。那麼，對於該書精彩的人物描寫，金聖歎的態度又是如何呢？自然也不願意放過！且看第十二回作者寫楊志與索超的披掛一段：「將臺上又把青旗招動，只見第三通戰鼓響處，去那左邊陣內門旗下看看分開，鑾鈴響處，閃出正牌軍索超直到陣前，兜住馬，拿軍器在手，果是英雄。但見：頭戴一頂熟鋼獅子盔，腦後斗大來一顆紅纓；身披一副鐵葉鎧成鎧甲，腰繫一條鍍金獸面束帶，前後兩面青銅護心鏡，上籠著一領緋紅團花袍，上面垂兩條綠絨縷頷帶，下穿一雙斜皮氣跨靴，左帶一張弓，右懸一壺箭；手裏橫著一柄金蘸斧；坐下李都監那匹慣戰能征雪白馬。右邊陣內門旗下看看分開，鑾鈴響處，楊志提手中槍出馬，直至陣前，勒住馬，橫著槍在手。果是勇猛。但見：頭戴一頂鋪霜耀日鑌鐵盔，上撒著一把青纓；身穿一副鉤嵌梅花榆葉甲，繫一條紅絨打就勒甲條，前後獸面掩心；上籠著一領白羅生色花袍，垂著條紫絨飛帶；腳登一雙黃皮襯底靴。一張皮靶弓，數根鑿子箭。手中挺著渾鐵點鋼槍，騎的是梁中書那匹火塊赤千里嘶風馬。」

對於這樣五彩繽紛的人物服飾描寫，金聖歎趕忙揮筆留下一段眉批：「二將披掛五彩間錯處，俱要記得分明。凡此書有兩人相對處，不寫打扮則已，若寫打扮，皆作者特地將五彩間錯配對而出，不可忽過也。」金氏在這裡不僅指出了作者在描寫楊志與索超的裝飾打扮時絢爛輝煌的色彩，而且推而廣之，說作者在寫人物服飾時一貫喜歡用色彩的錯雜相間寫出人物的精神風貌。小說作者的這種良苦用心，如果不是金聖歎指出，一般讀者很難注目。

《水滸傳》中不僅有令人目迷五色的人物服飾描寫，還有對人物膚色的強烈對比描寫，第三十七回寫「黑旋風鬥浪裏白條」就是典型例證：「兩個正在江心裏面清波碧浪中間，一個顯渾身黑肉，一個露遍體霜膚。」對於這樣的「絕妙好辭」，金聖歎情不自禁地批道：「青波碧浪。黑肉白膚。斐然成章，

照筆耀紙。」

金聖歎對於《水滸傳》中人物描寫時所運用的絕妙敘述語言，並非只注目上述那些小的片斷，對那些大段描寫，金批也善於給讀者以及時的點醒。例如對智取生辰綱以後的「七星」的出色描寫，在《水滸傳》中是佔了接近三回書的篇幅，而金聖歎在第十八回的一段夾批中卻將作者的敘事語言技巧分析得淋漓盡致：「七個人須要逐個出色一寫。故前朱全來捉時，晁蓋已著吳用、劉唐先行了，卻又著公孫勝先行，他便獨自一個挺刀押後。此是出色寫個晁蓋。何濤來捉時，阮小二道不妨，我自對付他，便調度小五、小七兩隻船兩個山歌來，此是出色寫個三阮。後來一陣怪風、一片火光、一隻小船、一口寶劍，便把一千官軍燒得罄盡，此是出色寫個公孫勝。今自冷笑二字已下完火並一篇，乃是出色寫個吳用也。七個人中，獨劉唐不曾出色自效，便為補寫月夜一走，以見行文如行兵，遣筆如遣將，非可草草無紀也。」

除了上述這種分別出色寫人物的敘述方式而外，《水滸傳》中還有運用敘述語言寫人物動作層次感的成功範例。如書中第十八回寫王倫不肯收留晁蓋等七人，林沖對此表現出極度不滿。妙在作者寫林沖的語言和行為是極有層次感的：「說言未了，只見林沖雙眉剔起，兩眼圓睜，坐在交椅上大喝道……」請看金聖歎對這種極其深入書中人物內心的描寫語言的評價：「此處若便立起，卻起得沒聲勢，若便踢倒桌子立起，又踢得沒節次。故特地寫個坐在交椅上罵，直等罵到分際性發，然後一腳踢開桌子，搶起身來，刀亦就勢掣出。有節次，有聲勢，作者實有設身處地之勞也。」《水滸傳》的作者如果能看到這種評語，一定會將聖歎先生引為平生知己的。

在塑造人物形象時，《水滸傳》的作者甚至還運用了一些特殊的修辭手段，對此，金聖歎也洞幽燭微，進行了細緻的分析。

如第二十七回寫武松舉石墩一段：「武松再把右手去地裏一提，提將起來，望空中只一擲，擲起去離地一丈來高；武松雙手只一接，接來輕輕地放在原舊安處。」金氏於此處有眉批云：「看他提字與提字頂針，擲字與擲字頂針，接字與接字頂針。」

寫人如此，狀物又何嘗不是這樣？寫人狀物相結合的場面描寫當然更是如此這般。我們且看金聖歎對《水滸傳》中描寫武松打虎的幾段評價：

「已下人是神人，虎是活虎，讀者須逐段定睛細看。」

「我常思畫虎有處看，真虎無處看；真虎死有虎看，真虎活無處看；活

虎正走，或猶偶得一看，活虎正搏人，是斷斷必無處得看者也。乃今耐庵忽然以筆墨遊戲，畫出全副活虎搏人圖來。今而後要看虎者，其盡到《水滸傳》中，景陽崗上，定睛飽看，又不吃驚，真乃此恩不小也。」

「耐庵何由得知踢虎者，必踢其眼，又何由得知虎被人踢，便爬起一個泥坑，皆未必然之文，又必定然之事，奇絕妙絕。」

如果說，《水滸傳》的作者僅能用一種他所習慣的筆法來進行場面描寫，那尚不足為奇，可貴的是該書運用了不同的筆法描繪了不同的場面，如此方算得高手中的高手。第四十一回宋江還道村遇險一段，是《水滸傳》中的精彩片斷之一，金聖歎在該回的回前總批中，曾對此進行了同樣精彩的評說：「第一段神廚搜捉，文妙於駭緊。第二段夢受天書，文妙於整麗。第三段群雄策應，便更變駭緊為疏奇，化整麗為錯落。三段文字，凡作三樣筆法，不似他人小兒舞鮑老，只有一副面具也。」

敘述語言達到如此境界，《水滸傳》的作者真真堪稱化工大手筆；而在數百年前能看到如此深刻的問題並作出中肯的評價，金聖歎亦堪稱慧眼獨具。

## 三

對於小說作者採用個別性的敘事筆法或語言方式進行「個別性」的總結和評判的批評者，當然不僅止於金聖歎一人。如毛宗崗，如張竹坡等等，都有這方面的論述。但是，要說能與金批《水滸》差相比肩者，則恐怕只有脂批《紅樓》了。

脂批對《紅樓夢》敘述方式和語言的評價和分析，所涉及的範圍頗為廣泛。例如，脂批不止一次地讚美《紅樓夢》作者的能一支筆當千百支筆用：

「總是得空便入，百忙又帶出王夫人喜施捨等事，可知一支筆作千百支用。」（甲戌本第七回夾批）

「余問送花一回，薛姨媽云寶丫頭不喜歡這些花兒粉兒的，則謂是寶釵正傳；又生阿鳳惜春一段，則又知是阿鳳正傳；今又到顰兒一段，卻又將顰兒之天性從骨中一寫，方知亦係顰兒正傳。小說中一筆作兩三筆者有之，一事啟兩事者有之，未有如此恒河沙數之筆也。」（甲戌本第七回眉批）

《紅樓夢》作者的敘事筆法和敘述語言是千變萬化、豐富多彩的，時而風馳電掣，時而柳絲花朵，時而委婉旖旎，時而瘦硬古拙……對此，「脂硯齋」們心領神會。且看甲戌本第八回的最後一段夾批：「不想浪酒閑茶一段，金玉

旖旎之文後，忽用此等寒瘦古拙之詞收住，亦行文之大變體處。《石頭記》多用此法，歷觀後文便知。」

更為有趣的是，脂批不僅注意到了《紅樓夢》敘述語言的千變萬化，而且還注意到了其中的出人意料之處。庚辰本第十六回的一段眉批理應引起我們的重視：「潑天喜事，卻如此開宗，出人意料外之文也。」隨後的另一段夾批也應引起我們注意：「眼前多少熱鬧文字不寫，卻從萬人意外撰出一段悲傷，是別人不屑寫者，亦別人之不能處。」

與此同時，對於《紅樓夢》中一些細微末節的敘述和描寫，脂批也能拈出其中的獨具特色之處讓讀者品嘗。如小說第二十一回有一段對林黛玉、史湘雲不同睡態的描寫，很能體現這兩個閨閣千金不同的性格所導致的不同的生活習慣：「只見他姊妹兩個尚臥在衾內。那林黛玉嚴嚴密密裹著一幅杏子紅綾被，安穩合目而睡。那湘雲卻一把青絲拖於枕畔，被只齊胸，一彎雪白的膀子掠於被外，又帶著兩個金鐲子。」

如此高超而不動聲色的敘事筆法，到底沒有瞞過評點者的法眼。庚辰本此處有夾批云：「寫黛玉之睡態，儼然就是嬌弱女子──可憐；湘雲之態，則儼然是個嬌態女兒──可愛。真是人人俱盡，個個活跳，吾不知作者胸中埋伏多少裙釵。」

《紅樓夢》寫「清潔女兒」之「美」是如此傳形傳神，《紅樓夢》寫「濁臭男人」之「丑」也同樣是惟妙惟肖。第二十一回寫賈璉與多姑娘鬼混一段，是《紅樓夢》中唯一的「涉黃」片斷：「是夜二鼓人定，多渾蟲醉昏在炕，賈璉便溜了來相會。進門一見其態，早已魂飛魄散，也不用情談款敘，便寬衣動作起來。誰知這媳婦有天生的奇趣，一經男子挨身，便覺遍身筋骨癱軟，使男子如臥綿上；更兼淫態浪言，壓倒娼妓，諸男子至此，豈有惜命者哉！那賈璉恨不得連身子化在他身上。那媳婦故作浪語，在下說道：『你家女兒出花兒，供著娘娘，你也該忌兩日，倒為我髒了身子。快離了我這裡罷。』賈璉一面大動，一面喘吁吁答道：『你就是娘娘！我那裡管什麼娘娘！』那媳婦越浪，賈璉越醜態畢露。一時事畢，兩個又海誓山盟，難分難捨，此後遂成相契。」於此處，庚辰本有十分精當的眉批：「一部書中，只有此一段醜極太露之文，寫於賈璉身上，恰極當極。」

最後，讓我們再來看一段評點者借戲曲表演的描寫而對《紅樓夢》敘述語言的高度讚揚吧：「閱至此，則有如耳內喧嘩，目中離亂；後文至隔牆聞《嫋

晴絲》數曲，則有如魂隨笛轉，魄逐歌銷。形容一事，一事逼真，《石頭記》是第一能手矣。」（庚辰本第十九回夾批）

《三國演義》的評點者毛宗崗在這方面也不示弱，發表了不少言簡意賅、一針見血的評價。

例如，小說第二十一回，寫曹操與劉備的一段對話，毛氏就通過連續不斷的批語點明了作者精彩的敘寫能達到一種使讀者與書中人一起緊張的藝術效果。當書中寫曹操派人緊急召見劉備時，劉備驚問曰：「有甚緊事？」此處毛氏夾批：「不特玄德驚疑，即讀者亦為驚疑。」隨後，曹、劉見面後，操笑曰：「在家做得好大事！」毛氏夾批：「嚇殺，讀者至此必謂衣帶詔洩矣。」而當曹操的問話使「玄德面如土色」時，毛氏又批曰：「讀者亦吃一大驚。」

再如，書中第一百五回寫到馬岱秉承諸葛亮遺計斬魏延時，敘述層次極為清晰：「（魏延）遂提刀按轡，於馬上大叫曰：『誰敢殺我？』一聲未畢，腦後一人厲聲而應曰：『吾敢殺汝！』手起刀落，斬魏延於馬下。眾將駭然。斬魏延者，乃馬岱也。」毛宗崗於此段描寫過程中連連批云：「來得突兀，出人意料。」「先聞其聲，次見其刀，然後知其人，總是寫得意外。」毫無疑問，毛宗崗能看到並分析出這樣一種頗為高超的敘寫方式，確實是具有不同凡響的藝術眼光的。

諸如此類的例子，還有書中第一百六回，作者狀寫司馬懿裝病騙李勝一段，亦可謂描繪如畫：「乃去冠散髮，上床擁被而坐，又令二婢扶策，方請李勝入府。……言訖，以手指口。侍婢進湯，懿將口就之，湯流滿襟。……言訖，倒在床上，聲嘶氣喘。」對此，毛宗崗亦連連有批語昭示作者之文心：「詐裝耳聾，妙甚。」「妙絕，活像聾子。」「妙絕，活像病人。」

金聖歎、脂硯齋、毛宗崗而外，其他評點者如張竹坡等人也對中國古代小說的敘事技巧和語言進行了不同角度的評價。

張竹坡比較重視小說作品中的場面描寫。如《金瓶梅》第三十九回有一段寫西門慶家眾女眷聽了寶卷之後各自休息場所的安排：「月娘方令兩位師父收拾經卷。楊姑娘便往玉樓房裏去了。郁大姐在後邊雪娥房裏宿歇。月娘打發大師父和李嬌兒一處睡去了。王姑子和月娘在炕上睡。兩個還等著小玉頓了一瓶子茶，吃了才睡。大妗子在裏間床上和玉簫睡。」張竹坡在這裡有眉批云：「一路將眾人睡法，敘得錯落之甚。」

　　幻庵居士則比較看重借助人物對話進行敘事的寫作技巧。《珍珠舶》卷五第一回寫東方白、蘇澹如、林仲蔚三個書生涉及婚姻問題的一段對話，最能印證評點者的這種觀點。蘇澹如笑道：「東方兄今年已是二十三歲，為何未娶尊閫，豈猶未識裙裾內滋味，抑如崔（張）君瑞別有西廂奇遇者耶？」林仲蔚亦笑道：「吾看曉生，風流倜儻，美如冠玉。日讀美人閒情諸賦，豈不知鍾情我輩。想必有姣好如朝雲者，時作陽臺好夢，故爾未尋玉鏡臺耳。」東方生歎息道：「弟家雖有數婢，俱是粗醜不堪的。即媒妁紛紛，不時將那庚帖來議姻，怎奈先君棄世以後，家漸蕭索。所以百金之聘，尚難措處，以致蹉跎至此。」幻庵居士於此段對話的行間，有聊聊數語的夾批一語中的：「以對談代敘事，作者的是老手。」

　　相比較而言，但明倫則更強調小說創作過程中行文的氣勢和鋪排。他在《聊齋誌異·嫦娥》篇的夾批中說：「為下文作勢，故此處極力鋪排，惟恐說不到十二分絢爛也。」

　　還有一些評點者，習慣於在某小說某回的最後以概括的形式總結該書的敘述文字和寫作技巧。如一位名叫「書雲」的評點者，就在《女仙外史》第九十回的回末總評中盛讚曰：「異哉！行文之脈，變化過於雲龍，巧幻過於海蜃，吾不能端倪。」而董孟汾在《雪月梅傳》第四十一回的回末總評中也表達了相同的意思：「行文如雲中之龍，東露一鱗，西現一爪，令觀者目不暇瞬而不知其全體，固是渾然也。」

　　以上所述，不管強調的是哪一方面，總歸是對小說創作的敘述技巧和語言的研究。可見，小說創作的敘述語言在中國古代小說評點者那兒得到了相當的重視。進而言之，這種高度重視是有充分理由的，因為敘述語言是一篇小說作品中占量最大的、同時也是最基本的東西。作為一位小說作者，如果在這方面不能出類拔萃的話，他是不可能取得創作成功的。反之，如果誰能在這方面精益求精乃至獨樹一幟，那他就極有可能成為一流小說家。既然敘述語言在小說創作中佔有如此重要的位置，它又怎麼能不引起評點者們的高度重視呢？更何況，有些小說評點者還要借著對某些敘述語言的評論來闡發自己與之相關的其他理論見解哩！

（原載《內江師範學院學報》2011 年第九期）

# 古典小說作法三題

　　我國古典小說，源遠流長。多少年來，不同時代、不同身份的小說作家，在小說創作這塊園地上流下了辛勤的汗水，留下了不少成功的藝術經驗。僅就小說的「作法」而言，清以來評點派的研究尤見成效。但，由於各位評點家大都只限於一本書，如金聖歎之於《水滸》，毛宗崗之於《三國》，脂硯齋之於《紅樓》等等。他們的理論，雖閃爍著真知灼見的光芒，但可惜缺乏系統化、規律化的總結，更兼以他們的某些提法不免流於牽強、死板與晦澀，因此，往往得到後人的批評或非議。

　　儘管如此，這些有關「作法」的論述，仍然有不少已被今天的小說評論家們所接受和運用，只不過用的名詞術語不同，有的說得更準確、更科學一些罷了。對這麼一份文學批評的遺產，我們同樣應取其精華、去其糟粕，進行深入的研究，讓它在今天的古典小說評論中起到應有的作用。本文就是從這一動機出發，於流傳至今的數十種小說「作法」中先拈出三則，作一點粗淺的探索。

## 一、橫雲斷山

　　清人毛宗崗《讀三國志法》云：「《三國》一書，有橫雲斷嶺，橫橋鎖溪之妙。文有宜於連者，有宜於斷者。如五關斬將，三顧草廬，七擒孟獲：此文之妙於連者也。如三氣周瑜，六出祁山，九伐中原：此文之妙於斷者也。蓋文之短者，不連敘則不貫串；文之長者，連敘則懼其累墜：故必敘別事以間之，而後文勢乃錯綜盡變，後世稗官家鮮能及此。」正如毛宗崗所言，並不是每一個小說家都會運用「橫雲斷嶺」法，但也並不是《三國演義》的作者獨用此

法，《紅樓夢》同樣用得很好。如第六回寫劉姥姥一進榮國府，正與鳳姐說話時，忽然門下小廝回說賈蓉來了，鳳姐忙止住劉姥姥：「不必說了」，一面便問：「你蓉大爺在哪裏呢？」在這裏，甲戌本有夾批云：「慣用此等橫雲斷山法」。還有第十七回，寫賈政等人遊新建的大觀園，才遊了十之五六，「又值人來回，有賈雨村處遣人回話。」庚辰本於此處批云：「橫雲斷嶺法」又如《水滸傳》此法也時有採用。金聖歎在《讀第五才子書法》中說得很具體：「有橫雲斷山法：如二打祝家莊後，忽插出解珍解寶爭虎越獄事；又正打大名城時，忽插出截江鬼油裏鰍謀財傾命事等是也。」可見，「橫雲斷山（嶺）」法，正是古典小說家們常用的一種手法。

所謂「橫雲斷山」，就是在小說中正敘述某一件事情時，忽然插入另一件事，就好比雲彩把山峰攔腰隔斷了一樣。為什麼要用這種方法呢？金聖歎說：「只因文字太長了，便恐累贅。故從半腰間暫時閃出，以間隔之。」（《讀第五才子書法》）這話說對了一半，在有些地方，作者寫突然的事件或人物來截斷正文，確是為防累贅。如《紅樓夢》賈雨村看護官符時「王老爺來拜」就是如此。甲戌本一段眉批說得很好：「妙極。若只是此四家，則死板不活；若再有兩家，又覺累贅。故如此斷法。」由此可知，「護官符」中所寫的決非賈、史、王、薛四家，自然還有其他若干家。但作者又要寫得靈活又要寫得乾淨，故而不再寫下去，以「王老爺來拜」斷之，便產生了不板不贅的效果。值得指出的是，這位來訪的王老爺究係何人？來此作甚？書中再也沒有提到過。可見，這裏的以王老爺斷正文，確如金聖歎、脂硯齋等人對「橫雲斷山」法的一般理解，是恐其累贅之筆。

然而，事情並非如此簡單，在更多的時候，作者所用來斷正文之事，往往與正文有著密不可分的聯繫，有的比正文還重要，這就不僅僅是一個避免累贅的問題了。如《水滸傳》於二打祝家莊後，插入的二解、二孫等人的故事，就與三打祝家莊的正文有著密切的聯繫。沒有孫、解等人打入祝家莊內部，裏應外合，梁山人馬攻下這個頑固的堡壘是困難的。孫、解故事這朵斷山之雲，不僅可以單獨成為一個故事，而且與所斷之山完全是一個有機的整體。再如《紅樓夢》中寫劉姥姥是次，寫風姐是主。但劉姥姥與鳳姐談話時，忽然插入一個賈蓉，便將風姐與賈蓉那種暧昧關係揭示出來了。

總之，「橫雲斷山」法用得好，一方面可以使故事情節多一些曲折，避免冗長累贅之病；另一方面，又可以包含更豐富的內容，具有更重要的意義。

當然，該不該斷，什麼時候斷，完全應視情節發展的需要而定。否則，隨心所欲地亂斷一氣，那只會把作品斷得支離破碎，雜亂無章，其效果也就與作者的動機背道而馳了。

## 二、特犯不犯

金聖歎《讀第五才子書法》云：「有正犯法：如武松打虎後，又寫李逵殺虎，又寫二解爭虎；潘金蓮偷漢後，又寫潘巧雲偷漢；江州劫法場後，又寫大名府劫法場；何濤捕盜後，又寫黃安捕盜；林沖起解後，又寫盧俊義起解；朱仝雷橫放晁蓋後，又寫朱仝雷橫放宋江等：正是要故意把題目犯了，卻有本事出落得無一點一畫相借。」《紅樓夢》此法也用得好，如第三回，寫林黛玉初進榮國府，拜望賈赦、賈政二舅父，結果是二人均未見到。甲戌本於此處夾批曰：「赦老不見，又寫政老。政老又不能見，是重不見重，犯不見犯。」書中還寫了賈寶玉一個囉囉嗦嗦的李嬤嬤，偏偏又寫了賈璉的一個絮絮叨叨的趙嬤嬤，按庚辰本脂評，這也是所謂「特犯不犯」。《三國演義》也是如此，請看毛宗崗《讀三國志法》所言：「若夫寫水，不止一番，寫火亦不止一番。曹操有下邳之水，又有冀州之水；關公有白河之水，又有罾口川之水。呂布有濮陽之火，曹操有烏巢之火，周郎有赤壁之火，陸遜有亭之火，徐盛有南徐之火，武侯有博望、新野之火，又有盤蛇谷、上方谷之火，前後曾有絲毫相犯否？」以上所言，都是用的「正犯法」，亦即所謂「特犯不犯」。

這裡的「犯」，就是雷同。一般說來，雷同乃創作之大忌。但這些作家卻故意將題材「犯」了，難道他們不怕雷同嗎？否。毛宗崗說：「作文者以善為避能，又善以犯為能，不犯之而求避之，無所見其避也。惟犯之而後避之，乃見其能避也。」（《讀三國志法》）這話頗有點辯證法的因素。在這裡，施、羅、曹等作者「特犯」的只是某些事物所共有的部分內容，它們是矛盾的普遍性或人物的共性之所在。如武松、李逵二人都是血性漢子，如李、趙二嬤嬤都有「老資格」等等。但是，更其重要的是，在「特犯」的同時，這些作者又都掌握了「不犯」的真締，即對於矛盾的特殊性、人物的個性的掌握和揭示。如同是與虎搏鬥，武松是於醉鄉中驚醒後，赤手空拳打死一隻猛虎，作者主要體現的是他的英雄氣概；而李逵則是在喪母之後有意地尋找老虎，並以樸刀殺死四隻大蟲，作者主要體現的是他急切的報仇心和滿腔的悲慟之情。二人同是殺虎，但處境、心境卻迥然不同。再如《水滸傳》中林沖、盧俊義同是起

解，卻有各自不同的原因、經歷和方式。世上萬事萬物，其矛盾的普遍性都存在於特殊性之中，共性包含於一切個性之中，無個性即無共性。施、羅、曹等古典藝術大師們，雖然並未能從理論上認識到這一規律，但他們的創作實踐，從客觀上體現了這一真理。「特犯不犯」，就是描寫事物共性與個性的統一、矛盾的普遍性與特殊性的統一的一種藝術手法。

值得提出的是，要「不犯」，要寫出事物間矛盾的特殊性，應從事物內在實質上去挖掘其相異之處。有的作品，如《封神演義》寫神仙鬥法，只注意法寶的形狀、神傚之分，而不從各次鬥爭的規律性本身去反映其特點；《萬花樓》寫沙場征戰，只注重將士身材、衣著之別，而不去著力表現人物性格的差異。其結果，無異於陳列許多法寶或人體標本，百事相同，千人一面。這些作者想「不犯」，實際上卻大犯而特犯了。

「特犯不犯」，看似容易實艱辛。這需要對生活深入的體驗，需要對素材認真地分析。此外，還要懂得點藝術的辯證法，需要把事物的現象當作入門的嚮導，一進了門就抓住實質，再經過深入研究，然後方能辦到。

## 三、草蛇灰線

清人蔡元放《水滸後傳讀法》云：「有灰線草蛇法：如李俊在金鰲島救起安道全，為後引兩寨諸人入海之線；聞小姐患病求安道全醫治，診太素脈，說他大貴，為後嫁與李俊為妃之線；郇哥隨呼延鈺去時，說銀子原為娶妻之用，為後請留共濤之女賞與為妻之線之類。皆是遠遠生根，閒閒下著，到後來忽然照應，何等自然。」（三十四）

草蛇灰線，是表面上看不到，而實際上卻隱藏得很深的東西。就小說創作而言，就是將某一故事情節似乎漫不經意地略露端倪，並不展開來寫，反去敘述別的故事，而先所述之事又在隱隱地發展，到一定的時候，再將它抖露出來，展現在讀者的面前。使人回頭一看，方覺得這時的展現並不突然，而是作者早有安排的。就像打仗埋伏奇兵、下棋預設妙著一樣，令人不禁拍案叫絕。

我國古小說名著幾乎都用了這種草蛇灰線法。如《紅樓夢》第六回寫狗兒家，只粗粗寫道：「小小一個人家，向與榮府略有些瓜葛。」如粗略地看過，似乎這小小人家與侯門大戶的榮府並無多大聯繫。其實不然，後來的劉姥姥三進大觀園，賈巧姐大半生的遭遇都與這「小小一個人家」相關。無怪

乎甲戌本於此處有夾批云:「略有些瓜葛,是數十回後之正脈也。真千里伏線。」再如第八十回寫迎春姑娘請王夫人接小姐回娘家時,王夫人本答應了,但「只因七事八事的都不遂心,所以就忘了。」這就通過王夫人之口寫出了賈府不遂心的事太多,敗亡之兆已現,故庚辰本有批云:「草蛇灰線,後文方不見突然。」至於《三國演義》,這種方法也用得不少,如「趙雲歸昭烈在古城聚義之時,而昭烈之遇趙雲早於盤河戰公孫時伏下一筆。馬超歸昭烈在葭萌戰張飛之後,而昭烈之與馬騰同事早於受衣帶詔時伏下一筆。龐統歸昭烈在周郎既死之後,而童子述龐統姓名早於水鏡莊前伏下一筆」等等。故毛宗崗稱說:「《三國》一書,有隔年下種,先時伏著之妙。善圃者投種於地,待時而發。善弈者下一閒著於數十著之前而其應在數十著之後。文章敘事之法亦猶是也。」(《讀三國志法》)

　　有時,作為草蛇灰線的並不是一個故事情節,而是一件小小的東西,同樣也能伏下許多後文。如《西遊記》第六回寫孫悟空苦戰二郎神,太上老君從天上丟下法寶金鋼琢,打倒了老孫,使他被擒。而這個金鋼琢在後來又被妖魔竊去,用來阻礙唐僧四眾取經,演成五十回至五十二回一大段文字。孫大聖說得十分明白:「原來是這件寶貝,當時打著老孫的是它!如今在下界張狂,不知套了我等多少對象!」再如《紅樓夢》中寫蔣玉菡將茜香羅贈給寶玉,而寶玉又將此物轉贈襲人,也是為後文蔣玉菡娶襲人伏線。最有趣的是《水滸傳》中寫武松的哨捧,這根哨捧在武松上景陽崗前後共寫到十九次,而這條哨捧就是武松打虎的武器,更有甚者,正因為這唯一的武器於匆忙中折斷了,就更顯出了武松赤手打虎的勇與力。這正如金聖歎所言:「有草蛇灰線法,如景陽崗勤敘許多哨棒字,紫石街連寫若干簾子等是也。驟看之,有如無物;及至細尋,其中便有一條線索,拽之通體俱動。」(《讀第五才子書法》)

　　金聖歎這幾句話,實際上道出了草蛇灰線法的兩大特點:一是「驟看之,有如無物,」強調一個「藏」字,「用伏筆,須在人不著意處。」(林紓《春覺齋論文》)否則,就寫成明蛇袒線,情味索然。二是「及至細尋,其中便有一條線索,拽之通體俱動。」這是強調一個「拽」字,也就是說,草蛇灰線最終還是要提起來的,「到發明時即可收為根據。」(同上)否則,草蛇灰線不知其蹤跡,「藏」得再好也是枉費心機的。

(原載《衡陽師專學報》1986 年第二期)

# 明清其他小說評點家及其成果

在明清古代小說評點派中，除了金聖歎、毛宗崗、張竹坡、「脂硯齋」幾大家之外，還有很多不錯的評點家，他們以自己的辛勤勞動，為中國古代小說的評點事業作出了不同程度的貢獻。其中，有些評點家的成果可以說是非常優秀的，尤其是他們在某些問題上所體現出的獨到見解，實在也不一定就比上述四大家遜色。因此，我們對這些不同層次的評點家及其成果，絕對不能忽視，而應當給予極大的重視，進行深入的探討和研究。又因為某些評點家所評點的對象遠遠趕不上上述幾大家的評點對象那樣著名，因此，對這些批評文字的研究其實有更大的難度。

關於這些評點家們一些具體的觀點和言論，筆者將另撰文進行分析介紹。這裡，僅對這些評點家及其成果之概況大體依照時間先後順序作一個簡明的羅列和評價。

託名李卓吾評《精忠全傳》（《武穆精忠傳》），文中有圈點，篇中多按語，不知是作者手筆抑或評者所為。按語多補充材料，勾勒逸事，解釋人名、地名或事件緣由，非藝術評判。

鄧喬林輯評《廣虞初志》，其評點較之湯顯祖評點《續虞初志》更為詳細一些，也有一些藝術見解，尤愛解「幻」，是其特色。

佚名批評《歡喜冤家》，特多倫理道德、因果報應方面的鼓吹，作品中明明寫的是「淫」，卻偏要反覆標榜「戒」，基本上沒有作什麼藝術評判。

又玄子、童癡批評《浪史奇觀》，就淫事論淫事，間或有些訓誡之辭。

錢江拗生評點《樵史通俗演義》，思想正統，追求歷史真實性，亦有不少藝術方面的評價，但大多比較簡略。

陸雲龍批評《型世言》，均為倫理道德方面的評判，藝術評價幾乎沒有。

鐵崖熱腸偶評《遼海丹忠錄》，基本上都是戰事分析，偶而涉及道德評判，沒有藝術分析。

袁于令評改《隋史遺文》，書中有原評，又有袁于令新評。總體看來就事論事者多，道德評判亦多，唯藝術總結者少。

不經先生批評《隋煬帝艷史》，五回一總評，流於一般化。其中，也有頗為精當的藝術總結，可惜不太多。聊舉一例：「摹寫楊素，驕傲處，是驕傲；矜誇處，是矜誇；弄權放肆處，是弄權放肆，無毫髮不肖其為人。至若高熲、賀若弼、王義，開口便忠；裴矩、封德彝，開口便佞：非胸中具有爐錘，安能若此！」（第十回後總評）

《禪真逸史》的批評者署名較多，有心心仙侶、筆花居士、西湖逸叟、煙波釣徒、空谷先生、雕龍詞客、繡虎文魔、夢覺狂夫等。這些名字也有可能是幾個人，也有可能是一個人，甚或他們與作者是同一人的可能性都存在。因為就其評論文字的風格來看，基本相同，就事論事，且有駢文之風，然無甚藝術見地。

佚名評點《西遊補》，批評文字大多比較精練，也頗為深刻，可惜太簡短。如「嘲笑處一一如畫，雋不傷肥，恰似梅花清瘦」。（第五回回末）

貞復居士評點《續西遊記》，喜用禪機幻語，尤愛諷刺世態，在就事論事的基礎上往往能借題發揮。

且笑廣評點《醋葫蘆》，結合書中故事大談倫理道德，極少有藝術鑒賞。

天花藏主人批評《平山冷燕》，藝術評判頗多，而且常常有深入的分析、獨到的見解，是較為優秀的批評文字。

佚名批評《山水情》，就事論事，頗為膚淺。

諧道人批評《閃電窗》，略有些藝術分析或審美感受，但不深刻，同時也喜歡勸世。

臥雪居士評閱《空空幻》，評語多藝術見解，有的頗有見地，尤其注重辯證思維。

醉花驛使、熱腸樵叟細評《錦繡衣》，有藝術評價，然太繁瑣，而且沒有離開具體情節。整體上有些接近張竹坡評點《金瓶梅》的文字，不過是與張

竹坡的缺點相接近。

惜花癡士閱評《筆梨園》，基本與《錦繡衣》中的評點風格相近，所不同者，該書評點者比較重視對作品藝術結構的批評。

《女才子書》的批評者之署名也比較多，有釣鼇叟、月鄰主人、幻庵、雪庵主人等，是一人或多人，待考。其批評文字人物議論多多，藝術鑒賞甚少。

幻庵居士批評《珍珠舶》，有行側批，多就書中之事而發表議論，其中不乏藝術見解，可惜大多太短小。又，此幻庵居士是否為批評《女才子書》之幻庵，可進一步研究。

素星道人評《載花船》，總評頗少，就事論事。然其行側批卻富有藝術見地，可惜過於短小。

煙水散人批評《桃花影》，就事論事，且就淫事論淫事。

杜濬批評《十二樓》，多論書中事而又有所生發，然人格評價多，藝術評價少。

《女仙外史》的批評者特別多，他們的署名有：劉在園、陳香泉、湯碩人、洪昉思、韓洪崖、高素臣、劉湘洲、葉南田、孟芥舟、毛闇齋、陳求夏、司馬燕客、喬東湖、許旭庵、孟嶧山、吳純鐵、連雙河、喬侍讀、陳處一、孟築岩、魯大司成、楊念亭、家涵亭、韓子衡、丘珠岩、王新城、范大中丞、汪梅坡、湯若人、李漁村、龔淡岩、黃叔威、張賓門、楊八庵、帥簡齋、裴又航、劉在祈、飯牛山人、外史、綿津山人、司馬農、倪永清、王竹村、程雨亭、徐少宰、顧幼鐵、蔡息關、周勿庵、家臥園、于少保、八大山人、查書雲、遲荊山、劉冰崖、葉芥園、劉戢香、周東匯、汪靜山、徐忍庵、王宗堂、宋淺齋、楊大瓢、張北山、韓陶庵、徐西泠等等。這些署名，有的是姓名、有的是別號、有的是室名、有的是職務，我們不能排除其中可能有些重複，但即便去其重複，也還有數十人。這麼多批評家共同評點一部小說的現象，在當時殊為罕見。而且，上述人物中間還有不少乃當時著名人物。例如：劉在園即劉廷璣，官至江西按察使，工詩，是著名目錄學家。陳香泉即陳亦禧，官至江西南安知府，工詩，尤工書法，是著名金石學家。洪昉思即洪昇，太學生，著名劇作家，《長生殿》的作者。王新城即王士禛，官至刑部尚書，著名詩人，神韻說的標舉者。李漁村即李澄中，官至翰林院檢討，充《明史》纂修官，工文，尤好詩。帥簡齋即帥我，官至中書，工詩文。八大山人即朱耷，著

名書畫家。楊大瓢即楊賓，不樂仕進，工古詩文。徐西泠即徐旭旦，官連平知州，其藏書室為世經堂。如此等等，不一而足。只是不知他們是否「借名」。《女仙外史》評點家的批語，大多仍然是就事論事，但有的卻能借題發揮或拓展議論。所議論的問題包括道德、人格以及藝術、審美等各個方面。

石城批評《吳江雪》，多為對書中人物的評判，以道德評判為主，基本上沒有什麼藝術鑒賞。

青門逸史點評《生花夢》，偶有藝術分析和倫理評判，但更多的仍是就事論事。

一嘯居士評點《鐵花仙史》，大多仍然是就事論事，亦有借題發揮處間或有藝術見解。

素軒評《合錦迴文傳》，論故事本身者與橫溢而出者皆有之，亦偶有藝術見解。

寄旅散人批評《林蘭香》，有一定的藝術見解，但比較瑣屑，且始終未能離開書中的情節和人物作「形而上」的評判。其間，也不乏頗為尖銳的批評文字，如：「前文既有古人早死，古人成仙之贅筆，後文不得不有南和酒等之贅筆，以相搭配。《林蘭香》通部此等贅筆極多，欲盡刪之而未能也。」（第五十四回回末總評）

佚名批評《枕上晨鐘》，多就事論事之道德評判，藝術鑒賞較少。

佚名批評《五色石》，就事論事、道德評判、藝術鑒賞三者均有之，然均平平。

林鈍翁批評《姑妄言》，回首評、夾評均就事論事者多，間有藝術評判，最大的特點是喜歡借題發揮或觸類旁通地講一些簡短的故事、尤其是簡短的笑話故事。

《紅樓夢》的評點者非常多，除了「脂評」系列之外，僅在道光以前就有幾十家。道光年間的張東屏在寫給張新之的信中說：「《紅樓夢》批點，向來不下數十家。」（見《妙復軒評石頭記自記》附錄）在這些評點家中間，最有代表性的是「護花主人」王希廉、「太平閒人」張新之、「大某山民」姚燮、「耽墨子」哈斯寶等。他們的評點文字大都是依附於《紅樓夢》原著一起出版的，再加上他們的言論往往頗有見地，故而影響較大。王希廉的觀點主要見於道光十二年（1832）出版的《新評繡像紅樓夢全傳》一書的《護花主人批序》、《紅樓夢總評》、《紅樓夢分評》三個部分，在對《紅樓夢》的思想內涵的

評價過程中，反映了評點者的宿命論思想，但在對《紅樓夢》藝術成就的評價時，卻不時體現出評點者的真知灼見。張新之的評語主要附在道光三十年（1850）出版的《妙復軒評石頭記》一書中，其中心思想是認為《紅樓夢》全書無非《易》道，頗為荒謬，只是在某些評論具體描寫方法處稍見妙語。姚燮對《紅樓夢》的總評和回評可見於光緒年間出版的《增評補圖石頭記》一書，在評價書中人物時，他同情黛玉、晴雯而貶斥寶釵和鳳姐。他還著有《讀紅樓夢綱領》（民國間鉛印本改名《紅樓夢類索》）一書，分「人索」「事索」「餘索」三部分，可以作為閱讀《紅樓夢》的一種工具書對待。蒙古族評點家哈斯寶將「程甲本」《紅樓夢》120 回翻譯成蒙古語的《新譯紅樓夢》40 回，並附有《序》《讀法》《總錄》各一篇和 40 篇回評，他的評點文字中雖然也有某些封建說教，但也不乏卓越的見解，而且，他對《紅樓夢》的評價較之上述三家更為全面和深刻。除以上四大家而外，還有「讀花人」徐泃的「影子」說也值得我們注目。

《儒林外史》也如同《水滸傳》《紅樓夢》一樣，曾經經過一些評點家的多次批評。首先是「臥評」，這是保留在《儒林外史》今存最早刻本臥閒草堂本上的評語。根據有關專家的推斷，臥評的作者很有可能是吳敬梓的親朋。其次，有保留在《儒林外史》齊省堂本上的評語，簡稱「齊評」。然而，在《儒林外史》的批評文字中對後世影響最大的則是「天目山樵」的評語。天目山樵實名張文虎，他評點過的《儒林外史》已經印行的有兩種版本，其中評語被人們習慣上分別稱之為「天一評」和「天二評」。此外，《儒林外史》的批評文字中還有「萍叟評」（黃小田）、「潘祖蔭評」（伯寅）、「約評」（華約漁）、「石史評」（徐允臨）、「平步青評」等等。這些評語，有的洋洋灑灑，有的言簡意賅，也有逐回評點的，也有偶而為之的，其成就也良莠不齊。大體而言，各方面的評價都有，但以對書中的人和事發表意見者居多。

董孟汾批評《雪月梅傳》雖然也有很多地方涉及到藝術技巧等問題，但大多仍是就書中內容而發表議論。

《嶺南逸史》一書的評點者亦不少，有張綱吾、醉園、張竹園、啟軒、張器也、西園、謝菊園、張念齋、野雀道人、張錦溪、葛勁亭、劉松亭等（其中恐亦有重複），然而，大多仍然是就事論事的細碎語，只有少量的藝術評判。

青溪醉客評《蝴蝶緣》，就事論事，評價人物，無藝術批評。

這一時期的「虞初體」小說評點也很發達，而且每部小說作品的批評家們動輒十幾二十人。如張潮輯《虞初新志》中，評點者有好幾位，他們是：金棕亭、袁籜庵、李湘北、徐竹逸、吳寶崖、八瓊逸客等。而《虞初續志》的批評者亦自不少，除主要批評者鄭醒愚外，還有彭躬庵、歸莊、高澹人、退士、陳椒峰、汪東川、張壺陽、佟碧枚、毛稚黃、儲學坡、戴燕貽等人。至於《廣虞初新志》的批評者就更多一些，除了主將黃承增（心庵）外，諸如陳其年、汪東川、蔣蔣村、錢燭臣、龔肇權、黃楢、關六鈴、周古漁、王阮亭、劉宜人、杜茶村、曹秋岳等。在上述批評者中，不乏名流大家，或亦有「借名」。但他們的批語，就事論事或道德評判者多，藝術評判或審美感受者少，故而大多並不可取。

《聊齋誌異》的評點者也有一個頗為龐大的陣營，如王士禛、馮鎮巒、何守奇、但明倫、王金范、段璪、胡泉、馮喜賡、劉瀛珍等人都參加了評點工作。其中，尤以「馮評」「何評」「但評」最為突出。各家評語的水平不大一致，但整體看來，就事論事者仍然不少，對人物形象、寫作技法的評價也有一些。

蔡元放評點了兩部長篇通俗小說，《東周列國志》和《水滸後傳》。就整體而言，蔡元放的小說批評文字稍次於金聖歎、毛宗崗、張竹坡等諸大家，而比一般評點家又高出一籌。若再具體而言，則他對《水滸後傳》的評點又強似對《東周列國志》的評點。這主要是因為他在批評《東周列國志》時，就事論事多一點，對人物的道德評判多一點，而藝術鑒賞、寫作技法的總結要少一些。他對《水滸後傳》的批評卻恰恰相反，他不僅在《水滸後傳讀法》中對該小說的若干問題進行了整體的高屋建瓴的評價，而且在每回的評點文字中也發表了不少很有價值的見解。這樣，就使得同樣一位評點家的兩部評點著作的水平呈現出高下有別的狀況。

《夜譚隨錄》的批評者也不少，最主要的批評者是蘭岩。此外，還有恩茂先、福霽堂、季齋魚等。他們的評點一般還是「三多一少」，多就事論事，多道德評判，多警世勸誡，少藝術評判。

託名「隨園老人」批評《螢窗異草》，評語不甚多，均乃就事論事。

《小豆棚》的批評者有夏虛泉、林鶚、袁碩夫、傅聲谷、袁行川等，評語不多，亦乃就事論事。

成書於咸豐、同治年間的《益智錄》一書，又名《煙雨樓續聊齋誌異》，

該書的評點者也不少，有李瑜、侯仲霖、馬竹吾、蓋防如、汪學驪、王植三、葉芸士、楊子厚、侯百里、黃琴軒、余雲川、冉星航、秦次山、漁樵散人、張子澄、王萱堂、何子英、尹亦山、程伯孚、武仲紹、段以梅等等。他們的評點多為篇末總評，有宣傳因果報應的，有評判倫理道德的，有就事論事的，亦有藝術方面的評論。眾位評點者的水平，呈現出參差不齊的態勢。

翁桂《明月臺》，文中有雙行夾批，不知是否乃作者自寫。夾批文字多半隨文論事，或注明諧音，或解釋詞義，或作簡明的人物、故事評價，大多只能算是正文的一點補充而已。

《金鐘傳》文中有津門培一點評，每回之末有天香居士注解（實乃總評）。點評多為借題發揮，有些是對現實的感慨。回末言論雖大多傳統甚或腐朽，但亦不乏一得之見。如第三十回回末注解：「人之為學，譬如築室。基址正，堂構始不傾頹；地勢寬，院落乃得閎敞。」

陳得仁批評《何典》，與原著趣味相同，多為鬼話連篇的諷世，基本上沒有什麼藝術評價。且評語的時間不會很早，因為中間已有一些新的詞彙。如：「然雌鬼一觸之後，恐怕鄉鄰市舍話長說短，隨即擺定老主義，嫁個晚老公，不肯學三嬸嬸嫁人心弗定。」（卷四）

朱鼎仲批評《虞初續新志》，僅有兩條評語，且不足稱道。

《夜雨秋燈錄》的批評者主要有兩人，一個是蔣斧（即該小說作者吳熾昌），另一個是方幼樗，評語不太多，基本上也是就事論事。

邵彬儒的粵語小說《俗話傾談》及其《二集》均有夾批、文中批和回末總批，批語亦有廣東方言，不知是否作者所為。這些評語大多就正文所敘進一步展開議論，就事論事者頗多，藝術評判極少。

煙花子評《螢窗清玩》，有眉批、夾批、側批，亦有卷末總論。批語中有些寫作技法方面的討論文字，往往能顯示評者見地。聊舉兩例：「作文而出於尋常情理之外，固不佳。作文而拘於尋常情理之中，亦不佳。必也事固在乎尋常情理之中，事實出於尋常意料之外。」（第一卷卷末總論）「其越險處，正是越奇處也。」（第三卷卷末總論）

鄒弢評點《青樓夢》所涉及的內容頗為全面，藝術評價、人物評價都有，也有很不錯的地方，但更多的還是就事論事。

羅景仁批點《女獄花》諸多方面都有涉及，有借題發揮者，有指斥現實者，有讚揚作者寫作技巧者。評語雖不甚多，但頗有見地，且較為尖銳

潑辣。

　　佚名（疑為小說作者吳趼人）評《發財秘訣》，只是就事論事，絕少藝術批評。

　　李友琴評《新上海》僅一條總評，對該小說的思想、藝術進行了綜合評價。

　　通過以上簡明的巡閱，我們已可看到一些問題，尤其是可以看到這些評點者們的水平是有很大區別的。因此，我們也可以將他們劃分成若干水平層次。

　　第一，中國古代小說評點者們最喜歡就事論事，無論是比較高明的評點者還是比較拙劣的評點者都有這個習慣。這實際上是缺乏高屋建瓴的鳥瞰能力的一種表現。如果一個評點者只是就事論事，那他肯定不是出類拔萃的批評家，甚至可以說連一個像樣的批評家都算不上。

　　第二，有些評點者在就事論事的同時，亦能就某些問題生發開去，或借題發揮，或由此及彼，這樣的評點者往往可以算得上第三流的批評家。如諧道人、醉花驛使、熱腸樵叟、惜花癡士、袁于令、不經先生、《西遊補》的評點者、錢江拗生、貞復居士、一嘯居士、素軒、寄旅散人、素星道人、幻庵居士、杜濬、《五色石》的評點者、《女仙外史》的部分評點者、林鈍翁、《嶺南逸史》的某些評點者、《虞初志》的部分評點者、鄧喬林等。

　　第三，還有些評點者能在借題發揮或由此及彼的基礎上談出一些寫作技巧方面的門道，或者作一些代表一般水平的審美欣賞，這就很不錯了，可以算作第二流的批評家。如臥雪居士、天花藏主人、董孟汾、鄒弢、蔡元放、煙花子以及《聊齋誌異》《儒林外史》《紅樓夢》的某些評點者。

　　第四，最上一層者當然是如同金聖歎、毛宗崗、張竹坡、「脂硯齋」這樣一些評點家。他們除了對作品中的內容就事論事而外，除了也能借題發揮、由此及彼而外，除了還能夠總結寫作技法或作一般層面的審美欣賞而外，更能夠總結藝術規律，提出新的問題，甚至發人之所未發。他們有些評點文字，成為中國古代小說評點的精品，成為後世同行們的學習的楷模，有的甚至成為一種不刊之論。

（原載《中國古代小說評點派研究》，<br>中國社會科學出版社，2011年11月出版）

# 晚清小說批評舉要

　　晚清的小說批評，從整體上講是十分活躍的，可以說是中國古代小說批評的一個繁盛時期。具體而言，這一時期的小說批評又可分為兩大階段：一是十九世紀下半葉的五十多年，二是從十九世紀末到二十世紀初的近二十年時間。大體而言，前一階段的小說批評基本上未超出晚明以降的水平，而後一階段才是小說批評的真正熱鬧階段。

　　晚清小說批評的特點是參與人員眾多、成分複雜，且他們從事批評活動的觀點不一、形式多樣。有的繼承評點派的做法，有的則大搞索隱考據，也有人引進了一些西方的觀點，當然，最引人注目的還是「小說界革命」所導致的爭鳴局面。

　　由於種種原因，要想在這裡以有限的篇幅全面而準確地介紹複雜而生動的晚清小說批評的狀況，幾乎是不可能的。因而，本文的任務只是對這一時期的小說批評之最重要的某些問題做點兒簡要的介紹，亦即標題所謂之「舉要」。

## 一、林紓的小說批評

　　林紓是一位不懂外語的小說翻譯家，在別人口頭翻譯的基礎上，他以文言的方式翻譯歐美小說竟達 170 多種。翻譯之餘，林紓也就小說有關的一些問題發表了自己的意見，其基本看法主要有以下幾個方面。

### 其一，重視小說作品的思想內容與社會功用

　　林紓比較喜歡英國十九世紀著名小說家迭更司（今譯為狄更斯）的作品，之所以如此，首先是因為迭更司的小說具有豐富的思想內容和強烈的現

實性。林紓在《賊史序》一文中說：「迭更司極力抉摘下等社會之積弊，作為小說，俾政府知而改之，每書必豎一義。」在《孝女耐兒傳序》（《孝女耐兒傳》今譯為《古玩商店》）中林紓又說：「迭更司蓋以至清之靈府，敘至濁之社會，令我增無數閱歷，生無窮感喟矣。」推而廣之，林紓認為一部好的小說作品，對社會大有好處，尤其能起到教育青年一代的作用。他在《譯餘剩語》中非常強烈地表達了這一觀點：

> 委巷子弟為腐窳學究所遏抑，恒顚預終其身，而清俊者轉不得
> 力於學究，而得力於小說。故西人小說，即奇恣荒眇，其中非寓以
> 哲理，即參以閱歷，無苟然之作。

在林氏看來，小說創作是一件極其嚴肅的事情，即便是「奇恣荒眇」的作品，亦非「苟然之作」，要麼寓之以哲理，要麼參之以閱歷，總之是要能起到一種教育別人的作用。而有的作品，在具有強烈的社會功用的同時，又何嘗不是作者心中悲憤情感的發洩？在《譯餘剩語》中，林氏還說了另一段話：

> 天下至刻毒之筆，非至忠懇者不能出。忠懇者綜覽世變，愴然
> 於心，無拳無勇，不能置小人之死命，而行其彰癉，乃曲繪物狀，
> 用作秦臺之鏡。觀者嬉笑，不知作者搵幾許傷心之淚而成耳。

正是這種強烈的責任心，使「小說」這種被古人認為不登大雅之堂的「粗俗之作」具有了強大的社會功用。這一點，幾成晚清進步的小說批評者之共識。林紓甚至認為小說能揭露社會矛盾，能改革社會現狀，他十分希望中國能出現像狄更斯那樣的批判現實主義大師，用手中犀利無比的筆鋒去解剖社會，進而推動社會前進。在《賊史序》中，林氏十分清楚而又強烈地表達了這一想法：

> 天下之事，炫於外觀者往往不得實際。窮巷之間，荒倫所萃，
> 漫無禮防，人皆鄙之。然而，豪門朱邸沉沉中，逾禮犯分，有百倍
> 於窮巷之荒儉者，乃百無一知。此則大肖英倫之強盛，幾謂天下觀
> 聽所在，無一不足為環球法，則非得迭更司描畫其狀態，人又烏知
> 其中之尚有賊窟耶？顧英之能強，能改革從善也。吾華從而改之，
> 亦正易易。所恨無迭更司其人，能舉社會中積弊，著為小說，用告
> 當事，或庶幾也。

這段話，似乎已離開了小說批評的範疇而進入社會學研究的領域。然究其

實，仍體現了更深層次的小說社會之關係，亦即更深層次的小說之社會功用。由此可見，重視小說作品的思想內容和社會功用，正是林紓小說批評的一大特點。

**其二，憂國憂民之心**

在高度重視小說作品之思想內容和社會功用的同時，林紓在他的小說批評中還體現出強烈的憂國憂民之心情。且看他的幾段言論：

> 余老矣，無智無勇，而又無學，不能肆力復我國仇，日苞其愛之淚，告之學生，又不已，則肆其日力。其於白人呑食斐洲，累累見之譯筆，非好語野蠻也，須知白人可以併呑斐洲，即可以併呑中亞。（《霧中人敘》）

> 其中累述黑奴慘狀，非巧於敘悲，亦就其原書所著錄者觸黃種之將亡，因而愈生其悲懷耳。（《黑奴吁天錄序》）

> 余觀滑鐵盧戰後，聯軍久據法京，隨地置戍，在理可云不國，而法獨能至今存者，正以人人咸勵學問，人人咸知國恥，終乃力屏聯軍，出之域外。讀是書者，當知畏廬居士正有無窮眼淚寓乎其中也。（《滑鐵盧戰血餘腥記序》）

從白人之併呑非洲，想到白人可能併呑中亞；從黑奴之慘狀，想到黃種之將亡；從法國之國恥，想到中華之國恥；林紓就是這樣將他的愛國之心滲透到他所翻譯的小說作品之中的。

林紓不僅具有強烈的愛國情懷，而且，他還希望人們將愛國精神落實到行動上。作為一個文人、一個小說作者或翻譯者，林氏甚至提出了以小說作品來體現愛國憂民的心情和保種的希望。我們不妨再看他的幾段言論：

> 較諸吾國小說中人物，始由患難，終以得官為止境，樂一人之私利，無益於國家。著是書者，蓋全副精神不悖於愛國之宗旨者。吾述之，吾且涕泣述之。（《愛國二童子傳・達旨》）

> 嗚呼！李伯元已矣。今日健者，惟孟樸及老殘二君，能出其緒餘，效吳道子之寫地獄變相，社會之受益，寧有窮耶？僅拭目俟之，稽首祝之。（《賊史序》）

> 今當變政之始，而吾書適成，人人既蠲棄故紙，勤求新學，則吾書雖俚淺，亦足為振作志氣，愛國保種之一助。（《黑奴吁天錄跋》）

以上幾段，憂國憂民之心、愛國保種之念溢於言表。這一方面，亦正可視為林氏小說批評的可貴之處。

### 其三，對小說創作藝術經驗的總結

林紓並不是一位只重小說的思想內涵而忽視小說藝術表現力的批評家。在林氏的批評文字中，每每可以看到他對中外小說作品中藝術經驗的總結。

首先，我們來看看林紓對小說作品中寫人藝術的品評：

> 吾閩有蘇三其人者，能為盲彈詞，於廣場中，以相者囊琵琶至，詞中遇越人則越語，吳人、楚人則又變為吳、楚語，無論晉、豫、燕、齊，一一皆肖，聽者傾靡。此書亦然，述英雄語肖英雄也，述盜賊語肖盜賊也，述頑固語肖頑固也。雖每人出話恒至千數百言，人亦無病其累複者。（《撒克遜劫後英雄略序》）

此處所言，亦乃古代小說批評家們經常提到的「人各有其聲口」、狀某人「逼肖」的意思，我們今天稱之為人物語言的個性化。這種理論，在晚明以至清代前中期的小說批評中屢屢可見，本不足為奇，所奇者，乃在於此前的小說批評全都是針對中國古代小說而言，而此處則是評價外國小說，尤其是林氏先以一閩間善為盲詞者作襯，則更有意味。

其次，我們再來看看林氏對小說作品中情節結構、敘事技巧的評價：

> 迭更司他著，每到山窮水盡，輒發奇思，如孤峰突起，見者聳目。終不如此書伏脈至細，一語必寓微旨，一事必種遠因，手寫是間，而全局應有之人，逐處湧現，隨地關合。雖偶而一見，觀者幾復忘懷，而閒閒著筆間，已近附拾即是，讀之令人悶然記憶，循編逐節以索，又一一有是人之行蹤，得是事之來源。綜言之，如善弈之著子，偶然一下，不知後來咸得其用，此所以成為國手也。（《塊肉餘生述序》）

> 獨迭更司先生臨文如善弈之著子，閒閒一置，殆千旋萬繞，一至舊著之地，則此著實先敵人，蓋於未胚胎之前已伏線矣。惟其伏線之微，故雖一小物、一小事，譯者亦無敢棄擲而刪節之，防後來之筆旋線到此，無復叫應。（《冰雪因緣序》）

以上兩段文字的核心問題，乃在於伏筆與照應的關係，亦即評點派所謂「草蛇灰線」是也。林紓的可貴之處，仍在於以中國傳統的批評理論去評價外國

小說，而且恰如其分。

在對小說創作藝術經驗的總結過程中，林紓還不時流露出求新求變的思想。請看：

> 讀者跡前此耐兒之奇孝，謂死時必有一番死訣悲愴之言，如余所譯茶花女之日記。乃迭更司則不寫耐兒，專寫耐兒之大父淒戀耐兒之狀。疑睡疑死，由昏憒中露出至情，則又《茶花女日記》外別成一種寫法。(《孝女耐兒傳序》)

> 歐人志在維新，非新不學，即區區小說之微，亦必從新世界中著想，斥去陳舊不言。若吾輩酸痛，嗜古如命，終身又安知有新理耶？(《斐洲煙水愁城錄序》)

由小說之創新，談到了思想之維新，林氏求新求變的思想是十分強烈的。儘管林紓晚年成為守舊派代表人物，並竭力反對新文化運動，但他曾經有過求新求變的思想閃光卻是不可抹殺的。

除上述而外，林紓還在《洪罕女郎傳跋語》、《孝女耐兒傳字》《塊肉餘生述序》等文章中將中外小說、散文進行比較，因篇幅所限，就不做詳盡介紹了

## 二、梁啟超的小說批評

在中國近代資產階級改良派政治家中，與文學關係最為密切的便是梁啟超。從小說批評的角度看問題，梁氏是「小說界革命」的倡導者之一。

如果要問，小說在中國歷史上的地位於何時最高最顯，答案應該是「晚清」，尤其是晚清的後十幾年。1897 年，嚴復、夏曾佑在天津《國聞報》上發表了《本館附印說部緣起》一文，提出了新的觀點：

> 夫說部之興，其入人之深，行世之遠，凡幾齣於經史上。而天下之人心風俗，遂不免為說部所持。……且聞歐、美、東瀛，其開化之時，往往得小說之助。

這就把小說的社會功用提到了一個極高的位置。1898 年，梁啟超發表了《譯印政治小說序》，與嚴、夏文章鼓桴相應。1902 年，梁啟超又寫作了晚清資產階級改良派在小說批評方面的綱領性的文章《論小說與群治之關係》，影響極大。一時間，在「小說界革命」的口號影響之下，小說的創作和翻譯掀起高潮，創辦的小說雜誌至少有 30 多種，並產生了《新小說》、《繡像小

說》、《月月小說》、《小說林》等著名小說雜誌。同時，小說理論研究掀起狂瀾，小說批評活動風起雲湧，除梁啟超、嚴復、夏曾佑而外，當時著名的小說批評者還有狄葆賢、王鍾麒、陶曾祐、黃摩西、徐念慈以及吳趼人、劉鶚、王國維等。這些人的小說觀念雖不盡一致，但卻都對中國小說批評做出了較大的貢獻。對於這些人，我們將在下面涉及。這裡，主要介紹梁啟超的小說批評。

大要而言，梁啟超小說批評最引人注目處在以下幾個方面。

### 其一，小說之重要性及改革小說之必要性

「小說」這種文學樣式在中國歷史上的地位是逐步提高的。這裡要著重說明的是，梁啟超從資產階級改良派的立場出發，為政治宣傳的需要服務，把小說的歷史地位和重要性提到了無以復加的地步。在《論小說與群治之關係》一文中，梁氏說：

> 吾中國人狀元宰相之思想何自來乎？小說也。吾中國人佳人才子之思想何自來乎？小說也。吾中國人江湖盜賊之思想何自來乎？小說也。吾中國人妖巫狐兔之思想何自來乎？小說也。若是者，豈嘗有人焉提其耳而誨之，傳諸缽而授之也？而下自屠黌販卒、嫗娃童稚，上至大人先生、高才碩學，凡此諸思想，必居一於是，莫或使之，若或使之，蓋百數十種小說之力直接間接以毒人，如此之甚也。

接下去，梁啟超又列舉了大量的例子說明小說對中國民眾之巨大影響，包括正面的、反面的、直接的、間接的影響，最終得出如下結論：「欲今日欲改良群治，必自小說界革命始；欲新民，必自新小說始。」這就在極端重視小說的社會地位的同時，提出了改革小說的必要性。那麼，為什麼「改良群治」要自「小說界革命始」，「新民」要從「新小說始」呢？對此，梁啟超在《譯印政治小說序》中做出了回答：

> 彼夫綴學之子，黌塾之暇，其手《紅樓》而口《水滸》，終不可禁；且從而禁之，孰若從而導之。善夫南海先生之言也，曰：僅識字之人，有不讀經，無有不讀小說者。故《六經》不能教，當以小說教之；正史不能入，當以小說入之；語錄不能諭，當以小說諭之；律例不能治，當以小說治之。

在《告小說家》一文中，梁啟超再次表達了他對小說社會地位的重要性的認

識，尤其是提到了小說「勢力」的不斷壯大。他說：

> 自元明以降，小說勢力入人之深，漸為識者所共認。蓋全國大多數人之思想業識，強半出自小說，言英雄則《三國》《水滸》《說唐》《征西》，言哲理則《封神》《西遊》，言情緒則《紅樓》《西廂》，自餘無量數之長章短帙，樊然雜陳，而各皆分占勢力之一部分。此種勢力，蟠結於人人之腦識中，而因發為言論行事，雖具有過人之智慧、過人之才力者，欲其思想盡脫離小說之束縛，殆為絕對不可能之事。

由此可見，梁啟超對於小說巨大的社會能量的認識是頗為深刻的。他對於小說的社會功用、歷史地位的評價極高，對於小說感化民眾的力量的評價亦極高。故此，我們就會明白，在《論小說與群治之關係》那篇著名的文章的開頭處，梁氏為什麼會發出振聾發聵的號召：

> 欲新一國之民，不可不先新一國之小說。故欲新道德，必新小說；欲新宗教，必新小說；欲新政治，必新小說；欲新風俗，必新小說；欲新學藝，必新小說；乃至欲新人心，欲新人格，必新小說。

### 其二，小說之藝術特徵及其感染力

小說之所以具有感化民眾的巨大力量，除了其豐富的思想內涵之外，還由於它具有與其他文學樣式不同的藝術特徵和獨特的感染力。對於這一點，梁啟超亦有頗為深刻的認識和精彩的闡述。他說：

> 小說之描寫人物，當如鏡中取影，妍媸好醜令觀者自知。最忌攙入作者論斷，或如戲劇中一腳色出場，橫加一段定場白，預言某某若何之善，某某若何之劣，而其人之實事，未必盡肖其言。即先後絕不矛盾，已覺疊床架屋，毫無餘味。故小說雖小道，亦不容著一我之見。如《水滸》之寫俠，《金瓶梅》之寫淫，《紅樓夢》之寫豔，《儒林外史》之寫社會中種種人物，並不下一前提語，而其人之性質、身份，若優者劣，雖婦孺亦能辨之，真如對鏡者之無遁形也。夫鏡，無我者也。（《小說小話》，此段一作黃摩西語）

應當承認，這是當時最能道出小說這一文學樣式最本質的藝術特徵的言論。我國古典小說，其低劣平庸者最大的毛病就在於議論勸懲，尤其是擬話本小說，這種情況更為嚴重。反之，如梁啟超所提到的幾部作品，堪稱古典小說

中的精品，其成功之處，也就在於「不下一前提語」，而讓書中人物自己說話、表現。作小說與作論文有許多相通之處，但有一點是絕不相同、甚至是截然相反的。那就是，寫論文者力求自身觀點的明確，寫小說者則使自身的觀點愈隱蔽愈好。對此，梁啟超應該是有清醒的認識的，只可惜他為了宣傳其改良思想，在具體創作實踐中往往違背自己業已總結出的理論，甚至違背小說創作的藝術規律，從而弄出一些非驢非馬的「小說」作品。如他的《新中國未來記》，就是這樣一篇作品。而對這樣一篇未完成的「傑作」，作者只好說了一番自我解嘲的「妙語」。梁啟超說：

> 此編今初成兩三回，一覆讀之，似說部非說部，似稗史非稗史，似論著非論著，不知成何種文體，自顧良自失笑。雖然，既欲發表政見、商榷國計，則其體自不能不與尋常說部稍殊，編中往往多載法律、章程、演說、論文等，連編累牘，毫無趣味，知無以饜讀者之望矣，願以報中他種之有滋味者償之；其有不喜政談者乎，則以茲覆瓶焉可也。（《新中國未來記緒言》）

梁啟超作為一個小說作者，很有可能是失敗的，因為他居然寫出了那種「四不像」的作品；但梁啟超作為一個小說批評家，卻無疑取得了很大的成功，因為他畢竟提出了一些前人所未言及的觀點。如果說，上面所提到的他認為小說描寫人物「當如鏡中取影」，「最忌攙人作者論斷」，是認識到小說創作的基本藝術特徵的話，那麼，他對小說藝術感染力的「薰」「浸」「刺」「提」四種力的提法，則更令人刮目相看。在《論小說與群治之關係》一文中，梁啟超提出：「抑小說之支配人道也，復有四種力。」並對這四種力一一做出了解釋：

> 一曰薰。薰也者，如入雲煙中而為其所烘，如近墨朱處而為其所染。……人之讀一小說也，不知不覺之間，而眼識為之迷濛，而腦筋為之搖颺，而神經為之營注；今日變一二焉，明日變一二焉，剎那剎那，相斷相續；久之而此小說之境界，遂入其靈臺而據之，成為一特別之原質之種子。

> 二曰浸。薰以空間言，故其力之大小，存其界之廣狹；浸以時間言，故其力之大小，存其界之長短。浸也者，入而與之俱化者也。

> 三曰刺。刺也者，刺激之義也。薰浸之力利用漸，刺之力利用

頓。薰浸之力，在使感受者不覺；刺之力，在使感受者驟覺。刺也
者，能入於一剎那頃，忽起異感而不能自制者也。

四曰提。前三者之力，自外而灌之使入；提之力，自內而脫之
使出，實佛法之最上乘也。凡讀小說者，必常若自化其身焉，入於
書中，而為其收之主人翁。

此處，梁啟超之所謂「薰」，實乃小說作品對於讀者之烘染力，亦即最基本的
感染力。當讀者被小說作品所感染之後，還會自覺不自覺地去感染他人，這
也就是梁氏所謂「薰以空間言」。與「薰」相比較，「浸」乃就時間而論，亦即
小說作品使讀者長時間地受到感動。誠如梁氏所言：「人之讀一小說也，往往
既終卷後數日或數旬而終不能釋然。讀《紅樓》竟者，必有餘戀有餘悲；讀
《水滸》竟者，必有餘快有餘怒。何也？浸之力使然也。」相對而言，「薰」
和「浸」都是作品對讀者的一種緩慢逐漸的感染，而「刺」則是作品給讀者一
種剎那間的強烈刺激，頗同於禪宗之當頭棒喝。誠如梁氏所舉之例：「我本藹
然和也，乃讀林沖雪天三限，武松飛雲浦一厄，何以忽然髮指？我本愉然樂
也，乃讀晴雯出大觀園，黛玉死瀟湘館，何以忽然淚流？我本肅然莊也，乃
讀實甫之《琴心》《酬簡》，東塘之《眠香》《訪翠》，何以忽然動情？或是者，
皆所謂刺激也。」而所謂「提」，較之前三者而言，則是一種最高的感受境界。
「薰」也罷、「浸」也罷、「刺」也罷，大體都是一種受感染的狀況；而「提」，
則是將己心化作書中主人公之心，將主人公之精氣神攝入自身體內，甚至入
其書而自為其主人公。誠如梁氏所言：「讀《野叟曝言》者，必自擬文素臣。
讀《石頭記》者，必自擬賈寶玉。讀《花月痕》者，必自擬韓荷生若韋癡珠。
讀『梁山泊』者，必自擬黑旋風若花和尚。」的確，這種看似顛狂迷茫不可解
的讀者情狀，正可充分體現小說作品，尤其是一部優秀的小說作品那種不可
抗拒、無法擺脫、莫可名狀的藝術感染力。在這方面，梁啟超的認識不僅是
深刻的，而且是符合實際的。不過，在分析了小說「四種力」之後，梁啟超的
一段帶總結性的言論卻多少有些言過其實了：

此四力者，可以盧牟一世，亭毒群倫，教主之所以能立教門，
政治家所以能組織政黨，莫不賴是。文家能得其一，則為文豪，能
兼其四，則為文聖。有此四力而用之於善，則可以福億兆人；有此
四力而用之於惡，則可以毒萬千載。而此四力所最易寄者，惟小說。
可愛哉小說！可畏哉小說！

### 三、狄葆賢等人的小說批評

圍繞「小說界革命」這一論題，新舊世紀交替時的一批小說批評家紛紛發表了自己的見解。他們中的主要人物有：狄葆賢（號平子）、夏曾佑（號別士）、嚴復、王鍾麒（號天僇生、無生）、陶曾祐、黃人（號摩西）、徐念慈（號東海覺我）等。下面，對他們的一些觀點分類加以介紹。

### （一）對小說作品現狀的分析

要進行「小說界革命」，首先必須明確中國千餘年來小說方面的現狀。明確現狀而後分析之，而後方可改造之，這是最基本的道理。那麼，當時的批評家們是怎樣認識和分析小說創作的現狀的呢？王鍾麒在《中國歷代小說史論》中說：

> 吾謂吾國之作小說者，皆賢人君子，窮而在下，有所不能言、不敢言，而又不忍不言者，則姑婉篤詭譎以言之。即其言以求其意之所在，然後知古先哲人之所以作小說者，蓋有三因：一曰憤政治之壓制。……二曰痛社會之混濁。……三曰哀婚姻之不自由。

王氏的這種說法，大體上是符合千餘年來中國古代小說創作之實際的。在另一篇文章中，王鍾麒說得更為詳盡一些：

> 當乎此時，其思想有能高出社會水平線以外者，厥惟小說家。是以天僇生生平雖好讀書，然不若讀小說；讀小說數十百種，有好有不好，其好而能至者，厥惟施耐庵、王弇州、曹雪芹三氏所著之小說。……吾國數千年來，為小說者，不下數百，求其與斯旨合者，時則有若施氏之《水滸傳》。……時則有若王氏之《金瓶梅》。……時則有若曹氏之《紅樓夢》。……由是以觀小說，至此三書，真有觀止之歎矣。吾國小說，非無膾炙人口在此三書外者。然如《三國演義》，非不竭力聯貫也，而文詞鄙陋不足稱。如《野叟曝言》，如《西遊記》，其篇幅非不富，其思想非不高也；然《野叟曝言》事事在人意外，而此三書則語語在人意中。至《西遊記》之記事，更如於輪舟中觀山水，頃刻即逝，更無復來之時。余子自鄶，更不足道。（《中國三大小說家論贊》）

東海覺我徐念慈似乎比王鍾麒氏的視野更開闊一些，他在《小說林緣起》一文中說：「西國小說，多述一人一事；中國小說，多述數人數事：論者謂為文野之別，余獨不謂然。」至於黃摩西氏，則對梁啟超們過分強調小說社會功

用的說法似乎不大滿意，故在其《小說林發刊詞》中唱起了反調：

> 今也反是：出一小說，必自屍國民進化之功；評一小說，必大
> 倡謠俗改良之恉。吠聲四應，學步載塗。以音樂舞蹈，抒感甄挑卓
> 之隱衷；以磁電聲光，飾牛鬼蛇神之假面。雖稗販短章、葦茅惡
> 箚，靡不上之佳證，弇以□詞；一若國家之法典，宗教之聖經，學
> 校之科本，家庭社會之標準方式，無一不倚於小說者。其然，豈其
> 然乎？

以上觀點，無論是對一千多年小說作品的分析，還是比較分析中外小說之大
概，或者是分析當時小說批評之現狀，總之都是對小說進行深入研究、批評
的基礎。

## （二）小說的性質與藝術特徵

要研究小說，首先必須弄清小說的性質，亦即必須回答「小說是什麼」
這一問題。對此，世紀之交的批評家們各有自己的答案。狄葆賢《論文學上
小說之位置》說：「小說者，文學之最上乘也。」黃摩西《小說林發刊詞》說：
「小說者，文學之傾於美的方面之一種也。」徐念慈《小說林緣起》云：「則
所謂小說者，殆合理想美學、感情美學而居其上乘者乎？」徐念慈《余之小
說觀》又云：「小說者，文學中之以娛樂的、促社會之發展、深性情之刺戟者
也。」這些說法雖略有不同，但相對自古以來的「小說史之餘也」的觀點則無
疑具有太大的進步。無論如何，晚清後期的批評家們是普遍地將小說當作「文
學的」、「美學的」來看待了。正是在這一基礎之上，當時的批評家們還對小
說的藝術特徵進行了探討分析。陶曾祐說：

> 事分今古，界判東西，寓言演義，開智覺迷，此小說之結構，
> 有縱有橫，有次有序，且有應盡之義務也。英雄兒女，勝敗興亡，
> 描摩意態，不惜周詳，此小說之敘事，無巨無細，維妙維肖也。詞
> 清若玉，筆大如椽，奇思妙想，掌開化權，此小說之內容，重慷慨
> 悲歌，陸離光怪也。芸窗繡閣，遊子商人，潛心探索，興味津津，
> 此小說之引導，宜使人展閱不倦，恍如身當其境，親晤其人，無分
> 乎何等社會也。（《論小說之勢力及其影響》）

如果說，陶氏的這段話尚不能稱之為專論小說的藝術特徵而兼有論述小說之
性質及其審美效果等問題的話，那麼，夏曾佑在《小說原理》中所分析的「作
小說有五難」之說則是比較專門地探討小說的藝術特徵方面的問題了。夏氏

所言，大要如下：

> 一，寫小人易寫君子難。人之用意，必就己所住之本位以為推。人多中材，仰而測之，以度君子，未必即得君子之品性；俯而察之，以燭小人，未有不見小人之肺腑也。……二，寫小事易，寫大事難。小事如吃酒、旅行、奸盜之類；大事如廢立、打仗之類。大抵吾人於小事之經歷多，而於大事之經歷少。……三，寫貧賤易，寫富貴難。此因發憤著書者，以貧士為多，非過來人不能道也。觀《石頭記》自明。四，寫實事易，寫假事難。金聖歎云：最難寫打虎、偷漢。今觀《水滸》寫潘金蓮、潘巧雲之偷漢，均極工，而武松、李逵之打虎均不甚工。……蓋虎本無可打之理，故無論如何寫之，皆不工也。打虎如此，鬼神可知。五，敘實事易，敘議論難。以大段議論屬入敘事之中，最為討厭。

這些觀點，雖有不甚精當、尚可商榷之處，但大體而言，夏氏對小說藝術特徵的總結，在某些方面的確比前人前進了一大步。除上述而外，在當時一些評論家的文章中，還有一些零零星星地涉及小說藝術特徵的言論，限於篇幅，不贅舉。

### （三）小說的社會地位、功用、感染力

對於小說的社會地位、社會功用和藝術感染力這些問題的探討，是世紀之交的狄葆賢們的熱門話題。他們中間，有贊成梁啟超之觀點甚而發揮之者，亦有不贊同梁氏的觀點而批評之者。總之是見仁見智、各抒己見。我們且看他們的一些言論。狄葆賢是竭力提高小說之社會地位的鼓吹者，他在《論文學上小說之位置》一文中說：

> 小說者，實文學之最上乘也。世界而無文學則已耳，國民而無文學思想則已耳，苟其有之，則小說家之位置，顧可等閒視哉！……吾以為今日中國之文界，得百司馬子長、班孟堅，不如得一施耐庵、金聖歎；得百李太白、杜少陵，不如得一湯臨川、孔雲亭。吾言雖過，吾願無盡。

這的確有點「吾言雖過」，大概只能視作矯枉過正之偏激言辭。陶曾祐也是一位與狄葆賢趣味相投的小說地位的鼓吹者，他在《論小說之勢力及其影響》一文中說：

> 小說！小說！誠文學界中之占最上乘者也。其感人也易，其入

> 人也深，其化人也神，其及人也廣。是以列強進化，多賴稗官，大
> 陸競爭，亦由說部，然則小說界之要點與趣意，可略睹一斑矣。西
> 哲有恆言曰：小說者，實學術進步之導火線也，社會文明之發光線
> 也，個人衛生之新空氣也，國家發達之大基礎也。

這便不僅是偏激，竟至有些狂熱了。在這種狂熱的鼓吹聲中，「小說」真的成
為了一種無所不能的「大怪物」了。物極必反，在當時，自然也會有與上述觀
點不同的意見。如黃摩西在承認當時小說風行一時、是社會文明的標誌的前
提下，又認為那種將小說的地位和作用抬高得無以復加的做法是錯誤的。請
看他在《小說林發刊詞》中的幾段話：

> 今之時代，文明交通之時代也，抑亦小說交通之時代乎！國民
> 自治，方在豫備期間；教育改良，未臻普及地位；科學如羅骨董，
> 真贋雜陳；產業若披醉人，僕立無定；獨此所謂小說者，其興也勃
> 焉。

> 則雖謂吾國今日之文明，為小說之文明可也；則雖謂吾國異日
> 政界、學界、教育界、實業界之文明，即今日小說界之文明，亦無
> 不可也。

> 雖然，有一蔽焉：則以昔之視小說也太輕，而今之視小說又太
> 重也。

在這裡，黃氏首先承認小說在當時的社會地位日益提高，其文明程度甚至達
到了政治、教育、實業等領域的前面。但若按照梁啟超等人那樣將小說提高
到指揮一切的地步，則是一大「蔽」也，是一種過分之看「重」。與黃摩西觀
點相近的是徐念慈，他在《余之小說觀》中指出：

> 今近譯籍稗販，所謂風俗改良，國民進代，咸推小說是賴，又
> 不免譽之失當。余為平心論之，則小說固不足生社會，而惟有社會
> 始成小說者也。

應該說，徐念慈與黃摩西的觀點是比較公允的。毫無疑問，社會對於小說具
有強大的作用力，而小說對於社會也具有強大的反作用力。如果只看到作用
力而看不到反作用力，或者把這種反作用力推到至大至高的地步，顯然都是
失之偏頗的。

### （四）改革小說的強烈要求

晚清後期的批評家們既不同程度地肯定了小說所具有的社會地位、功用

和藝術感染力，自然也就會提出改革小說的問題。而且，愈是對小說的地位估量過高，改革小說的呼聲就愈為強烈。陶曾祐是這樣大聲疾呼的：

> 欲革新支那一切腐敗之現象，盡開小說界之幕乎？欲擴張政法，必先擴張小說；欲提倡教育，必先提倡小說；欲振興實業，必先振興小說；欲組織軍事，必先組織小說；欲改良風俗，必先改良小說。（《論小說之勢力及其影響》）

王鍾麒除了在《中國歷代小說史論》一文中也發出過如同陶氏一樣的呼喊而外，又在其他的地方提出了比較具體的改革小說的措施：

> 吾以為吾儕今日，不欲救國也則已，今日誠欲救國，不可不自小說始，不可不自改良小說始。烏在其可以改良也？曰：是有道焉。宜確定宗旨，宜劃一程度，宜釐定體裁，宜選擇事實之與國事有關者而譯之、著之；凡一切淫冶佻巧之言黜弗庸。知是數者，然後可以作小說。（《論小說與改良社會之關係》）

王氏的觀點，基本上還停留在中國小說自身改造的基點上，而于定一則從吸收外國小說的前提下討論了小說改革問題：

> 今日改良小說，必先更其目的，以為社會圭臬，為旨方妙。抑又思之，中國小說之不發達，猶有一因，即喜錄陳言，故看一二部，其他可類推，以致終無進步，可慨可慨。然補救之方，必自輸入政治小說、偵探小說、科學小說始。蓋中國小說中，全無此三者性質，而此三者，尤為小說全體之關鍵也。若以西例律我國小說，實僅可謂有歷史小說而已。即或有之，然其性質多不完全。寫情小說，中國雖多，乏點亦多。至若哲理小說，我國尤罕。吾意以為哲理小說實與科學小說相轉移，互有關係：科學明，哲理必明；科學小說多，哲理小說亦隨之而夥。（《小說叢話》）

此外，寅半生和眷秋等人還對當時小說界某些作家以輕率的態度對待小說創作的現象提出了批評。眷秋說：

> 若今之作者，率爾操觚，十日五日，便已成篇，天機既已汩沒，安有佳製？文字遺漏，錯簡百出，自誇其神速，而不知全屬糟粕。
> （《小說雜評》）

寅半生則在大力讚揚了古代嚴肅創作的小說家之後說：

> 今之不然，朝脫稿而夕印行，一剎那間即已無人顧問。蓋操觚

之始，視為利藪，苟成一書，焦諸書賈，可博數十金，於願已足，
雖明知疵累百出，亦無暇修飾，甚有草創數回即印行，此後竟不復
續成者，最為可恨。(《小說閒評·敘》)

這些批評，亦可視之為改革小說的一個部分。當然，對於「小說界革命」而
言，更重要的則是要使小說達到一種什麼樣的「新」的程度。對此，徐念慈有
所探究，他說：

小說曷言乎新？以舊時流行之籍，其風俗習慣不適於今社會，
則新之；其紀事陳義不合於今理想，則新之；其機械變詐，鉤稽報
復，不足以啟智慧而昭懲戒焉，則新之。(《余之小說觀》)

由上可知，在「小說界革命」這一口號的影響下，新舊世紀之交的一批批評
家針對小說這一文學樣式的方方面面均提出了一些問題，發表了一些見解。
其中，雖也有偏頗過激之辭，荒唐無稽之論，但從整體上講卻代表了中國小
說批評史的進步。以上，我們對其間幾個主要方面做了粗略的巡閱，還有許
多方面卻由於種種原因而不能一一述及了。

## 四、其他小說批評理論

以上，我們對與「小說界革命」緊密相關的一些批評家的言論和觀點做
了重點的介紹，其實，這些批評家在小說批評的其他方面也還有一些批評文
字，而這些批評家之外的批評家們更是對古代小說進行了多角度的評價。
本節所言，主要就是上述這兩個方面，尤其是後一方面，故稱之為其他批評
理論。

這個所謂「其他」批評理論，其實是異常豐富多彩的，我們仍然只能擇
其要者而言之，作以下幾個方面的介紹。

### （一）對現狀的認識

晚清時，小說創作的狀況是比較混亂的。有人承傳統之寫法，有人引
外洋之寫法，有人希望小說能有所變革，有人卻僅以娛樂民眾為己任。對
此，晚清批評家們談出了各自的看法。無名氏《中國小說大家施耐庵傳》
有言：

中國小說，亦夥頤哉，大致不外二種：曰兒女，曰英雄。而英
雄小說，輒不敵兒女小說之盛，此亦社會文弱之一證。民生既已文
弱矣，而猶鏤月裁雲，風流旖旎，充其希望，不過才子佳人成了眷

屬而止，何有於家國之悲、種族之慘哉？

這是由中國多陰柔之美的小說而少陽剛之氣的作品而聯想到中國社會之文弱之積貧積弱，從中充分體現了這位不知名的小說批評家的憂國憂民之心。與之相比較而言，吳趼人的擔憂卻要具體得多，那就是小說界捕風捉影、一哄而起的不良傾向。吳趼人說：

> 吾感乎飲冰子《小說與群治之關係》之說出，提倡改良小說，不數年而吾國之新著新譯之小說，幾於汗萬牛充萬棟，猶復日出不已而未有窮期也。求其所以然之故，曰：隨聲附和。（《月月小說序》）

在另一篇文章中，吳趼人則更對那種「甚至借一古人之姓名，以為一書之主腦，除此主腦姓名之外，無一非附會者」的粗製濫造的所謂「歷史小說」發出了強烈的譴責：

> 夫小說雖小道，究亦同為文字，同供流傳者，其內容乃如是，縱不懼重誣古人，豈亦不畏貽誤來者耶！（《兩晉演義自序》）

這裡，在吳趼人的言論中除了尚帶有一種小說羽翼正史的觀念不足取之外，他的批評，尤其是對那種泛濫成災的低劣的歷史演義的批評無疑是正確的。

### （二）對古代小說名著的重新評價

這一點與上一點緊密相關，上一點是對小說現狀的籠統看法，這一點則是對小說中之名著的重新評價。

我們首先來看看當時人對中國古典小說的巔峰之作——《紅樓夢》的評價。

對《紅樓夢》的評點，在當時有數十家之多，其中尤以護花主人王希廉、太平閒人張新之、大某山民姚燮、耽墨子哈斯寶這四大紅樓評點家最為有名，但由於篇幅限制，又由於他們的評點的價值整體上並未超過脂評，因而不做詳盡介紹。除此而外，關於《紅樓夢》的評論文字還有很多，亦不能一一介紹，只能略談一二以作管豹之窺。

關於《紅樓夢》創作之旨，晚清時有多種說法，弁山樵子《紅樓夢發微緒言》中作了一些介紹：

> 或指為明珠家事。……或以為述和珅之穢史。……又有創為種族之說者，以順治為寶玉。……近日蔡鶴廎君有《索隱》之刊，力主《乘光舍筆記》女人指漢人、男人指滿人之說，斷為發揮民族主

義之政治小說。

而王國維在《紅樓夢評論餘論》中，則將這些說法歸為兩大類：

> 綜觀評此書之說，約有二種：一謂述他人之事，一謂作者自寫其生平也。第一說中，大抵以賈寶玉即為納蘭性德。……至謂《紅樓夢》一書，為作者自道其生平者，其說本於此書第一回「竟不如我親見親聞的幾個女子」一語。

至於蔡元培在《石頭記索隱》中說：「《石頭記》者，清康熙朝政治小說也。」至於陳蛻在《夢雨樓石頭記總評》中說：「《石頭記》，社會平等書也，然夢雨樓則以男女平等評之。」這些觀點，或失之偏頗，或以偏概全，均只能以一家之言而暫存之，不足深言。我們更感興趣的，應當是那些以藝術的眼光看問題，將《紅樓夢》當作文學作品來讀的言論。如狄葆賢在這方面就有精闢的評論：

> 《紅樓夢》之佳處，在處處描摹，恰肖其人。作者又最工詩詞，然其中如《柳絮》、《白海棠》、《菊花》等作，皆恰如小兒女之口吻，將筆墨放平，不肯作過高之語，正是其最佳處。其中丫環作詩，如描寫香菱詠月，刻畫入神，毫無痕跡，不似《野叟曝言》群妍聯吟，便令讀者皮膚起粟。(《小說叢話》)

王國維也有一段十分精彩的評論：

> 由此觀之，則謂《紅樓夢》中所有種種之人物、種種之境遇，必本於作者之經驗，則雕刻與繪畫家之寫人之美也，必此取一膝、彼取一臂而後可。其是與非，不待知者能決矣。(《紅樓夢評論餘論》)

晚清的《紅樓夢》研究，到王國維可以說達到了理論高峰，王氏的《紅樓夢評論》堪稱紅學研究史上具有里程碑意義的學術論文。王國維認為：《紅樓夢》之真諦，乃在「描寫人生之痛苦與其解脫之道」；《紅樓夢》一書所反映的，乃「徹頭徹尾之悲劇也」；《紅樓夢》這部作品，「自足為我國美術上之惟一大著述」。這些觀點，均乃發前人之所未發，在中國小說批評史上堪稱一次偉大的進步。當然，王氏豐富的美學思想，又得力於他對亞里斯多德、康德、歌德、尤其是叔本華的思想的兼收並蓄、學習借鑒。在這裡，我們無法以小小的篇幅對其豐富的思想，包括其中的缺陷和局促之處詳加評說，那是一個專題性的任務。

　　除了對《紅樓夢》的評價而外，晚清批評家們還對中國古典小說的另外幾大名著甚至包括一些二三流的作品也多有評說，有的還將多部作品放在一起進行了比較研究。下面略舉數則以窺一二，其觀點之正確與否，讀者自可析之。

　　　　《水滸傳》者，一部貪官污吏傳之別裁也。……《鏡花緣》一書，可謂之理想小說，亦可謂之科學小說。……《金瓶梅》、《肉蒲團》，此著名之淫書也，然其實皆懲淫之作。（吳趼人《說小說‧雜說》）

　　　　《西遊記》雖不足謂道書，然為一種寓言小說，余敢斷言。（石庵《懺□室隨筆》）

　　　　《水滸》一書，純是社會主義，其推重一百八人，可謂至矣。（黃摩西《小說小話》）

　　　　《金瓶梅》一書，作者抱無窮冤抑，無限深痛，而又處黑暗之時代，無可與言，無從發洩，不得已借小說以鳴之。其描寫當時之社會情狀，略見一斑。然與《水滸傳》不同：《水滸》多正筆，《金瓶》多側筆；《水滸》多明寫，《金瓶》多暗刺；《水滸》多快語，《金瓶》多痛語；《水滸》明白暢快，《金瓶》隱抑淒惻；《水滸》抱奇憤，《金瓶》抱奇冤。處境不同，故下筆亦不同。（狄葆賢《小說叢話》）

## （三）對小說創作過程、寫作技巧、藝術效果的探討

　　晚清的小說批評家已有不少人能從藝術的、審美的角度來研究、評論小說作家和作品，尤其是對於小說的創作過程、寫作技巧和藝術效果等方面的探究，大多比前人高出一籌。如西湖散人說道：

　　　　大凡稗官野史，所記新聞而作，是以先取新奇可喜之事，立為主腦，次乃融情入理，以聯脈絡，提一髮則五官四肢俱動，因其情理足信，始能傳世。（《紅樓夢影序》）

這是從批評者的角度來分析作者的創作過程，而韓邦慶則從作者的角度談出了創作思路：

　　　　昔人謂畫鬼怪易，畫人物難，是矣。然鬼怪有難於人物者，何也？畫鬼怪初時憑心生象，揮灑自如；迨至千百幅後，則變態窮而

思路窘矣。若人物,則有此人,斯有此畫,非若鬼怪之全須捏造也。故予作《漫稿》,徵實者什之一,構虛者什之九。(《太仙漫稿例言》)

浴血生在《小說叢話》中,也說出了作者創作過程方面的內行話:

有人焉,情思冥索,設身處地,想像其身段,描摹其口吻,淋漓盡致,務使畢肖,則吾敢斷言曰:「若而人者,亦必以小說名於世。」

對於小說的寫作技巧,當時的批評家也多有研究,請看其中之一二:

是書特為名士下針砭,即其寫官場、僧道、隸役、娼優及王太太輩,皆是烘雲托月、旁敲側擊。

這是天目山樵張文虎在《儒林外史新評》中對《儒林外史》的評價。下面我們再看浴血生對《儒林外史》用筆之妙的讚揚:

社會小說,愈含蓄愈有味。讀《儒林外史》者,蓋無不歎其用筆之妙,如神禹鑄鼎,魑魅魍魎,莫遁其形,然而作者固未嘗落一字褒貶也。(《小說叢話》)

西泠散人則從另一個角度提出了小說創作之不易,同時也指出其間之訣竅:

嗚呼!小說豈易言者哉?其為文也俚,一話也必如其人初脫諸口,摹繪以得其神;其為事也瑣,一境也必如吾身親歷其中,曲折以達其見。(《熙朝快史序》)

那麼,經過艱辛的創作過程,並運用各各不同的多種藝術手段而寫成的小說作品,要達到何種藝術效果呢?批評家們自有各人的標準。俞樾在評價《三俠五義》時說:

乃閱至終篇,見其事蹟新奇,筆意酣恣,描寫既細入毫芒,點染又曲中筋節,正如柳麻子說武松打店,初到店內無人,驀地一吼,店中空缸空甓皆甕甕有聲。閒中著色,精神百倍。如此筆墨,方許作平話小說;如此平話小說,方算得天地間另是一種筆墨。(《七俠五義序》)

而黃安謹在談到為什麼許多人愛讀《儒林外史》時,也道出了其中奧妙:

以其頗涉大江南北風俗事故,又所記大抵日用常情,無虛無縹緲之談,所指之人,蓋都可得之,似是而非,似非而或是,故愛之者幾百讀不厭。(《儒林外史評序》)

### （四）小說與現實生活之關係及其社會功能

小說與現實生活之關係至為密切，它實在是反映現實最敏感的一根神經。對於這一層關係，晚清有不少批評家看得十分明白。李伯元的一位朋友在《官場現形記序》中說：

> 老友南亭亭長及近有《官場現形記》之著，如煩上之添毫，纖悉畢露；如地獄之變相，醜態百出。每出一紙，見者拍案叫絕。熟於世故者皆曰：是非過來人不能道其隻字；而長於鑽營者則曰：是皆吾輩之先導師。

這段話用誇張的手法、諷刺的口吻，道出了《官場現形記》所反映的生活真實性，可謂感慨良深。但這尚是站在旁觀者的角度談問題，終未若劉鶚以作者身份所發之感歎更甚：

> 吾人生今之時，有身世之感情，有家國之感情，有社會之感情，有種教之感情。其感情愈深者，其哭泣愈痛。此洪都百鍊生所以有《老殘遊記》之作也。（《老殘遊記自序》）

如果說，以上這兩段言論還只能算作是小說作者或批評者對小說與生活之間的關係的一種「感受」的話，那麼，俠人在《小說叢話》中的一段言論便可算作是對這一問題的一種理論總結了。俠人說：

> 小說者，「今社會」之見本也。無論何種小說，其思想總不能出當時社會之範圍，此殆如形之於模、影之於物矣。雖證諸他邦，亦罔不如是。即如所謂某某未來記、某星想遊記之類，在外國近時之小說界中，此等書殆不少，驟見之，莫不以為此中所言，乃世界外之世界也，脫離今時社會之範圍者也。及細讀之，只見其所持以別善惡決是非者，皆今人之思想也。

無論是古代小說還是當代小說，無論是中國小說還是外國小說，無論是現實小說還是幻想小說，總之，小說與現實生活脫不了干係卻是鐵定的硬道理。俠人認識到這一層，確乎難能可貴。

小說與現實生活的關係既然如此密切，那麼，小說對於現實社會具有何種反作用力呢？或者說，小說具有哪些社會功能呢？對這一問題的認識，晚清批評家們可就見仁見智了。吳趼人說：

> 小說之與群治之關係，時彥既言之詳矣。吾於群治之關係之外，復索得其特別之能力焉。一曰足以補助記憶力也。……一曰易

輸入知識也。(《月月小說序》)

蟲勺居士則更願意從審美品味的角度來談小說的社會功能,他說:

> 予則謂小說者,當以怡神悅魄為主,使人之碌碌此世者,咸棄
> 其焦思繁慮,而暫遷其心於恬適之境也。(《昕夕閒談小序》)

與以上二例相比,蘇曼殊與金松岑則更重視小說對世道人心、民心國情的影響和作用。蘇曼殊在《小說叢話》中說:

> 欲覘一國之風俗,及國民之程度,與夫社會風潮之所趨,莫雄
> 於小說。蓋小說者,乃民族最精確、最公平之調查錄也。

金松岑在《論寫情小說於新社會之關係》一文中說:

> 偉哉!小說之有不可思議之力支配人道也。吾讀今之新小說而
> 喜,雖然吾對今之新社會而懼。

除以上幾點而外,晚清小說批評家們還在許多方面發表了意見。如發憤而為小說的問題,如小說與傳統思想之關係問題,如小說與歷史的關係問題,如中外小說之比較問題,如此等等,不一而足,不是本文所能全部闡述明白的。兼之筆者學識之不足,更難免錯誤缺失。好在古代小說批評家們的原文俱在,讀者諸君可自檢索,以免為筆者所誤也。

> (原載《中國古代小說批評概說》,
> 天津社會科學院出版社,2000 年 5 月出版)

# 中國古代小說批評史的
# 邏輯主線與基本視角

　　表面看來，中國古代小說批評史是一個從粗率到精細、從零星到系統、從表面到深入的過程。但事情並非如此簡單。在紛亂散漫的小說批評史發展進程中，隱含著一個潛邏輯脈絡和基本構架。這裡所謂小說批評的潛邏輯主要指的是小說批評發展潛含的邏輯關係，發展脈絡和基本構架。它不是現成的、明顯的，而是深潛在散亂零碎的批評史資料內裏，必須通過深入的發掘才可能獲得。

　　中國古代小說批評發展史貫穿著一根邏輯主線，四個邏輯分軸。而這四個邏輯分軸，或曰四大基本視角，又以錯綜複雜的態勢圍繞著一個中心目標展開。

　　下面，我們對此展開論述。

## 一、一根邏輯主線

　　此處所謂一根邏輯主線，指的是小說概念從文化論定位到文化論與文體論的雙重定位，換一個角度而言，指的又是從一個單純的文獻學的概念向文獻學和文藝學雙重內涵的轉變。

　　首先，中國古代的「小說」概念，是一個文化論概念。漢代班固從二元對立的社會精神文化格局中區別這一概念，《漢書‧藝文志》中的「小說」，指的是與占中心地位的經史文化相對立的那些邊緣性文化話語。此後，凡不被中心文化接納的話語，邏輯上都可被指認為「小說」或具「小說性」，我們可

以稱之為「文化小說」。在這種社會文化結構中，經史與小說雙方被置於對立的語境之中：官方與民間、大達與小道、真實與虛幻、高雅與低俗、嚴肅與戲謔⋯⋯「小說」，因此被釘在「不登大雅之堂」的歷史恥辱柱上。從兩漢到明清，歷代保守的文化人均據此貶低小說。遠的不說，直到清代乾隆年間的四庫館臣們依然重複著班固的論調：

> 張衡《西京賦》曰：小說九百，本自虞初。《漢書·藝文志》載《虞初周說》九百四十三篇，注稱武帝時方士，則小說興於武帝時矣。故《伊尹說》以下九家，班固多注依託也。然屈原《天問》雜陳神怪，多莫知所出，意即小說家言。而《漢志》所載《青史子》五十七篇，賈誼《新書·保傅》篇中先引之，則其來已久，特盛於《虞初》耳。跡其流別，凡有三派：其一敘述雜事，其一記錄異聞，其一綴緝瑣語也。（《四庫全書總目》卷一百四十《子部·小說家類一》）

另一方面，某些開明的文化人則通過對經史文化的順向認同或逆向對抗的方式肯定小說，並指出小說自身的特殊屬性。明代馮夢龍的言論很有代表性：

> 史統散而小說興。始乎周季，盛於唐，而浸淫於宋。韓非、列禦寇諸人，小說之祖也。《吳越春秋》等書，雖出炎漢；然秦火之後，著述猶希。迨開元以降，而文人之筆橫矣。若通俗演義，不知何昉。按南宋供奉局，有說話人，如今說書之流。其文必通俗，其作者莫可考。泥馬倦勤，以太上享天下之養，仁壽清暇，喜閱話本，命內璫日進一帙，當意，則以金錢厚酬。於是內璫輩廣求先代奇蹟及閭里新聞，倩人敷演進御，以怡天顏。然一覽輒置，卒多浮沉內庭，其傳佈民間者，什不一二耳。（明·綠天館主人《古今小說敘》）

從生活年代來講，馮夢龍比四庫館臣要早一百多年。由此亦可見得，古代小說批評者對小說本質的分析和認識，並非單純隨著時間的變化而變化，而是從兩漢到明清長時間處於見仁見智的分歧與抗爭狀態之中。

其次，小說概念在唐宋以後開始由文化論向文體論層面延伸，或曰由文獻學領域向文藝學領域延伸，用以指稱某些特定的虛構性敘事作品，即文學小說，其文體特徵和審美特徵漸被突出。但是，中國古代的「文學小說」總體上仍是龐雜的「文化小說」中的一種，故而，它長時間具有文化與文學雙重定位的特性。有一段宋人評價唐傳奇的言論堪稱一語中的：

> 唐之舉人，先藉當世顯人，以姓名達之主司，然後以所業投獻，
> 逾數日又投，謂之溫卷，如《幽怪錄》、《傳奇》等皆是也。蓋此等
> 文備眾體，可以見史才、詩筆、議論。（宋·趙彥衛《雲麓漫鈔》卷
> 八）

一篇優秀的傳奇小說作品，必須達到三方面的要求：史才、詩筆、議論。此所謂史才，指的是良史之才，當然屬於文化論領域的範疇；而所謂詩筆，就是文筆，就是表現藝術和技巧，毫無疑問是文學領域的東西；至於議論，主要指的是舉子們政治見解的闡發，是科舉考試必須要展現的個人亮點。綜合以上三點，一篇傳奇小說作品要想得到「被投獻者」的青睞，或者說得到上層社會的承認，必須是文化性、文學性和實用性三者的有機結合。這正是中國古代「小說」龐雜的整體內涵的一種早期體現。

再次，上述這種「小說」的文化論定位，在邏輯上又導致小說具有雜源、雜技、雜語、雜體、雜義的特徵。這使得中國古代小說從唐代開始就成為一種最具有包容性的文類，成為超越任何具體文類的「超文體文類」，同時，也就具有了任何文學文體不具備的發展潛力與資源。且看晚清王韜對清中葉章回小說《鏡花緣》的評價：

> 《鏡花緣》一書，雖為小說家流，而兼才人、學人之能事者也。
> 人或有誚其食古不化者，要不足病。觀其學問之淵博，考據之精詳，
> 搜羅之富有，於聲韻、訓詁、曆算、輿圖諸書，無不涉歷一周，時
> 流露於筆墨間。閱者勿以說部觀，作異書觀亦無不可。顧宜於雅人
> 者，未必宜於俗人。閱至考古論學，娓娓不休，恐如聽古樂倦而思
> 睡；則卷中若唐敖偕多九公、林之洋周遊各國，所遇多怪怪奇奇，
> 妙解人頤，詼諧謔肆，頑世嘲人，揣摩畢肖，口吻如生，又足令閱
> 者拍案稱絕，此真未易才也。（《鏡花緣圖像敘》）

在通俗小說領域，《鏡花緣》是一部從文化內涵到表現形式都體現出十分駁雜狀態的作品。以至於幾乎所有小說史研究專家對它的類別劃分莫衷一是，各說各話，而且相互間很難說服。王韜作為晚清文言小說的著名作家，對《鏡花緣》這段高屋建瓴的評說，確實是切中肯綮的。當然，《鏡花緣》只是體現「駁雜」最為典型的作品之一，中國古代其他的小說，無論是文言還是白話，無論是長篇還是短篇，幾乎無一例外都屬於這種超越任何具體文類的「超文體文類」。

## 二、貫穿小說批評思想史的四大基本視角

「小說」的文化論和文學論雙重定位，使得中國古代小說批評在邏輯上圍繞四種基本視角展開。分述如下：

第一，歷史觀照，或曰史性視角。小說的文化論定位使小說批評長期充滿知識論的史性旨趣，將歷史真實與藝術真實對立起來。自漢代到清代，相當多的批評家都從歷史真實角度去貶低小說，認定小說是低級的知識性話語，有些作品甚至就是歷史通俗讀物。然而，唐宋以後，情況發生變化，隨著文學小說的興起，某些開明的小說批評者擺脫「事真」的標準，轉向強調小說作品的「幻真」、「理真」、「情真」，將小說批評的史性旨趣轉化為對小說假定前提下藝術真實的認識，並據此認定小說的藝術真實比歷史真實更有價值。這樣，就極大地提高了小說的文學地位和價值。

第二，思想觀照，或曰哲性視角。文化論定位的小說概念內含小說批評的哲性視角，也就是我們通常所說的思想內容的挖掘。《莊子·外物》篇中所謂「小說」，就是從哲性視角提出的概念。唐宋以降，開明的文化人從承載「大道」的角度審視小說的哲性內涵。具體而言，又有以下數端：一是確認小說必須「載道」，二是認定小說的發展須有「多說」「多道」並存的背景，三是所有小說內部都有「多說」「多道」並存，四是小說之「道」自有其獨特內涵。進而言之，這些批評者或理論家們認為文學小說中的思想性潛化在形象、形式、技巧之中，事中有理、技中有道。尤其是李贄的「童心說」（《童心說》），馮夢龍的「情教說」（《情史序》），羅浮居士「最淺易最明白者，乃小說正宗」（《蜃樓志小說序》），如此等等，更強調小說所載之「道」有別於經史之「道」，自有其獨特的內涵和價值。

第三，文學觀照，或曰文性視角。中國古代小說批評到唐以後，其文體特徵與類型逐漸引起批評家們的注意，文性視角逐步被突出。尤其是以下幾個方面最為引人注目：其一，確認小說是一種雜體性文類，幾乎所有文體都進入過小說，或分體獨立、或合體成篇，因此可以說，小說是眾體兼備的超文體文類。其二，認為小說話語是各種文體話語和社會話語並存的雜語世界。其三，指出小說集眾體之法而形成了自己特殊的「文法」「章法」「技法」。其四，強調小說的虛構性與假定性。總之，文性視角的突出，體現了唐代以後、尤其是明清某些批評者對小說文體特徵和小說本體意識認識的深化。

第四，審美觀照，或曰詩性視角，宋代以後的小說批評不斷強化對小說

詩性特徵的注意，亦即對其審美功能的重視和強調。主要體現在以下幾點：
一是對小說人物性格塑造及其藝術魅力的強調，二是對作品生成與作家心理
表現之關係的確認，三是對小說娛樂性與精神超越性的認識，四是對於小說
話語、形式、技巧的品評，五是對小說特殊形式的構成因素如敘事藝術和情
節結構等問題的注意。

　　當然，這四大視角之間並非絕對地壁壘森嚴、互不相干，有時候，還會
體現相互間的交叉、重疊、包容、矛盾、排斥等種種特殊的關係。

　　　　（原載《中國古代小說批評史的多角度觀照——關於它的潛邏輯過程與
　　　　　　邏輯結構》，光明日報出版社，2016 年 7 月出版）

# 古代小說批評中的
# 矛盾現象與反邏輯思維

　　中國古代小說批評者的言論多半是順理成章或符合邏輯思維的。但是，也有少量小說批評者的言論，在某種程度上出現了矛盾現象，有的甚至就是反邏輯思維。

　　　　夫情也者，發乎性，中乎禮者也。故推情即可以見性。抑能好禮，乃可與言情。情之為用，大矣哉！蔣生以不羈之才，目空一世，幾疑粉妝繡裏中，俱同此闇嫫姹女也。乃湖山面試閨閣，投誠離畔，聯吟蘭舟，矢信不誠，令才人短氣耶！何其情之不能自禁也。然使當日所遇，不有柔玉之貞靜、碧煙之艱苦，則偌大部書，不將為狎褻傳乎？人但知《蝴蝶緣》為稗官小說，而不知隱有人情世風在，即如楊、臧二人，一則挾勢求美，一則閉門拒賓，迨夫春風送暖、喜靄門楣，忽焉而嘉禮盈庭，忽焉而明珠還櫝，其人情之反覆可知。（清·浪跡生《蝴蝶緣序》）

　　　　上天下地，資始資生，罔非一情字結成世界。自二帝三王立法以教百姓，迨夫孔子明其道於無窮，忠孝節義，仁慈友愛，亦惟情而已。人孰無情？然有別焉。有情者君子，本中而和，發皆應節，故君子之情公而正。情也，即理也。小人亦託於情，有忌，有貪心，有好勝心，愛憎皆徇於己，故小人之情私而邪，非情也，欲也。一動於欲，則忠孝節義、仁慈友愛不知消歸於何有。言情輒辨之，可不早辨哉！通元子撰《玉蟾記》，可謂善用其情者矣，於極淺處寫出

深情，於極淡處寫出濃情，於君子則以愷惻之心寫端莊之致，於小
人則以詼諧之語寫佻達之形，皆發於情之所不得已。雖云說部，其
中大瀾小淪，譬之於水，如百川納於海；層峰疊巒，譬之於山，如
萬壑赴荊門。（種柳主人《玉蟾記序》）

此處所引浪跡生與種柳主人的這兩篇序，從某種意義上說是一種充滿矛盾的
反邏輯思維。浪跡生主要從情、性、禮三者之關係來探討這一問題，但毫無
疑問，這種角度本身就意味著浪跡生在抃飲潛夫基礎上的一種觀念的倒退。
因為「才」「色」是輔助「情」的，而「性」「禮」則是對抗「情」的。「情生
於色，色因其才」是一種進步的理念，而「情也者，發乎性，中乎禮」則是一
種落後的觀念。

《金瓶梅》一書，雖係空言，但觀西門平生所為，淫蕩無節，
豪橫已極，宜乎及身即受慘變，乃享厚福以終。至其報復，亦不過
妻散財亡，家門冷落而止。似乎天道悠遠，所報不足以蔽其辜。此
《隔簾花影》四十八卷所以繼正續兩編而作也。（清·四橋居士《隔
簾花影序》）

這裡所說的「正續兩編」指的是《金瓶梅》和《續金瓶梅》。丁耀亢的《續金
瓶梅》六十四回，在《金瓶梅》的基礎上，用大量的筆墨表現了兵火中的悲歡
離合，較原著擴大了表現領域，也增添了時代色彩。但由於作者有濃厚的宗
教迷信、因果報應思想，全書始終有「感應篇」話頭，鼓吹報應、孝義、善
行，故而，較原著的文學性而言已經差了一大截。四橋居士為之作序的這部
《隔簾花影》，其實是將《續金瓶梅》刪了十六回的一部小說，所刪部分主要
是那些描寫金兵燒殺擄掠的地方。或曰作者有避免文字獄的苦衷，看似有一
定道理。但如此一來，全書就較少時事感慨了，剛好將《續金瓶梅》的精華部
分去掉，但又保存了《續金瓶梅》的因果報應思想，這就比《續金瓶梅》等而
下之，一蟹不如一蟹了。個中原因，恰被四橋居士說中，就是一個善惡到頭
終有報的問題，但序言並非批評續書作者的這種做法，反而認為是續書對原
著的一種補救和提高。這種極力鼓吹小說中因果報應描寫的思想，其實正是
批評史上的逆流。因為因果報應只是人民的鴉片，鼓吹這種思想，對於社會
的進步、人民的覺悟都是不利的。

今人見典謨訓誥仁義道德之書，輒忽忽思睡；見傳奇小說，則
津津不忍釋手。嗚呼！世風日下，至於此極。然而稗官小說亦正有

> 移風易俗之功，如《琵琶》、《荊釵》二記，採入《續文獻通考》經
> 籍一門，以其言忠言孝、宜風宜雅，合於稗官勸善懲惡之義。（清·
> 醉犀生《古今奇聞序》）

醉犀生這篇序言中的思想矛盾表現得非常突出，一方面，對於「今人見典謨
訓誥仁義道德之書，輒忽忽思睡；見傳奇小說，則津津不忍釋手」的不良社
會現象痛心疾首；另一方面又看到了稗官小說的移風易俗之功。因此，他希
望通過稗官小說來達到勸善懲惡的目的，但又擔心愚氓百姓「飲鴆止渴」，而
且，他為之寫序的這種小說，說不定正是一壺有毒的美酒哩！怎麼辦？實際
上最後結果如何，他也不知道，只能先這樣再說吧。

如果說，醉犀生的思想矛盾在中國古代小說批評者那兒還算正常的話，
下面這一位的態度就有點兒怪異了。

> 稗史之行於天下者，不知幾何矣！或作誂奇詭譎之詞，或為豔
> 麗淫邪之說，其事未必盡真，其言未必盡雅。方展卷時，非不驚魂
> 眩魄，然人心入於正難，入於邪易，雖其中亦有一二規戒語言，正
> 如長卿作賦，勸百而諷一。流弊所及，每使少年英俊之才，非慕其
> 豪放，即迷於豔情。人心風俗之壞，未必不由於此，可勝歎哉！（清·
> 王冶梅《今古奇聞自序》）

這位王冶梅先生真是怪哉，既然認識到通俗小說如同「長卿作賦，勸百而諷
一」，並且進一步感歎「人心風俗之壞，未必不由於此」，那麼，你又為什麼要
為這樣一部《今古奇聞》作序？難道不怕這樣「或作誂奇詭譎之詞，或為豔
麗淫邪之說」的作品會產生「人心入於正難，入於邪易」的效果嗎？或者，他
可以保證《今古奇聞》是比所有的通俗小說都要純潔而正義的作品！但是，
他保證得了嗎？這本書不就是從「三言」之類的擬話本小說中選出來的嗎？
因此，王冶梅先生這篇序言中就不僅止於思想矛盾的問題了，簡直就是一種
反邏輯思維。

> 古今良史多矣，學者宜博觀遠覽，以悉治亂興亡之故。既以開
> 廣其心胸，而亦增長其識力，所裨良不淺也。即世有稗官野乘，闕
> 而不全，其中疑信參半，亦可採撮殘編，以俟後之深考，好古者猶
> 有取焉。若傳奇小說，乃屬無稽之譚，最易動人聽聞，閱者每至忘
> 食忘寢，戛戛乎有餘味焉。而欲鐫成一編，以流傳人口，何也？吾
> 謂天下之深足慮者，淫哇新聲，蕩人心志，其書方竣而人豔稱道之。

> 若搬演古今人物，謬為一代興亡逸史，此特以供閭里兒童譚笑之資，
> 且以當優孟之劇、倡師之戲，大雅君子，寧必遽置勿道也哉？（清·
> 鴛湖漁叟《說唐後傳序》）

鴛湖漁叟的邏輯與王冶梅堪稱一對，屬於混帳之類。明明在給一本章回小說作序，估計還是受人之託，或者得了潤筆之類，卻在序言中大肆攻擊通俗小說。一會兒說什麼「若傳奇小說，乃屬無稽之譚，最易動人聽聞」；一會兒又說什麼「吾謂天下之深足慮者，淫哇新聲，蕩人心志」；好像這些小說是洪水猛獸，害人不淺。那麼，他所為之作序的《說唐後傳》究竟是一本什麼樣的小說呢？筆者對這部《說唐全傳》的續書有如下評價：「從《說唐後傳》開始，『隋唐系列』的故事呈現出三個轉移：重點寫大唐與番邦的鬥爭，重點寫朝廷上忠奸鬥爭，重點表現神異的鬥法鬥器，這實際上都是英雄小說『力弱』的表現。」（《中國古代小說文本史》第八章）尤其是其中第三點，完全符合鴛湖漁叟所謂「無稽之譚」「蕩人心志」云云。我實在不明白這位序言作者為什麼要罵雇主指定的「標的物」，除非他思維混亂。

　　還有一種混帳邏輯，明明自己吹捧的小說作品與社會中流行的淫穢之作只是五十步與一百步的關係，卻要攻擊別人抬高自己，並且為自己找上最為安全的保護傘──《詩經》。且看下面這段言論：

> 奈何近作半入淫詞，半淪穢褻，使聽閱而有易淫之淫蕩，不啻
> 銷魂，步武心正，而能知其散場結局之作，何等而有賢愚之分矣。
> 若夫風流蘊藉，共睹關雎周召二南，樂偕家室，則是編也而近似之
> 矣！題曰《人間樂》，閱者自知其趣也已。（清·錫山老叟《人間樂
> 序》）

其實，掀開《詩經》「經」的面紗而還以「詩」的本來面目，這些作品、尤其是國風就是當時的流行歌曲。特別是鄭衛之風、周召二南，中間就有很多在今天可以歸為愛情歌曲、甚至黃色歌曲的東西，它們就是「半入淫詞，半淪穢褻」，你拿它作虎皮只能矇騙《牡丹亭》中的陳最良這樣的冬烘先生，像杜麗娘這樣的青春少女是騙不了的，她們自然而然會被這些作品移了心性。錫山老叟這樣的偽「衛道士」在中國古代委實不少，他們一方面要享受風流，一方面又要假裝道學，不料卻弄出了反邏輯思維的論調。明明為一些「涉黃」的東西鼓吹，卻又要拼命為之「洗白」，不知其何苦來哉！

　　以上數端，還只是一些自相矛盾的言論，而下面這兩段議論所代表的則

是一種地地道道的反邏輯思維。

> 林黛玉係書中之主，警幻仙之抽改十二釵冊，全為黛玉起見，
> 自必籌及所以位置之處，使揚眉吐氣，一雪前書之憤恨。惟專顧主
> 而不顧賓，終留缺陷，非補之之意也，故十二釵冊既改，而寶釵不
> 死不足以快人心，寶釵死而不生亦不足以快人心。（清‧歸鋤子《紅
> 樓夢補敘略》）

《紅樓夢》之所以感人至深，原因當然是多方面的，但其中主要原因則毫無疑問是以金陵十二釵為代表的封建時代女性的悲劇命運。令人失望的是，絕大多數的《紅樓夢》續書卻是「反悲劇」的。更令人失望的是，像歸鋤子這篇「敘略」所代表的那樣，「反悲劇」不僅有「理論根據」，而且還一定要讓林黛玉揚眉吐氣、報仇雪恨。我實在不知道這些續書作者和批評者是否讀懂了《紅樓夢》，哪怕是極其表面的「讀懂」。如果能在「紅樓」門牆之外眺望一番，也絕對不會說出「寶釵不死不足以快人心」這樣的混帳話。要知道，如果曹雪芹看到這些續作者的傑作和議論者的高論，肯定會氣得個發昏章第十一的。須知，曹雪芹是不會這樣看待薛寶釵的，又須知，「反悲劇」就是反曹雪芹的美學思想。進而言之，如此咒罵薛寶釵和「反悲劇」的人，不能算作是逆向思維，而只能是反邏輯思維。

> 噫，著書立說之未易言也！古人慎之又慎，而猶未敢筆之於
> 書，誠以卷帙一出，即為世道人心所關係，非可苟焉已也。然而世
> 之懷才不遇者，往往託之稗官野史，以吐其抑塞磊落之氣，兼以寓
> 其委曲不盡之意。於是人自為說，家自為書，而書之流弊起焉。蓋
> 不離乎奸、盜、詐、偽數大端，而奸也、詐也、偽也，害及其身，
> 盜則天下之治亂繫之，尤為四端之宜杜絕而不容緩者，此《蕩寇志》
> 之所由作也。（清‧錢湘《續刻蕩寇志序》）

如果說，上一段《紅樓夢》續作的評論文字是反情感邏輯思維的話，這一段評《蕩寇志》的言論則是反社會邏輯的思維。究竟那些「懷才不遇者，往往託之稗官野史，以吐其抑塞磊落之氣，兼以寓其委曲不盡之意」的小說是應該存在於天地之間還是不應該存在於天地之間呢？如果不能夠存在，那麼中國古代小說史還可能成其為小說史嗎？須知上面那種言論所包括的幾乎是中國古代小說的全部精華之作。如果可以存在，那你們為什麼要去寫一本書去反其道而行之呢？或者說得更明確一些，寫一部《蕩寇志》去「蕩」優秀作者和

廣大讀者心中的「寇」呢？而且是刻不容緩地「蕩寇」！吐其抑塞磊落之氣，寓其委曲不盡之意，是社會意識形態發展的邏輯，也就是韓愈所謂「不平則鳴」的意思，而這些作者和批評者要去反這些思想，其實也就是反社會意識形態發展的邏輯。因此，這樣的小說作品和小說批評理論就是一種社會歷史發展的反動。

由上可知，在中國古代小說批評史的發展過程中，有推動小說史前進的力量，也有徘徊不定的力量，同樣，也還有逆潮流而動的力量。中國古代小說批評史，是一條迴旋反覆的河流。

（原載《中國古代小說批評史的多角度觀照——關於它的潛邏輯過程與邏輯結構》，光明日報出版社，2016 年 7 月出版）

# 小說評點派的歷史地位和作用

    中國古代小說評點派從明末清初的形成，到清代末年的衰落，歷時兩百多年。毫無疑問，對於中國古代小說史和中國古代批評理論的研究者而言，它都是一個不可忽視的事實存在。那麼，小說評點派究竟具有何種作用和影響？它在中國古代小說和中國古代文學批評史上究竟具有何種地位呢？儘管已有很多專家學者、前輩時賢均對這些問題發表了很好的意見，但筆者出於探討問題的角度，也出於就教於方家的心願，企圖對這一問題聊置鈍喙，冀搏博雅君子之一哂而已。

    要而言之，小說評點派的歷史作用和地位主要體現在「理論性」、「群眾性」「社會性」「文學性」「商業性」等方面。

## 一、理論性——探討了小說創作的若干理論問題，因而對小說創作具有總結和指導雙重作用

    小說評點派諸家的評語，尤其是一些著名評點者的「序」「跋」「讀法」「回前總評」「回末總評」等篇幅較長的文字，對小說創作中的一些重要問題進行了細緻而深入的探討。這些探討文字，一方面總結了以往古代小說創作的經驗和教訓，另一方面又對以後小說創作具有指導意義。

## 二、群眾性——調動了小說讀者的閱讀興趣，並無形中提高了廣大讀者的鑒賞水平

    在中國古代眾多的文學樣式中，小說是最受廣大人民群眾喜愛的。然而，由於小說作者創作手段的高低有別，也由於普通讀者的欣賞水平的參差

不齊，不少讀者對某些小說作品的內在蘊涵並未真正讀懂。某些評點者的評點文字準確而生動地指出了一些作品思想、藝術之「三昧」，往往使讀者有茅塞頓開的感覺。這樣，久而久之，一方面使廣大讀者對古代小說的閱讀更感到情味盎然，另一方面又切切實實地提高了他們的鑒賞水平，使他們在閱讀小說時能讀出一點「門道」，而不是盲目地看「熱鬧」。

## 三、社會性——表達了各類文人的歷史觀照、社會體驗、人生追求，對傳統文化的積澱具有一定的促進作用

　　文人、尤其是優秀的文化人，是社會中最善於思考的一群。他們對歷史、社會、人生、未來，都有各自相對獨立的思考。有些文人將自己的思考寫進了詩詞歌賦，寫進了經邦濟國的文章之中。也有的文人將自己的思考寫進了戲曲小說，寫進了通俗講唱文學作品之中。但是，過去很少有人注意到，還有一些文人，居然將自己的歷史觀照、社會體驗、人生追求寫進了評點文字之中，寫進了大塊大塊小說文字的「夾縫」之中。隨著小說作品的傳播，這些評點文字中的「思想」也在傳統文化中積澱下來，成為中華民族傳統文化的一部分，哪怕是極其微小的一部分。更有甚者，它們還在中華民族文化精神的大廈中添磚加瓦，作出了自己的貢獻，即便是微不足道的貢獻。

## 四、文學性——部分評點者直接干預小說文本的「創作」，對某些小說文本的「定稿」起到了關鍵作用

　　小說評點派中的某些批評家、尤其是優秀的批評家，往往並不滿足於站在小說文本邊上指手畫腳，而是投身於小說創作之中，去充當「作者」。如金聖歎評改《水滸傳》、毛宗崗父子評改《三國志演義》以及脂評對《紅樓夢》創作的干預等等，都是文學史上熟知的事實。換一個角度看問題，今天為廣大民眾所喜聞樂見的小說名著「定本」，其實大多並不是小說作者的「原著」。尤其是金批《水滸》、毛批《三國》等作品，對原著甚至有「取代性」。說句大白話，金聖歎、毛宗崗分別就是某種版本的《三國志演義》或《水滸傳》的「作者」。在相當長的一段時間裏，社會中流行的《水滸傳》就是金本《水滸》，而直到今天社會上廣泛流行的《三國志演義》竟然仍是毛本《三國》。所有這些，都說明了小說評點派在某些小說成書過程中所起到的重要、甚至是關鍵的作用。

## 五、商業性——使各種類型的小說更加普及，促進了小說出版業的快速發展

在中國小說史的發展進程中，書商的作用不容低估。正是因為他們出版了大量的小說作品，才使得廣大讀者有書可讀。當然，書商出版小說作品的初衷並不一定是為了多麼高尚的目的，而主要是為了牟利。為了這麼一個「俗氣」的目標，他們費盡心機，除了在書籍的外包裝上進行各種努力之外，他們又打起了小說作品的「內包裝」（請原諒我生造一個詞語）——評點方面的主意。首先是他們自己對某些作品進行層次不高的評點，隨後又請某些親朋好友為自己出版的小說作品進行層次較高的評點，當評點派形成之後，又有一些高層次的評點者在無形之中給書商作「藝術廣告」。這樣，在客觀上是書商賺到了更多的錢，而廣大讀者卻賺到了更多的文化，同時，又進一步促進了小說作品的普及，推動了小說出版業的高速發展。否則，我們今天能讀得到上千部章回小說作品，幾十個擬話本小說集和成百上千的文言小說篇章嗎？從這個意義上，我們也應該謝謝小說評點派。

（原載《中國古代小說評點派研究》，
中國社會科學出版社，2011 年 11 月出版）

# 古代小說批評對後世的正反作用與影響

　　談到古代小說批評對後世小說創作的正反作用和影響，當然是正面的居多，反面的較少。然而，正面的東西過去專家學者們談得夠多了，即如筆者，就發表過一些淺見，在《中國古代小說評點派研究》一書的最後對小說評點派的歷史地位和作用做了一些小結：

> 　　要而言之，小說評點派的歷史作用和地位主要體現在「理論性」、「群眾性」「社會性」「文學性」「商業性」等方面。一、理論性——探討了小說創作的若干理論問題，因而對小說創作具有總結和指導雙重作用。……二、群眾性——調動了小說讀者的閱讀興趣，並無形中提高了廣大讀者的鑒賞水平。……三、社會性——表達了各類文人的歷史觀照、社會體驗、人生追求，對傳統文化的積澱具有一定的促進作用。……四、文學性——部分評點者直接干預小說文本的「創作」，對某些小說文本的「定稿」起到了關鍵作用。……五、商業性——使各種類型的小說更加普及，促進了小說出版業的快速發展。

這裡所說，雖然是小說評點派的歷史地位和作用，但對於中國古代小說批評而言，也同樣是適用的。當然，篇幅所限，想要全面闡述以上「五性」是不可能的，此處只舉兩個最典型的例證。

> 　　秦可卿淫喪天香樓，作者用史筆也。老朽因有魂託鳳姐賈家後事二件，嫡是安富尊榮坐享人能想得到處。其事雖未漏其言，其意則令人悲切感服，姑赦之，因命芹溪刪去。（甲戌本第十三回回末總批）

這就是上面所說的「部分評點者直接干預小說文本的『創作』，對某些小說文本的『定稿』起到了關鍵作用」。評語的寫作者與小說作者關係密切，而且儼然是長輩口吻，竟然命令作者曹雪芹將某一個情節刪去。當然，在更多的時候，批評者的看法卻不是這麼細緻入微，而是宏觀全面的。

> 蓋小說家言，興味濃厚，易於引人入勝。……吾於是發大誓願，編撰歷史小說：使今日讀小說者，明日讀正史，如見故人；昨日讀正史而不得入者，今日讀小說而如身親其境。小說附正史以馳乎？正史借小說為先導乎？請俟後人定論之，而作者固不敢以雕蟲小技，妄自菲薄也。（清·吳沃堯《痛史敘》）

吳趼人在晚清小說作家中無疑是最多產的，也是最優秀的。他小說創作的路子頗為廣泛，反映現狀的有之，描寫愛情的有之，他還有歷史小說。這篇序言是他為自己的歷史小說《痛史》所寫的，但涉及的卻不只是一部小說的問題，而是整個歷史小說的創作路數。在他看來，正史與小說的關係是：或者小說附正史以奔馳，或者正史借小說為先導，總之，它們的方向和道路是一致的，只是行走的姿勢不同而已。這種思路，不僅總結了歷史著作與歷史小說的關係，而且指導了吳趼人本人甚至更多的歷史小說中家的創作活動。

以上所言，都是古代小說批評對後世的正面影響和作用，既然前輩時賢已經說得夠多了，筆者就此打住。下面來看看小說批評對後世的負面影響和作用，這方面的問題也比較複雜，下面，僅就一個特殊的問題發表一點粗淺的意見。

在中國古代、尤其是元明清三代，有一種非常有趣的文化現象——禁燬戲曲小說作品。隨之而來的就是在某些文獻資料中出現了對優秀小說作家的口誅筆伐，而且，越是優秀的作家，這些批評者攻擊的力度就越大。

> 錢塘羅貫中本者，南宋時人，編撰小說數十種，而《水滸傳》敘宋江等事，奸盜脫騙機械甚詳，然變詐百端，壞人心術。其子孫三代皆啞，天道好還之報如此。（明·田汝成《西湖遊覽志餘》卷二十五）

> 羅氏生不逢時，才鬱而不得展，始作《水滸傳》，以抒其不平之鳴。其間描寫人情世態、宦況閨思，種種度越人表。迨其子孫，三世皆啞，人以為口業之報。而後之作《金瓶梅》、《癡婆子》等傳者，

> 天且未嘗報之，何羅氏之不幸至此極也？良亦尼父惡作俑意耳！
>
> （明・雉衡山人《東西兩晉演義序》）

這兩段文字相互印證，似乎羅貫中寫了《水滸傳》，結果是子孫三代皆啞，原因是因為《水滸傳》「誨盜」，用今天的話講，就是教導人們造反。這是明代的占統治地位的人群的意識形態在小說批評中的一種體現，一種惡劣的體現。

> 此書乃康熙年間江寧織造曹練亭之子雪芹所撰。練亭在官有賢聲，……至嘉慶年間，其曾孫曹勳，以貧故，入林清天理教。林為逆，勳被誅，覆其宗。世以為撰是書之果報焉。（清・陳其元《庸閒齋筆記》卷八）

明代的羅貫中寫了「誨盜」的《水滸傳》，結果被某些人審判定罪為「子孫三代皆啞」，到清代，曹雪芹寫了一部《紅樓夢》，倒是沒有「誨盜」，但一不小心卻「誨淫」了，亦即教導年輕人如何異性相吸了，結果當然也不好，被當時占統治地位的人群的意識形態在小說批評中審判定罪為「覆其宗」，也就是祖宗都被顛覆了。具體而言，就是曹雪芹的兒孫參加邪教造反，最終被殺了頭，祖宗的牌位沒人管了，祭祀的香煙沒得傳了。這種果報，似乎比羅貫中得到的更為嚴重，從而，也就顯示了統治者意識形態在小說批評中的更加惡劣，所謂愈演愈烈是也。

既然「誨盜」「誨淫」的小說作者都要得到如此慘烈的果報，那麼，如果有一位批評者在他對中國古代戲曲、小說的評點中既「誨盜」又「誨淫」，那又將如何結局？答曰：更為慘烈！這樣的重犯，就不要報應在兒孫後代了，直接讓他自己承受深重罪孽吧！這位可憐的批評家就是中國古代小說批評史上第一人的金聖歎！

> 江南金聖歎者，名喟，博學好奇，才思穎敏，自謂世人無出其右，多著淫書，以發其英華。所評《西廂》、《水滸》等，極穢褻處，往往摭拾佛經。人服其才，遍傳天下。又著《法華百問》，以己見妄測深經，誤天下耳目。順治辛丑（1661），忽因他事繫獄，竟論棄市。
>
> （清・周思仁《欲海回狂集》卷一）

金聖歎確實是被殺害的，但他死於「哭廟案」，那是另一種性質的人身陷害和酷殺，當然也值得同情。但生前死後的金聖歎無論如何也想像不到，後世居然有人將他的死因歸結為評點了「誨淫」之作《西廂記》和「誨盜」之作《水

滸傳》。而且，這一部戲曲作品一部小說作品的評點正體現著金聖歎藝術眼光的獨到、文學理論的高級和批評勇氣的超前，但是，我們今天越是認為有成就的文學批評，在當時某些人看來，就越是不能容忍，必將至於死地而後快。於是，金聖歎在被清政府用硬刀子殺害之後，又被某些衛道文人用軟刀子再殺戮一遍。真真是悲哉人瑞、哀哉聖歎了！

（原載《中國古代小說批評史的多角度觀照——關於它的潛邏輯過程與邏輯結構》，光明日報出版社，2016 年 7 月出版）